DANS LES PAS DE VALERIA

CHEZ LE MÊME ÉDITEUR

LA SAGA VALERIA

Dans les pas de Valeria (t. 1).

Dans le miroir de Valeria (t. 2).

Les Hauts et les Bas de Valeria (t. 3).

Passionnément Valeria (t. 4).

ELÍSABET BENAVENT

DANS LES PAS DE VALERIA

traduit de l'espagnol
par Martine Desoille

l'Archipel

Ce livre a été publié sous le titre
En los zapatos de Valeria
par SUMA, département éditorial
de Penguin Random House, Barcelone.

Notre catalogue est consultable à l'adresse suivante :
www.editionsarchipel.com

Éditions de l'Archipel
34, rue des Bourdonnais
75001 Paris

ISBN 978-2-8098-2693-7

1

Il était une fois

Je cessai de pianoter sur mon clavier et relus mon texte : « Leurs regards se croisèrent. Peu importaient les mètres qui les séparaient, leurs pensées se télescopèrent, plongèrent, rebondirent vers l'infini. Et, l'espace d'une seconde, tout se figea, même la brise qui agitait les arbres devant la fenêtre. Puis elle battit des paupières et ils détournèrent les yeux, à la fois honteux, affolés et excités à l'idée de tomber amoureux alors qu'ils ne se connaissaient pas. »

— Quelle daube ! m'écriai-je, même si j'étais seule à la maison et que personne ne pouvait m'entendre.

On aurait dit le générique d'intro de *La Guerre des étoiles*, mais dans une version écrite par un Jedi lobotomisé. La vérité, c'est que je séchais lamentablement. Les cinquante-sept pages que j'avais pondues jusqu'ici n'étaient qu'un tas de niaiseries pas même dignes d'un concours d'écriture pour collégiens. Je m'étais fixé un quota de deux feuillets par jour, mais au train où allaient les choses je me serais contentée de deux ou trois paragraphes potables. Si seulement !

Passer la journée collée derrière mon ordi n'avait aucun sens, dès lors que je savais pertinemment qu'il n'en sortirait rien de bon. Ni aujourd'hui ni jamais. Je parcourus les trois pas séparant le salon-bureau-salle à manger de la chambre à coucher et m'assis sur le lit. Je jetai un coup d'œil à mes pieds nus. Horreur ! Mon vernis à ongles commençait à s'écailler. J'attrapai le cendrier et allumai une cigarette…

Comment était-ce possible… ? Depuis quand au juste avais-je commencé à me laisser aller à ce point ? Je lorgnai le téléphone et le saisis sans même réfléchir.

Une sonnerie. Deux. Trois…

— Allô ?

— À supposer que je sois une ratée totale, est-ce que tu m'aimerais quand même ? demandai-je d'un ton qui se voulait dégagé.

Le rire strident de Lola me vrilla le tympan.

— Tu es devenue parano !

— Ce n'est pas de la parano. Je n'ai pas réussi à écrire une seule ligne qui se tienne. Mon éditeur va me botter le cul. Ou, plus exactement, je vais me le botter moi-même. Parce que lui n'en a rien à fiche.

— Il n'y a que moi qui ai le droit de te botter les fesses, Valeria, me dit-elle affectueusement.

— Sais-tu qu'il n'y a rien de plus difficile que d'écrire un deuxième roman ? Pour pouvoir publier, il faut de la matière. Or moi, tout ce que j'ai comme matière au bout des doigts, c'est de la merde. Ce roman va être ma deuxième bouse.

— N'importe quoi.

— Non, sérieux, Lola. Je crois que j'ai fait une grosse connerie en lâchant mon boulot.

Je me pris la tête dans les mains et sentis ballotter mon chignon défait.

— Arrête, s'il te plaît. Tu n'en pouvais plus et ton boss était un salopard, alors que maintenant, au moins, tu as de quoi vivre. Où est le problème ?

Le problème était que l'argent ne dure pas éternellement et que « tenter sa chance sur le marché de l'édition » est toujours un pari risqué. Je pris le temps de réfléchir une seconde, mais un coup de klaxon à l'autre bout de la ligne me brouilla les idées. Je consultai la pendule. À cette heure-ci, Lola aurait dû être au bureau.

— Je ne te dérange pas, au moins ?

— Pas du tout !

— J'entends des bruits de circulation. Tu es dans la rue ?

— Oui. Je me suis inventé une douleur atroce au poignet pour pouvoir sortir faire du shopping.

Ah, ah ! Du Lola tout craché…

— C'est drôle, dis-je, j'ai senti que c'était le bon moment pour t'appeler.

Elle rit.

— Je suis efficace et expéditive, l'employée idéale.

— Sauf pour l'absentéisme, répliquai-je tout en réalisant que ma manucure laissait elle aussi à désirer.

— Dis-moi, je suis à deux stations de métro de chez toi. Ça te dirait que je passe ?

— Et comment !

Fin de la communication. Lola ne prend jamais le temps de dire « au revoir » avant de raccrocher.

Je pensai à la vie trépidante de Lola et toujours pleine de rendez-vous importants ou exaltants, comme ses visites chez l'esthéticienne pour une épilation brésilienne. Ladite esthéticienne, originaire de Plasencia, mais qui se faisait appeler « Miss Saïgon », m'avait une fois tondue comme un œuf avant même que j'aie pu dire ouf.

J'aimais bien feuilleter l'agenda rouge de Lola. Sa vie tout entière y était consignée. Les numéros de téléphone des mecs avec qui elle sortait, ses kilos en trop, ses parties de jambes en l'air (qui étaient nombreuses et que je lui enviais), les heures d'exercice qu'elle était censée faire, sa consommation de cigarettes, ses soirées avec Sergio, les fringues prêtées à des copines, celles qui étaient chez le teinturier, et celles qu'elle devait acheter pour compléter sa garde-robe, des milliers de tickets de caisse aux chiffres soulignés en gras qu'elle collait sur les dernières pages… Absolument tout était étalé là, sans complexes, un peu comme si elle faisait du nudisme sauvage. Et c'était passionnant.

Pour ma part, j'avais pris l'habitude de noter tous mes rendez-vous sur mon ordinateur ou mon portable, afin qu'un bip répété et suffisamment fort me tire de ma léthargie chronique et me rappelle que je devais passer voir ma mère ou donner un coup de main à ma sœur quand il lui prenait l'envie bizarre de changer tous les meubles de place. Ma vie à moi ne ressemblait pas à une longue liste de réjouissances, contrairement à celle de Lola, mais plutôt à une compilation d'obligations familiales, de dates limites de paiement, le tout en parfaite coordination avec l'agenda d'Adrian, mon mari. Si, si, j'ai bien dit mon mari. Parfois ce mot me donnait l'impression de détonner gravement avec mes vingt-huit ans, et avec tout le reste de ma vie. Mais c'est un sujet sur lequel je ne souhaite pas m'attarder… pour l'instant.

Je me penchai à la fenêtre. Il faisait un temps splendide même si on devinait quelques nuages à l'horizon. Lola s'était échappée du bureau. À sa place, je n'aurais jamais osé. Je ne suis pas d'un naturel intrépide, et encore moins téméraire.

Il y eut un coup de sonnette – malgré deux années passées dans cette cage à poules, je ne m'étais toujours pas habituée à son timbre strident. Je sursautai si violemment que je manquai tomber du balcon. Je ne vous raconte pas la scène si j'avais atterri quatre étages plus bas, sur l'étalage de l'épicier pakistanais, au beau milieu des litchis.

Une fois remise de mes émotions, j'allai ouvrir la porte sans même prendre la peine d'enfiler un peignoir par-dessus mon vieux T-shirt et mon short qui datait des années 1990. C'est fou ce que ce genre de vieilles nippes résistent au temps. Je crois bien que je l'avais déjà quand j'étais au bahut. Lola me toisa de la tête aux pieds et éclata de rire.

— Nom d'un chien, Valeria, j'adore ton short ! Enfin, dans le style rétro glam.

Je me regardai dans le miroir du vestibule et songeai que le pire n'était pas mon accoutrement. Préférant ne pas retourner le couteau dans la plaie, Lola s'était abstenue de commenter ma choucroute à la Amy Winehouse ou mon menton rouge écarlate après que j'avais tenté de percer un bouton invisible pour le reste des mortels. Mes cheveux châtain clair étaient emmêlés et ternes. Et en y regardant de plus près, on aurait même pu y déceler des reflets verdâtres.

— Je sais, j'ai oublié de me mettre sur mon trente-et-un pour t'accueillir, répondis-je en me reculant pour la laisser passer.

— Non, non, s'esclaffa Lola. Sérieux. J'adore ton short. Il te va super bien. Tu as des jambes magnifiques, mais tu ne les montres jamais. Je parie qu'Adrian adorerait ce short.

— Bah !

Dernièrement, il me semblait qu'Adrian ne s'intéressait guère à ce que je portais, que ce soit au-dessus ou en dessous.

Je me laissai tomber dans mon fauteuil préféré – le seul de l'appart. J'ai bien dit fauteuil, et non pas sofa. Car pour pouvoir caser un canapé deux places dans ce *salon*, il aurait fallu abattre au minimum une cloison. Je rigole quand je vois comment ils aménagent d'adorables petits appartements de trente-cinq mètres carrés chez Ikea.

Lola était impeccable, comme d'hab. Elle avait toujours l'air sexy, avec son épaisse chevelure chocolat et ses lèvres bien rouges. J'ai beau être hétérosexuelle, il y a des jours où je la trouve carrément irrésistible. Dire qu'il y a un an à peine j'étais moi aussi une de ces femmes toujours tirées à quatre épingles. Alors que maintenant… j'entretenais une certaine ressemblance avec la Grande Crado de *Fraggle Rock*.

Lola remit sa frange en place de la main droite tout en laissant choir son sac à main de la gauche. Je souris en apercevant la couverture rouge de son fameux agenda.

— Comment va ton poignet ? demandai-je.

— Ooooh ! Il me fait atrocement mal ! Je crois que c'est une tendinite, dit-elle, pliée en deux, comme quelqu'un qui souffre le martyre.

— Hum. Ça ne serait pas plutôt une flémingite ?

— Oui, bon ! Pas de quoi en faire un plat. J'ai fini ma traduction. Je n'allais tout de même pas rester là-bas à me tourner les pouces. Sois gentille et sers-moi un truc à boire.

Elle se laissa tomber au pied du lit et lança en souriant :

— Eh ! Mais c'est un nouveau matelas ! Vous avez défoncé l'autre à force de niquer comme des bêtes ?

J'ignorai cette dernière remarque et, craignant que nous ne sombrions dans l'alcoolisme, déclarai :

— Lola, voyons, il est à peine midi.

— Justement. C'est l'heure de l'apéro !

Lola avala bruyamment et avec délectation le reste de son Martini Rosso, puis elle croqua l'olive, son rouge à lèvres toujours intact. Je contemplai mon propre cocktail, puis ma tenue vestimentaire et me pris mentalement la tête entre les mains. Quel désastre…

— Et Adrian ? Il fait quoi ? demanda-t-elle sans y aller par quatre chemins.

— Il travaille.

— Je m'en doute. Je ne pense pas qu'il y ait une épidémie de tendinite.

Elle éclata de rire, comme si c'était la blague du siècle, puis précisa :

— Je voulais dire comment est-ce qu'il gère le fait que tu restes enfermée ici à croutonner ?

Je haussai le sourcil gauche. Elle étira le bras et pinça deux fois mon chignon en faisant pouet-pouet.

— Adrian me donne une tape dans le dos et me dit que lorsque j'aurai retrouvé mes moyens tout se passera à merveille. Mais…

— Mais quoi ?

Je me mordillai l'intérieur de la joue. Lui avouer qu'il ne me touchait plus me mettait horriblement mal à l'aise…

— Mais je pense que ça n'arrivera pas. Je crois sincèrement que j'ai eu un gros coup de bol pour mon premier livre, mais qu'avec le second je vais me prendre un méga râteau. Et dire que pour me donner des airs d'écrivaine torturée, j'ai largué mon boulot… Si ça continue, je vais finir serveuse dans un McDrive, ouais.

— Trouver de belles chaussures à prix canon – elle désigna les escarpins *peep toe* à se damner qu'elle portait aux pieds –, c'est une question de chance. Mais écrire un roman captivant de cinq cents pages, c'est une question de talent.

— Tu es ma meilleure amie. Dis-moi ce que tu penses vraiment.

— Vraiment ? Tu as un besoin urgent de manucure – elle alluma une cigarette. De quoi parle ton prochain livre au fait ?

— D'amour, évidemment.

— Ton problème, c'est que tu manques de véritable inspiration.

Un sourire perfide se dessina sur ses lèvres tandis qu'elle recrachait la fumée avec une moue presque aguicheuse.

— Tu cherches à me dire quoi au juste ? Ma relation…

Ma relation était au point mort, mais heureusement, Lola m'interrompit avant que je ne me sente obligée d'inventer un bobard.

— Tu ne vois vraiment pas de quoi je veux parler ? dit-elle en fronçant les sourcils.

— Oh…

Elle se resservit un grand verre de Martini… et l'approcha de ses lèvres en souriant.

2

Quoi de neuf?

Nerea était économiste, une voie qu'elle avait choisie un peu par défaut, même si ce n'était pas quelqu'un qui débordait d'enthousiasme de toute façon. Au point que je me demandais s'il lui arrivait d'avoir des désirs sexuels. Lola affirmait que Nerea ne s'envoyait jamais en l'air, et que si elle se reproduisait un jour, ce serait par l'opération du Saint-Esprit. Je l'imaginais étendue, jambes écartées, sur son lit, en train de contempler le plafond tout en passant mentalement en revue les choses qu'elle avait à faire sans prêter attention aux grognements de plaisir de l'homme qui s'agitait en elle. Il faut dire que la vie sexuelle de Nerea ne brillait ni par son intensité ni par sa diversité…

Nous étions amies depuis des temps immémoriaux. À quatorze ans nous nous étions rencontrées, par un de ces surprenants hasards qui font que deux gamines qui n'ont rigoureusement rien en commun deviennent copines comme cul et chemise. Certes, on était toutes les deux fans des Backstreet Boys, mais ça n'explique pas grand-chose, dans la mesure où elle était dingue de Nick et moi de A. J. Toujours est-il que moi, l'ado ordinaire (*adolescentus comunus*), et elle, la fille qui se douchait à l'eau de Cologne (*adolescentus adorabilis*), étions inséparables.

Depuis lors, je ne lui ai connu que trois amoureux : deux flirts de jeunesse et une relation pour de vrai. L'un de ces flirts était le pire loubard qu'il m'ait jamais été donné de voir. Il arrive qu'une adolescente sorte pendant quelques mois avec un type qui ne lui convient pas, mais pour quelqu'un comme Nerea c'était surréaliste.

Elle portait les perles de sa grand-mère, du vernis à paillettes et un serre-tête assorti à ses chaussures… et ce jusqu'à la vingtaine bien sonnée. De sorte que sa relation avec la racaille se termina en jus de boudin, mais, contrairement à ce qu'on aurait pu penser, ce fut elle qui prit la décision de rompre. Parce qu'elle en avait marre qu'il la traîne dans des endroits glauques au lieu de l'emmener au parc ou au cinéma. Elle disait, texto, qu'elle voulait mener une vie normale, mais moi, je crois qu'elle voulait dire une vie sublime.

À dix-neuf ans, elle fit la connaissance de Tiago à l'occasion d'une partie de paddle que son père avait organisée avec son associé et son fils. Ils se plurent aussitôt. Il faut dire qu'il eût été difficile de ne pas tomber amoureux de Nerea, avec sa longue chevelure blonde toujours impeccable, ses yeux verts et sa silhouette époustouflante… Si j'avais été un homme, ou une lesbienne, je me serais amourachée d'elle direct. Ou pour dire les choses plus crûment, je me la serais bien tapée jusqu'à épuisement sur la banquette arrière d'une bagnole.

La relation de Nerea et Tiago dura sept longues années, après quoi ils rompirent de façon peu amène. Elle avait commencé à le soupçonner de voir quelqu'un en cachette, et nous eûmes beau essayer de la raisonner, elle remua toute la maison de la cave au grenier jusqu'à débusquer un courriel pour le moins compromettant. Plus qu'affectueux, le ton en était salé. La première fois que je le lus, j'éclatai de rire. Je n'aurais jamais imaginé qu'un type aussi coincé que Tiago pût dire des choses aussi cochonnes, surtout par écrit. Mais, naturellement, je fis mine de me scandaliser, en exprimant haut et fort ma désapprobation.

En réalité, Lola, Carmen et moi, qui ne pouvions plus voir ce faux cul de Tiago en peinture, étions aux anges. Nous trinquâmes entre nous avec l'espoir qu'elle rencontrerait un homme digne d'elle. Mais nous n'avions rien d'autre que du cidre, et il faut croire que trinquer avec du cidre éventé porte malheur, parce qu'après cela Nerea ne sortit plus avec aucun garçon, même pas une de ces amourettes d'un soir ou deux qui vous aident à tenir le coup. Autrement dit, elle passa une année entière sans prendre son pied et sans donner le moindre signe de frustration. Et ce n'est pourtant pas le genre de fille à garder un joujou à piles dans son tiroir de table de nuit…

Quand on avait une bière de trop dans le nez, Lola et moi, on l'appelait Nerea le Glaçon. N'avait-elle donc pas besoin de se taper un mec de temps en temps ? Ce n'était sûrement pas les prétendants qui manquaient. Elle avait toute une ribambelle de toutous qui la suivaient à la trace, toujours prêts à l'inviter au restaurant ou au ballet (rien de tel qu'une soirée à l'opéra pour vous mettre en condition pour la suite). Chaque fin de semaine, son smartphone en surchauffe menaçait de prendre feu, mais elle effaçait sans pitié tous les messages un à un avec une moue dépitée. Eh oui, elle était comme ça, la belle et froide Nerea. Lola était persuadée qu'elle se payait notre tête, qu'elle devait au moins avoir un godemiché, un machin énorme et vigoureux, planqué quelque part.

Durant un temps, Lola, Carmen et moi essayâmes de lui organiser des tête-à-tête avec des célibataires séduisants et agréables, y compris des amis d'enfance et des camarades d'université… mais aucun ne trouvait grâce à ses yeux. Celui-ci était trop petit, celui-là trop grand. Celui-ci avait l'air d'un fils à maman, celui-là d'un taulard, ou alors cet autre était fan de Julio Iglesias…

Toutes les excuses étaient bonnes pour ne pas revoir ses prétendants. Le seul homme avec lequel elle acceptait de sortir était Jordi, parce qu'elle le trouvait charmant, ce qui, en d'autres termes, signifiait un ami gay qui n'est pas encore sorti du placard.

C'est pourquoi, lorsque Lola m'annonça que Nerea avait rencontré quelqu'un, je restai bouche bée. Comme ça, *boum*, et alors qu'on était en train de se dire qu'elle allait peut-être entrer dans les ordres ? Mais qui était donc l'heureux élu ? Depuis quand ? Comment ? Et surtout… pourquoi ?

— Lola, tu imagines comme ce type doit être beau ? commentai-je, en croquant une olive.

— Beau ? À tomber, ouais. Le genre de mec qu'on ose à peine toucher de peur de le casser !

Je fronçai les sourcils.

— Une poupée de porcelaine ? Quelle horreur !

— Mais non, dit-elle en s'esclaffant. Je veux dire un de ces types que tu n'oses pas regarder dans un bar parce que tu sais qu'il t'ignorera. Ceux-là, ils sont tellement précieux qu'ils sont gardés sous clé.

— Ouais, et avec un bon boulot en plus !

— Et du fric plein les poches ! Et une bite énorme !

— Tu crois qu'elle a déjà vu sa… ? demandai-je, dubitative.

— Non. Sans doute pas. Mais tu peux être sûre qu'elle est énorme.

— Oui, acquiesçai-je. L'homme parfait en somme… Mais, dis-moi, où l'a-t-elle rencontré ?

— Elle n'est pas entrée dans les détails, parce qu'elle n'avait pas envie de répéter trois fois la même histoire, mais elle nous en dira plus quand on sera réunies toutes les quatre. Elle a juste mentionné une fête d'anniversaire à laquelle elle est allée par obligation. Un truc en rapport avec son boulot.

Je restai songeuse. Malgré moi, je commençais à broder mentalement l'intrigue d'une nouvelle histoire : Nerea, dans un coin, un verre de Martini à la main, aimable et souriante, comme toujours, mais s'ennuyant à mourir. Ravissante dans sa petite robe noire et coiffée à la perfection, sa frange rabattue sur un côté du front. Il apparaissait devant elle et lui faisait poliment la conversation. Et pendant ce temps-là, moi, j'étais en pyjama avec mon chignon tout ébouriffé.

Lola me tira brusquement de ma rêverie.

— Valeria, appelle-la. Demande-lui si elle va bientôt sortir du bureau.

— Il n'est même pas deux heures.

— Oui, mais on est vendredi.

Je saisis mon téléphone sans conviction et composai son numéro. Au même instant, la clé tourna dans la serrure et Adrian entra, sa sacoche dans une main et quatre sacs de courses dans l'autre, avec un énorme paquet de chips.

« Ici Nerea. Je ne suis pas disponible, mais vous pouvez laisser un message et je vous rappellerai dès que possible. Merci. »

— Répondeur, expliquai-je en couvrant le combiné avec ma main.

Lola fit claquer sa langue et m'arracha le téléphone.

— Allô, c'est Lola. Je t'appelle de chez Valeria.

Elle s'approcha d'Adrian, lui fit la bise et s'empara du paquet de chips.

— Appelle-nous quand tu seras sortie du boulot. On aimerait bien connaître la suite de l'histoire, et tous les détails croustillants, si tu vois ce que je veux dire…

Elle ouvrit le paquet, puis raccrocha net, la bouche pleine de chips.

— Mais, au fait, demanda Adrian. Tu ne devrais pas être chez toi ?

Elle lui répondit par un sourire malicieux.

— Ou au boulot ? ajouta-t-il. Est-ce à dire que tu passes tes nuits ici, à jouer les dames de compagnie ?

Lola éclata de rire, puis se tourna vers moi.

— Adrian, tu as ouvert la boîte de Pandore ! Maintenant, elle ne va pas arrêter de me répéter qu'elle veut devenir ma dame de compagnie.

Sans même me faire la bise, mon mari entra dans la cuisine et demanda à Lola si elle voulait rester à déjeuner.

— Pourquoi pas ? Avec ma tendinite je ne peux même pas soulever une casserole, répondit-elle en se laissant tomber dans le fauteuil que je venais de libérer.

Adrian me lança un sourire en coin. Il savait que c'était une maladie imaginaire. Comme lorsqu'elle avait découvert que ma crème anticellulite à effet chauffant provoquait des rougeurs qui auraient pu passer pour des réactions allergiques, et qu'elle allait s'enfermer dans les toilettes du bureau pour se passer du gel un peu partout sur le corps quand elle avait envie de sortir prendre l'air. Tout cela était prémédité et parfaitement déloyal.

— Avec qui est-ce que vous parliez au téléphone? murmura Adrian en repoussant la mèche de cheveux qui lui tombait devant les yeux.

— On a laissé un message sur le répondeur de Nerea. Il semblerait qu'elle ait rencontré quelqu'un.

— Sans blague? Un type qui n'est ni boiteux, ni bigleux, ni velu, ni mal fagoté ni crève-la-faim? Valeria, je ne veux pas que tu le rencontres. Ce mec doit être un dieu.

Je souris tristement. Ces mots n'avaient aucun sens dans la bouche d'un homme qui ne m'avait pas touchée depuis avant Noël. De toute façon, il n'avait rien à craindre. J'étais dingue de lui depuis que j'avais dix-huit ans. J'adorais ses prunelles couleur miel, presque jaunes, sa petite bouche charnue, son sourire effronté et ses grandes mains viriles. Dommage qu'il n'ait jamais été particulièrement tendre ou affectueux. «Rude» était l'adjectif qui lui convenait le mieux. Mais au moins, avec lui, l'amour était brutal. J'ai bien dit «était», parce que tout ça, c'était du passé.

Lola se leva du fauteuil et vint s'adosser au chambranle de la minuscule cuisine en levant les yeux au ciel. Elle faisait partie de ces femmes qui considèrent que les hommes ont besoin d'être adulés pour se sentir aimés, désirés et sûrs d'eux.

— Je parie que tu es mille fois mieux, Adri, lui dit-elle en le gratifiant d'une petite tape sur les fesses. (Puis se tournant vers moi :) Valeria, vous devriez faire un garçon, comme ça, dans vingt ans je pourrais le brancher sans passer pour une vieille cochonne.

3

Qui c'est, celui-là ?

Il fallut une bonne vingtaine de minutes à Lola pour me convaincre de me doucher, m'habiller et descendre prendre un café dans le bar en bas de chez moi. Si la douche ne me posait pas de problème, me vêtir et mettre le nez dehors, en revanche, me semblait insurmontable. Mais Lola sait se montrer très persuasive quand elle le veut. Adrian pourrait faire la sieste en paix, tandis qu'elle et moi pourrions bavarder à bâtons rompus sans crainte de le déranger.

Carmen vint nous rejoindre en milieu d'après-midi, après le boulot. Elle était, comme d'hab, ébouriffée, le corsage taché de café et les ongles en deuil. Et, pardessus tout, d'une humeur de chien. Cela dit, et pour être tout à fait franche, elle avait meilleur aspect que moi, qui avais enfilé le premier truc qui m'était tombé sous la main, et ficelé mes cheveux en ce qui ressemblait vaguement à une queue-de-cheval.

Carmen nous fit la bise et fila direct au petit coin :

— Si vous le permettez, je vais me laver les mains. Elles sont tellement crades que je pourrais vous refiler la peste noire. Mon chieur de patron n'a rien trouvé de mieux que de m'expédier dans la réserve pour débusquer des archives toutes moisies qui remontent à 1975.

Non, Carmen n'était pas un désastre, simplement elle entretenait une relation de haine réciproque avec son chef depuis quatre longues années. Ils n'avaient jamais réussi à conclure une trêve et elle avait renoncé à chercher un autre travail, où elle aurait pu s'épanouir. Tout ça par orgueil, pour ne pas donner raison à son tocard de boss. Mais toujours est-il qu'à ce petit jeu d'usure Carmen était la grande perdante.

Personne ne se souvenait comment la guéguerre avait commencé entre eux. Ils avaient débuté au même échelon et n'avaient pas de raison de se haïr. Peut-être qu'à un moment donné leurs relations s'étaient distendues et que le stress avait fait le reste ? Tout le monde sait que les publicitaires sont soumis à un stress infernal – il suffit de voir la quantité de clopes que s'envoie Don Draper dans *Mad Men*.

En revenant des toilettes, Carmen souffla un grand coup et déclara :

— Il me hait, je le sais. Je parie qu'il me lance des mauvais sorts chaque soir en sortant du bureau. Et pas sûr que les grigris cachés dans mes bonnets de soutien-gorge arrivent encore à me protéger !

Elle sortit une amulette cachée de sous son corsage.

— Carmen, la grondai-je gentiment, ne me dis pas que c'est une poupée vaudou ?

— Si, mais je ne l'ai jamais ne serait-ce que pincée.

Devant nos regards incrédules, Carmen fit claquer sa langue :

— De toute façon, qu'est-ce que ça change ! Il est évident que ça ne marche pas. À ce jour, il n'a pas fait l'ombre d'une crise cardiaque…

— Si ça se trouve, tu lui as déclenché une méga-crise d'hémorroïdes sans le savoir, murmura Lola.

Je piquai un fou rire et avalai de travers.

— Ce que tu peux être vulgaire, parfois, Lola ! s'offusqua Carmen.

— Le pauvre chou, dit Lola. Je l'ai vu, une fois. Il est plutôt beau gosse.

— Je ne vois pas ce que ça change s'il est moche en dedans, s'indigna Carmen. La nature l'a avantagé pour qu'il puisse se comporter comme un salopard, c'est ça ?

Je souris, et demandai :

— Il est vraiment beau ?

— Oui, et sexy, en plus, répondit Lola.

Carmen fit non avec la tête.

— Je ne suis pas d'accord. C'est peut-être la haine qui m'aveugle, mais je le trouve quelconque.

— Ce serait bien la première fois que Carmen ne s'entend pas avec un beau mec, lançai-je en riant.

— Vous n'avez pas l'air de comprendre que ce type me pourrit la vie !

— Ce n'est pas un drame. Tu détestes ton chef, moi j'en ai par-dessus la tête de mon jules, Valeria n'arrive pas à écrire une ligne potable depuis deux mois…

— Merci, murmurai-je.

— Et Nerea ? Elle est dans de beaux draps, elle aussi ? demanda Carmen en battant des cils.

— D'une certaine façon, oui, répondit Lola, l'air malicieux.

— Non, sérieusement…

Je me tournai vers Carmen.

— Nerea a rencontré quelqu'un. Il semblerait qu'elle se soit trouvé un mec, mais on n'a pas encore tous les détails.

— On dîne ensemble, les filles ? proposa Lola en sortant son agenda.

— Moi, je ne peux pas, dis-je. J'ai besoin de savoir si je suis capable d'écrire au moins deux feuillets qui se tiennent.

— Calme-toi, Valeria. Laisse passer un jour ou deux et tout rentrera dans l'ordre.

— Ça m'étonnerait... Je crois que je vais m'enfermer chez moi et ne pas sortir de tout le week-end, même pas pour descendre la poubelle.

— Et moi qui croyais que le métier d'écrivaine était le plus beau du monde ! s'étonna Lola.

— Il l'est ! Sauf quand tu te retrouves en panne d'inspiration, que tu n'es pas certaine de pouvoir rendre ton manuscrit à temps, et que tu paniques à l'idée de te retrouver sans une thune. Je me demande si j'ai bien fait de laisser tomber mon job... J'aurais au moins l'excuse de ne pas avoir le temps d'écrire et la certitude d'avoir une paie qui tombe à la fin du mois.

— Ne sois pas bête, c'est juste un coup de mou, me dit Carmen en me passant un bras autour des épaules. Rentre chez toi, passe un petit moment avec Adrian et l'inspiration va revenir.

— Oui, c'est ça, répondis-je en prenant mon sac à main. Passez-moi un coup de fil demain matin pour demain soir, d'accord ? Et prévenez Nerea, sinon elle risque de ne pas être disponible !

Je réglai mon café et filai. Dehors, le soir commençait à tomber et on aurait dit qu'il allait pleuvoir. Je remontai chez moi en empruntant l'escalier, puis arrivée devant la porte, je m'assis sur une marche et allumai une cigarette. Je me demandai qui pouvait bien être le nouveau petit copain de Nerea. J'étais à la fois surprise et contente pour elle. De fil en aiguille, j'en vins à penser aux personnages de mon roman et à la relation absurde qu'ils entretenaient. Au bout d'un moment, j'éteignis ma clope et ouvris la porte. L'appartement était plongé dans l'obscurité.

Adrian dormait, étendu sur la couette. Ce matin-là, il s'était levé aux aurores pour aller faire des photos pour je ne sais plus quel magazine. Depuis une semaine, il se démenait comme un malade parce qu'il voulait à tout prix trouver la lumière idéale pour ses prises de vue. On parlait rarement de boulot, lui et moi, pour ne pas se barber l'un l'autre avec les détails sans intérêt de notre journée de travail. Notre foyer était censé être un havre de paix où les états d'âme n'avaient pas droit de cité. Sauf qu'on avait tout foiré, et en beauté par-dessus le marché.

Je me débarrassai vite fait de mon jean, le jetai sur le fauteuil, défis ma queue-de-cheval et m'assis sur le lit. Puis je rampai comme une chenille jusqu'à Adrian et le pris dans mes bras. Il ouvrit les paupières en souriant.

— Tu m'as fait peur ! J'ai cru que c'était Lola... Elle est de plus en plus délurée, on dirait.

— Oui, mais tout de même pas à ce point, dis-je en l'embrassant sur le front.

— Qu'est-ce qui t'arrive ?

— Rien, pourquoi ?

— Je sais pas. Tu es toute... affectueuse.

Il s'étira paresseusement.

— Je fais un blocage avec mon roman.

— Plus tu y penses et plus tu t'enfonces. Raconte-moi plutôt où tu en es. Qu'est-ce qui se passe en ce moment ?

— Eh bien, Gloria a rencontré quelqu'un avec qui elle a des atomes crochus.

— Et… ?

— Je ne sais pas. C'est tout le problème… Je ne sais pas par quel bout prendre cette histoire.

— Quand tu as commencé, l'intrigue avait l'air captivante.

— Sauf qu'elle a subitement changé de direction. J'ai du mal à garder le cap. Elle va là où je n'ai pas envie qu'elle aille, et j'ai beau faire… elle me résiste.

— Parler d'amour, ça n'est pas facile.

— Et si je m'étais fourvoyée ? À supposer que ça ne fonctionne pas et que tout s'arrête ?

Adrian se leva et remonta le store. Les premières gouttes commençaient à tomber et il adorait cette lumière grise, presque bleutée. Il s'empara de son appareil photo et, s'adossant au montant de la fenêtre, commença à me tirer le portrait. Puis il regarda le résultat sur l'écran et sourit. Dieu qu'il était beau ! Je ne pus résister à l'envie de promener mon regard sur son corps, lentement, en savourant chaque détail : son cou musclé, ses épaules bien dessinées, ses pectoraux fermes et son ventre plat. Je pensai à la dernière fois où on avait fait l'amour. C'était sur le fauteuil, mais je ne me souvenais plus quand. Ça remontait à des mois. Il m'avait d'abord embrassée sur tout le corps avant de me prendre avec force. Deux fois de suite…

Adrian ouvrit la bouche et, me tirant de ma rêverie, déclara que je n'avais pas besoin d'encouragements, que mon travail était suffisamment bon en soi.

— Tu sais très bien que ça ne suffit pas, dis-je entre deux rires.

— Si ça peut t'aider, je te dirai que je suis intimement convaincu que c'est ta véritable vocation. Tout va bien se passer. Tu verras. La création artistique n'est pas une chose qui se mesure en journées de travail. Le génie est capricieux.

— Dans ce cas, je vais attendre que ma muse se manifeste, soupirai-je, soulagée.

— Oui, mais, comme disait Picasso : les muses nous volent notre travail…

Il cligna de l'œil et se laissa retomber à côté de moi sur le lit.

J'étirai la main pour prendre son appareil photo numérique, mais un baiser sur mon épaule me fit me retourner. Il souriait. Il m'embrassa à nouveau en m'enlaçant la taille cette fois.

— Tu n'as rien mis d'autre qu'un T-shirt pour descendre ?

— Non, dis-je d'une voix légèrement tremblante. Et je viens de retirer mon pantalon.

Sa main se posa sur le haut de ma cuisse, contourna ma hanche, caressa mes fesses. Je réprimai un soupir. Nos lèvres s'effleurèrent puis se mordillèrent. Bon sang que c'était bon ! Je retirai mon haut et m'assis à califourchon sur lui, tandis qu'il se débarrassait de son T-shirt. C'est fou ce qu'il était sexy, jusque dans sa façon d'ôter ses fringues.

Je jetai au loin mon soutien-gorge et il approcha ses lèvres pour happer un de mes mamelons. Je rejetai la tête en arrière et glissai ma main entre ses jambes. Surprise ! Un début d'érection. J'imprimai à ma main un mouvement de va-et-vient et il serra les mâchoires. J'accélérai le tempo.

Adrian se durcit. Voyant qu'il était prêt, je l'enfourchai. Au diable les préliminaires. Tout ce que je voulais, c'était le sentir en moi.

J'étais tellement excitée qu'il n'eut aucun mal à me pénétrer, mais malgré cela je grimaçai de douleur. Il y avait des mois qu'on n'avait pas fait l'amour. Je poussai un gémissement et implorai :

— Doucement, Adrian.

— Depuis quand est-ce que tu aimes faire l'amour doucement ? me susurra-t-il d'une voix rauque.

Ferme-la, sinon tu vas tout faire foirer ! songeai-je.

Adrian me saisit par les hanches et commença à aller et venir en moi, la tête enfouie dans mes seins. J'allais lui faire remarquer qu'il allait un peu trop vite quand son téléphone sonna :

— Et merde ! grogna-t-il.

Et merde ! pensai-je quand, après deux petits coups de reins, je sentis qu'il éjaculait. Sans transition, il saisit son téléphone et se dirigea vers la salle de bains.

4

Mais enfin, Lola, qu'est-ce que tu fabriques ?

Installée devant la coiffeuse, Lola examina sa somptueuse chevelure chocolat. Elle avait beaucoup poussé depuis la dernière fois qu'elle était allée chez le coiffeur et lui arrivait désormais sous les seins. Elle se frotta soigneusement les joues pour en ôter toute trace de maquillage et seule persista une légère rougeur due à l'agitation de la soirée.

Sergio apparut dans l'angle du miroir et elle se retourna pour l'admirer. Elle ne voulait pas perdre une miette de ce corps sublime qui, d'un moment à l'autre, allait s'évaporer, ne laissant derrière lui qu'un souvenir vague et intangible.

Assis au bord du lit, vêtu seulement de son jean, il était l'homme le plus sexy de la planète. Lola laissa errer ses yeux sur son ventre plat aux muscles bien dessinés, puis remonta jusqu'à la toison qui recouvrait sa poitrine. Elle aurait pu passer une nuit entière à la caresser. Mais pour cela il aurait fallu plus d'intimité que pour une simple fellation sous la douche. De toute façon, c'était à prendre ou à laisser, se répétait-elle à longueur de temps. Lola n'était pas une de ces idiotes qui s'imaginaient qu'elles allaient pouvoir changer un type comme Sergio. Beaucoup de choses les séparaient, mais au lit ils n'avaient aucun problème et elle se sentait tellement bien avec lui…

Ils s'étaient rencontrés au boulot, avec toutes les complications que cela supposait. Au début, il y avait eu des regards échangés, une ou deux blagues, un café dans le couloir et enfin une bière avec le reste des collègues à la sortie du bureau. Après cela, profitant d'une soirée d'entreprise où ils étaient restés jusqu'à la fin, ils avaient été les derniers à quitter le bar. Le dernier cocktail, ils l'avaient pris chez Lola. J'imagine que vous avez compris ce que j'entends par « dernier cocktail ». Ils avaient couché ensemble… puis remis ça trois fois dans la foulée. Je connais les détails, mais à la seule idée de Lola se livrant à des ébats amoureux, je sens mes joues s'empourprer. Oh, et puis zut ! D'abord ils ont fait ça sur le tapis dans l'entrée. Puis, elle a eu droit à un cunnilingus de derrière les fagots et, après deux cigarettes, il l'a prise en levrette sur le lit.

Carmen adore écouter Lola raconter ses parties de jambes en l'air. C'est comme de le vivre soi-même, dit-elle. Ce en quoi elle n'a pas tort. Lola est une grande conteuse d'histoires érotico-festives. C'est sans doute pour cela que je me mets à rire et à rougir en me cachant derrière un coussin ou une serviette de table ou n'importe quel objet me tombant sous la main quand j'entends une confession pornographique de ce genre.

C'est ainsi que nous avons découvert que Sergio était une bête… de sexe s'entend. D'ailleurs, nous l'avons surnommé La Bête. Il la faisait rugir de plaisir et en plus il était super mignon. Il possédait une élégance naturelle qui ne le quittait jamais, même après dix heures passées au bureau et sept cocktails descendus au bar du coin. Non, sérieux, Sergio était un surhomme ; la virilité incarnée. Cheveux bruns et yeux marron, bouche sensuelle et sourire ravageur. Avec, en plus, un appart sublime, une bagnole puissante dans laquelle lui et Lola s'envoyaient en l'air au moins une fois par semaine, un grand sens de l'humour, une dentition parfaite et… une fiancée richissime.

Si, si, richissime. Et c'était bien là tout le problème, la raison pour laquelle Lola devait lutter de toutes ses forces contre l'envie de ne plus jamais avoir à travailler…

Quand elle accepta de regarder la réalité en face, il était déjà trop tard. Elle était raide dingue de Sergio. Lola prétendait qu'elle ne savait pas ce que voulait dire aimer un homme, et que ce qu'elle éprouvait pour lui n'était pas de l'amour.

— Ce qui me plaît chez lui, c'est sa façon de me mettre sur les roues arrière.

C'était l'unique arme dont elle disposait : le déni. Sur quoi, elle nous assurait quc, si elle s'amourachait un jour, ce serait d'une femme. Pas parce que les femmes l'attiraient, mais par pur esprit de contradiction.

À d'autres ! Il suffisait de voir comment elle le dévorait des yeux…

Lola est traductrice dans une maison d'édition. Sous des dehors sexy et frivoles se cache une maîtresse femme qui domine l'anglais et le français, l'allemand et l'italien, et peut même baragouiner quelques mots de chinois.

En tant que chef de service n'ayant pas de bureau à lui, Sergio se trouve toujours dans un rayon de cinq mètres. Torture garantie. D'où la situation insoutenable qui s'est créée entre eux : Sergio flirtant de loin en ayant l'air de ne pas y toucher. Ce qui rend Lola dingue. Personnellement, je crois qu'il y a une masochiste qui sommeille en elle.

Chaque jour, Lola se répétait que le jeu n'en valait pas la chandelle. Et elle serait presque parvenue à s'en persuader si, à l'heure de la fermeture, lorsque tous les autres avaient quitté le bureau, Sergio ne lui susurrait pas à l'oreille qu'il l'attendait en bas de chez lui dans une demi-heure… Ses bonnes résolutions réduites en miettes, Lola s'empressait d'aller enfiler des dessous sexy. Et au diable nos conseils ou nos recommandations ! Elle ne pensait à rien d'autre qu'à passer du bon temps avec lui, et à s'envoyer en l'air.

Ce jour-là, ce fut elle qui tenta le diable. On était samedi et elle avait décidé de faire la grasse mat afin d'être en forme pour la soirée que nous avions prévu de passer toutes ensemble dans notre restaurant préféré. Sauf qu'à neuf heures du matin elle était parfaitement réveillée. Sergio lui avait laissé entendre qu'il serait seul pendant tout le week-end, si bien qu'à dix heures, après avoir mis la maison en ordre et s'être douchée… elle avait cédé à la tentation de lui envoyer un texto :

J'ai quelques heures à perdre jusqu'à ce soir.

Deux minutes plus tard, il répondait :

Mets ton parfum à la fraise, j'arrive.

Deux heures plus tard, Sergio sonnait à sa porte, et sans lui laisser le temps de protester, la plaquait contre un mur et lui arrachait ses vêtements. Tout ce qu'il voulait, c'était la prendre dans l'entrée, sur le tapis. Et il le faisait tellement bien qu'elle était à la limite de tourner de l'œil.

— Elle te manquait tant que ça ma… ? lui dit-il tout en se frayant un chemin entre ses cuisses.

— Oh, oui…

Plus romantique, tu meurs !

Après une délicieuse empoignade amoureuse, ils prirent une douche chaude puis s'écroulèrent sur le lit où ils remirent le couvert. Une heure durant, Sergio alterna gémissements de plaisir et allusions cochonnes. Émouvant ? Pas vraiment. C'était du sexe à l'état pur, et pour Lola le sexe n'avait pas besoin d'être émouvant.

Et voilà qu'elle se retrouvait à l'observer dans le miroir de sa minuscule coiffeuse.

— Je prépare un petit quelque chose à manger ? murmura-t-elle en faisant comme si elle se fichait pas mal qu'il reste ou non.

Il était déjà en train de se rhabiller. Il ne faisait pas partie de ces types qui perdent leur temps à faire des mamours après avoir joui, non sans avoir au préalable donné du plaisir à leur partenaire.

Sergio allait ouvrir la bouche pour répondre, mais au même instant une sonnerie retentit. Lola mit un certain temps avant de réaliser qu'il s'agissait du portable de Sergio, qui gisait à terre. Il se baissa pour le ramasser, jeta un coup d'œil à l'écran, puis demanda à Lola de ne pas faire de bruit.

— Salut, chérie.

Jamais Lola n'avouera combien elle s'est sentie humiliée, parce qu'elle est trop fière pour cela, mais ces paroles attendries adressées à sa fiancée, dont elle ignorait le nom, lui firent l'effet d'un coup de poignard. Fière peut-être, mais malgré tout humaine.

Sergio sortit dans le couloir et, après une conversation brève, mais chaleureuse, avec cette mystérieuse petite amie, revint dans la chambre. Lola était contrariée et ça se voyait à ses sourcils froncés et ses lèvres pincées.

Je n'arrivais pas à croire que quelqu'un comme Lola puisse tolérer pareille attitude, même de la part de l'homme le plus sexy de la planète. Elle avait beau nous dire et nous répéter que Sergio était un amant hors pair, nous savions bien que la seule chose qui nous pousse à agir ainsi c'est l'amour inconditionnel et aveugle.

Cédant à un subit accès de faiblesse, elle quémanda :

— Tu restes un peu ?

— Oui, un peu. J'ai du temps jusqu'à ce soir.

Bien que reléguée au rôle de bouche-trou des fins de semaine, Lola se réjouit intérieurement. L'autre fille avait peut-être droit aux bisous et aux câlins, mais Lola, elle, connaissait Sergio sous son vrai jour et savait à quoi s'en tenir…

C'est du moins ce qu'elle croyait, car nous, ses copines, ne voyions pas les choses ainsi.

Ils prirent tous deux place devant la fenêtre pour siroter un verre de vin tandis que le ragoût mijotait dans la minuscule cuisine, répandant dans la maison une vague odeur d'épices. Elle l'observait, fascinée par la perfection de ses traits, tandis que Sergio jetait un coup d'œil au dehors pour s'assurer que sa voiture n'avait pas été embarquée par la fourrière.

C'est alors qu'il lui lança de but en blanc :

— Mais, dis-moi, Lola, pourquoi est-ce que tu n'as pas de fiancé ?

— Hmm…, je ne sais pas au juste.

Sa question l'avait subitement ramenée à la réalité de leur relation.

— Il n'y a vraiment personne ?

— Si, répondit-elle en détournant les yeux.

— Et donc, c'est quoi le problème ? Il n'a pas envie de te partager avec un autre ? dit-il en souriant de toutes ses dents.

— Le problème c'est qu'il est aussi délicat qu'un gant de crin et bête à manger du foin, répondit-elle en s'éloignant de la fenêtre.

— Allons bon, j'ai dit quelque chose qui ne t'a pas plu ? s'exclama Sergio abasourdi.

— Sergio, s'il te plaît…

Lola se mit à touiller la sauce en lui tournant le dos pour qu'il ne voie pas qu'elle était hors d'elle.

— Je voulais simplement dire que… tu ne dois pas t'empêcher de vivre pour ça. Tu sais bien ce qu'il y a entre nous et ce que cela signifie.

— Oui, d'autant mieux que tu ne te prives pas de me le rappeler !

— Allons, calme-toi.

Lola se dirigea vers le petit salon où se trouvait son sac. Elle en sortit une cigarette et l'alluma. Puis elle prit son agenda et inscrivit sur la page du samedi : « NB : ne plus rappeler Sergio. Il est *borderline.* »

Elle trouva ça drôle et sourit.

— Tu es folle, Lola, s'esclaffa Sergio.

— Le problème c'est que tu ne me prends pas au sérieux. Tout ce que tu veux, c'est que je sois toujours prête et de bonne humeur, et je suis sûre que tu prends ton pied avec moi, mais quand il est question de choses sérieuses…

— S'il te plaît, arrête ! Tu n'es pas comme les autres nanas. Ce n'est pas ton genre de faire des scènes. On aime passer du bon temps ensemble, point barre.

— Passer du bon temps… qui ça ? Toi ou moi ?

— Tu me fatigues, Lola.

Elle sourit de nouveau grâce à une autre blague intérieure : elle s'imaginait versant le ragoût bouillant dans son jean, puis sectionnant son zizi pour le jeter en pâture aux chats du quartier. Elle soupira et ajouta, pour clore la conversation :

— J'ai besoin d'un homme qui me comprenne.

— Dans ce cas, sache que je ne suis pas cet homme-là.

Lola se renfrogna. Elle n'aimait pas ce genre d'affirmations catégoriques qui la faisaient se sentir toute petite et honteuse. Cependant sa colère ne dura pas… car Sergio l'embrassa dans la nuque et lui murmura qu'il leur restait juste assez de temps pour faire des galipettes. Elle oublia tout, y compris sa dignité, et se jetant dans ses bras, l'embrassa avidement.

5

On ne devrait pas travailler le samedi

À neuf heures du matin, Carmen était déjà levée. Sa manie de laisser son iPhone allumé toute la nuit sur sa table de chevet lui avait joué un mauvais tour. À huit heures moins le quart, son chef lui avait envoyé un courriel au ton comminatoire :

> Hier, vous ne m'avez pas remis le *brief* du nouveau client. S'il n'est pas sur mon bureau lundi matin à la première heure, c'est le travail de toute l'équipe qui va être retardé et vous allez devoir vous en expliquer avec eux, car je n'ai aucune envie de prendre votre défense.

C'était une mise en garde des plus explicites. Ce salopard ne dormait donc jamais ? Carmen aurait juré qu'il carburait aux amphétamines.

Le rapport était terminé et même imprimé, mais elle avait oublié de le monter et de le déposer sur son bureau. N'ayant pas de copie du fichier à portée de main, elle décida de le réécrire entièrement et de l'envoyer sans délai à ce triple connard (ce sont ses propres paroles).

Il lui fallut une demi-heure. À huit heures et quart, le rapport était envoyé accompagné de ce message :

> Ci-joint la copie du rapport auquel vous ne manquerez pas d'apporter quelque deux cent mille corrections.

Un poil de condescendance et d'insolence ne lui ferait pas de mal. Elle songea à ajouter qu'une personne éduquée n'envoyait pas ce genre de messages à une heure pareille, mais Daniel, ainsi que se prénommait son supérieur, lui aurait probablement répondu qu'elle n'avait qu'à éteindre son smartphone si elle voulait dormir sur ses deux oreilles.

À dix heures et demie, en sortant de la douche, elle trouva un nouveau courriel avec les corrections en rouge, qu'elle dut relire et relire avant de le renvoyer à nouveau. Tant et si bien qu'il était cinq heures et demie de l'après-midi quand Carmen put enfin se libérer. Sauf qu'il était trop tard pour songer à faire la sieste ou même à se détendre en écoutant de la musique. Ce n'était pas une vie.

Demain, j'éteins mon iPhone. Il faut absolument que je perde cette habitude ridicule, se promit-elle.

Elle décida d'utiliser un agenda, comme celui de Lola, pour noter par écrit cette résolution et ne jamais l'oublier. Après avoir passé un bout de temps sur Instagram à commenter les nouvelles photos de ses amies (son passe-temps favori), elle se sentit d'humeur contemplative et alluma des bougies sur la table du salon. Mais une fois calée dans le canapé, elle réalisa qu'elle était toujours en train de ruminer sa prise de bec du matin avec Daniel, et que si elle continuait sur cette lancée elle allait fiche son week-end en l'air. Elle aurait dû se réjouir de la soirée que nous avions prévu de passer toutes ensemble et qui allait lui donner l'occasion d'étrenner sa nouvelle robe. Si sa vie sociale était limitée ces derniers mois, c'était davantage à cause de ses obligations que parce qu'elle manquait de motivation. Elle était toujours partante pour prendre un verre en sortant du boulot, mais ses collègues ne se voyaient pour ainsi dire jamais en dehors du bureau et quant à nous... Pfff, arriver à nous réunir toutes les quatre relevait du tour de force.

En théorie, Lola sortait à la même heure qu'elle, mais en réalité elle finissait toujours plus tôt et se retrouvait embarquée dans des noubas pas possibles. Nous ne fûmes pas le moins du monde surprises lorsqu'une fois elle nous avoua qu'elle avait passé une soirée délirante en compagnie du Cirque du Soleil. Carmen, en revanche, avait pris l'habitude de rallonger sa journée de travail d'une heure, parce qu'elle craignait que son chef lui reproche de ne pas faire de zèle.

Pour ma part, depuis que j'avais laissé tomber mon boulot, je passais le plus clair de mon temps à la maison, mais comme ma veine créative semblait en train de se tarir, je me disais qu'il valait mieux que je reste enfermée, même sans écrire, pour ne pas culpabiliser et me dire quc j'avais «perdu» mon temps à faire la fête et claqué du fric pour rien.

Nerea... Nerea était presque toujours indisponible. Même au téléphone. Pour arriver à la joindre, il fallait lui laisser un message sur son fixe et son portable; c'était la seule façon d'être prise au sérieux. De plus, il fallait la prévenir au moins un jour avant pour qu'elle puisse annuler un des mille et un trucs qu'elle faisait en sortant du bureau. Danse du ventre, natation, méditation transcendantale… Chaque année il lui venait une lubie différente.

Carmen se remit à penser à Daniel. Lola lui avait dit qu'elle le trouvait séduisant… Mais pour elle ce n'était qu'un bellâtre odieux. La perfection la barbait. Elle préférait les visages marqués, qui racontaient une histoire. Elle préférait se pelotonner dans les bras protecteurs d'un homme qui la faisait se sentir toute petite, plutôt que de se retrouver au plumard avec un accro des salles de sport aux abdos en béton. Elle se demandait parfois si elle n'était pas à la recherche d'un deuxième père… Le fait est qu'elle aimait vivre seule dans sa minuscule soupente. Son royaume. Ici, elle seule commandait. Mais, d'un autre côté, elle risquait de s'encroûter. Il y avait des lustres qu'un homme ne lui avait pas fait d'avances. Bon sang ! Était-elle en train de perdre son pouvoir de séduction, à vingt-sept ans ?

Elle avait trois ans de moins que Barto, le seul mec qui l'intéressait.

Sauf qu'ils ne partageraient rien d'autre que la bière qu'ils buvaient ensemble à la sortie du bureau ou l'expresso pris sur le pouce à l'heure de la pause.

Une chanson de Lenny Kravitz passait à la radio. Elle songea, nostalgique, à la fois où Barto avait essayé de lui prendre la main dans la voiture. Qu'est-ce qui avait changé depuis lors ? Chaque soir, elle rêvait qu'elle le faisait sortir de sa coquille. Elle s'imaginait en train de caresser les poils de ses bras ou son menton étonnamment glabre. Elle sourit en repensant à l'expression paniquée dans ses prunelles, la fois où ils s'étaient un peu trop rapprochés l'un de l'autre dans le réduit de la photocopieuse…

C'était aussi bien ainsi. Du moins avec Barto. La relation de Lola avec son chef de service ne donnait guère envie de se lancer dans une liaison avec un collègue de travail. Certes, le côté clandestin de la chose avait quelque chose d'excitant… Mais mieux valait s'en tenir là.

Elle jeta un coup d'œil à la pendule. Sept heures et demie. Elle ferait bien de commencer à se préparer si elle ne voulait pas louper le début de l'histoire de Nerea, qui n'allait pas tout reprendre de zéro pour ses beaux yeux. Ce soir-là, nous devions toutes faire preuve d'une ponctualité exemplaire.

6

Qui donc est cet homme parfait et où l'as-tu rencontré ? Je veux le même !

À neuf heures et quart, j'étais déjà à la porte du restau et moins de dix minutes plus tard, les autres firent une à une leur apparition. La dernière était Nerea, qui se pointa à l'heure pile avec une ponctualité de coucou suisse.

Je ne pus m'empêcher de les regarder avec envie. Lola et sa luxuriante crinière ramassée en queue-de-cheval, ses lèvres peintes en rouge et son corsage noir transparent associé à un jean et une paire de talons vertigineux.

Carmen, les cheveux défaits et ondulés, en pull noir *oversize* porté avec une ceinture qui faisait ressortir sa taille étroite et un jean *slim fit*, complété par des ballerines imitation panthère.

Nerea arborait une robe chemise noire et des chaussures à plateforme *peep toe* qui laissaient entrevoir une pédicure française impeccable.

Et enfin, moi, en T-shirt noir pas repassé, leggings bouloches et ballerines éculées. Brusquement, je me sentis sale, puis je me rappelai que j'avais pris une douche bien chaude et que je sentais l'eau de Cologne pour bébé et l'adoucissant. Pas sophistiquée, mais bien récurée.

J'inspirai profondément. On allait passer une soirée d'enfer, et dans notre restaurant préféré par-dessus le marché. Intime sans être romantique, l'endroit invitait aux confidences. Sur les tables plutôt petites brûlait la flamme solitaire d'une bougie à la vanille ou à la noix de coco. Les cocktails étaient bien chargés, et les mets créatifs, légers et bon marché. Comme disait Lola : « Cool et sans chichi. »

Nous nous installâmes au fond de la salle, dans une sorte d'espace privé qu'il valait mieux réserver vingt-quatre heures à l'avance ; un peu comme Nerea.

Le garçon nous apporta les boissons, puis tous les regards se portèrent sur Nerea qui jacassait à tort et à travers et semblait particulièrement en verve.

— J'adore ton jean, Carmenchou. C'est la première fois que tu le mets ?

Je me raclai la gorge et dis :

— Je vois ! Ne cherche pas à faire diversion. Raconte-nous tout !

Nerea prit une gorgée de vin, puis, souriant de toutes ses dents, déclara :

— Il y a plus de deux semaines qu'on ne s'est pas vues. Laissez-moi au moins vous dire combien je vous trouve belles !

Il ne pouvait s'agir que d'un subterfuge car, même si les autres étaient en beauté, qui aurait osé me lancer un tel compliment ?

Lola s'impatientait :

— Bon, alors, c'est pour aujourd'hui ou pour demain, Nerea ?

— Eh bien… oui, j'ai rencontré quelqu'un. En fait, je ne vous en ai pas parlé avant parce que je n'étais pas certaine qu'il me plaisait vraiment. Je ne voulais pas vous donner de fausses joies.

— C'est du sérieux, alors ?

— Oh, mais tout à fait !

Nous trinquâmes toutes ensemble, puis elle reprit :

— Il y a un mois environ, on m'a invitée à la fête d'anniversaire d'un collègue de travail. Je n'avais aucune envie d'y aller, mais je n'ai pas osé refuser de crainte de le froisser. Si bien que j'ai enfilé une jolie robe et une paire de talons vertigineux, pensant que je n'allais pas m'attarder suffisamment pour attraper des ampoules. Mais, à un moment donné, je me suis éloignée du groupe pour rattraper un serveur qui portait un plateau de boissons. Et voilà que je trébuche et que je renverse mon verre sur un type qui se trouvait là. Le type s'est mis à hurler que je venais de tacher son costard à je ne sais combien de milliers d'euros. J'étais rouge de honte et à deux doigts de fondre en larmes !

— C'est lui, le prince charmant de l'histoire ? demandai-je en écarquillant les yeux.

— Non, lui, c'était le monstre, sourit-elle, avant d'ajouter : Et donc, juste au moment où j'allais prendre mes jambes à mon cou, quelqu'un s'est approché et, très poliment, a expliqué au type qu'il s'agissait d'un accident. Il lui a dit : « Si c'était vous qui aviez bousculé quelqu'un par mégarde, ça vous aurait fait plaisir qu'on vous abreuve d'injures ? » L'ogre n'a pas insisté, il a fait marche arrière et s'est fondu dans la foule, mais tout le monde avait vu la scène, y compris le gars qui fêtait son anniversaire. Le gentil chevalier a essayé de me réconforter, mais j'avais tellement honte que c'est à peine si je lui ai dit merci.

J'ai filé sans demander mon reste, persuadée que j'allais trouver un taxi en moins de deux. Mais il m'a rattrapée et m'a demandé si ça allait. Quand je lui ai avoué que j'étais un peu chamboulée, et que j'avais besoin de prendre l'air, il m'a proposé de me tenir compagnie jusqu'à ce que je me sente mieux.

— Cool ! s'exclama Carmen.

— Ouais. Et au final, j'ai passé une super soirée, même si j'avais les pieds en compote après. Il est très drôle, figurez-vous. Et il a su me mettre à l'aise. Il m'a raccompagnée jusque chez moi, m'a demandé mon numéro de téléphone, et le lendemain il m'a invitée à prendre un verre. Puis on a remis ça la semaine d'après, et celle d'après… Et depuis on n'arrête pas de se voir et il m'a même invitée à dîner chez lui…

— Oh, oh ! Voilà qui devient intéressant ! s'écria Lola. J'avais peur que tu t'en tiennes à nous lister les bars dans lesquels vous êtes allés.

Je faillis m'étrangler avec mon verre de vin.

— Je n'ai pas envie de tout gâcher en allant trop vite. Vous savez que je n'aime pas lasser mon public, expliqua Nerea en rougissant.

— Ça veut dire qu'ils n'ont pas encore couché, décréta Lola. Je propose qu'on parle d'autre chose.

— Non ! Parle-nous de lui ! exigea Carmen.

— Eh bien, il est grand, bien bâti, les yeux bleus et les cheveux châtains…, il est très beau et élégant. Et il a des bras parfaits… musclés…

— Et il est monté comme un taureau ? demanda Lola, avant de partir d'un rire sonore.

On nous avait apporté les plats depuis plusieurs minutes déjà, mais nous étions tellement captivées que nous n'y avions pas encore touché.

— Ce carpaccio a l'air fameux, murmura Nerea en prenant sa fourchette.

— Tss, tss, revenons-en à nos moutons, suggéra Carmen.

— Lola a raison, je n'ai pas grand-chose à raconter. La semaine dernière, nous avons dîné chez lui, je crois que c'était le jeudi. On s'est embrassés longtemps, et on s'est un peu dévêtus, mais on n'est pas allés plus loin. C'est une chose que j'apprécie chez lui. Il n'est pas pressant. Et puis… il embrasse divinement ! Il me rend folle. Il est tellement… comment dire… parfait.

— Parfait ? répétai-je doucement. Personne n'est parfait. Il y a toujours un petit défaut qui se cache quelque part et qui finit par nous décevoir.

— C'est vrai. Comme les verrues génitales, même si elles ne sont pas contagieuses, déclara Lola qui ne savait manifestement pas de quoi elle parlait.

Nerea lui jeta un regard en biais, puis se tournant vers nous :

— Je ne parlais pas de perfection absolue, mais relative, conforme à mon expérience. On s'entend vraiment bien lui et moi…

Certaine que Nerea n'allait rien ajouter de palpitant, Carmen se leva pour aller aux toilettes, et nous commençâmes à manger.

— Mais au fait, Nerea, il fait quoi dans la vie ? demandai-je.

Au même instant, un smartphone se mit à vibrer sur la table et Nerea s'en empara pour décrocher.

— Justement, c'est lui, dit-elle. Il adore m'envoyer des textos quand nous ne nous voyons pas. Je vous les lis ?

— Pourquoi est-ce que vous avez toutes un fichu smartphone ? ronchonna Lola.

— Pas moi, objectai-je, la bouche pleine.

— Toi, Lola, tu as bien un agenda, lui fit remarquer Nerea, comme s'il s'agissait d'un objet préhistorique.

Je manquai m'étrangler de rire.

— Allez, lis, ne t'inquiète pas pour Valeria, tu sais bien qu'elle avale de travers pour un oui pour un non.

> Salut beauté. J'espère que tu t'éclates avec tes copines. Toutes ces femmes réunies, ça me fait peur ! Tu me manques. Tu me réserves la soirée de demain ? Je te promets de te ramener pas trop tard chez toi ; juste une bouteille de vin. En attendant, je t'envoie un baiser que j'aimerais mieux te donner en vrai.

Carmen revint à l'instant précis où Nerea rangeait son téléphone dans son sac à main. Elle s'approcha de moi, me donna une tape dans le dos, puis me tendit un verre d'eau et demanda de quoi nous étions en train de parler.

— Nerea était en train de nous lire un texto de son fiancé et Valeria s'est étouffée de rire, comme d'hab.

— Nous ne sommes pas fiancés, juste amis, rectifia Nerea.

— Moi aussi, je veux un fiancé. Je suis la seule célibataire du groupe, rouspéta Carmen en reprenant sa place autour de la table.

— Ne dis pas de sottises, tu veux ? Pourquoi nous mettre en couple alors que nous sommes très bien toutes seules ! dis-je, une fois mon souffle retrouvé.

— Ne le prends pas mal, Valeria, mais ton avis ne compte pas dans la mesure où tu es mariée depuis six ans avec l'homme de tes rêves..., intervint Nerea.

— Bof.

— Et ton collègue ? Comment il s'appelait déjà ? demanda Lola à Carmen, qui avait la bouche pleine.

— Barto, répondit Nerea à sa place.

— C'est ça, Barto… confirma Lola. Et donc, quoi de neuf ? Il t'a enfin sautée, ou est-ce qu'il continue à faire sa chochotte ?

Tous les yeux se tournèrent vers Lola, dont le franc-parler ne laissait jamais de nous surprendre. Carmen décida de faire comme si de rien n'était et répondit tout naturellement :

— Toujours pareil. Barto ne s'est ni rapproché ni éloigné.

— Tu devrais prendre les devants, suggérai-je. Invite-le à prendre un verre. De façon claire. Pas en disant : On pourrait peut-être sortir prendre un pot un de ces jours, mais plutôt : Ça me dirait bien d'aller voir tel film ce week-end, pas toi ?

— Ou bien : J'ai la chatte en feu. Ça te dirait d'éteindre l'incendie ? lança Lola, puis elle éclata de rire, et Nerea l'imita malgré elle.

Carmen rougit.

— Mais non, voyons. Je ne peux pas faire ça.

— Bien sûr que non. C'est à lui de faire le premier pas, dit Nerea.

— Comment ça ?

— Carmenchou, ne les écoute pas.

— Il me faudrait une bonne excuse…

— Dans ce cas, nous allons devoir t'inviter à un événement mondain où tu devras te rendre avec un cavalier.

Je souris tandis qu'une vague idée commençait à germer dans ma tête.

7

Je trouve une excuse et tu te charges du reste

Je rentrai à la maison à l'aube et trouvai mon mari scotché devant la télé, en train de mâcher du chewing-gum. Je titubai un court instant, puis m'écroulai tout habillée sur le lit en déclarant :

— Nous allons organiser une petite fête à la maison.

— En quel honneur ? demanda-t-il surpris.

— Carmen a besoin d'un coup de main pour se faire un mec.

— Et pourquoi chez nous ? Notre maison aurait-elle des vertus aphrodisiaques ?

Je ne répondis pas. J'essayais de comprendre si c'était moi qui tournais comme une toupie ou la chambre qui voltigeait autour de moi.

Le lendemain, après avoir avalé deux cachets d'aspirine pour calmer mon effroyable gueule de bois, je lui exposai mon plan. Nous allions organiser une soirée en petit comité, nous deux et chacune de mes amies avec son cavalier. Ainsi, Carmen pourrait laisser entendre à Barto qu'elle ne voulait pas y aller seule pour ne pas se sentir mal à l'aise. Et s'il était tel qu'elle nous l'avait décrit, il y avait de fortes chances pour qu'il se propose de l'accompagner.

Comme prétexte, nous invoquerions la présentation de la nouvelle collection de photos d'Adrian à nos amis les plus intimes. En réalité, tous les murs de l'appartement ou presque étaient recouverts de centaines de photos d'Adrian, mais cela, Barto ne pouvait pas le savoir.

Adrian ronchonna un peu. Il n'avait pas envie de se comporter comme « l'artiste » que les gens espèrent rencontrer quand ils vont à une expo. Mais quand je lui expliquai que le nombre des convives ne dépasserait pas huit personnes, nous inclus, il se calma. De toute façon, nous n'avions pas la place d'accueillir plus de monde.

Je passai la semaine à m'occuper des préparatifs. Je songeais que cette petite fête allait stimuler ma créativité, ou je l'espérais tout au moins. Et le fait est que je retrouvai le moral et la force de me donner un coup de brosse chaque matin.

Faire la connaissance de Barto aussi me stimulait. Je me le représentais comme le héros idéal d'un roman sentimental ; le garçon adorable que la protagoniste ne remarque pas jusqu'à ce que le beau gosse finisse par la planter là. Un peu comme Humphrey Bogart, accoudé au comptoir d'un piano-bar et grillant une clope après l'autre tout en sirotant un double whisky. Enfin, des lubies à moi.

La soirée était programmée pour le vendredi, le jour idéal dans la mesure où personne ne pouvait invoquer d'excuses, genre « Je dois me lever tôt demain matin ». Je passai donc toute la journée du jeudi à nettoyer l'appart (ou le palais de Polly Pocket, comme je l'ai surnommé), faire la popote et gérer l'organisation (c'est-à-dire à emprunter de la vaisselle et des verres à ma sœur).

Au menu : sushis et sashimis, makis au saumon et à l'avocat, verrines et bouchées apéritives. Adrian n'en revenait pas. La dernière fois qu'il m'avait vue aux fourneaux remontait à l'époque des bottines à bouts carrés.

Le soir, j'appelai Carmen, impatiente de savoir si elle avait osé demander à Barto de l'escorter. Mortifiée, elle m'avoua qu'elle avait attendu la dernière minute, quand ils étaient dans l'ascenseur en présence d'un tas d'inconnus, pour le lui demander, et lui avait présenté la chose avec des sanglots dans la voix.

— Je lui ai dit que toutes mes amies viendraient accompagnées, et que je risquais de ne pas me sentir à ma place si j'y allais seule.

— Et ? Il t'a proposé de t'escorter ?

— Penses-tu ! Il n'en a pas eu le temps. J'étais tellement nerveuse que j'ai commencé à bafouiller et que j'ai fini par le supplier de venir avec moi.

— Supplier comment ? demandai-je en bénissant le ciel de ne plus faire partie de la cohorte des filles à caser qui se livrent à ce genre d'extrémités.

— Je lui ai pris le bras et je lui ai demandé de m'accompagner pour avoir au moins quelqu'un avec qui parler.

— Bah, ce n'est pas trop mal. Plutôt direct, du style « un service entre collègues ».

— Je n'en sais rien, Valeria, mais j'avais les joues en feu et je me suis mise à hyperventiler.

Adrian, qui suivait la conversation à partir de mes réponses, semblait fasciné par la nature féminine.

— Elle aurait dû inviter son chef, suggéra-t-il.

— Dis-lui que je l'ai entendu, et que je vais lui faire avaler sa langue, s'il fait encore une fois allusion à ce salopard, qui m'en a encore fait voir de toutes les couleurs aujourd'hui.

Je me tournai vers Adrian.

— Elle dit qu'elle te trouve très drôle et qu'elle t'adore.

— Non ! Ne raconte pas n'importe quoi ! Dis-lui que je vais l'étrangler ! s'écria-t-elle, en éclatant de rire à l'autre bout de la ligne.

Le vendredi matin – j'étais en train de revoir l'ordre des chapitres de mon roman pour voir si cela changeait quelque chose –, je reçus un courriel de Nerea. Nous avions beau être ses meilleures amies, chaque fois qu'elle nous écrivait un mail, c'était avec une politesse distante.

> Chère Valeria,
>
> Je suis au regret de t'informer que je ne vais pas pouvoir vous présenter mon petit ami. Il est débordé de travail et, pour être tout à fait franche, je ne lui ai même pas parlé de la fête pour ne pas l'accabler. Étant très bien élevé, je sais qu'il n'aurait pas osé décliner l'invitation, même s'il a un millier de choses à faire.
>
> Quoi qu'il en soit, je te confirme que je viendrai, mais avec Jordi qui, comme tu le sais, adore les photos d'Adrian, et rêve de voir à quoi ressemble votre nid.
>
> XX
>
> PS : J'apporterai une bouteille de gin.

J'aurais dû m'y attendre ! Je ne doutais pas une seconde que son jeune cadre dynamique croule sous le boulot, mais je savais que c'était une excuse bidon. Telle que je connaissais Nerea, elle tenait à faire les choses dans les règles, le moment venu, et avec tout le tralala de circonstance. De toute façon, elle avait su sauver la face en invitant Jordi, et l'alibi de Carmen demeurait intact.

À dix heures du soir, tout était prêt pour recevoir les invités, y compris moi, avec une robe que je n'avais pas mise depuis le pléistocène et mes chaussures préférées – cadeau d'Adrian durant notre lune de miel. Mes pieds poussèrent des cris de douleur et mes jambes de joie en se voyant soudain si longues et fuselées. Quant à moi, qui ne me sentais pas spécialement à mon avantage, je n'avais qu'une envie : enfiler mon pyjama et me mettre au lit.

La première à arriver fut Lola. La surprise fut de taille quand je la vis entrer avec Sergio. Ils n'allaient jamais nulle part ensemble. Mais bon, ils étaient peut-être venus à la soirée séparément.

Lola portait une robe noire moulante échancrée, qui lui allait comme un gant. Ses chaussures à talons vertigineux mettaient en valeur sa silhouette sublime. Son décolleté évoquait un balcon joliment garni qui attirait le regard, mais sans la moindre vulgarité. Ses lèvres pulpeuses étaient peintes en rouge et une frange parfaite lui barrait le front, tandis que sa longue chevelure retombait en cascade sur ses épaules et sa poitrine. Elle était sublime et Sergio la dévorait des yeux.

— Tu es superbe ! m'écriai-je enthousiaste.

— Merci, ma chérie. Toi aussi ! (Puis, avec un clin d'œil discret, elle me dit :) Au fait, tu connais Sergio ?

— Hum, répondis-je, hésitante.

Je ne savais pas si j'étais censée le connaître ou pas dès lors qu'elle m'avait montré une ou deux photos de lui.

— Oui, il me semble que nous nous sommes vus une fois, dit-il d'une voix mielleuse.

— Entrez donc et servez-vous un verre. Les autres ne devraient pas tarder à arriver.

Adossé à un mur, avec l'air de quelqu'un qui souffre le martyre, Adrian les salua d'un :

— Vin ou bière ?

Quel ours ! La joie de vivre personnifiée…

Carmen arriva peu après. Quand j'ouvris la porte, Barto et elle étaient en train de plaisanter et de rire à gorge déployée. Je ne fus pas le moins du monde surprise par l'allure de Barto ; il était exactement comme je me l'étais imaginé (à l'exception du chapeau mou à la Bogart).

Au premier abord c'était un type assez ordinaire, mais après quelques minutes de conversation je le trouvais plutôt attirant. Timide, avec une voix sensuelle, un bon mètre quatre-vingt-cinq et des épaules larges, à côté de lui Carmen avait l'air d'une petite chose fragile. Si les hommes, comme les accessoires de mode, nous mettent plus ou moins en valeur, Barto allait comme un gant à Carmen – qui passe généralement son temps à critiquer ses hanches qu'elle trouve trop larges, alors que ses formes voluptueuses sont tout ce qu'il y a de sexy. Le problème ce ne sont pas ses hanches, ses cuisses ou ses bras, mais le diktat de la mode qui nous impose des mensurations rachitiques. Quoique bien charpentée et adorant porter des talons, elle n'avait pas l'air plus grande que la moyenne à côté de Barto, et elle paraissait sûre d'elle et bien dans sa peau…

Comme je ne voulais pas monopoliser Barto, je le présentai à Adrian qui était en train de discuter avec Sergio à côté de la fenêtre, puis m'approchai de Lola et Carmen, en grande conversation.

— Alors, comment tu le trouves ? me demanda Carmen.

Barto avait un petit côté sexy, mais il n'était pas non plus à tomber à la renverse. Perso, je la trouvais beaucoup plus attirante que lui, mais c'était sans doute ce qu'elle trouvait excitant. Je cherchais quoi répondre quand Lola me brûla la politesse :

— Au risque de passer pour la dernière des garces, je t'avouerai que je ne me l'imaginais pas aussi mastoc.

— Mastoc ? À ce point ? demanda Carmen, quelque peu embarrassée.

— Il a un côté grosse baraque, mais ne le prends pas mal, ma puce, ça te fait paraître plus mince.

J'inspirai profondément et tapotai l'épaule de Lola pour l'inviter à la mettre en sourdine.

— Non, en fait, je voulais juste... Bref, tout ce que je dirai à partir de maintenant pourra être retenu contre moi.

— Il est charmant, déclarai-je pour calmer le jeu.

Carmen l'admira de loin, un sourire béat aux lèvres, puis se retourna vers nous, et murmura que c'était quelqu'un de spécial, même si, quand il était assis à son bureau, il se tenait toujours droit comme un i.

La sonnette retentit. C'était Nerea et Jordi. Nerea n'était pas du genre à arriver ne serait-ce que cinq minutes en retard à une soirée, mais Jordi, si. Elle portait un tailleur gris-brun, avec un haut en mousseline blanche qui laissait entrevoir un soutien-gorge en dentelle. C'était la seule touche un peu osée qu'elle s'autorisait pour aller travailler, mais elle faisait son cffet, car tous les hommes se retournèrent pour la regarder, y compris Adrian.

Non pas que cela m'ait dérangée – je suis habituée à ce que Nerea attire le regard des hommes – mais j'éprouvai un petit pincement de jalousie. Car cet homme-ci était mon mari. Celui qui, en six mois de temps, ne m'avait honorée sexuellement qu'une seule fois en trois minutes chrono, et qui avait cessé de me regarder depuis des lustres.

Ils passèrent dans le salon, et avant que j'aie pu faire les présentations, Nerea s'empara d'un verre de Martini et s'approcha de Carmen :

— Ne me dis pas que le mec qui te rend dingo c'est ce grand machin, là-bas ? lui murmura-t-elle.

En plein dans les dents !

Carmen la foudroya du regard, incapable de proférer un mot, tandis que Lola se pinçait pour ne pas éclater de rire. J'aurais dû en faire autant, mais craignant qu'un crêpage de chignon ne prenne place dans mon salon je toussotai et déclarai :

— Allons Nerea, tu ne sais donc pas qu'un tiens vaut mieux que deux tu l'auras ?

— Deux tu l'auras, répéta Nerea avec sarcasme.

Carmen souffla comme un taureau qui entre dans l'arène, et répliqua avec humeur :

— Madame Parfaite, sachez qu'il y en a parmi nous qui sont sorties de l'adolescence et qui ne s'intéressent pas qu'aux fringues et aux abdos en tablettes de chocolat. Et maintenant, si vous voulez bien m'excuser…

Je fixai Nerea du regard, espérant qu'elle allait lui présenter des excuses, mais son portable se mit à sonner et elle alla à la cuisine pour répondre.

Adrian s'approcha de moi et me demanda dans un murmure si Sergio était la fameuse « Bête » de Lola, comme nous l'avions surnommé. Je hochai la tête et il eut l'air surpris de voir mon expression quand je me retournai.

— Qu’est-ce qui se passe ?

— Carmen et Nerea se sont pris le bec. Ça leur arrive parfois.

— Ça démarre fort. Encore un verre et elles vont se sauter à la gorge pour de bon.

— Tu n’es pas drôle, Adrian.

Il sourit.

— T’inquiète, ça leur passera. Surtout, ne va pas t’en mêler. Laisse-les gérer ça toutes seules.

Nerea sortit de la cuisine en se passant négligemment une main dans les cheveux. Sous ses dehors BCBG, le Glaçon avait un tempérament de furie.

8

Fin de partie

À deux heures du matin, après une soirée plutôt détendue – sauf pour Nerea et Carmen qui ne s'étaient pour ainsi dire pas adressé la parole –, tous les invités se retirèrent, laissant derrière eux des cendriers pleins de mégots et des montagnes de vaisselle sale.

Lola fut la première à partir. Elle me fit la bise et me glissa à l'oreille qu'elle m'appellerait pour m'expliquer la situation.

Je n'avais pas besoin d'explications. Je savais que Sergio était jaloux comme un tigre. Aussi absurde que cela puisse paraître, il ne supportait pas l'idée que Lola ait une vie à elle. D'une façon plus ou moins consciente, il cherchait à la dominer et à la rendre dépendante. C'est tellement plus facile de se sentir bien dans ses pompes quand quelqu'un vous vénère comme un dieu.

Le fait est que le gars ne passait pas inaperçu. Beau et attirant : un corps sculpté par une fréquentation assidue de la salle de sport et une alimentation saine, un regard sombre et profond. Mais si beau soit-il, il me faisait autant d'effet qu'un bol d'eau tiède, ce qui nuisait gravement à son charisme. Peu m'importait qu'il soit monté comme un taureau, pour la bonne raison que ce genre de commentaires dans la bouche de Lola était toujours sujet à caution.

Ce qui est sûr, en tout cas, c'est qu'ils étaient repartis ensemble. Et que je les avais vus monter dans la même voiture quand j'avais jeté un coup d'œil par la fenêtre… Je vous laisse deviner comment ils allaient finir la soirée.

Lola adorait le regarder conduire. Ou pour dire les choses carrément : Lola était excitée comme une guenon en rut lorsqu'il prenait le volant. Mais elle se gardait bien de lui dire, pour ne pas flatter indûment son ego, et lui fournir l'occasion de la traiter de haut, comme il avait pris l'habitude de le faire.

En silence, ils échangèrent un regard complice. La fiancée de Sergio était de sortie avec un groupe d'amies ce soir-là, et lui, en bon garçon honnête et sincère, lui avait dit franchement qu'il allait sortir prendre un verre avec une copine. Naturellement, il avait omis de lui dire que la copine en question était sa maîtresse depuis presque un an. De même qu'il s'était abstenu de lui avouer qu'il lui en coûtait de ne pas la reluquer quand ils étaient au bureau et combien ça l'excitait de lui ôter sa culotte dans le parking de la boîte, et de la prendre sauvagement à l'arrière d'une camionnette de livraison.

Et, la vie étant ce qu'elle est, quand il appela Lola, elle lui annonça qu'elle avait prévu de se rendre à une soirée (la nôtre évidemment) avec un ami.

Son sang n'avait fait qu'un tour, même s'il n'en avait rien laissé paraître. Il savait très bien comment l'entortiller autour de son petit doigt, de sorte qu'il se contenta de lui dire qu'il avait très envie de la voir. Il mourait d'envie de la serrer contre lui, de l'embrasser et de lui mordiller le…

Il n'en fallut pas plus à Lola pour congédier son cavalier et proposer à Sergio de l'accompagner. Ce dernier accepta, mais uniquement parce que le plan lui semblait intéressant. Plus tard, il pourrait dire « en toute sincérité » à sa fiancée qu'ils étaient allés au vernissage de la nouvelle collection de photos d'un type qui travaillait pour le magazine *Horizonte*. Ainsi il n'aurait pas besoin d'inventer un bobard pour expliquer pourquoi il rentrait si tard.

À présent, dans la voiture, Sergio rompit le silence :

— Au fait, tes amies savent qui je suis ?

— Elles savent que tu es mon chef, si c'est ce que tu veux savoir.

— Je ne suis pas ton chef, Lola, dit-il en souriant.

— Presque, répondit-elle en regardant par la vitre.

— Si ça t'excite, après tout… Elles savent qu'on couche ensemble ?

— Oui.

Lola n'avait pas envie de lui mentir.

— Et quoi d'autre ?

— Eh bien, tout ce que je leur raconte : que tu es un salopard égocentré et fiancé, mais que tu es génial au plumard.

Il sourit, l'air content de lui, sans quitter la route des yeux. C'est tout ce qu'il voulait savoir.

— Et ça te va très bien comme ça, non ? murmura-t-il d'une voix sensuelle.

— Apparemment.

Ils échangèrent un regard et Lola s'en voulut à mort de s'être trahie elle-même sans le vouloir. C'était une femme forte et indépendante. Elle avait quitté la maison de ses parents à dix-huit ans pour partir étudier les langues à l'étranger, et après cela, elle n'avait plus rien demandé à personne, hormis le soutien de ses amies quand elle avait une décision importante à prendre.

Elle gagnait de l'argent, en mettait de côté et sortait, faisant constamment de nouvelles rencontres. Six ans durant elle était allée d'un pays à l'autre, et sans même s'en rendre compte elle était devenue la personne qu'elle rêvait d'être. À vingt-quatre ans, elle avait trouvé un job qui lui permettait de poursuivre ses études et moins de six mois plus tard elle était devenu parfaitement autonome.

Jamais elle n'avait eu besoin d'un homme comme Sergio, d'autant moins qu'il la traitait comme une moins que rien. Elle qui était toujours sortie avec deux garçons à la fois, et qui n'avait jamais entamé une relation sérieuse parce qu'elle n'en avait pas envie, souffrait, à présent, de constater que celui avec qui elle était prête à en avoir une ne voulait pas d'elle.

Ils étaient arrivés chez Lola. Elle ne comprenait pas pourquoi il fallait toujours qu'ils se voient chez elle, puis réalisa qu'ainsi il n'avait pas besoin d'effacer les traces de ses infidélités pour que sa fiancée ne les détecte pas.

Et si pesante que soit la situation, elle succomba, une fois de plus. Ils étaient déjà enlacés quand ils gravirent les marches. Arrivés sur le palier, Lola avait égaré sa petite culotte et Sergio lui avait passé une main entre les jambes. Cette fois, ils firent l'amour dans la cuisine, sur le plan de travail, pendant près d'une heure. De la sueur, des gémissements, des paroles cochonnes et des orgasmes violents qui transportaient Lola.

Ensuite, comme toujours, ils se douchèrent, puis il s'en alla en invoquant ses responsabilités du lendemain, samedi, auxquelles lui-même ne croyait pas.

Lola se recroquevilla, seule, sous la couette. Avant, ce genre de choses ne lui faisaient ni chaud ni froid, mais maintenant elle était mortifiée. Elle se sentait salie. Le plaisir l'emportait au septième ciel, mais ensuite, quand tout était fini, elle retombait sur terre, complètement fracassée.

Elle avait envie de pleurer, mais n'était même pas certaine d'y parvenir.

Carmen et Barto s'en allèrent ensuite. J'entendis Barto lui proposer de la ramener chez elle et songeai que l'affaire était dans le sac. Un baiser échangé tendrement sous le porche, et hop ! cric crac sur le sofa.

Sauf qu'une fois dans la voiture Carmen réalisa qu'il ne se passerait rien entre eux, car Barto était de nouveau rentré dans sa coquille.

Perchée sur ses hauts talons, Carmen s'était évertuée à jouer les aguicheuses tout au long de la soirée, sans succès. Il fallait se rendre à l'évidence, elle ne lui plaisait pas.

— J'ai passé une super soirée, murmura Barto en s'élançant dans le trafic, qui restait dense malgré l'heure avancée.

— Moi aussi, dit-elle sur un ton dépité.

— Tes amis sont très sympas, et les photos d'Adrian superbes.

Carmen sourit intérieurement. Il n'avait pas découvert le subterfuge, heureusement. L'honneur était sauf. Elle se mit à parler avec animation, en essayant de se persuader que c'était aussi bien qu'ils soient amis et rien d'autre.

— Tu as vu celles dans la salle de bains ?

— Oui. Elles sont vraiment géniales.

Ils se regardèrent brièvement, échangeant un sourire espiègle. Les photos en question étaient des portraits qu'Adrian avait faits de moi au début de notre relation. À dix-neuf ans, quand ton petit ami te propose de poser nue pour lui, tu es tout feu tout flamme, sans te douter que huit ans plus tard, lesdites photos te mettront mal à l'aise, surtout si ton mari les accroche dans les WC. Mais passons, sur le fond, ils n'avaient pas tort : elles étaient belles et pas outrageusement osées. Elles faisaient partie de ces petites choses qui me rappelaient que, sous mes dehors négligés, j'étais encore une femme désirable.

— Tu oserais faire des photos comme celles-là ?

— Bah, elles ne dévoilent pas grand-chose, dit Carmen en rougissant.

— Un peu tout de même.

Ils rirent à nouveau, ouvertement cette fois, puis il ajouta :

— Merci de m'avoir invité.

— Merci à toi d'être venu.

Ils étaient arrivés devant chez Carmen. Ils se firent la bise et, comme toujours, Barto attendit qu'elle soit entrée dans l'immeuble, puis lui fit un signe de la main avant de poursuivre son chemin.

Carmen s'assit au bord du lit et se jura que plus jamais elle ne chercherait à se rapprocher de Barto. Il était évident que ses sentiments n'étaient pas réciproques et elle ne pouvait pas passer sa vie à courir derrière un garçon qui ne voulait pas d'elle.

Elle se mit sous la couette, avec les écouteurs à fond, et fantasma une dernière fois sur un air de Lenny Kravitz.

Nerea fut la dernière à partir, non sans avoir essayé tout d'abord de justifier la remarque qui avait tant contrarié Carmen.

— Valeria, tu as compris à quoi je me référais, n'est-ce pas ? Elle est beaucoup plus… tellement plus… Je n'irai pas jusqu'à dire que ce type est un monstre, mais elle mérite mieux.

— En attendant, il lui plaît, et moi je trouve ça très bien qu'elle soit amoureuse d'un type qui sort un peu de l'ordinaire.

— Message reçu, je lui ferai des excuses dès demain.

Adrian passa devant nous alors que j'étais en train de fumer une dernière cigarette, pieds nus devant la fenêtre et que Nerea regardait dans le vide. Mon mari n'est pas du genre à se mêler de ce qui ne le regarde pas, mais il s'approcha et s'assit sur un tabouret à côté de Nerea.

— Je peux te donner un conseil ? lui demanda-t-il gentiment.

Elle se retourna et posa sa tête sur son épaule.

— Venant de toi, je veux bien.

— La beauté physique est une chose éphémère qui se fane avec le temps. Tout ce qu'on peut faire c'est la photographier et la figer sur un morceau de papier. Mais on ne peut pas l'empêcher de mourir.

Ayant ainsi parlé, Adrian ôta son gros pull. Et quand il se passa une main dans les cheveux, je sentis ma petite culotte s'envoler.

— Ce n'est pas une question de superficialité, Adrian, c'est… je ne pourrais pas l'expliquer. Mais j'étais loin de m'imaginer qu'elle en pinçait pour ce genre de types.

— Ce n'est pas ce genre de types qu'elle aime, c'est lui. Tu lui as demandé ce qui lui plaisait en lui, au moins ?

— Non, en effet, reconnut-elle, embarrassée. Je ne lui ai pas demandé.

Ils me regardèrent tous les deux et je répondis :

— Ce qui lui plaît c'est qu'avec lui elle se sent spéciale. Elle aime son rire, ses bras velus, et aussi la façon dont il tient sa cigarette, comment il souffle sur son café pour le refroidir, sa façon de la regarder…

— OK, j'ai compris, dit Nerea en levant les mains en signe d'apaisement. Je l'appelle demain. Et maintenant, je rentre chez moi pour me couvrir la tête de cendres.

Elle sourit.

Adrian lui donna une tape dans le dos et la raccompagna jusqu'à la porte. Arrivée devant chez elle, Nerea resta un moment dans sa voiture avec la musique à fond. Elle s'en voulait d'avoir gâché la soirée de Carmen. Elle ne s'attendait pas à ce qu'elle réagisse ainsi, mais c'était plus fort qu'elle, ce Barto lui donnait des boutons. Jordi lui avait dit qu'elle s'était comportée comme une garce ; ce qui n'était pas faux. Nerea avait la fâcheuse manie de faire des bourdes en toute occasion. Elle ne comprenait pas qu'une femme aussi sensuelle et attirante que Carmen puisse s'amouracher d'un ringard pareil.

Brusquement, elle pensa à son amoureux… Elle mourait d'envie de lui parler… juste un petit texto pour lui dire bonne nuit… Elle saisit son portable.

Bonne nuit, Dani. Fais de beaux rêves. On se voit demain.

Quand elle se glissa sous la couette, son téléphone émit un «ping» lui indiquant qu'elle avait reçu un message.

Dans ce cas, je vais rêver de toi, ma jolie. Bonne nuit et à demain.

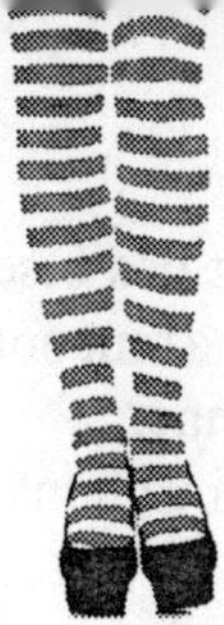

9

Voyage d'affaires

Le lundi soir, je reçus un courriel de Carmen. Les bonnes ondes et le karma, c'était du blabla, disait-elle, car elle était la preuve vivante qu'il n'y avait pas de justice en ce monde. En fait, ses retrouvailles au bureau avec Barto n'avaient strictement rien donné, et par conséquent, elle avait renoncé à jouer les séductrices, un rôle qui ne lui convenait manifestement pas (ça, c'est elle qui le dit, pas moi).

Mais la véritable raison de son désenchantement était autre. Elle avait attendu des mois, en travaillant comme une acharnée, avant de pouvoir intégrer une équipe qui gérait le compte d'un très gros client. Sauf qu'une fois promue, elle s'était souvenue que son chef était le directeur de clientèle et qu'elle allait l'avoir en permanence sur le dos.

C'était elle qu'on avait choisie pour présenter la nouvelle campagne de pub au client, parce qu'elle avait un tempérament de lionne (et je ne dis pas ça parce que c'est mon amie). Mais son chef serait présent, et le hasard avait voulu que Barto soit lui aussi du voyage.

Pour conclure son mail, elle m'envoyait des bises et me remerciait encore d'avoir organisé la « rencontre » Carmen/Barto, même si ça n'avait rien donné.

Je l'appelai aussitôt et m'efforçai de lui remonter le moral. Sa réponse fut catégorique :

— Ce voyage ne pouvait pas tomber plus mal. Je n'ai pas envie de passer une minute de plus que nécessaire avec Daniel, et partir avec Barto ne va pas m'aider à l'oublier. Et comme si ça ne suffisait pas, figure-toi que j'ai cramé mon unique tailleur, hier, en voulant le repasser. Et je ne vois pas comment je pourrais m'en payer un autre alors que je n'ai pas fini de rembourser mon prêt étudiant ni mon épilation au laser.

Pour la consoler, je lui dis que c'était une sorte d'épreuve du feu dont elle sortirait victorieuse, mais elle avait toujours le moral dans les chaussettes et déclara qu'elle avait un besoin urgent de combler le vide qu'elle ressentait intérieurement avec un paquet de donuts.

Le lendemain, à l'heure du déjeuner, Carmen alla s'acheter un nouveau tailleur. Comme elle ne trouvait pas ce qu'elle voulait, elle se rabattit sur un modèle comme ceux que portait Nerea, jupe droite descendant sous le genou. Ce qui acheva de la mettre de mauvaise humeur, car le reflet que lui renvoyait la glace était celui d'un pot de rillettes.

Pour se remonter le moral, elle s'autorisa un tour au rayon lingerie et s'acheta deux ensembles sexy qui seraient probablement passés de mode quand elle se déciderait à les étrenner.

Cet après-midi-là, une de ses collègues de travail lui raconta ses peines de cœur pendant qu'elles prenaient le café. La fille avait trente ans et des poussières, et son jules venait de la plaquer après quinze ans de vie commune. Voyant ses yeux tout gonflés d'avoir pleuré comme une madeleine, Carmen eut envie de lui dire « un de perdu, dix de retrouvés », mais elle se ravisa. Car la fille avait des poils absolument partout, y compris sur le menton. De plus, étant myope et ne pouvant pas porter de lentilles de contact, elle était affublée de culs de bouteille hideux. Sans parler de son hygiène douteuse et de son incapacité évidente à se mettre en valeur… Bref, c'était une guenon.

Le fiancé qui l'avait plaquée n'était pas non plus un Adonis, mais ils allaient bien ensemble. Et c'est ainsi que la fille reconnut entre deux sanglots qu'elle enviait Carmen, parce qu'elle était jeune et indépendante et qu'elle pouvait se taper tous les mecs qui lui faisaient envie.

Carmen, qui avait le moral dans les chaussettes, lui expliqua qu'elle n'avait pas de chance en amour, mais que tout était une question d'attitude.

— Il faut se comporter comme si le monde nous appartenait, si on veut que les hommes nous mangent dans la main.

Du coup, sa collègue reprit espoir ; elle se sentait soudain moins seule.

De retour chez elle, Carmen essaya à nouveau son tailleur. Il lui allait trop serré, mais elle allait le faire à son corps. Bien en chair et d'un tempérament plutôt exubérant, elle n'aimait pas les vêtements trop ajustés, qui faisaient ressortir ses formes. Certes, elle n'était pas maigre, mais toutes les femmes l'enviaient un peu, moi la première, car elle avait des seins magnifiques, et une peau ferme et soyeuse.

Après avoir allumé son ordinateur et navigué quelques minutes sur la toile, elle enfila son pyjama et se regarda à nouveau dans la glace… Et cette fois, elle se vit telle qu'elle était vraiment.

Elle se rappela la pauvre fille que son mec avait plaquée… et ses jambes lui apparurent soudain immenses, sa bouche pulpeuse, sans parler de son habileté à se maquiller et à se coiffer, et en vint à la conclusion que le tailleur aurait été plus seyant sur Nerea, mais qu'il était tout de même beaucoup plus chic que l'ancien et s'accordait à la perfection avec ses cheveux blond foncé ondulés et ses talons vertigineux.

Elle était aux anges (si, si, aux anges) quand elle ouvrit son sac de voyage et y fourra un ensemble de sous-vêtements ultra sexy, un joli pyjama, un jean qui lui allait à ravir, ainsi qu'un haut ajusté et décolleté qu'elle n'avait pas mis depuis des lustres. Le moment était venu de prendre le taureau par les cornes.

Le lendemain, elle se leva aux aurores pour être sûre d'arriver à l'heure à l'aéroport. Daniel était déjà là et Barto arriva cinq minutes plus tard.

Durant le court trajet en avion, Carmen parvint à s'attirer deux œillades de Barto qui la comblèrent d'aise. Mais, résolue à se comporter dignement, elle se mit à taper sur son minuscule ordinateur les derniers détails de la présentation qu'elle devait faire en fin de matinée.

Elle avait l'air tellement sûre d'elle que Daniel ne lui fit pas la moindre réflexion.

Au moment de l'atterrissage, elle nous envoya un message à Lola et moi (parce qu'elle en voulait toujours un peu à Nerea), pour nous chanter les louanges de la nouvelle Carmen, une femme énergique et indépendante.

Ce changement d'attitude me parut de bon augure, et cette fois, à en croire Lola, Barto n'allait pas tarder à se jeter sauvagement sur elle.

Malgré une présentation irréprochable, Daniel ne put s'empêcher de faire remarquer à Carmen qu'elle avait hésité à une ou deux reprises et que sa prononciation en anglais laissait à désirer. Sur le coup, elle eut envie de l'étrangler, mais la nouvelle Carmen ne se laissait pas facilement intimider et elle ignora royalement sa remarque.

Quand Barto et Daniel sortirent déjeuner, elle décida de faire bande à part. En réalité, ses nouvelles chaussures la faisaient atrocement souffrir et elle ne songeait qu'à regagner sa chambre d'hôtel pour prendre une bonne douche, voire piquer un petit roupillon. Le lendemain, une vidéoconférence était prévue avec les *brand managers*, et elle voulait être fraîche comme une rose.

Elle était étendue sur le lit depuis dix minutes environ quand on frappa à sa porte. C'était Barto, à qui elle trouva un drôle d'air.

— Oui ? demanda-t-elle en s'agrippant à la porte pour dissimuler sa poitrine dont les mamelons brunâtres pointaient légèrement sous son petit haut blanc transparent de pyjama.

— Rien de spécial. Simplement…

Il se mordilla la lèvre, perdit le fil, baissa les yeux, puis rit et lui demanda si elle avait mangé…

— Non, répondit-elle en pinçant les lèvres. Mais je commence à avoir faim.

— Si tu veux, je peux t'accompagner à la cafétéria.

Ils échangèrent un sourire. Puis Barto haussa les sourcils et murmura :

— Allez…

L'ancienne Carmen se serait mise à gamberger comme une folle, en songeant que cette invitation cachait quelque chose, mais la nouvelle ne se posa aucune question.

— Je te rejoins dans une minute, dit-elle en refermant la porte.

Elle enfila son soutien-gorge, son jean et un haut ajusté, puis sortit dans le couloir.

Mais, ô surprise ! Daniel était dans la salle à manger en train de pianoter sur son iPhone en sirotant un expresso.

— Salut ! lui lança Barto, qui se sentait toujours obligé de se justifier. Carmen avait faim, alors on s'est dit que…

— Oui, oui, répondit distraitement Daniel sans lever les yeux de son smartphone.

Carmen, qui avait l'estomac dans les talons, commanda un sandwich et une part de gâteau.

Manque de chance, Daniel choisit précisément ce moment pour sortir de sa rêverie et lui balancer, goguenard :

— Si j'étais toi, j'irais mollo sur la tarte, Carmen, pour ne pas m'arrondir des hanches…

Elle dut prendre sur elle pour ne pas lui sauter à la gorge – ou lui décocher un méchant coup de pied entre les jambes. Elle était tellement enragée qu'elle ne remarqua même pas la photo que Daniel avait mise en fond d'écran sur son téléphone posé sur la table.

10

Oups ! J’aurais préféré ne pas le savoir

Le week-end suivant, lassée de se faire traiter de mauvaise fille qui oubliait systématiquement les anniversaires, Carmen s’obligea à prendre le tortillard qui desservait le «patelin pourri» qui l’avait vu grandir et où vivaient ses parents qu’elle n’avait pas appelés depuis deux mois.

Bien qu’elle nous ait suppliées de ne rien faire d’intéressant pendant son absence, Lola et moi décidâmes de sortir prendre un verre ensemble le vendredi soir.

Pour être tout à fait franche, j’aurais préféré rester en pyjama et regarder *Moulin rouge* à la télé, mais Lola m’obligea manu militari à prendre une douche, puis à enfiler un jean moulant et des talons aiguilles. Dit comme ça, on pourrait s’imaginer que j’étais sortie avec les nénés à l’air, mais j’avais mis un haut, évidemmcnt.

Après avoir descendu notre première margarita, et alors que nous étions déjà bien pompettes, nous laissâmes un message sur le répondeur de Nerea pour l’inviter à se joindre à nous. Puis nous envoyâmes à Carmen un selfie de nous deux en train de trinquer, avec la légende :

Tu n'as pas perdu grand-chose. Tu nous manques trop.

Nous savions que cela la mettrait en joie, si elle réussissait à capter du réseau dans le bled paumé de ses parents. Une fin de semaine sans Facebook était tout simplement impensable pour quelqu'un comme Carmen.

Peu après, Nerea nous répondit :

Impossible, fillettes, je passe la soirée avec mon cher et tendre. Éclatez-vous bien.

À dire vrai, nous étions un peu déçues et inquiètes. Nous avions peur qu'elle ne devienne une de ces filles qui abandonnent leurs copines quand elles se mettent en couple, et cessent de s'envoyer des cocktails le vendredi soir entre nanas.

Mais, quoi qu'il en soit, nous étions bien décidées à ne pas bouder notre plaisir, et continuâmes à trinquer allègrement.

Nous en étions au troisième cocktail quand mon téléphone se mit à vibrer. Contre toute attente, c'était Nerea.

— Les filles, Dani est en retard. Il n'est toujours pas sorti du bureau. Il revient d'un voyage d'affaires et doit régler en urgence un problème avec un client très important. Vous êtes où ?

— Chez Maruja Limón, bien sûr, répondis-je toute guillerette.

— Le rendez-vous des mémés ? J'arrive. Donnez-moi dix minutes.

Je raccrochai et déclarai :

— Nerea a dit qu'on était des mémés, mais elle arrive.

— Bon Dieu, son nouveau mec a l'air de lui faire le plus grand bien. Elle a retrouvé la pêche !

Lola se leva de sa chaise et entonna un « Alléluia ! » digne d'une chanteuse de gospel.

Quand Nerea entra en jean *slim fit* et corsage noir échancré, tous les mecs du bar en restèrent comme deux ronds de flan et je crois bien qu'ils l'auraient dévorée toute crue, si elle ne les avait gratifiés d'un regard hautain. Elle appela le garçon et commanda la même chose que nous. Puis elle s'assit et lança en riant :

— Maruja Limón, le repaire des mémés. Dites-moi que je rêve !

— Tu sembles oublier que je suis avec une femme mariée, soupira Lola. Où veux-tu que je l'emmène ?

— Oui, enfin, une femme mariée qui s'est pris une méga cuite à la tequila un mois tout juste après ses noces…

— Merci, dis-je avec une petite révérence. J'adore qu'on me rappelle cette époque bénie où je savais encore m'amuser.

— Mais dis-moi, demanda Lola, pourquoi ce subit changement de programme ? Ton jules t'aurait-il posé un lapin ?

— Non, simplement Dani va être en retard, et je me suis dit que c'était l'occasion ou jamais de vous le présenter vite fait. « Bonjour, enchantée, salut », et vous m'enverrez ensuite vos impressions par texto, d'accord ?

J'aurais dû m'en douter, car Nerea ne faisait jamais rien sur un coup de tête…

Une heure et deux cocktails plus tard, elle nous avait raconté presque tout de sa relation naissante avec Dani. Et ma foi, ça avait l'air plutôt prometteur.

Juste au moment où on était en train de se dire qu'il n'allait pas venir, la porte s'ouvrit et un type d'une trentaine d'années entra. Il jeta des coups d'œil autour de lui, puis son regard s'arrêta sur notre table et il sourit. Il avait des yeux bleus magnifiques et un sourire craquant. Grand et bien bâti, un physique de beau gosse des années 1950. Ce ne pouvait être que Dani. Je sentis ma mâchoire s'affaisser. Ce type était une bombe dans son costard croisé !

S'il vous plaît, garçon, rajoutez une dose de bromure à mon cocktail !

Je coulai un regard discret à Lola pour voir sa réaction, et à ma grande surprise, je la vis écarquiller des yeux grands comme des soucoupes. Sur le coup, je pensai qu'elle était très impressionnée par le nouveau mec de Nerea. Mais en la voyant se tortiller sur sa chaise comme si elle cherchait à réprimer un fou rire, je compris qu'il y avait anguille sous roche.

Nerea ne s'était rendu compte de rien. Elle se leva pour embrasser Dani, qui lui caressa tendrement la joue. Dans le même temps, Lola avait baissé les yeux et se pinçait les narines pour ne pas éclater de rire.

Tout d'abord, je songeai qu'il s'agissait d'un ancien amant de Lola, ce qui était plus que plausible de la part d'une fille qui collectionnait les aventures sans lendemain depuis la terminale. Pour autant, son hilarité n'avait rien de sarcastique. Sa stupéfaction était bien réelle.

Mon cerveau se mit à tracer des histoires parallèles.

Cinq minutes plus tard, les deux tourtereaux s'en allèrent après avoir tenté sans grand succès de lier la conversation avec nous. Sans doute avions-nous fait très mauvaise impression sur le beau gosse, qui avait dû se demander qui était cette paire de barjots qui semblaient tout droit sorties de *Vol au-dessus d'un nid de coucou*.

Je regardai Lola, qui riait si fort qu'elle était incapable de m'expliquer ce qu'il y avait de si drôle. Reprenant brusquement son souffle, elle s'écria :

— Tu sais qui c'est ce mec ?

— Non, mais tu vas me le dire ! répondis-je en songeant : acteur porno, gigolo, homme marié, curé... ?

— C'est le boss de Carmen !

D'un seul coup, le monde se figea autour de nous. Même la musique du bar semblait s'être arrêtée. Cette fois, on était bonnes pour la Troisième Guerre mondiale, une orgie nucléaire dont Lola et moi ne sortirions pas vivantes.

— Tu déconnes ?

— Pas du tout ! insista, Lola, qui continuait de rire à gorge déployée sans réaliser dans quel pétrin nous nous étions fourrées.

— S'il te plaît, ne ris pas. Qu'est-ce qu'on va faire ?

— Je n'en ai pas la moindre idée.

— Tu n'aurais pas dû me le dire, Lola !

Le lendemain, quand je racontai l'affaire à Adrian, il n'eut pas l'air franchement passionné.

C'est pourquoi j'appelai ma sœur pour la mettre au courant. Tout comme Lola, elle fut prise d'un fou rire, à cette différence près qu'étant enceinte et sujette à l'incontinence urinaire, elle dut raccrocher précipitamment pour filer aux toilettes.

La suivante fut ma mère, qui se contenta d'un :

— Ma fille, tu vas devoir tout avouer à Carmen, sinon, le sang va couler quand elle l'apprendra.

Sauf que je n'avais pas envie que ce soit mon sang à moi. Et d'ailleurs, pourquoi s'en serait-elle prise à nous ? Nous n'y étions pour rien après tout. Et à supposer que la relation de Nerea et Dani ne dure pas ? À quoi bon lui en parler ?

Le samedi après-midi, j'étais en train de griller une cigarette assise en tailleur devant la fenêtre, quand Lola m'appela. Elle venait de se rendre compte de la gravité du problème et pleurnichait en déclarant qu'elle aurait préféré s'arracher les yeux, comme Œdipe, plutôt que d'avouer la vérité à Carmen.

— Lola, écoute…

— Non, Valeria, je ne lui dirai rien. Je n'ai pas envie de voir Carmen sortir de ses gonds.

— Ça va peut-être te paraître incroyable, mais je n'ai pas envie qu'elle sache…, ça me fiche la trouille.

— Et donc ?

— Je pense qu'on devrait attendre un peu. Avec un peu de chance, ça ne durera pas entre Nerea et Daniel, et donc, Carmen n'a pas besoin de savoir.

— Ton plan est tout bonnement excellent.

Et c'est ainsi que nous décidâmes qu'il valait mieux rester bouche cousue dans l'intérêt de… qui au juste ? Carmen, Nerea ou nous deux ?

Étant d'une nature distraite, et en proie à d'autres préoccupations, quand arriva le dimanche j'avais déjà tout oublié. Tant que Lola et moi veillerions à ne pas faire de gaffe, tout marcherait comme sur des roulettes. C'est pourquoi quand Nerea m'appela pour me demander si j'avais un petit moment à lui accorder, je lui répondis avec assurance :

— Mais bien sûr.

— Qu'est-ce que tu dirais de passer boire une bière à la maison avec toutes les autres ?

— Je suppose que tu as plein de choses à nous raconter ?

Nerea s'esclaffa, puis ajouta :

— Bon, dans ce cas, Carmen va passer te prendre.

— Carmen sera là aussi ?

— Oui, j'ai décidé de faire amende honorable et de m'excuser pour ce qui s'est passé chez toi. Je n'ai pas osé l'appeler et je n'ai pas encore pu m'expliquer avec elle.

— Bon… Mais on sera entre nous, alors ? Sans nos hommes, clarifiai-je, l'air faussement enjoué.

— Oui, sauf si Adrian tient à venir…

— Non, non. C'est très bien comme ça.

— OK, super !

— Oui, super…

11

De grâce, ferme-la !

Nerea fit de plates excuses à Carmen.

— Je suis sincèrement désolée, lui dit-elle. Je n'ai pas réalisé à quel point j'avais fait une gaffe jusqu'à ce que j'en parle avec Dani, mon mec.

— Il s'appelle Dani ? Mince alors, comme mon chef ! Il est vraiment partout ce connard !

— Et qu'est-ce que tu lui as raconté ? demandai-je, en coulant un regard en douce à Lola.

— Eh bien, que mon amie Carmen en pinçait pour un collègue de travail et que j'avais eu une remarque déplacée sur l'aspect juvénile du type en question.

— C'est bon, n'en parlons plus ! s'exclama Carmen.

Lola, qui était sadomaso par nature, demanda à Nerea pourquoi elle avait tant insisté pour que nous nous réunissions.

— Il y a en effet une raison.

— Vraiment ? s'écria Carmen, tout excitée. Oh, raconte !

Je regardai ailleurs en songeant : « Si seulement je n'étais au courant de rien. » Mais Nerea se lança :

— Bon… eh bien, disons qu'après cette longue traversée du désert…

— Tu as trouvé une oasis ! s'esclaffa Lola.

— Lola, arrête un peu ! intervins-je, tendue comme une corde de violon.

— Dani et moi avons passé tout le week-end ensemble…

— Mais c'est génial ! se réjouit Carmen. Raconte !

— Oui, mais d'abord, je propose qu'on boive un coup, lançai-je à mi-voix.

Après quelques panachés citron et une poignée de biscuits salés, Nerea se lâcha. Il y avait tellement longtemps qu'elle n'avait pas connu la passion qu'on la sentait sur un petit nuage.

— … et donc, on s'est mis au lit et il a commencé à m'embrasser dans le cou et sur le ventre. Et après toute la nuit passée à faire l'amour, j'étais au septième ciel. Ma parole que jamais personne ne m'a fait cet effet-là. Depuis le temps que j'étais au régime sec, vous imaginez ?

C'est alors que Carmen se mit à lui poser toute sorte de questions sur la taille, l'envergure… et ce genre de choses. Lola était pliée en deux de rire, mais moi, je ne savais plus où me mettre.

Découvrir que le boss de Carmen était un amant génial, très expérimenté, avec un engin de taille conséquente et un tatouage caché, me mettait horriblement mal à l'aise. Non pas parce que le type me répugnait – il était plutôt agréable à regarder et je m'en serais bien fait une tartine si je n'avais pas su qui c'était – mais pour moi, c'était d'abord et avant tout un enfoiré qui, l'air de rien, « maltraitait » Carmen jour après jour, et gratifiait arbitrairement tel ou tel employé d'une augmentation de salaire quand il était bien luné. De plus, je n'avais pas oublié le commentaire de Lola sur l'hémorroïde géante…

— Et c'est quoi, ce fameux tatouage caché ? demanda Carmen, l'air pensif.

— Des idéogrammes japonais.

— Où ça ?

— Sur une partie du corps très intime.

— Et qu'est-ce qu'ils disent ces idéogrammes ?

— C'est une sorte de code d'honneur, répondit Nerea, en relevant sa frange, comme s'il s'agissait d'une prouesse d'un autre temps.

— OK, mais pour résumer, il baise comment ? lança Lola, la bouche pleine.

— Malgré ta grossièreté, je vais te répondre, dit Nerea, très digne. Il fait ça très bien, à mon avis en tout cas. Parce que j'ai joui deux fois.

— Deux fois ! Ce type doit être une machine, commenta Carmen visiblement admirative.

— En ce qui me concerne, j'en ai assez entendu, dis-je en me levant. Je vais rejoindre mon mari à la maison.

Puis je souris et déclarai qu'il se faisait tard.

— Je te rappelle que tu ne travailles pas demain, me lança Lola, sarcastique.

— Mais toi, si.

Nous éclatâmes de rire, puis j'ajoutai :

— Non, sérieusement, je dois partir. Adrian n'avait pas l'air dans son assiette. J'ai comme l'impression qu'il a un problème.

— Mais, tu vas louper les détails vraiment croustillants, protesta Lola.

— Je compte sur toi pour me tenir au jus.

Carmen rit, sans se douter que c'était à ses propres dépens.

Je décidai de rentrer à pied même s'il faisait nuit, et que j'avais plus d'une demi-heure de marche, car j'éprouvais le besoin de réfléchir. Tout d'abord, je songeai à l'idylle de Nerea avec le boss de Carmen, qui, il faut bien l'avouer, ne manquait pas de sel. Puis, de là, je repassai mentalement les aventures amoureuses des unes et des autres. Et pour finir, une pensée en amenant une autre, j'en revins à mon roman.

J'avais presque vingt-huit ans, et bien qu'en couple avec Adrian depuis dix ans, j'avais déjà pas mal vécu : à travers ma propre expérience et celle de mes amies intimes. Et j'en étais venue à la conclusion qu'il n'existait pas de relation comme celles que je décrivais dans mes romans, qui, outre qu'ils n'étaient pas crédibles, étaient prétentieux et gnangnan.

Il y avait des relations intenses, toxiques et autodestructrices, comme celle de Lola et Sergio ; d'autres idéalisées et innocentes, comme celle de Carmen et Barto ; et d'autres, enfin, contemporaines et réalistes, comme celle de Nerea et Daniel. Mais quelle était celle qui m'intéressait le plus et dont j'avais envie de parler dans mes livres ?

Je m'étais égarée en cours de route et rien de ce que j'écrivais n'avait de sens. Mon intrigue était bien ficelée, mais sans plus ; quant au développement, il était très en dessous de ce que j'avais espéré. Ingénu, superficiel, infantile, au point de paraître présomptueux. Tous les éléments étaient réunis pour faire un flop, et je ne pouvais pas me permettre d'attendre que l'histoire prenne vie toute seule et se déroule d'elle-même.

Arrivée à la maison, je trouvai Adrian assis par terre en train de regarder des photos sur son ordinateur portable. Il esquissa un sourire timide en me voyant entrer.

— Alors, ça s'est bien passé avec les filles ?

— Lola a réussi à soutirer à Nerea toute sorte de détails intimes sur son nouveau fiancé. Mais il n'y a qu'elle et moi qui savons réellement qui est ce nouveau jules.

— Vous vous êtes encore tapé la cloche…

— Penses-tu… Bière et biscuits allégés. Chez Nerea tout est *light* et bon pour la santé.

Il flottait dans la maison une odeur de son plat préféré. Je passai la tête par la porte de la cuisine et vis une montagne de casseroles et de poêles.

— Tu allais dîner sans moi ?

— Non, j'allais t'appeler pour te demander si tu arrivais ou si je devais venir te chercher à moto.

— Écoute Adrian…, dis-je en sortant deux bières du frigo.

— Dis-moi tout.

— On traverse une phase un peu… bizarre, toi et moi, tu ne trouves pas ?

Il fronça les sourcils.

— Bizarre ?

— Oui, enfin, disons que ce n'est pas la grande passion…

— Mais, qu'est-ce que tu racontes ?

Il eut un sourire gêné, comme s'il n'avait pas envie d'en parler.

Brusquement, et pour la première fois, je fus prise d'une terrible angoisse. Je m'imaginai Adrian amoureux d'une autre femme. L'idée qu'il puisse finir entre les bras d'une petite nana sexy me semblait monstrueuse.

Je me regardai dans la glace et ressentis un pincement de jalousie cruel et insupportable.

— Tu as des plans pour demain ? dis-je aussitôt.

Il but une gorgée directement au goulot, soupira, puis déclara qu'il avait une séance photo prévue en milieu de matinée. Pour une pub qui ne l'inspirait pas du tout.

— Un collègue qui s'est désisté à la dernière minute, mais bon, l'important c'est de mettre du beurre dans les épinards. En tout cas, c'est bien payé…

— Et ça te dirait que je vienne avec toi ?

Il eut l'air surpris. Jamais je ne l'avais accompagné à une séance, et il ne me l'avait d'ailleurs jamais proposé.

— Ça va peut-être m'aider à trouver l'inspiration, ajoutai-je en souriant.

— Très bien. Je vais dire à mon aide de camp qu'on ne déjeunera pas ensemble. Comme ça, toi et moi, on pourra aller casser une petite graine de notre côté. Ça te dit ?

Je souris, ravie. Il y avait un bail qu'Adrian et moi n'avions pas mis les pieds au restau. Je sentis que mon attaque de panique refluait.

Alex, son assistant, ne verrait sans doute pas d'inconvénient à ce que son chef aille manger de son côté. Je savais qu'ils déjeunaient souvent ensemble et qu'ils se mettaient d'accord pour apporter qui un sandwich qui un *tupperware* pour tous les deux. J'étais contente qu'ils s'entendent aussi bien. Et puis, à quelle surprise aurais-je pu m'attendre ? Il n'y avait rien de louche dans tout ça.

12

L'aide de camp

Nous arrivâmes au parc sous un soleil de plomb. L'équipe était en train de décharger un tas de matos d'une camionnette. Au milieu de tout ce remue-ménage, je n'aurais pas su dire qui était qui.

Adrian gratifiait tous les gens qu'il croisait de ce sourire désarmant dont il avait le secret. Il m'expliqua qu'il n'était pas habitué à faire ce genre de travail, qu'il avait accepté de remplacer un collègue dans un domaine qui n'était pas sa spécialité et allait devoir faire un gros travail de postproduction. Je ne comprenais pas grand-chose à ce qu'il me racontait, mais ça m'était un peu égal, car j'étais sous le charme. Il était tellement mignon dans son jean délavé et son T-shirt rayé bleu et marron… vraiment à croquer, avec sa crinière en bataille et son front plissé.

Nous passâmes devant une Opel Corsa grise toute cabossée.

— C'est la voiture d'Alex…, dit Adrian en jetant un coup d'œil circulaire. Toujours fiable et jamais en retard.

— Brave petit.

Adrian me lança un regard surpris.

— Quoi ? demandai-je.

— Rien, rien. Tu me passes l'appareil photo ?

Je lui tendis une mallette, mais, manque de chance, ce n'était pas la bonne.

— Non, ça, ce sont les objectifs ! dit-il en éclatant de rire.

— Ah, pardon.

Je sortis mes lunettes de soleil de mon sac et quand je relevai la tête, je vis quelqu'un s'approcher furtivement d'Adrian par-derrière et lui couvrir les yeux avec les mains. Adrian se retourna en s'écriant :

— Alex ! Tu m'as fait une de ces peurs !

Ma mâchoire inférieure s'affaissa quand je réalisai qu'Alex n'était pas un gamin boutonneux avec trois poils au menton et un T-shirt Big Bang Theory, mais une ravissante créature qui n'avait rien à voir avec ce que je m'étais imaginé. Une vingtaine d'années, brune avec une peau dorée et des yeux immenses, ourlés de longs cils noirs, et une sublime crinière ondulée.

Elle portait un jean noir taille basse ultra moulant avec un haut noir Los Ramones au décolleté plongeant. Je n'arrivais pas à détacher mes yeux de la fille qui passait plus de temps avec mon mari que moi. Mais quel âge avait-elle pour avoir une paire de roploplos pareils ? Cette fille n'était pas une assistante, c'était le fruit défendu du jardin d'Eden tombé en plein dans les mains d'Adrian. De là où je me trouvais, je pouvais sentir son eau de toilette fraîche et sensuelle. Nom d'un chien, si je n'avais pas été hétéro, je crois bien que je me serais laissé tenter…

La peur n'est pas le mot qui convient pour décrire ce que j'éprouvais… car c'était bien pire que ça. Je me sentais comme la bête qu'on mène à l'abattoir.

Soudain, je m'en voulus d'être jalouse d'une adolescente. J'avais des hanches plus larges et une peau moins tendue que la sienne, mes cils étaient moins fournis et mes cheveux moins brillants. Je ne sentais pas aussi bon et je n'aurais jamais pu mettre un pantalon comme celui-là sans me couvrir de ridicule… Pas maquillée, avec un jean tout simple, un T-shirt kaki et un chignon à demi défait, je manquais totalement d'élégance et de glamour, et me rappelais vaguement l'époque où je ne mettais jamais le nez dehors sans m'être assurée au préalable que j'étais belle. À mes yeux tout au moins. Et maintenant… c'était le contraire.

Je me raclai la gorge.

— Bonjour, Alex, dis-je en m'efforçant d'avoir l'air « dans le coup ».

— Bonjour, dit-elle, surprise.

— Je te présente Valeria, ma femme, dit Adrian. Tu n'as pas écouté le message que je t'ai laissé hier soir ?

Ouille, ouille, ouille.

— Ben, non. Je suis allée à un concert et j'avais laissé mon portable à la maison. Tu disais quoi ?

— Rien de spécial, sinon que je venais accompagné.

Ils échangèrent un regard.

— Bon, assez causé ! Au boulot, maintenant ! m'écriai-je en claquant des mains.

Ils hochèrent la tête.

Les regarder travailler me laissa songeuse. Ils se captaient l'un l'autre au quart de tour sans avoir besoin d'échanger un mot. Adrian vaquait à ses occupations, tandis qu'elle le suivait comme son ombre, anticipant ses besoins, préparant les objectifs et les lentilles, modifiant les éclairages braqués sur les mannequins. Je n'avais pas la moindre idée de quel genre de pub il s'agissait… et je m'en contrefichais. Assise sur un rocher, je voyais se dérouler sous mes yeux l'épisode pilote de ce qui allait m'arriver.

Je sortis mon téléphone et envoyai un texto à Lola :

> L'assistant d'Adrian est une assistante, et drôlement bien foutue avec ça.

Après quoi je commençai à me ronger fébrilement les ongles.

— J'ai fini.

Il était accroupi à côté de moi.

L'espace d'un instant, j'endossai la posture victimaire de la fille qui ne mérite pas d'être aimée par un type aussi beau. Adrian repoussa sa mèche rebelle d'un geste viril en m'adressant un regard interrogateur.

— On rentre à la maison ? dis-je. Je crève de chaud.

— Il faut d'abord que je passe au studio.

C'est fou ce qu'il est craquant, songeai-je en moi-même.

— Je te ramène ?

Il avait l'air tellement sûr de lui que je ne pus qu'acquiescer. Il était évident que ma présence au labo n'était pas souhaitée. Sans quoi, il ne m'aurait pas proposé de me ramener.

— Au fait, je laisse ma moto ici et je prends la voiture d'Alex.

Gloups…

En arrivant à la maison, je me jetai sur le lit. J'avais la peau en feu, comme si j'avais pris un coup de soleil. Et j'étais triste. Je jetai un coup d'œil à mon portable. Lola m'avait répondu que j'étais idiote et que je devais arrêter de me faire des films. Mais ce qu'elle ignorait c'est que le filmétait déjà monté.

Avec sa belle gueule de mauvais garçon et ses grandes mains chaudes, Adrian se retenait de caresser la taille de son assistante, jusqu'à ce que l'attirance sexuelle entre eux finisse par exploser dans la chambre noire où il développait ses bobines. Je me rappelai la première fois où nous avions fait l'amour dans la pièce que ses parents avaient aménagée spécialement pour qu'Adrian puisse se consacrer à sa passion, la photographie. Et… mon estomac se noua.

13

Oh oh…

Non seulement Carmen était immergée jusqu'au cou dans le boulot, mais ses lunettes n'arrêtaient pas de glisser sur son nez. Si seulement elle avait pu les attacher avec une ficelle pour les empêcher de tomber !

En passant devant elle, Daniel s'arrêta et, tout en consultant son smartphone, lui demanda distraitement si le projet avançait.

— J'ai résolu le problème du briefing, et le département création devrait s'y coller cette semaine. Je t'ai envoyé en pièce jointe le dossier ainsi que l'étude de faisabilité et les remarques annexes. Je crois qu'on devrait pouvoir utiliser le matériel dont nous disposons déjà pour…

Réalisant soudain qu'elle parlait dans le vide, elle marqua une pause puis demanda :

— Daniel ? Tu m'écoutes ?

— Oui, pardon. C'est très bien comme ça, dit-il.

Puis il la gratifia d'une petite tape dans le dos et passa son chemin.

Carmen se retourna, les yeux écarquillés – quelqu'un avait-il remarqué cette tape affectueuse ? Personne, à part Barto et son sourire malicieux.

— Tu as vu ça ? lui lança-t-elle depuis son bureau.

Barto acquiesça et lui fit signe de venir le rejoindre à la machine à café pour qu'ils puissent parler en toute confidentialité. Elle lui demanda s'il avait mis un opiacé quelconque dans le café du boss.

— Non, non, absolument pas. (Simplement… Il s'approcha pour lui glisser à l'oreille :) Daniel a une nouvelle nana. Je l'ai entendu murmurer des mots doux, hier, au téléphone. Si tu avais vu sa tête !

— Daniel ? Des mots doux ? Je n'arrive pas à y croire. Qu'est-ce qu'il disait au juste ?

— Bah, des câlineries.

Ils se regardèrent un instant en silence, puis soudain :

— Ça y est ! ça me revient, dit Barto. Il a dit un truc du genre : « Tu as raison, ton numéro de téléphone sonne comme une chanson. » Et j'ai pensé en moi-même : « Le pauvre vieux, ce qu'il peut être débile. »

Carmen se raidit. Nerea disait toujours que les numéros de téléphone sonnaient comme des mélodies. Drôle de coïncidence…

— Et quoi d'autre ? s'enquit-elle.

— Je l'ai entendu demander à Maïté de lui réserver une table pour un tête-à-tête romantique.

Au même instant, Daniel passa devant eux et s'arrêta quelques instants pour les observer. Ils s'étaient tus dès qu'ils l'avaient senti approcher.

— On prend un petit café ? leur dit-il, avant de poursuivre son chemin avec un hochement de tête approbateur.

À l'heure du déjeuner, Carmen ne prit pas de pause. Tout en mangeant sa salade devant son ordinateur, elle réfléchissait aux répercussions bénéfiques que pouvait avoir le nouveau statut de Daniel sur Facebook, qui, de vieux garçon pisse-vinaigre, était passé à celui d'amoureux transi. Il était de bonne humeur, signe que le week-end avait été excitant. Elle rit sous cape. Elle n'arrivait pas à s'imaginer ce type tombant amoureux…

Le soir, avant de quitter le bureau, elle appela Lola pour papoter un peu. Celle-ci, qui savait des choses que Carmen ignorait, lui posa tellement de questions qu'elle en vint à se demander pourquoi Lola s'intéressait tant à son chef.

À huit heures du soir, Nerea nous envoya à toutes un mail nous annonçant que Dani et elle étaient officiellement en couple. C'était arrivé la veille, dans son restaurant préféré : un petit japonais discret du centre, très romantique. C'était un de ces messages très formels et impersonnels dont raffolait Nerea.

Carmen rentra chez elle en autobus. Il pleuvait à verse et elle n'avait pas envie de s'engouffrer dans le métro avec une foule de gens en sueur et malodorants.

Elle arriva trempée, si bien qu'elle se mit aussitôt en pyjama et défit son chignon. Puis elle s'empressa d'aller jeter un coup d'œil aux nouvelles photos postées par ses amis sur Facebook – son passe-temps favori, et source inépuisable de sujets de conversation.

Il y avait du changement sur la page de Nerea, apparemment : des commentaires de Lola et de Tiago, son ex, et de nouvelles photos dans son album. Carmen sentit l'excitation monter. Elle allait enfin savoir à quoi ressemblait son nouveau mec !

Et…

Il y eut un violent coup de tonnerre. Toutes les lumières de la maison vacillèrent, puis l'ordinateur s'éteignit avec un drôle de bruit et tout devint noir.

Carmen passa le reste de la soirée à lire son roman à la lueur d'une bougie. De toute façon elle ne se faisait pas d'illusions. Connaissant Nerea, elle savait qu'elle n'était pas du genre à poster des photos de son nouveau jules sur Facebook… pas encore tout au moins.

14

Quelque chose ne tourne pas rond…

Le temps avait viré à l'orage, et maintenant une pluie diluvienne fouettait les carreaux. Et Adrian ne revenait toujours pas. Heureusement, il n'était pas à moto. Mais était-il préférable qu'il soit emprisonné dans le minuscule véhicule de la fille au corps de rêve ? Hum…

Quand la clé tourna dans la serrure, je bondis sur mes pieds et courus à la porte. Adrian entra, trempé comme une soupe.

— Salut ! Comment ça s'est passé au labo ?

— Pfff… comme d'hab.

Je me jetai à son cou et l'embrassai.

— Attends, Valeria, je ruisselle de la tête aux pieds, tu vas être trempée toi aussi.

Il me repoussa, et avec un sourire forcé, me dit de lui laisser dix minutes pour se doucher et se changer. N'ayant pas compris qu'il voulait être seul, je m'engouffrai dans la salle de bains avec lui.

Adrian ôta son cardigan et son T-shirt et les laissa tomber à terre. Il me lança un regard surpris en me voyant me déshabiller.

— Je vais prendre une douche, dit-il en levant un sourcil.

— Et moi aussi.

Il laissa échapper un rire sans joie, puis ôta son jean et ses Converse.

Lorsqu'il fut entièrement nu, je ne pus m'empêcher de le regarder avec convoitise. Il faisait partie de ces gens qui n'ont pas besoin d'aller à la salle de sport pour avoir un physique d'athlète. Mince mais musclé, les pectoraux bien dessinés et le ventre plat comme la main. Je baissai encore un peu plus les yeux, vers le triangle sombre et duveteux, et mes joues s'embrasèrent à la vue du corps nu de mon mari. Je me mordis les lèvres et battis des cils, puis réalisai qu'il était en train de me parler.

— Comment ? demandai-je d'une petite voix confuse.

— Je te demande ce qu'il y a de tellement fascinant à regarder.

Il avait dit cela sans même une esquisse de sourire.

— J'admirais la nudité de mon homme. Regarde…, dis-je en jetant mon slip au loin, et en détachant mes cheveux. Ta femme nue.

Adrian m'observa, les sourcils froncés.

— Je vois ça…, répondit-il l'air pas du tout excité.

— Elle ne te plaît pas ?

Tout en me rapprochant, je captai mon reflet dans la glace.

Mes bouts de seins étaient tendus par le froid et j'avais la chair de poule. Mes cheveux formaient une cascade ondulée sur mes épaules. Je me caressai le ventre et lui souris.

— Bien sûr que si, ma chérie. Tu es toute mimi.

Toute mimi, comme l'écharpe que ta mère vient de t'offrir et qui ne te plaît pas, mais que tu acceptes pour ne pas la vexer. Toute mimi, comme cette gamine que sa mère couvre de froufrous et de dentelle. *Un putain d'épouvantail à moineaux...*

Je baissai les yeux, honteuse, et Adrian entra dans la douche. Prenant mon audace à deux mains, j'y entrai moi aussi et l'enlaçai par-derrière en plaquant mon nez sur la peau ferme de son dos.

— On peut savoir ce qui se passe? demanda-t-il en se retournant, un vague sourire aux lèvres.

— Tu me manques, balbutiai-je en me blottissant contre sa poitrine et en enfouissant mon nez dans le duvet mouillé.

— Mais, on s'est vus il n'y a pas si longtemps...

Il saisit le shampoing, mais je le lui pris des mains et lui demandai s'il voulait que je lui lave les cheveux.

— Tu n'as pas les bras assez longs, objecta-t-il quand je levai les mains vers son crâne.

— Adrian... tu te souviens de la pipe que je t'ai faite dans la douche, le lendemain de notre nuit de noces?

— Bien sûr que je m'en souviens.

Il passa la tête sous le jet de la douche et un déluge de mousse se déversa sur son torse, ses hanches, puis son entrejambe. Il me repoussa d'un geste sec quand je voulus y passer la main.

— Et donc... Tu t'en souviens ou tu as besoin que je te rafraîchisse la mémoire? murmurai-je d'une voix sensuelle.

Adrian ouvrit les yeux, les cheveux plaqués sur le front, et l'eau ruisselant sur sa figure. Je le connaissais suffisamment pour savoir qu'il hésitait. Mais cela ne dura pas. D'un geste doux, mais ferme, il repoussa ma main et murmura:

— Je m'en souviens parfaitement. J'étais plus jeune à l'époque et plus vigoureux.

Voyant que je ne disais rien, il s'approcha, me gratifia d'un drôle de baiser sur le front en murmurant qu'il était fatigué.

Non, mais depuis quand un homme est-il fatigué au point de refuser une pipe ?

Le sujet était clos. Il finit de se laver puis sortit de la douche. Je m'y attardai un peu, pour essayer de me débarrasser de l'horrible sentiment qui m'étreignait. Puis au bout d'un moment, voyant qu'il ne s'en allait pas, je fermai le robinet et me séchai.

En sortant de la salle de bains, je trouvai Adrian en train de regarder les nouvelles à la télé. J'allai à la cuisine chercher le dîner (des sandwiches à la dinde et au fromage), puis je m'assis à côté de lui sur le plancher et je lui passai son assiette.

Il ne dit pas un mot, se contentant de mastiquer en silence tandis que, de mon côté, je cherchais un moyen d'aborder le sujet qui me préoccupait, tout en chipotant mon sandwich sans grande conviction. Finalement, je me raclai la gorge et déclarai courageusement :

— Quand est-ce que tu as compris que je croyais qu'Alex était un garçon ? Ce n'est pas un reproche, mais…

— Ce matin, répondit-il sans me regarder. Mais étant donné que tu allais la voir sous peu…

— Oui.

Silence.

— Elle est très belle.

— Sans doute. À son âge c'est normal, répondit-il.

À son âge ? Voulait-il dire par là qu'au mien je ne pouvais être rien d'autre que « toute mimi » ?

— Et très sexy.

Il acquiesça.

— Elle te plaît ?

— À cette heure-ci, la seule chose dont j'ai envie, c'est de mon lit, Valeria.

— Ah…

Son lit, mais sans moi.

— Et puis-je savoir ce qui me vaut cet interrogatoire ? demanda-t-il en s'essuyant la bouche.

— Ce n'est pas un interrogatoire, je voulais juste papoter un peu. J'ai passé presque toute la journée toute seule.

Il y eut une longue pause, dont j'espérais qu'elle serait suivie d'une remarque pertinente, mais j'étais loin du compte.

— Je suis claqué. Ça ne t'ennuie pas de faire la vaisselle ?

— Non.

Et sans rien ajouter, il se leva et disparut derrière le paravent qui servait de séparation entre le minuscule salon et le coin nuit.

Je fis la vaisselle et rangeai la cuisine. Puis j'allumai la petite lampe Ikea et fis semblant de feuilleter un magazine.

En réalité, j'avais la tête ailleurs.

Quelque chose ne tournait pas rond… Mais quoi au juste ?

Le téléphone de Lola vibra, mais elle n'avait pas l'intention de décrocher. Elle était vautrée à plat ventre sur le lit. Sergio n'avait pas été tendre avec elle ce soir. Il l'avait prise entre quat'z'yeux, au bureau, et lui avait intimé de ne plus le dévisager à tout bout de champ comme elle le faisait. Il avait été on ne peut plus clair :

— Si tu ne peux pas travailler dans ces conditions, ou bien tu donnes ta démission ou bien je te quitte.

Et elle avait eu une folle envie de lui couper les burnes et d'en faire des pendants d'oreilles.

Elle ne supportait pas qu'il lui parle sur ce ton. Elle aurait très bien pu lui clouer le bec quand il se payait le culot de la menacer.

Mais les meilleures reparties lui venaient toujours deux ou trois heures après la bataille, et sur le moment elle restait muette – quoique la tête haute –, affolée à l'idée de ne plus jamais le revoir.

En temps normal ce genre de choses ne l'affectaient pas. Elle n'avait cure des coups de gueule de Sergio, parce qu'elle savait qu'il finissait toujours par revenir. Mais quelque chose avait dû changer, car elle n'était pas dans son état normal.

Quand la sonnerie du portable s'arrêta, elle poussa un ouf de soulagement. De toute façon, ça ne pouvait pas être Sergio. Jamais il ne lui serait venu à l'idée de s'excuser. Quand ils se parlaient au téléphone, c'était toujours elle qui appelait et lui qui raccrochait en premier. Mais alors, pourquoi est-ce qu'elle n'arrivait pas à le quitter? Elle avait beau faire comme si ce n'était pas elle qui lui courait après, nous, ses copines, savions que Sergio ne se serait pas présenté chez elle en pleine nuit si elle ne lui avait pas envoyé un message pour lui faire savoir qu'elle était disposée à passer un moment au lit avec lui.

Lola réalisa qu'elle s'était montrée trop disponible avec Sergio, et que d'être toujours prête pour une partie de jambes en l'air ne jouait pas en sa faveur. Elle se remémora certains détails et sentit le rouge lui monter aux joues. Le navire était en train de sombrer et elle avec.

Elle se leva et alla à la cuisine pour se servir un verre de vin, même si elle trouvait nul et même inquiétant de boire seule. Au bout d'une gorgée, elle commença à se sentir mal, et soudain, prise d'un spasme comme si elle allait vomir, elle éclata en sanglots.

Le lendemain, elle m'appela pour me proposer de déjeuner avec elle. Quand nous nous retrouvâmes chez l'italien, près de son bureau, Lola avait la tête d'une nana qui n'a pas fermé l'œil de la nuit (mais pas parce qu'elle s'était envoyée en l'air), alors que, pour une fois, j'avais fait l'effort de me maquiller et de me coiffer.

Ce jour-là, je fus frappée de voir comment elle engloutissait la nourriture. On aurait dit qu'elle cherchait à combler un vide intérieur, comme je l'avais fait moi-même si souvent.

— Lola…, dis-je en lui effleurant gentiment la main.

— Quoi ? Tu as remarqué que je bouffe comme une vache ?

Je hochai la tête.

— Ça va comme tu veux avec Sergio ?

— Pour lui tout va très bien. Mais moi, je commence à fatiguer, dit-elle en enfournant un morceau de pain.

— Tu n'as jamais songé à lui dire qu'il allait devoir choisir entre sa fiancée et… ?

Elle eut l'air surprise.

— Valeria, je n'ai jamais eu l'intention d'avoir une relation sérieuse avec quelqu'un comme Sergio. S'il trompe sa fiancée avec moi, ça veut dire qu'il me trompera moi aussi, non ?

— Ce n'est pas dit. Va savoir si…

Lola leva la main, paume ouverte :

— C'est sa nature, déclara-t-elle. Sergio s'imagine que les femmes n'ont pas d'autre fonction dans sa vie. Je ne dis pas que c'est un macho, simplement il met en pratique le bon vieil adage : « Cherche-toi une bonne épouse, pas une femme avec qui on prend du bon temps, car celles-là finissent seules. »

— Parce que tu penses faire partie de ces femmes, Lola ?

— Qu'est-ce que ça peut faire ce que je pense ? dit-elle tristement. Et toi ?

— Moi, quoi ?

— Tu as mis une robe, tu t'es maquillée, tu bois un Coca light, et tu grignotes une salade, sans pain…

— J'ai décidé de me reprendre en main. Ce n'est pas un péché que je sache ?

— Pas du tout. Et pour être tout à fait franche, ces derniers temps, tu avais carrément l'air d'un épouvantail.

— Merci, Lola, dis-je en repoussant ma salade, brusquement rassasiée.

— Je voulais dire… ça n'aurait pas un rapport avec la petite assistante d'Adrian, des fois ?

— Absolument pas ! niai-je en secouant vigoureusement la tête.

— Tant mieux, parce que si tu t'imagines qu'Adrian va te désirer davantage si tu perds un ou deux kilos ou que tu recommences à mettre des talons, c'est toi qui as un problème.

— Ne dis pas de bêtises.

— Tu es certaine que ça n'a aucun rapport ?

— Quand bien même, je ne le fais pas parce que je pense qu'Adrian va m'aimer davantage. Simplement, je trouve que je me suis laissée un peu trop aller et que l'image que j'ai de moi-même influe sur notre relation.

— Ce que tu peux être tordue parfois, me dit-elle affectueusement. Mais je suis d'accord : c'est important de se sentir bien dans sa peau quand on se regarde dans la glace, et ce chignon à la trois-six-deux ne te met vraiment pas en valeur, désolée.

Nous recommençâmes à manger en silence. Nous n'osions pas nous confier nos problèmes. Tant que nous n'en parlions pas, ils n'existaient pas, et même Lola ne se rendrait pas compte que j'étais au quatrième dessous.

Quand je rentrai à la maison, Adrian était au lit, en train de regarder un DVD sur son ordinateur portable. Il mit sur « pause » dès qu'il m'entendit.

— Alors, tu as dîné avec les filles ? demanda-t-il d'un ton neutre.

— Avec Lola. Je l'ai trouvée un peu abattue.

— Ah… ça te dit de mater un film ? Je suis en train de regarder *Las Vegas Parano*.

— Quelle horreur, dis-je en faisant la moue. Je te signale que je sors de table. Mais on pourrait faire quelque chose.

Je m'agenouillai sur le lit, face à lui. Adrian ne répondit pas.

— Ces temps-ci, tu travailles beaucoup et quand on se voit tu es trop crevé pour faire quoi que ce soit. On pourrait…, mettons, prendre un peu de bon temps ensemble.

— Tu veux dire quoi par là ? demanda-t-il en esquissant un vague sourire.

— Aller au ciné, sortir boire un verre…

De toute évidence, je n'allais pas lui proposer un fol après-midi d'ébats sexuels qui risquaient de durer plus de trois minutes.

Il fronça le nez, pas vraiment emballé.

— Valeria, c'est la fin du mois…

J'acquiesçai et allai m'asseoir devant mon secrétaire, face à la fenêtre. Baiser ne coûtait rien, mais l'idée ne semblait même pas l'effleurer.

— Tu as mangé ici ?

— Non, j'ai déjeuné dehors avec Alex.

Je me mis sur mes gardes, mais sans le montrer.

— Ah ouais ? Où ça ?

— Chez un japonais extra que je ne connaissais pas. On pourrait y aller un de ces quatre, si ça te dit.

J'étais dégoûtée. Il n'avait pas les moyens d'aller au ciné ou de prendre un verre avec moi, mais se payer le restau avec Alex ne lui posait pas de problème. Un an ou deux plus tôt, on aurait acheté des glaces au yaourt qu'on aurait partagées en faisant un tour dans le quartier. Mais dorénavant il regardait seul des DVD tandis que je me rongeais les sangs dans mon coin.

— Tu sais quoi, Adrian ? Je vais aller voir ma sœur. Je m'ennuie ici, et je n'ai pas envie de passer l'après-midi à végéter.

— Tu pourrais écrire ; je veux dire travailler un peu. Tu ne crois pas ?

Je lui lançai un regard insistant, qui laissait entendre que ce genre de remarque pouvait être blessante. Mais il ne daigna même pas lever les yeux de son ordi, qu'il avait remis en marche. Saisissant mon sac à main, je sortis d'un pas résolu, même si je ne savais pas où aller. Je n'avais pas envie qu'on me voie dans cet état.

15

J'aimerais qu'on m'explique...

Carmen avait un sombre pressentiment. Tout en sirotant son café de dix heures, elle observait Daniel à la dérobée. Quelque chose lui disait qu'il préparait un mauvais coup.

Pour Barto, qui contemplait discrètement la scène depuis son bureau, il était évident qu'il se passait des choses... Mais il ne pouvait pas décemment balancer tout de go: «Carmen, sérieux, tu le kiffes tant que ça, Daniel?»

Vers midi, Carmen me passa un coup de fil, et, sur le ton de la confidence, me demanda si tout allait bien.

— Non, lui répondis-je, impressionnée par son pouvoir de divination. Ce n'est qu'une broutille, mais Adrian et moi, on s'est pris la tête hier soir. Il est bizarre ces temps-ci, et moi, j'en ai assez de me démener en vain pour que tout marche bien entre nous.

— N'exagère pas, Adrian est une crème. Il lui arrive d'être un peu sec, c'est vrai, mais il t'adore.

— Toujours la même rengaine! Tu veux dire que tout est de ma faute?

— Mais non. Simplement, si c'est une broutille, vous allez vous réconcilier sur l'oreiller ce soir et tout sera oublié.

— Ben voyons ! rétorquai-je, excédée.

Cette fois, la coupe était pleine.

— Hum…, je crois qu'on devrait aller prendre un verre quand je sortirai du boulot, suggéra Carmen.

Je ronchonnai pour la forme, puis acceptai d'aller la retrouver au Broker Café, juste en face du bureau de Nerea.

Lola resta un moment assise sur la lunette des toilettes. Elle faisait une crise d'angoisse et respirait si violemment qu'elle avait l'impression que les boutons de son corsage allaient sauter.

Elle n'était pas de ces filles qui s'enferment dans les toilettes pour sangloter en silence, et préserver ainsi leur dignité. Telle une tigresse, elle ne versait jamais une larme, mais faisait pleurer les autres. Soudain, quelqu'un frappa à la porte des cabinets, mais elle ne répondit pas.

— Je sais que tu es là. Ouvre-moi avant qu'on ne me surprenne dans les toilettes des femmes, Lola.

Loin d'être hargneuse, la voix de Sergio était au contraire suppliante.

Lola souleva le loquet pour lui permettre de se glisser dans la minuscule cabine. Il la regarda dans les yeux, la prit par la taille en lui demandant quel était le problème, si gentiment que la panthère se transforma en chaton sans défense.

— Qu'est-ce qui t'arrive ? Tu n'es pas dans ton état normal. Je reconnais qu'hier j'ai un peu passé les bornes. Mais franchement, je ne pensais pas que tu allais te mettre dans cet état.

— Je ne sais pas ce qui m'arrive, Sergio, mais cette situation ne peut plus durer.

Il l'embrassa derrière l'oreille tandis que ses mains se frayaient un chemin sous sa jupe, palpant son porte-jarretelles.

— Sergio…, je ne pense pas que le moment soit bien choisi pour faire cric-crac dans les W.C.

Il la relâcha en soupirant.

— Dis-moi ce que tu as sur la patate sans tourner autour du pot.

— Non…, fit-elle. Pour la bonne raison que je n'ai rien à te dire.

— Ah, je pensais que tu allais me demander de quitter Ruth.

— Elle s'appelle Ruth ? (Elle laissa échapper un rire sans joie, puis déclara :) Eh bien, non, je ne veux pas que tu quittes Ruth.

Elle allait lui dire de lui fiche la paix quand Sergio l'embrassa sur le front en la serrant contre lui.

— Si tu as besoin de moi, tu sais où me trouver, lui dit-il en souriant. Mais j'ai l'impression que toute cette histoire n'a rien à voir avec moi.

Lola ne sut que répondre. Heureusement, le silence qui s'ensuivit ne dura pas assez longtemps pour la mettre mal à l'aise, car Sergio était déjà ressorti des toilettes.

— Triple connard, maugréa-t-elle en se rasseyant sur la lunette.

Au même instant, un signal sonore l'avertit qu'un texto venait d'arriver sur son portable :

> À sept heures au Broker Café. On sera toutes là.

Elle sourit. Heureusement, nous étions là pour l'empêcher de sombrer dans la déprime.

J'envoyai un mail à Nerea pour lui proposer qu'on se retrouve près de son travail, dans un des bars les plus *cool* du quartier des affaires. Je lui avais fait le coup du chantage affectif, déclarant qu'il y avait de l'eau dans le gaz entre Adrian et moi, et que j'avais besoin du soutien de mes amies. D'ailleurs, mon allure débraillée de ces derniers mois attestait clairement que quelque chose ne tournait pas rond.

Dès qu'elle eut connaissance de mon message, elle appela Daniel au bureau pour lui dire qu'elle avait un imprévu de dernière minute et qu'elle ne pouvait pas dîner avec lui. Une fois de plus, elle nous apportait la preuve qu'elle n'était pas une de ces nanas qui laissent tomber leurs copines dès qu'une proposition de mariage se présente… Tout au moins pas pour l'instant.

À sept heures du soir, elle fit une entrée très remarquée dans le bar, avec sa crinière dorée de star et ses talons vertigineux. Après nous avoir saluées d'un sourire chaleureux, elle s'assit, jambes croisées, et commanda un verre de chardonnay sous le regard ébahi des mecs qui se trouvaient là.

Nerea jeta un regard discret à Lola, qui grignotait des cacahuètes sans conviction, et me chuchota que nous devions parler lorsqu'elle serait partie. Pensant qu'elle se référait à sa relation avec Sergio, j'acquiesçai.

— Eh bien ! Qu'est-ce qu'il se passe ici ? S'il vous plaît, ne me dites pas que c'est le printemps…

— Hier, j'ai parlé avec Adrian, lançai-je en saisissant mon verre.

— Je hais mon chef, balbutia Lola.

— Ça commence bien…, dit Nerea, clairement dépassée. On va procéder dans l'ordre si vous le voulez bien. Quel est le problème avec Adrian ?

— Le problème avec Adrian, répliqua Lola, c'est qu'il a une jeune assistante supercanon et que Valeria a du mal à l'avaler.

Toutes me regardèrent.

— Je ne suis pas venue ici pour que vous me jugiez. J'ai parlé avec Adrian, parce qu'il est vraiment bizarre ces temps-ci. Il ne veut jamais rien faire quand nous sommes ensemble, et tout ce qui sort de sa bouche ce sont des ronflements.

Toutes me regardèrent en haussant les sourcils.

— Et donc, il est évident que cette nymphette… aux gros nichons…

— Valeria, ne me dis pas que tu es jalouse ? s'exclama Carmen, stupéfaite.

— Si, concédai-je, les yeux baissés.

— Mais enfin, c'est grotesque, intervint Nerea.

— Je me sens tellement… bizarre. Je n'ai goût à rien. Et lui et moi, on n'a pas…

En réalité, je ne voulais pas leur avouer qu'il y avait des mois maintenant qu'Adrian avait cessé de me regarder comme un mari regarde sa femme. Quant au sexe, mieux valait ne pas en parler. Nos rapports étaient réduits au strict minimum. Chaque fois, c'était : « Désolé, trop crevé. » L'étincelle qui embrase les jeunes couples, pour qui toute occasion est bonne de se faire des papouilles, était bel et bien éteinte. Certes, nous étions ensemble depuis un bout de temps, mais tout était arrivé si brutalement ! Quoi qu'il en soit, il était hors de question que je l'avoue publiquement. Le dire tout haut n'eût fait qu'enfoncer le clou. J'avais eu ma dose d'humiliation, merci bien. J'inspirai profondément et, les regardant toutes dans les yeux l'une après l'autre, j'ajoutai :

— Je me suis comportée en mégère. Je vais lui demander pardon quand je rentrerai à la maison.

— Tu n'es pas une mégère. Simplement tu es anxieuse, et tu te fais des films, murmura Carmen.

— Valeria…, Adrian t'aime, j'en suis sûre, et tu devrais en être sûre toi aussi. C'est un amour qui va au-delà de la passion qui claque, du coup de cœur ou du compagnonnage. Votre relation est sublime.

Sublime ? Trois coups de quéquette et hop ! je file répondre au téléphone.

— Mais, Nerea… à supposer que… ?

— N'en dis pas plus, Valeria, sans quoi tu vas briser un mythe, lança Lola.

— Je n'arrive pas à croire qu'une femme comme toi puisse se laisser intimider par une gamine avec de gros nichons. C'est une passade, rien de plus, décréta Nerea sur un ton sans appel.

Bien qu'insatisfaisante, l'explication de Nerea eut malgré tout un effet rassurant. J'en vins à me dire que c'était peut-être de moi que venait le problème et qu'Adrian avait besoin de soutien. Si ça se trouve, quelque chose le préoccupait, mais je ne m'en rendais pas compte, et en plus je passais mes journées à la maison en pyjama. Sa réaction m'avait mise en colère, mais d'un autre côté, nous devions tous les deux y mettre du nôtre pour recoller les morceaux. Carmen avait peut-être raison quand elle affirmait qu'une folle nuit d'amour pouvait tout arranger.

Après quatre autres verres et une dissertation de Carmen sur l'étrange comportement de Daniel, Lola décida de tirer sa révérence, déclarant que le vin lui donnait envie de dormir. Elle laissa un billet sur la table et nous fit la bise, puis se dirigea vers la sortie. Nous ne l'avions jamais vue d'humeur aussi maussade. Carmen ouvrit la bouche pour parler, mais Nerea passa brusquement à autre chose. À l'évidence, elle souhaitait clarifier certains points avec moi en privé.

Quand elle eut fini de raconter les derniers développements de sa nouvelle relation amoureuse, je consultai ma montre et, prétextant qu'il se faisait tard et que je ne voulais pas envenimer les choses avec Adrian, je mis les voiles.

Avant de partir, Carmen nous gratifia chacune d'une embrassade et d'une bise sur la joue droite – elle n'embrasse jamais sur les deux joues, sauf les connaissances de fraîche date et celles qu'elle ne voit pas plus d'une fois par an.

Puis Nerea et moi nous dirigeâmes ensemble vers le parking.

Une fois dans la voiture, Nerea soupira, manifestement embarrassée.

— C'est à propos de Lola ?

— Oui, mais je ne voudrais pas que tu te méprennes sur ce que je vais dire… Lola, c'est une fille géniale et je l'adore ; totalement désinhibée, elle est bien dans son corps et elle s'éclate au pieu. Et en ce sens, elle est complètement libre…

Je songeai à la vie sexuelle de notre amie ; c'était comme qui dirait la version porno du *Tour du monde en quatre-vingts jours*. Un voyage abracadabrant. Nerea n'avait pas tort d'affirmer que Lola n'avait aucun tabou au lit. Elle connaissait son corps et savait en jouir. C'était une femme pleinement épanouie, de ce point de vue-là tout au moins, et si j'avais eu un doute ou une question, je me serais adressée à elle sans hésitation.

— Mais, poursuivit-elle tout en s'engageant sur le *paseo de la Castellana*, j'ai tout de même l'impression qu'elle le paie très cher, et qu'avec Sergio son amour-propre en a pris un sacré coup.

— En tout cas, elle assume complètement…

En disant cela, je jouais les avocats du diable, car je ne voulais pas diaboliser une possible relation Sergio-Lola, ni exprimer tout haut l'opinion que nous partagions toutes la concernant.

— Elle n'assume rien du tout, Valeria, elle quémande de l'amour, et tout ce qu'elle reçoit en retour c'est du sexe. C'est vraiment quand elle veut ou c'est quand ça l'arrange lui ?

— Plutôt la deuxième option. Mais ça, c'est *notre* opinion, et à part émettre un jugement, je ne vois pas ce que nous pourrions faire d'autre.

— Il le faut pourtant.

— Mais, enfin, Nerea, si on lui dit tout de go, elle va nous envoyer paître, et quand elle nous rappellera au bout de deux semaines, plus personne n'osera aborder le sujet. On a déjà essayé, tu le sais bien. Elle connaît parfaitement notre opinion sur la question.

— Et donc ?

— On va devoir attendre qu'elle prenne conscience de la situation.

— Tu sais comment ça va finir avec ce type ?

— Justement, dis-je en posant une main sur son bras, cette histoire n'a ni queue ni tête. Moi, ce qui m'inquiète le plus c'est sa situation professionnelle quand il n'y aura plus rien entre eux.

Nerea resta pensive. Elle fronçait les sourcils, ce qui était mauvais signe de la part d'une fille que sa mère exhortait depuis toute petite à mettre de la crème antirides pour rester jeune, jolie et mariable. Mais, blague à part, je savais que ce genre d'histoires la mettait dans tous ses états. Elle ne supportait pas qu'une amie à elle se fasse traiter comme une moins que rien, et je crois bien qu'au fond, même si elle s'en défendait, elle réprouvait certaines pratiques sexuelles de Lola.

Mais c'était son amie… Et elle estimait légitime d'émettre une opinion.

Nous étions presque chez moi quand elle rompit le silence.

— Il y a vraiment trop de trucs qui me chagrinent, Valeria. Je ne comprends pas pourquoi elle supporte que Sergio la traite comme ça. Je veux savoir pourquoi, et si je ne peux pas l'aider, je veux au moins essayer de comprendre.

— Ce n'est pas bien difficile, Nerea…

— Vraiment ?

Elle me jeta un regard surpris.

— Ou bien elle est amoureuse de Sergio, même si elle s'en défend, ou bien elle est amoureuse de la situation.

Nerea secoua la tête.

— Je ne la comprends pas, dit-elle en rangeant la voiture le long du trottoir. Et du coup, ça me trotte dans la tête et je n'arrive à penser à rien d'autre.

— Allons, bien sûr que si, dis-je en lui faisant la bise. Tu es la perfection incarnée. Pourquoi est-ce que tu ne fais pas une visite surprise à ton amoureux ?

Elle sourit.

— Hum, pourquoi pas en effet ?

Sur ce, elle démarra sur les chapeaux de roues, mais je savais qu'elle allait filer droit chez elle, comme l'exigeait la bienséance. Vous imaginez Nerea débouler sans prévenir chez son copain ? Même pas en rêve.

16

Tout part en vrille…

Carmen m'appela le lendemain pour savoir si tout était revenu à la normale entre Adrian et moi. Je ne sus que lui répondre. La veille au soir, en rentrant à la maison, j'avais trouvé mon mari déjà couché et endormi, ou faisant semblant de l'être.

Pour ma part, je n'avais pour ainsi dire pas fermé l'œil de la nuit, mais je me gardai bien de le dire. Lola avait raison. Les filles admiraient mon couple, qui offrait une image idyllique dans laquelle elles aimaient se projeter. Dès lors qu'à leurs yeux je vivais une relation sublime… je ne pouvais pas me permettre de descendre de mon piédestal, même si j'avais passé la nuit à ravaler mes larmes et à imaginer mon mari en train de s'envoyer en l'air avec une bimbo. Comment aurais-je pu dire à mes amies que mon mari et moi ne nous touchions plus quand nous étions au lit, qu'il n'était pas exclu qu'une autre lui ait mis le grappin dessus, ou que, n'ayant plus aucun désir pour moi, il se livrait peut-être jusqu'à l'épuisement à l'autoérotisme ? Mais une bonne chose au moins était sortie de toutes ces considérations : j'avais pris conscience que mon allure laissait gravement à désirer et qu'il était temps que je me ressaisisse.

— Bien, bien. Ça commence à s'arranger, dis-je, secrètement décidée à me débarrasser de toutes mes vieilles nippes usées jusqu'à la corde, comme l'attestait le sac poubelle plein à craquer posé à côté de la porte.

— Tant mieux. Tu sais, c'est normal de se prendre le bec de temps en temps, Valeria. Sois indulgente avec lui, et avec toi-même.

— Tu as raison, répondis-je en me rongeant les ongles. Et toi ? Comment ça va ?

— Bah, pour ne rien te cacher, je suis un peu angoissée. Figure-toi que cette fin de semaine Daniel fête son anniversaire en grande pompe et que nous sommes tous invités. J'avais décidé de ne pas y aller, mais... j'hésite.

— Et Barto, il y va ?

— Ce n'est pas à cause de lui. Tu sais bien que je n'attends plus rien de ce côté-là.

— Mais si tu n'y vas pas, Daniel risque de mal le prendre... Et puis si Barto y va, vous allez vous amuser, et ensuite il te raccompagnera chez toi. Tu verras.

— Bof... En plus, je n'ai rien à me mettre.

— Ne dis pas n'importe quoi. Tu as une petite robe noire superbe.

— Mais je n'ai pas de chaussures pour aller avec.

— Tu n'as qu'à passer, je t'en prêterai une paire. Et arrête de te chercher des excuses.

Carmen s'esclaffa.

— Tu as raison, mais j'ai comme un mauvais pressentiment.

— Surtout, préviens-moi si tu décides de te reconvertir dans la voyance ! En attendant, viens chercher les chaussures cet après-midi.

Et c'est ainsi qu'elle passa prendre une paire d'escarpins noirs divins, un sac à main et de l'ombre à paupières.

Le jour de l'anniversaire de son boss, à dix heures et demie tapantes, Carmen descendit rejoindre Barto qui l'attendait au pied de son immeuble. Quand elle le vit adossé à sa voiture, en train de fumer une cigarette, le regard perdu dans le vague, elle le trouva tellement sexy qu'elle faillit pousser des cris et remonter chez elle.

Barto jeta sa cigarette en lui décochant un de ces sourires qui la rendaient folle, puis il s'installa au volant tandis que Carmen prenait place côté passager, et ils se saluèrent d'un simple « bonjour ».

Comme chaque année, Daniel avait fait les choses en grand pour son anniversaire. Il avait réservé une salle exprès, où un petit escadron de serveurs très pro servaient de l'alcool à gogo aux invités, qui n'étaient censés rien faire d'autre que prendre du bon temps. N'eût été la présence de l'homme qu'elle haïssait le plus au monde, Carmen, qui buvait comme un trou, aurait été aux anges.

Dès qu'ils entrèrent, Barto et Carmen repérèrent Daniel, qui se tenait dans un coin.

— Allons le saluer, dit Barto.

Et comme Carmen refusait, il lui passa un bras autour des épaules et l'entraîna vers Daniel en riant.

Ce dernier exultait. Il les invita à prendre un cocktail, allant jusqu'à leur promettre de leur présenter sa compagne. À l'évidence, il était de cette humeur joyeuse que confère le troisième verre. Ou le quatrième, songea Carmen, qui se fichait comme d'une guigne qu'il vide toutes les bouteilles et fasse un coma éthylique et meurt étouffé dans son propre vomi.

Comme elle en avait assez d'être la copine de Barto sans l'être vraiment, elle entreprit de faire le tour de la salle et d'échanger quelques mots avec des collègues, tandis qu'il restait accoudé au bar et la dévorait des yeux. Il lui donnait l'impression de la garder constamment à l'œil, comme s'il voulait s'assurer que tout allait bien pour elle, et cela lui procurait un sentiment de réconfort. Comme lorsqu'il la raccompagnait chez elle. Quand ils étaient tous les deux en voiture, chaque chanson qui passait à la radio lui faisait l'effet d'une bombe émotionnelle. Ma petite Carmen n'était pas fleur bleue pour deux sous, sauf quand elle était amoureuse.

Et elle se sentait tellement bien avec Barto qu'elle ne comprenait pas ce qui les empêchait de s'envoyer en l'air. Car ma petite Carmen était plus que disposée à passer à la casserole.

Pour finir, fatiguée d'écouter les potins des collègues, leurs histoires de gamins hyperactifs et de maris qui ne levaient pas le petit doigt quand ils étaient à la maison, elle s'approcha de l'endroit où se trouvait Barto et commanda un verre.

— Tu as repéré une nana à ton goût ? lui demanda-t-elle avec un petit coup de coude complice.

— Peut-être bien, répondit-il avec un sourire énigmatique.

Et ils s'esclaffèrent comme des gosses.

— On trinque ? lança Carmen.

— À nous deux ! dit Barto.

— À nous deux ! répéta Carmen, qui avait bien envie de le prendre au mot.

La musique jouait à présent à plein volume, et Carmen, légèrement pompette après deux cocktails, se mit à se trémousser devant Barto. Tant et si bien que tous les autres l'imitèrent, se dandinant en tous sens comme pour un marathon de salsa. Carmen bougeait les hanches en chantonnant doucement, et riait quand Barto la prenait par la main pour la faire tourner sur elle-même.

Arriva un moment où, sans trop savoir comment ni pourquoi, Barto et elle se retrouvèrent dans un recoin obscur de la salle. Cette fois, Carmen n'était pas la seule des deux à respirer en haletant. Ils se regardèrent, et comme ils n'avaient rien à se dire, Carmen passa ses bras autour du cou de Barto. Si, si, Carmen avait enlacé Barto, un mec avec qui le contact physique n'avait rien d'évident…

Loin de la repousser, il l'attrapa par la taille et l'attira contre lui. Puis, approchant ses lèvres de son cou, y déposa un petit baiser distrait. Carmen n'osait pas y croire. Elle ouvrit les yeux et porta son regard vers l'autre bout de la salle. C'est alors qu'elle vit Nerea en train de descendre l'escalier main dans la main avec Daniel.

Nerea et Daniel !

D'un seul coup, tous les petits détails qui la turlupinaient s'assemblèrent comme les pièces d'un puzzle. À quoi bon chercher à se voiler la face ? Nerea et Daniel étaient en couple. Et ils allaient faire des enfants sublimes et propres sur eux, qu'ils promèneraient au parc, dans des landaus vintage. Oh, non ! Pas Nerea et Daniel !

Soudain paniquée à l'idée que Nerea puisse la voir, elle s'arracha à l'étreinte de Barto, qui avait remarqué que Daniel était avec une blonde, mais n'avait pas reconnu Nerea.

Carmen sortit en courant. Une fois dans la rue, elle se mit à longer le trottoir en titubant et en jetant des coups d'œil affolés autour d'elle. Elle avait envie de pleurer. À supposer que Nerea raconte à Daniel tout ce qu'elle savait des sentiments de Carmen pour Barto ?

Est-ce que Barto l'aurait embrassée si elle ne s'était pas enfuie comme une voleuse ? Et comme si ça ne suffisait pas, elle allait devoir changer de boulot, car il était hors de question que Nerea découvre le pot aux roses. Elle fut soudain prise d'une furieuse envie de tordre le cou à Lola. Elle la haïssait autant qu'elle haïssait Daniel.

Elle filait, tête baissée. Il était minuit et demi et il n'y avait pas un chat dans les rues. Un bruit de pas derrière elle la fit sursauter. Juchée sur mes escarpins noirs à talons aiguilles, la malheureuse se mit à courir en direction de l'avenue.

— Carmen ! la héla une voix.

Elle se retourna en prenant appui sur une voiture pour ne pas tourner de l'œil. Barto ne l'aimait pas, son boulot était un vrai supplice, elle était seule au monde, et pour couronner le tout, Daniel, ce salopard qu'elle ne pouvait pas voir en peinture, allait s'immiscer dans sa vie privée.

Barto piqua un sprint et la rattrapa.

— Carmen, désolé, je ne voulais pas…

— Non, non, c'est moi qui te dois des excuses, Barto. Je n'aurais pas dû partir en courant, mais…

Elle le prit par le bras, à deux doigts d'éclater en sanglots.

— Je sais, ne t'inquiète pas. Il y a longtemps que j'avais deviné, mais…

Elle le regarda sans comprendre.

— Tu le savais ? Depuis quand ? demanda-t-elle, surprise.

— Depuis toujours. Mais je ne voulais pas me compromettre. J'ai pensé que tu réussirais peut-être à l'oublier. J'ai été con, Carmen !

Carmen resta sans voix. Elle ne comprenait rien. Elle avait l'impression d'être prise dans un cauchemar sans queue ni tête. Le *cri cri* d'un grillon la ramena à la réalité et elle répondit en fermant les paupières :

— Qui devrais-je oublier, Barto ?

— S'il te plaît, Carmen…

— Qui devrais-je oublier ? insista-t-elle.

— Daniel, voyons.

La voyant écarquiller des yeux épouvantés, Barto demanda :

— Quoi ? Qu'est-ce qu'il y a ?

— Parce que je te donne l'impression d'être amoureuse de Daniel ?

— Je… je pensais que…

— Barto ! Je le hais, voyons – une moue dégoûtée envahit ses traits. Je hais ce type comme tu n'as pas idée !

— Et donc…

Elle partit d'un fou rire irrépressible. Cette fois, c'était Barto qui n'y comprenait plus rien.

— Daniel sort avec Nerea. Mon amie Nerea…

Ils se regardèrent un instant sans rien dire, puis elle ajouta :

— Et je viens seulement de le découvrir.

— Tu hais Daniel ? Sérieux ?

— Pire que ça. Je le vomis, sourit Carmen.

— Mais je croyais… J'avais l'impression que… Tu n'arrêtes pas de le regarder.

Carmen se prit la tête dans les mains et éclata d'un rire hystérique. À supposer que Daniel s'imagine lui aussi qu'elle lui courait après ?

— Mais enfin, Barto ! Je ne peux pas le voir ! Je lui ai même fait jeter un mauvais sort par un marabout !

Voyant ses yeux écarquillés, elle réalisa qu'il y avait des choses qu'il valait mieux garder pour soi.

Mais Barto sourit, légèrement mal à l'aise, et Carmen lui demanda, sans réfléchir :

— Mais, au fait, pourquoi dis-tu que tu ne voulais pas te compromettre ?

Barto leva les yeux au ciel, et saisissant Carmen par la taille :

— Il faut qu'on parle sérieusement toi et moi, murmura-t-il.

Ils montèrent dans la voiture de Barto, et remettant à plus tard le moment du baiser, filèrent tout droit chez Carmen. Quand il se gara au pied de son immeuble, la petite culotte de Carmen se mit à entonner des chansons grivoises. Puis ils montèrent dans l'ascenseur et il lui décocha un de ses petits sourires en coin qui lui faisaient un effet dingue.

Ils entrèrent dans l'appartement en forçant presque la serrure, puis il l'entraîna jusqu'à la chambre à coucher. Là, il la prit par la taille et l'attira à lui en murmurant son nom.

Elle nous raconta plus tard que l'appart était plongé dans le noir, et que seule la lumière des réverbères filtrait à travers les persiennes lorsque Barto se pencha vers elle et que leurs lèvres se rapprochèrent tout doucement jusqu'à s'unir. Ils échangèrent un de ces baisers comme on n'en voit que dans les films et qui vous donnent la chair de poule. Car contrairement à ce qu'elle s'était imaginé, Barto était tout sauf timoré.

Il la prit par la nuque, pour la tenir tout près tandis que sa langue et la sienne s'enlaçaient langoureusement.

— Purée… ! dit-elle, lorsqu'ils se séparèrent pour reprendre haleine.

— Et tu n'as encore rien vu…, murmura-t-il.

Carmen n'arrivait pas à y croire lorsqu'il l'embrassa à nouveau en l'entraînant vers le lit. Il s'assit au bord du lit et la plaça à califourchon sur lui.

— Je t'adore…, chuchota-t-il en souriant.

— Moi aussi, répondit-elle tandis que la fermeture éclair de sa robe semblait descendre toute seule.

Les mains tremblantes, et sa robe ramassée autour de sa taille, elle entreprit de déboutonner le polo de Barto. Ils se caressèrent mutuellement et recommencèrent à s'embrasser. Carmen tira sur la ceinture de Barto pour la lui ôter. Mais ce dernier l'arrêta. Après quoi, ils tombèrent sur le lit et il s'allongea sur elle.

— Carmen, je ne vais pas te faire l'amour ce soir, lui dit-il en l'embrassant sur le menton.

Carmen, qui s'attendait à tout autre chose, se sentit soudain frustrée et désorientée. Mais pourquoi ? Elle n'avait donc plus le pouvoir d'exciter un homme au lit ? Mais peut-être ne l'avait-elle jamais eu. Elle laissa échapper un soupir dépité en songeant que jamais elle ne serait aussi belle que Nerea, aussi excitante que Lola, ou aussi sûre d'elle que moi. Pauvre Carmenchou…, si elle avait su…

— Très bien, bougonna-t-elle en rattachant son soutien-gorge.

— Non, attends ! Tu n'as pas compris.

Barto lui décocha un petit sourire en coin dont il avait le secret et dégrafa à nouveau son soutien-gorge.

— Il y a trop longtemps que j'attends ce moment. Je ne veux pas tout précipiter. J'ai envie de te garder avec moi pendant un siècle ou deux.

Elle sourit de toutes ses dents et Barto l'imita.

— Je suis fou de toi, lui avoua-t-il.

Carmen n'aurait pas pu imaginer plus belle déclaration. Elle se fichait pas mal qu'il ne mette pas le feu au lit ce soir, ou que Nerea couche avec Daniel, on qu'on la vire de son boulot, ou même que Lola lui ait caché la vérité.

Tout ce qu'elle voulait, c'était couvrir Barto de baisers, comme elle en rêvait lorsqu'elle était au bureau.

Lola alla ouvrir, surprise d'avoir de la visite un dimanche matin. Ne s'étant pas démaquillée avant de se coucher, elle avait les yeux charbonneux. Mais, passons. Quand elle ouvrit la porte et se retrouva face à son sourire narquois, les bras lui en tombèrent. Le plus incroyable, c'est qu'elle était resplendissante, comme si elle s'était levée à six heures du matin pour se pomponner.

Sans lui laisser le temps de dire un mot, elle entra dans le salon et posa une bouteille de gin frappé sur la table. Lola, en nuisette et les cheveux en bataille, jeta un regard surpris à la bouteille, et se tournant vers Carmen demanda :

— En quel honneur ?

— Je la gardais au frais pour une grande occasion. J'aime bien boire un coup pour célébrer un événement. Tu ne sors pas les verres, Lola ?

— Je te rappelle qu'il est onze heures. C'est trop tôt pour boire du gin, même pour moi.

— Va chercher des verres ! ordonna Carmen, son sourire envolé.

N'étant pas suffisamment réveillée pour lui tenir tête, Lola fit ce qu'elle lui demandait. Puis elle vint s'asseoir à côté d'elle et alluma une cigarette. Elles échangèrent un ou deux regards torves, puis Carmen toussota et remplit les verres.

— Cul sec ? voulut savoir Lola.

— Cul sec.

— Tu es saoule, Carmen ?

— Non.

— Et donc ?

— Bois !

Sans y réfléchir à deux fois, Lola vida son verre d'un trait et le reposa bruyamment sur la table. S'il s'agissait d'une sorte de concours pour voir laquelle des deux tiendrait le plus longtemps, Carmen avait mal choisi son adversaire.

— Et qu'est-ce qu'on est censées célébrer ? demanda Lola en recrachant sa fumée de cigarette.

— Hier soir, je suis allée à l'anniversaire de mon boss – Lola déglutit sa salive avec force. Et j'ai fait la connaissance de sa compagne.

— Ah, oui ?

— Oui. Et figure-toi que sa tête me disait quelque chose, murmura Carmen d'un ton sarcastique.

— Hum…

Il y eut un silence, puis songeant qu'il était inutile de continuer à jouer les innocentes, Lola commença :

— Carmen, je…

— Tu veux dire « vous », rectifia Carmen sèchement.

— Nerea n'est au courant de rien.

— Je m'en doute.

— Valeria et moi avons hésité à te le dire…, parce qu'on pensait que ça ne durerait peut-être pas entre eux. Et comme on ne voulait pas que tu te mettes la rate au court-bouillon…

— Je ne suis pas fâchée, dit Carmen en remplissant à nouveau les verres.

— Ah, non ? Tu essaies de me provoquer une perforation de l'estomac en me faisant boire du gin à jeun, mais à part ça tout va bien.

Carmen rit.

— Je suis venue pour trinquer.

— À quelque chose en particulier ?

— Je vais enfin pouvoir rendre la vie impossible à mon boss et tu vas m'aider. Ah, et aussi, j'ai passé la nuit avec Barto.

Lola écarquilla les yeux, puis elle éclata de rire et leva son verre. Elles trinquèrent et burent cul sec.

Tout cela s'annonçait terriblement excitant.

17

La fille qui vit dans ton dressing a dit…

« J'en étais arrivée au point où ses *aime-moi* me sortaient par les yeux. Tout comme son regard langoureux et ses clins d'œil décadents. Tout n'était qu'apparences. Elle regarda David, espérant une réaction de sa part, mais il demeura impassible. Y avait-il encore quelque chose à dire ? Non. Le moment était venu de lever le camp. Cette guerre-là était finie. »

Je soupirai. Mon roman n'allait pas en s'arrangeant. Le tas de fumier continuait de grossir, et mon angoisse avec. J'avais envie de m'immoler par le feu.

Allongé sur le lit, Adrian écoutait de la musique sur son iPod tout en regardant des photos sur son ordi. Il ne se trouvait qu'à deux pas de moi, mais il aurait pu aussi bien être sur une autre planète. Dans un premier temps, je m'étais dit naïvement qu'il s'agissait d'une crise passagère. Après quoi, j'avais mis son comportement sur le compte de la surcharge de travail, et maintenant, j'en venais à me dire que le lien « sublime » qui nous unissait depuis si longtemps était en train de rendre l'âme, même si nous avions encore l'impression de communiquer facilement. Ou tout au moins de se dire les choses sans y aller par quatre chemins.

Je me regardai dans la glace, avec mon chignon perché sur le haut de mon crâne et mes lunettes qui glissaient sur mon nez, le vieux T-shirt tout défraîchi d'Adrian... Pas vraiment étonnant que je ne l'attire plus. Et si c'était moi qui avais fait capoter notre relation à force de négligence ?

Le téléphone sonna, mais Adrian ne réagit pas. Il écoutait la musique si fort que rien n'aurait pu le tirer de sa rêverie, pas même un éléphant déboulant au pas de charge dans notre minuscule salon.

Je jetai un coup d'œil au numéro qui s'affichait, et décrochai en souriant :

— La Maison de la frustration et de la consternation, j'écoute...

— Ici Viagra.

Lola ! Je me l'imaginais en train de sourire de ses magnifiques lèvres peintes en rouge vif et déclarai, amusée :

— Tiens donc, le phénix renaît de ses cendres.

— Tu dis ça comme si j'étais tombée dans un puits sans fond.

Je ne répondis pas. Je voulais lui laisser une chance d'avouer que sa relation avec Sergio était toxique, mais juste au moment où j'allais prendre la parole pour le lui faire remarquer, elle s'exclama :

— Tombée très bas, oui, mais les deux paquets de donuts et les deux litres de Coca que je me suis enfilés avant-hier m'ont aidée à amortir la chute. Rien de tel qu'une orgie de sucre et de caféine pour se rafraîchir les idées.

— Il y avait quoi dans le Coca, Lola ?

— Non, non, sérieux. Le sucre m'a ouvert les yeux, et j'ai eu la révélation de la vérité universelle.

— Mais encore ?

— Hier, j'ai voulu enfiler un jean, mais lorsque j'ai remonté la braguette, à la place de deux courbes sexy au-dessus de la ceinture, j'ai trouvé deux bourrelets de la taille de saucissons.

J'éclatai de rire et demandai :

— Parce que c'est ça, la vérité universelle ?

— Les donuts ne peuvent sauver personne.

— Je tâcherai de m'en souvenir.

— Et la pizza non plus.

Je continuai de m'esclaffer jusqu'à ce qu'elle m'interrompe de nouveau.

— Après cette première révélation, il m'en est venu une autre.

— Le dimanche a été riche en enseignements, dis-moi !

— Tu n'as pas idée à quel point !

— S'il te plaît, daigne répandre sur moi la lumière de ta sagesse.

— Le sucre fait grossir et Sergio ne le mérite pas.

— Je suis contente de te l'entendre dire, murmurai-je en me gardant bien de prendre un ton sentencieux.

— Et…

— Parce que ce n'est pas tout ?

— Oh, que non ! J'ai découvert à quel point Carmen pouvait être délirante après s'être envoyée en l'air.

J'écarquillai les yeux.

— Comment ?

— Hier, elle est allée à la fête d'anniversaire de son boss.

— Je le sais, c'est moi qui l'ai encouragée à y aller.

— Brillante idée, Valeria.

— Et pourquoi cela ?

— Parce que Daniel en a profité pour présenter officiellement sa nouvelle compagne aux invités. Enfin, tu vois de qui je veux parler… ? Nerea, le Glaçon ?

— Oui, j'avais compris.

— Mais, heureusement, Nerea n'a pas vu Carmen, parce qu'elle est sortie en courant, Barto sur ses talons. Le pauvre s'imaginait que Carmen était amoureuse de son salopard de chef.

— Quoi ?

— Bref, pour résumer, Barto a déclaré sa flamme à Carmen et ils ont passé la nuit ensemble.

— Oooh !

— Toute la nuit à se faire des mamours, ajouta-t-elle. Mais pas à baiser.

— Ah non ? Notre Carmen serait-elle en train de retomber en adolescence ?

— Penses-tu ! Elle était excitée comme une guenon, mais il lui a tenu un discours du style : « Il y a trop longtemps que j'attends ce moment pour te tringler dès la première nuit. »

— Je vois. Si on fait abstraction du côté salace de ta remarque, c'est plutôt un joli compliment.

— Tu veux dire gnangnan. Mais, passons… Carmen a décidé de mettre son boss à genoux, et de retourner contre lui tout ce qu'elle sait à son sujet. Elle et moi, on a mis au point un plan d'attaque tout en nous enfilant une bouteille de gin, ce matin à jeun.

— Rhooo, c'est pas juste ! Vous faites toujours des trucs passionnants sans moi !

Il y eut un court silence, qui fit place à un grand sourire.

— Est-ce que tu te rends compte que Carmen s'est trouvé un jules, et que je suis désormais la seule célibataire du groupe ?

— Lola, sors ton carnet d'adresses, dis-je tout en contemplant mes ongles laqués de rouge.

— C'est déjà fait.

— Quelle efficacité ! Bravo !

— Ce vendredi on sort avec des amis.

— Qui ça « on » ?

— Toi et moi.

— Tu as perdu la tête ? dis-je, mais ce n'était pas vraiment une question.

— Non, et j'espère bien que tu vas mettre ce jean qui te va comme un gant pour l'occasion. Ça ne te ferait pas de mal de sortir un peu et de prendre l'air.

— Je refuse d'aller en boîte avec toi et deux types que je ne connais ni d'Ève ni d'Adam.

— Valeria, je t'en supplie.

Lola commençait sérieusement à m'inquiéter.

— Mais Lola, voyons... Ce n'est pas la même chose que d'aller juste prendre un verre.

— Précisément, Valeria. La fille qui vit au fond de ton placard a besoin de se dégourdir les jambes. Et pour ça, il n'y a rien de tel que d'aller danser.

18

Le lundi le plus beau de sa vie…

Carmen n'était pas habituée à se sentir toute-puissante, et pour être tout à fait franche, elle avait peur de ne pas être à la hauteur de la situation. Elle craignait de perdre subitement les pédales et de tout gâcher en cédant à la panique. L'heure de la vengeance avait sonné, et elle s'imaginait faisant gicler le sang de son boss en riant à gorge déployée.

Ce lundi s'annonçait royal, et c'était l'occasion de mettre sa jupe droite, avec ses talons aiguilles et son haut noir profondément échancré.

Barto était assis à son bureau quand Carmen entra, et il ne chercha pas à dissimuler son admiration. Ils n'avaient guère parlé de ce qui allait se passer à partir de maintenant, mais il était évident qu'ils étaient fous amoureux.

Carmen posa son sac sur sa table et alluma son ordinateur, puis elle alla à la machine à café. Lorsqu'elle s'en revint, elle avait deux notifications de mails urgents dans sa boîte Outlook : un de Dani… et l'autre de Barto.

Elle ouvrit d'abord celui de Daniel et nota dans son agenda l'heure de la convocation à la réunion. Elle n'avait que deux ou trois fiches à réviser avant de se rendre dans son bureau et atteindre l'apogée. Elle sourit intérieurement et ouvrit le courriel de Barto.

> Cette nuit, j'aimerais bien remettre ça. J'aimerais tellement. Que tu es belle, nom de nom. Je te regarde et je pense : tout ça, c'est pour moi ? Tu me rends dingue.

Carmen coula un regard en coin à Barto et, tout en chaussant ses lunettes à monture noire, rassembla ses cheveux en un chignon maintenu en place par un stylo…

Il était dix heures et demie quand elle entra dans le bureau de Daniel et referma la porte derrière elle. Elle lui remit le dossier qu'elle avait apporté, puis s'assit et commença à lui faire un topo tandis qu'il jetait un coup d'œil au projet.

— Et bien sûr, l'interrompit-il avec un sourire, Barto et toi avez filé à l'anglaise samedi soir, sans même nous dire au revoir…

Carmen soupira. Elle était en train de lui parler boulot, mais tout ce qui lui importait c'était sa putain de fête d'anniversaire. C'était un gamin immature qui ne s'intéressait à rien d'autre qu'à sa petite personne. Bon sang, mais qu'est-ce que Nerea pouvait bien lui trouver ? Elle ne put résister à l'envie de lui balancer une réplique bien sentie.

— Bah, on ne peut pas dire que c'était une fête où on s'éclate vraiment. J'ai filé dès que j'ai pu.

— Tu t'es ennuyée ?

— Souverainement, répondit Carmen avec un grand sourire.

À l'évidence, sa remarque avait fait mouche. Daniel se targuait d'être le meilleur organisateur de soirées de toute la boîte, et tout ça parce que chaque année un ou deux fayots sortaient la brosse à reluire pour son anniversaire. Mais pour elle, faire la fête en compagnie de toutes ces carpettes était un supplice.

Daniel s'humecta les lèvres, et la réponse cinglante à laquelle elle s'attendait ne tarda pas à venir.

— Je suppose que tu es plus habituée aux bals populaires où il y a des gros tatoués et où on sert du pinard à trois balles ?

— Pour rencontrer des types qui se font tatouer des idéogrammes chinois sur la quéquette, pas besoin d'aller dans des bals populaires.

Ils se regardèrent sans rien dire, mais intérieurement Carmen ronronnait de plaisir. Daniel avait du mal à avaler sa salive. Elle avait mis en plein dans le mille ! Trente secondes au moins s'écoulèrent en silence, puis il lui jeta le dossier qu'elle avait apporté, et dit :

— Tu ferais mieux de le relire, en prenant ton temps cette fois. C'est important.

Ce soir-là, Barto et elle descendirent une bouteille de vin à cinquante euros en se bécotant comme deux ados. Et il ne resta pas dormir.

Il était une heure du matin quand ils se dirent bonsoir à la porte du studio. Carmen se consola en se disant que lui aussi était chaud bouillant et qu'il n'allait pas tarder à succomber…

19

L'inspiration et le mannequin lingerie

J'ouvris la fenêtre pour chasser l'air vicié, saturé de frustration. Picasso avait raison de dire que l'inspiration existe seulement quand elle nous trouve au travail. Or moi, je me comportais comme une ado qui essaie de faire croire à ses parents qu'elle étudie au lieu de bosser sérieusement. Pourquoi ne pas me mettre à l'absinthe, aussi, pendant que j'y étais…

Adrian bossait à l'extérieur, comme presque toujours, tandis que je restais enfermée à la maison à me ronger les sangs. La date de remise de mon manuscrit se rapprochait, et je ne voulais pas tout fiche en l'air en présentant à mon éditeur un roman sans saveur, bourré de clichés et prétentieux. Or, ce que j'avais réussi à pondre jusqu'ici réunissait précisément tous ces critères.

Pour écrire mon premier roman, j'avais dû bosser jusqu'à trois heures du matin, ne dormant que quelques heures par nuit, et passant le reste du temps à travailler au bureau. Ce qui importait, c'était la crédibilité et la qualité de l'idée de départ. Ne pas sombrer dans la routine. Quiconque ayant lu mon premier roman pouvait s'imaginer que l'histoire était réellement arrivée à quelqu'un quelque part dans ce pays. « Une histoire d'amour compliquée, qui a le goût de la vraie vie », avait écrit un journaliste. J'avais remporté un prix. La critique était dithyrambique, et le livre s'était bien vendu. Car il ne parlait pas *que* d'amour. Quand ma sœur l'avait lu, elle avait dit que c'était une déclaration de principes. Ce qui m'avait remplie de fierté même si je n'étais pas certaine de ce qu'elle entendait par là. Lui était un personnage bien construit, profondément tourmenté que j'avais rencontré il y a très longtemps. Quant à elle, c'était un personnage de chair et de sang dont les préoccupations n'étaient pas très éloignées des miennes, de celles de Nerea, de Carmen ou de Lola.

Et maintenant ?

Je sortis mon téléphone et composai le numéro de José, mon éditeur.

— Valeria, comment vas-tu ? lança-t-il d'une voix chaleureuse.

— Bonjour José.

— Je songeais justement à t'appeler pour t'inviter à déjeuner un de ces quatre.

— Je m'en doutais, dis-je. Je sentais comme une épée de Damoclès suspendue au-dessus de ma tête.

— Arrête, tu me fais peur ! s'esclaffa-t-il.

— C'est peut-être une bonne idée de déjeuner ensemble. Comme ça, je serai moins paniquée à l'idée de t'avouer que je n'ai pas beaucoup avancé.

José rit. Sans doute est-il habitué aux aléas de la création artistique.

— Écoute, Valeria, je ne veux surtout pas que tu t'angoisses. Nous n'avons encore rien décidé pour l'instant.

Voilà qui n'était pas rassurant.

— Comme tu le sais, j'ai lâché mon boulot sur un coup de tête, alors, forcément, je m'angoisse.

— Tu passes peut-être trop de temps à travailler.

— C'est drôle ce que tu dis là, parce qu'Adrian pense exactement le contraire.

— Mais Adrian fait de la photo. Ce n'est pas le même processus créatif. Il peut trouver une œuvre d'art sans avoir besoin de la chercher. Alors que toi, tu dois la créer de toute pièce.

— Combien de temps est-ce que tu me laisses pour te présenter un premier jet qui tienne la route ? J'ai besoin de savoir.

— Val…, je ne veux pas un roman qui fonctionne. Je veux quelque chose qui explose. Tu sais bien comment ça marche.

— Oui, c'est moi qui vais finir par exploser. J'ai l'impression que mon idée de départ n'est pas bonne.

— Pourquoi est-ce que tu ne fais pas un break de quelques jours avec Adrian ?

— C'est que… il est très occupé ces temps-ci.

Occupé et indifférent, pour dire les choses rondement.

— Je comprends.

— J'ai perdu le fil. Je me souviens que tu avais adoré le synopsis. Mais maintenant, j'ai peur que mon intrigue sonne faux.

José m'interrompit.

— Je te l'ai déjà dit, rien ne presse.

— Hum…

— Et je vais ajouter une chose que tu n'as peut-être pas envie d'entendre : si tu n'es pas satisfaite de ce que tu as écrit, que je rallonge ou pas les délais n'y changera rien.

— Tu es en train de me dire que je devrais tout reprendre à zéro ?

— Je ne dis rien de tel. Je n'ai pas lu le manuscrit.

— Dieu merci !

— Mais je sais que tu vas t'en sortir, même si pour l'instant tu as l'impression du contraire. *Ode* n'a pas été un coup de chance. On ne remporte pas un prix littéraire sur un coup de poker. Je te rappelle que nous sommes exigeants sur la qualité. Ton roman était d'un genre nouveau et pourtant il s'est bien vendu. Ce qui veut dire qu'il était bon, tu ne crois pas ?

— J'ai l'impression d'avoir épuisé tout ce que j'avais d'inspiration sur ce premier roman.

— Bien sûr que non, dit-il en riant. Appelle-moi quand tu seras un peu plus en forme, Valeria, et on déjeunera ensemble. Je serai ravi de lire ton manuscrit quand tu jugeras le moment venu.

Je dis oui et raccrochai.

Le vendredi soir, Adrian rentra tard à la maison. Si tard que j'étais en train de me préparer à sortir faire un tour avec Lola. Ou plutôt, j'étais en petite tenue devant ma penderie, et en train de me ronger les ongles.

Il passa devant moi avec un sourire satisfait qui me donna envie de sourire moi aussi. Notre vie de couple était en train de reprendre un semblant de normalité, même si je portais ma plus belle lingerie et qu'il ne m'avait pas décoché ne serait-ce que l'ombre d'un regard lascif.

— Tu ris ? dis-je.

— Oui.

— Et de quoi ?

— De toi. Quand je pense à tous les vêtements qui sont dans ce dressing et que tu n'as jamais rien à te mettre.

Il me prit par la taille et m'embrassa. Sur le front. Alors que j'étais en guêpière de dentelle noire et string assorti.

— J'espère que vous allez bien vous amuser ce soir, me dit-il.

— Ça, je n'en jurerais pas. Je n'ai pas vraiment la pêche. Et tu as raison : je ne sais pas quoi mettre.

— Pas ça, en tout cas, dit-il en désignant une robe noire, ni ça.

Il saisit un autre cintre avec un haut en soie vert.

— Pourquoi pas ?

— Parce que tu es trop belle quand tu les portes et que je ne supporterais pas qu'un autre te regarde.

Il ne supporterait pas qu'un autre me regarde ? Mais lui ne me regardait pas.

La tentation de choisir justement une de ces tenues taboues fut la plus forte. Surtout parce que je voulais qu'Adrian me considère comme une femme désirable. J'attrapai la robe noire et l'enfilai. Contre toute attente, je n'eus aucun mal à l'agrafer.

Je me sentais belle, mise en valeur. Je retrouvai mon entrain et quand je me regardai dans la glace j'eus l'impression de voir Valeria-la-coquette, celle d'avant, qui me faisait de l'œil.

Pendant que je m'apprêtais devant le miroir de la salle de bains, Adrian mangeait un sandwich, assis sur le rebord de la baignoire.

— Comment s'est passée ta journée ? lui demandai-je, tout en choisissant un bâton de rouge à lèvres.

— Bien. Mais beaucoup de boulot. Alex était claquée quand elle est rentrée chez elle.

— Hum.

J'espérais que ce n'était pas à force de s'envoyer en l'air avec mon mari.

— Elle m'a parlé d'un projet intéressant que je pourrais vendre à un magazine.

— Quel genre de projet ?

L'adolescente aux gros nénés n'était pas qu'un corps sublime, c'était aussi un petit génie.

— Un festival de musique indé qui doit se tenir à Almería. Lundi, j'appelle l'association pour leur demander une accréditation.

— À Almería ? dis-je interloquée.

— Oui. Je serai parti pour le week-end et de retour le dimanche soir.

— Mais… tu irais avec elle ?

— Non, non. J'ai passé l'âge de dormir sous une tente. J'ai besoin d'une bonne douche le matin au réveil. Elle va y aller avec un groupe d'amis. Moi, je vais prendre une chambre d'hôtel pas loin.

— Bon, mais fais attention à ce qu'ils ne te mettent pas de la drogue dans tes boissons, hein ?

— Oui, mémé.

Je m'éloignai de la glace, me regardai de profil et de face, puis je me rapprochai pour inspecter mon maquillage. Impec ! Je me tournai vers Adrian et lui donnai un baiser.

— Tu es superbe, dit-il en glissant une main sous ma jupe.

— Merci.

Devais-je m'en aller ou laisser sa main vagabonder entre mes cuisses ?

— J'espère que tu ne vas pas te faire draguer par tous les BG que tu vas croiser ce soir.

— J'ai tout de même le droit de flirter un peu, non ? Tu passes bien huit heures par jour enfermé dans une chambre obscure avec une bombasse.

— Huit heures dans une chambre obscure !

Il éclata de rire. Une façon d'éluder ma question.

À peine descendue du taxi, je tombai sur Lola. Ses copains n'étaient pas encore arrivés et elle attendait devant la porte du bar lounge, une cigarette à la main. Nous nous étreignîmes. Pas question de s'embrasser avec nos lèvres peintes.

— Ouah ! Tu es sublime !

— Je ne sais pas si je dois le prendre comme un compliment. Tu as l'air étonnée.

— Ne sois pas idiote. Je m'attendais à ce que tu débarques en jean et mocassins, pas en femme fatale.

— Bah, je l'ai un peu fait pour rendre Adrian jaloux, confessai-je en lissant ma petite robe noire au décolleté plongeant.

— En tout cas, le résultat est là. Tu es à tomber. Mais dis-moi, tu continues à broyer du noir à cause de sa petite pétasse d'assistante ?

— Non, non. Je m'en contrefiche, dis-je en secouant fièrement la tête.

— Ah, les voilà.

Le regard de Lola se fixa sur un point derrière moi, tandis qu'elle affichait un sourire resplendissant.

Je me retournai, m'attendant à les trouver à quelques mètres en arrière, mais ils étaient si près que je manquai entrer en collision avec l'un d'eux. Ce qui ne m'aurait pas déplu à dire vrai, car Lola avait de ces amis…

Aussitôt, nous nous retrouvâmes comme deux proies sans défense encerclées par des lévriers. Et quels lévriers ! Superbes, souples et racés…

Très vite, il devint évident que Juan était le boute-en-train de la bande, ce qui ne veut pas dire pour autant qu'il était laid. Il avait des yeux brun clair bordés de longs cils fournis, une jolie bouche gourmande et un sourire adorable.

Carlos était de toute évidence le trophée que Lola avait l'intention de ramener chez elle le soir même. Des jambes longues, des cheveux blonds légèrement gominés et des yeux bleus. Sa gueule de gigolo pour femmes mûres me donnait la chair de poule. Son sourire blanc éclatant se porta aussitôt sur Lola. Physiquement, il n'y avait rien à redire. Mais je le trouvais tout de même un peu ringard…

Quant au troisième, Victor… Nom d'une pipe ! Ma première réaction en le voyant fut de serrer très fort les cuisses. Son corps, son visage, son parfum… tout en lui dénotait une formidable énergie sexuelle. Ou du moins était-ce l'excuse que j'invoquai pour justifier le fait que, dès le premier regard, je l'imaginai en train de me prendre dans les toilettes du sous-sol. Il était brun, très grand, avec des épaules carrées et des yeux verts fascinants. Et quand je dis fascinants, c'est un euphémisme. Lola m'en avait parlé comme de quelqu'un de plutôt froid et distant, mais quand je vis le sourire qui jouait aux coins de ses lèvres, je me mis à douter. Il était chaleureux, viril, beau et élégant… un homme au bras duquel tu n'as pas honte de te promener. Le bougre avait de la testostérone à revendre. Je fus prise d'une envie irrépressible d'étirer la main pour le toucher. Bon sang ! Ce mec me plaisait grave. Sûr qu'au lit ce type qui exsudait les phéromones par tous les pores de sa peau pouvait tenir bien plus de trois minutes…

Lola me les présenta un à un, et ils s'approchèrent pour me faire la bise. Autour de nous, les gens riaient et bavardaient, et c'est à peine si je parvenais à me concentrer sur autre chose que le regard que Victor et moi échangeâmes. Quand il se pencha pour me faire la bise, mes narines furent assaillies par son odeur magnétique. Victor était une arme de destruction massive... Durant les quelques secondes que durèrent les salutations, il trouva le temps de frôler ma hanche, le bas de mon dos et mes cheveux.

Après quoi, Lola s'approcha et me murmura à l'oreille :

— Il est pas craquant notre top modèle... ?

Je souris et eus à peine le temps de hausser un sourcil qu'il allumait ma cigarette. Il soutint mon regard, un sourire coquin aux lèvres.

C'était le jour idéal pour tirer Valeria-la-coquette de sa léthargie. En rentrant à la maison, j'allais prendre Valeria-la-bobonne entre quat'z'yeux et lui expliquer qu'il ne lui restait plus que quelques jours à vivre.

20

J'ai peur de la fille qui vit dans mon dressing…

Nous n'eûmes aucun mal à lier la conversation avec ces messieurs, car en plus de beaux, ils étaient sympathiques. En épouse vertueuse, je m'assis aussi loin que possible de Victor et m'efforçai de ne pas le regarder. Inspecter la marchandise est une chose, la tripoter en est une autre.

Je brisai la glace en leur demandant ce qu'ils faisaient dans la vie – Lola me l'avait déjà expliqué, mais il me semblait que c'était une bonne façon d'entamer une petite bavette.

Carlos était prof de langues dans un lycée privé où, d'après Lola, il écumait les salles de classe à la recherche de conquêtes. Il s'était tapé la directrice, de dix ans son aînée, avait eu une aventure avec la prof d'art plastique et la prof de gym, ainsi qu'avec une ancienne élève.

Juan était designer graphique. À l'en croire, il passait dix heures par jour assis derrière un ordi, dix heures à dormir, et les quatre autres à la salle de sport pour ne pas succomber au destin des travailleurs sédentaires.

Victor était architecte, mais exerçait en tant que designer d'intérieur. Et moi qui croyais (à tort) qu'il fallait être gay pour travailler dans la déco ! Tout en m'efforçant de ne pas avoir l'air de boire ses paroles, je l'écoutai parler de sa profession avec passion. C'est ainsi que j'appris que son père était le patron de la boîte qui l'employait, et qu'il ne s'épuisait donc pas à la tâche. Je ne dis pas cela parce que j'ai une dent contre les fils à papa, mais pour souligner le fait qu'il avait du temps libre. Il commençait à huit heures du matin et finissait à quatorze ou seize heures, selon les jours… passant le reste de sa journée à la salle de sport, ou à s'envoyer des nanas – car à en croire Lola, il avait un goût prononcé pour les gamines qui plaquaient leurs études pour faire du pole dance les fins de semaine dans les discothèques.

Après un cocktail, nous étions tous d'excellente humeur et la conversation allait bon train. Tous eurent l'air agréablement surpris quand je leur dis que j'écrivais des romans, un métier glamour selon eux. Il faut dire que la série *Sex in the City* a beaucoup contribué à redorer l'image des auteurs féminins. Vous passiez vos journées en pyjama et pantoufles, mais on vous imaginait courant les soirées branchées perchée sur des Manolo Blahnik. Après cette révélation, la discussion s'anima, la question étant de savoir si être écrivain était encore un métier cool de nos jours.

Après la deuxième tournée de cocktails, les trois garçons retournèrent au bar pour en commander d'autres et en profiter pour échanger leurs impressions sans que nous puissions les entendre. Lola saisit l'occasion pour me bombarder de questions.

— Comment trouves-tu Carlos ? C'est un beau mec, non ? Et Juan et Victor ? Tu les trouves sympas ?

Mais, dis-moi, Victor, il te fait de l'œil ou c'est une impression ?

— Une impression. Et, Lola..., de toi à moi, je trouve Carlos un peu ringard. Sergio au moins, il a de la classe, alors que lui, il a une touche de chanteur de bal populaire.

Lola s'esclaffa.

— Je sais. C'est un gommeux, mais ce soir il va passer à la casserole et ça va chauffer. Je me demande même si je ne vais pas le sodomiser.

Nous éclatâmes de rire. Il était évident que Lola se comportait ainsi par dépit, et pour pouvoir aller tout raconter ensuite à Sergio lundi, au bureau. C'est alors qu'elle me balança de but en blanc :

— Je suis contente que tu aies arrêté de te ronger les sangs au sujet d'Adrian et de son assistante.

— Je sais, c'est débile. En fait, je crois que je suis angoissée à cause de mon prochain roman. Mais j'ai parlé avec mon éditeur et il m'a plutôt rassurée. Et puis il faut que j'arrête de tourner en rond chez moi, comme une bête en cage.

— Adrian t'en sera reconnaissant et ça le motivera pour aller travailler. Surtout si tu prends la peine de te coiffer le matin.

Elle me décocha un clin d'œil et je fis mine de ne pas avoir entendu sa remarque acerbe.

— En effet, je ne vois plus les choses de la même façon. Je suis la nouvelle Valeria. Ce soir, quand il m'a annoncé qu'il partait faire un reportage sur un festival le mois prochain, j'ai trouvé ça bien, même si c'est Alex qui a eu l'idée.

La voyant froncer les sourcils, je demandai :

— Quoi ?

— Tu veux dire qu'elle va aller au festival, elle aussi ?

— Oui, mais avec une bande de copains. Adrian va descendre à l'hôtel.

Lola prit une bouffée de cigarette et se mordit la lèvre.

— Quoi ? répétai-je. Qu'est-ce qu'il y a, Lola ? Parle, bon sang !

— Adrian n'en a rien à fiche de cette fille, j'en mettrais ma main au feu. Et d'ailleurs, il ne la voit sûrement pas comme tu l'imagines… Mais elle…

— Elle quoi ?

— Cette petite pute a une idée derrière la tête, dit-elle dans un rire sec.

— Qu'est-ce que tu dis ?

— Valeria, ne t'inquiète pas.

— Je ne m'inquiète pas, rétorquai-je.

— Simplement… partir en voyage pour faire des photos !

Victor était de retour. Il prit une chaise et s'assit entre nous.

— Eh bien, les filles ! Qu'est-ce que vous mijotez ?

Juan et Carlos s'en revinrent à leur tour et se joignirent à la conversation tandis qu'ils nous tendaient nos cocktails.

— Valeria m'expliquait qu'un ami à elle, photographe, part faire un reportage avec son assistante le mois prochain, déclara Lola en insistant bien sur le mot « ami ». Et moi, je lui disais qu'il se fiche éperdument de cette gamine de vingt ans, mais qu'elle est probablement accro à lui.

— Ils partent tous les deux seuls ? demanda Victor.

— Non, elle y va avec des copains, car c'est un festival de musique indé, et lui y va de son côté juste pour bosser.

— À mon avis, la fille ne va pas le laisser beaucoup travailler, dit Juan entre deux éclats de rire.

Je lui lançai un regard surpris.

— Et vous pensez tous comme lui ?

— Oui, répondirent-ils à l'unisson.

— Je suis la seule ici à être assez naïve pour croire que rien ne va se passer ? dis-je en posant un doigt sur ma poitrine.

— Sauf s'il est déterminé à ne pas céder et qu'il a une volonté de fer…

— Il est marié, fis-je remarquer sèchement.

— Et qu'est-ce que ça change ? dit Victor.

— Eh bien…, balbutiai-je.

— Je ne suis pas en train de dire que tous les hommes mariés font des infidélités, mais il y a des chances pour qu'il se passe quelque chose. Avec la musique, la bibine, la drogue, les nanas et tout…

Je sentis que mon regard se perdait dans le vide.

— Ne t'en fais pas pour ton ami, va. Ça n'est pas la fin du monde s'il la saute, dit Carlos avec sa gueule de bellâtre.

Je me passai une main dans les cheveux, réprimant une folle envie de l'étrangler, puis déclarai :

— Ce n'est pas mon ami. C'est mon mari.

Le silence se fit autour de la table. Tous regardèrent Lola, qui sourit piteusement.

— Allons bon… Lola nous avait dit que…, s'excusa Victor.

— Lola est une petite maligne, souris-je.

L'atmosphère se raréfiait. Juan essaya de dévier la conversation tandis que je restais pensive, mon nouveau cocktail à la main. Je sentis une paire d'yeux sur ma nuque et quand je me retournai, Victor me donna un petit coup de coude en me murmurant de ne pas m'en faire.

— Il va sans dire que s'il n'a pas la force de résister...

— Valeria, nom d'un chien, il est marié avec toi. Pourquoi est-ce qu'il irait voir ailleurs alors qu'il t'a, toi, dans son lit ? dit-il d'une voix sensuelle.

— Je n'ai pas la moindre idée de ce que tu essaies de dire, ris-je.

Il me sourit d'une façon qui fit frémir mon string.

Il était en train de me faire du rentre-dedans ou c'était moi qui me faisais des idées ?

Nous décidâmes de changer de bar et, allez savoir pourquoi, Victor avait décidé que j'étais d'excellente compagnie. Les cocktails que je m'étais enfilés avaient fini par me faire oublier ce maudit festival indé et la petite assistante en chaleur ; je riais et plaisantais tranquillement avec Victor. Qu'un mec aussi beau puisse me draguer m'aidait à voir la vie en rose. Demain était un autre jour. Je ne voulais pas me projeter au-delà de cette nuit.

Il y avait des lustres que je n'étais pas allée danser, que je ne m'étais pas faite aussi belle et que je n'avais pas fait de nouvelles connaissances. Et j'étais bien contente d'avoir laissé mes vieilles nippes au placard.

Quand nous entrâmes dans la discothèque, Juan et moi nous mîmes à parler musique, jusqu'à ce que Victor s'approche et, nous faisant comprendre que nous n'étions pas là pour discuter, me saisit par le bras et m'entraîna sur la piste de danse. Se débarrasser de ses pantoufles est une chose, se retrouver au centre d'une discothèque, entourée d'inconnus qui se trémoussent comme des diables, en est une autre. Quand je lui avouai que j'avais oublié comment on dansait, Victor me chuchota que ça n'avait pas la moindre importance et, me faisant pivoter sur moi-même, appuya sa poitrine contre mon dos tandis que ses mains m'agrippaient par la taille… Mais bien sûr, cette danse n'était qu'une excuse pour se toucher, se frotter et se mettre l'eau à la bouche.

D'un seul coup, je me souvins de ce que voulait dire être excitée. Et il n'avait rien fait d'autre que me prendre par la taille !

De son côté, Lola avait entraîné Carlos dans un recoin obscur. Soudain, ce fut comme si Victor et moi étions seuls. Quel sentiment de liberté ! Mais… et Juan ? Il se retrouvait seul, sans personne pour passer la soirée ?

Pensez-vous ! Le brave type que ses potes avaient planté là s'était approché d'un groupe de nanas, et la vie étant ce qu'elle est, une des filles avait aussitôt craqué sur lui.

— On dirait que ton ami Juan a trouvé chaussure à son pied, dis-je en me rapprochant de Victor pour qu'il puisse m'entendre.

— C'est un petit malin. Laquelle est-ce ?

Nous nous retournâmes et vîmes Juan susurrer quelque chose à l'oreille d'une nana, qui éclata de rire.

— C'est celle aux cheveux châtains, dis-je.

— Je vois ça.

Les filles s'étaient retournées, elles aussi, et nous dévisageaient.

— Oups, cachons-nous, me dit Victor en passant mes bras autour de son cou.

Puis il plaqua ses mains sur mon dos et nous nous enlaçâmes en riant.

— Moi, je crois que le petit malin, c'est toi.

— Chut…, on est ici incognito. Continue de danser.

Je posai ma tête sur son torse.

— Mauvaise pioche, Juan. Celle-là n'est pas pour toi, murmura-t-il.

— Comment ?

— Elle n'est pas pour lui.

— Tu es devin en plus ? demandai-je en riant.

— Je te parie ce que tu veux que cette fille est en train de le faire marcher.

— OK, s'il arrive à la draguer, tu me paies un autre verre.

— Et si elle refuse de rentrer avec lui, tu me donnes un baiser.

— Oh, oh, tu ne vas pas un peu loin ? répondis-je, quoiqu'avec une envie folle qu'il aille beaucoup plus loin et plus fort.

— Je ne trouve pas.

— OK, mais c'est moi qui décide jusqu'où.

— D'accord.

Je lui donnai un coup de coude et il fit mine de gémir. De qui me moquais-je ? Ce que je voulais, c'était sentir sa langue dans ma bouche, ou même plus bas.

— Bon, à ton avis, qu'est-ce qui va se passer ?

— Juan va insister, dit-il en repoussant une mèche de cheveux et en approchant ses lèvres des miennes. Et je suppose qu'elle va craquer. Ils vont échanger quatre baisers, et quand il voudra la ramener chez lui… pouf ! Elle disparaîtra.

— Pourquoi dis-tu cela ?

— Parce que je connais les filles, et crois-moi, celle-là n'a pas d'autre intention que de flirter gentiment.

— Parfois, nous ne sommes pas comme vous croyez.

— À moi, on ne me la fait pas, dit-il. (Puis s'écartant, il me fixa du regard, et répéta :) On ne me la fait pas.

Au feu, les pompiers ! La maison brûle !

Je me concentrai sur les parades amoureuses des autres. C'était plus salutaire que de m'immerger dans les sensations de mon propre corps. En moins de deux minutes, Juan effectua une manœuvre magistrale. S'approchant de la fille, il plaqua ses lèvres sur les siennes, et l'instant d'après ils se replièrent dans un recoin obscur. Quand je demandai à Victor que nous nous approchions pour voir, il m'enlaça étroitement, puis me caressant les cheveux, fit non de la tête.

— Non ?

— Ce n'est pas la peine. Tu devrais m'embrasser à la place.

Et il se mordit la lèvre inférieure.

— Je te trouve bien sûr de toi.

Il sourit, me prit par la main et m'entraîna vers le bar pour prendre un shot. Puis j'en pris un deuxième, offert par la maison, et un troisième.

Comme je mordais dans la tranche de citron de ma troisième tequila, une main se posa sur l'épaule de Victor. C'était Juan, la bouche rouge vermillon et un sourire niais en travers de la figure.

— Tu viens célébrer ta conquête ? lui demanda Victor en clignant de l'œil.

— Plutôt, annoncer ma retraite. Il est tard et demain…

— Elle t'a planté ?

— On peut dire ça comme ça.

Victor le gratifia d'une tape dans le dos et Juan me fit la bise pour me dire au revoir. Il était cinq heures et quart du matin et Victor me regardait, l'air triomphant.

— Qu'est-ce que je te disais ?

— Tu devrais lâcher la déco d'intérieur pour te consacrer aux arts divinatoires.

— On n'avait pas parié quelque chose ?

Je m'approchai et l'embrassai vaillamment sur la joue. Sauf que la bise se prolongea un peu plus que prévu, ce qui lui donna le temps de tourner la tête. Ses lèvres manquèrent les miennes et atterrirent sur mon menton.

— Hep-là, ce n'est pas du jeu ! protestai-je. C'était un baiser volé !

— Je dirais plutôt un baiser manqué.

Il m'entraîna à nouveau vers la piste de danse.

Victor avait décidé de passer aux choses sérieuses. Resserrant drastiquement l'espace entre nous, il me saisit par la main et me fit pivoter sur moi-même pour m'amener de dos contre sa poitrine. Je sentis ses lèvres sur mes cheveux, mon oreille…, puis il susurra :

— Allez, avoue, tu n'es pas mariée !

— Mais si, dis-je en riant. Depuis presque six ans.

— Mais, tu t'es mariée à quel âge ? Quinze ans ?

— Je suis flattée, dis-je en minaudant.

— Je sais que ça ne se fait pas de demander ce genre de choses à une jeune femme, mais étant donné que tu es officiellement casée… tu as quel âge ?

— Presque vingt-huit ans.

— Tu veux dire que tu avais vingt-deux ans quand tu t'es mariée ?

— Absolument.

— Et dire que moi, à trente et un ans, je suis toujours célibataire.

— Parce que tu n'as pas encore rencontré LA femme…

— Si, justement. Mais manque de chance, elle est mariée.

Je m'esclaffai :

— Arrête ! Ce genre de truc est complètement éculé.

M’attrapant par la main, il m’attira à nouveau contre lui. Il caressa mon alliance en faisant la moue.

— Purée, ça craint !

Je ne sus que répondre. Je voyais bien qu’il espérait encore ne pas rentrer seul.

— Écoute, Valeria, dit-il en se rapprochant. Je vais te faire une proposition.

— Une proposition honnête alors. Sinon mon mari va te défier en duel.

— Ah, parce qu’en plus c’est un preux chevalier du temps jadis ?

— Absolument.

— Si c’est le cas, tu n’as rien à craindre de son assistante.

— C’est ça, rattrape-toi.

— Non, sérieux, écoute-moi.

Je m’approchai pour pouvoir entendre ce qu’il avait à me dire tout en gardant une distance raisonnable.

— S’il part faire ce reportage avec son assistante, je t’accueille chez moi pendant quelques jours…

Je lui donnai une tape sur la poitrine, et en profitai pour palper discrètement ses pectoraux. Ma parole, c’était du béton !

— Non, sérieux, je te promets de bien me tenir, mais… j’aimerais qu’on se revoie, d’accord ?

Devant mon regard méfiant, il leva les mains paumes ouvertes.

— Moi aussi, je sais me comporter en galant chevalier. Un café, un verre, une expo, un ciné…, une petite soirée. Pourquoi tu ne demandes pas la permission à ton mari ?

— Je n’ai pas à lui demander sa permission. Je peux voir qui je veux, répondis-je, mordant un peu trop vite à l’hameçon.

— S'il refuse, je comprendrai. Il y a des hommes qui ne supportent pas la rivalité.

— Je vais y réfléchir.

Cette fois, ce fut moi qui l'entraînai vers la piste de danse.

— J'espère que tu vas au moins me laisser ton numéro avant que je te ramène chez toi.

— Parce que tu t'imagines que tu vas me ramener chez moi ?

— Une femme ne devrait pas rentrer seule à une heure pareille, et je n'ai pas l'impression que Lola va pouvoir te raccompagner…

Nos regards se portèrent sur Lola, plaquée contre un mur, et en train de se palucher avec Carlos. À dire vrai, je n'étais pas préparée à un tel spectacle, et je me demandais ce qu'ils fichaient ici. Bon sang, ce genre de choses se faisaient dans un lit, pas en boîte, en présence d'inconnus.

À six heures et demie, il me sembla avoir assez bu, dansé et flirté, et bien qu'engourdie par l'alcool, je commençais à avoir mal aux pieds. J'avais envie de dormir et annonçai à Victor que j'allais prendre un taxi pour rentrer chez moi. Mais il me répondit que sa voiture était garée tout près.

— Qu'est-ce que je vais faire ici sans toi ? me dit-il en me regardant au fond des yeux.

— Cherche un plan B. La nuit est encore jeune.

— Mon plan, je l'ai déjà, répondit-il en se mordillant la lèvre.

Nom de Dieu, qu'il était sexy !

Je m'approchai de Lola pour lui dire au revoir, mais voyant que je n'arriverais pas à la décoller de son mec, je me dirigeai vers la sortie tout en lui envoyant un texto.

Victor m'emboîta le pas, de sa démarche chaloupée de star d'Hollywood.

Lorsque nous sortîmes dans la rue, il faisait jour. Il y avait des années que je n'avais pas pris une telle cuite, et je n'osais pas imaginer ma tête à la lumière du jour après tous ces cocktails. Je cherchais désespérément un taxi, mais tous ceux qui passaient étaient occupés. Quand je dis que j'allais prendre le bus, Victor s'offusqua, déclarant que ce n'était pas assez glamour.

— Ça faisait longtemps que je n'étais pas rentrée aussi tard, dis-je, toute fière de moi.

— Ni aussi bourrée.

— Je ne suis pas bourrée !

Il éclata de rire. Il était vraiment très beau, sans doute parce qu'il ne cherchait pas à être parfait.

— Allons, monte, me dit-il en ouvrant la porte de sa voiture.

Je fis non de la tête tout en riant à gorge déployée.

— Pourquoi non ? demanda-t-il en riant lui aussi.

Je riais si fort que je devais rameuter tout le quartier. J'étais heureuse. Je flottais sur un petit nuage. Il ne m'aurait pas mis un truc dans mon verre des fois ?

Après m'avoir installée sur le siège passager et bouclé ma ceinture de sécurité, Victor s'installa derrière le volant. J'adore regarder un mec conduire…

— Eh bien, où vis-tu, vilaine fille ?

Je lui décochai une œillade aguicheuse, l'air de dire : et si on s'envoyait en l'air ?

— Si tu ne me dis pas où tu habites, je vais devoir te ramener chez moi. Et il n'en est pas question, n'est-ce pas ?

— Non, mentis-je effrontément.

— Tu as raison de te méfier de moi. Et maintenant, dis-moi où tu crèches. Parce qu'à huit heures j'arrête les politesses et je redeviens un goujat, lança-t-il l'air moqueur.

— Par là, fis-je en pointant à gauche.

Nous échangeâmes un sourire, et après un trajet des plus divertissants, il me laissa devant chez moi.

Dès que j'entrai dans le hall, je ressentis un pincement de culpabilité. Victor avait peut-être raison de dire que j'étais une vilaine fille…, une vilaine fille qui flirtait avec un inconnu.

Adrian dormait de son côté du lit, recroquevillé en chien de fusil. Comme il commençait à faire frais, je remontai la couette sur lui. Il ouvrit un œil.

— Salut, chéri, dis-je en souriant.

— Tu t'es bien éclatée ?

— Carrément, répondis-je en ôtant mes chaussures avec un grognement de plaisir.

— Tu sais que tu empestes la bibine ?

Je m'effondrai sur le lit et m'endormis aussitôt, tout habillée.

21

Pourquoi moi ?

Carmen et Barto étaient allongés sur le lit et il lui caressait les jambes. Sentant monter la frustration, elle fut prise d'une folle envie de se mettre nue et d'écarter les cuisses, rien que pour voir s'il arrivait à résister à la tentation.

Après quelques minutes de silence, il se pencha vers elle et murmura :

— Carmen…

— Oui ?

— Tu es fâchée ?

Elle se redressa, surprise.

— Fâchée ?

— Oui, fâchée, ou bien…, je ne sais pas…

Elle secoua la tête, puis se tourna vers lui. Il l'attira à lui et plaqua ses deux mains sur ses fesses.

— Je ne suis pas fâchée, Barto.

— Mais…

— Il n'y a pas de mais.

Carmen ne pouvait décemment pas lui avouer qu'elle était excitée comme une guenon en chaleur.

Ils s'embrassèrent, leurs langues enlacées décrivant un cercle parfait. Carmen s'agenouilla dans le lit et dégrafa elle-même son soutien-gorge, qu'elle jeta ensuite par-dessus son épaule. Barto sembla soudain se lâcher et commença à lui caresser fébrilement les seins. Elle gémit quand sa bouche se plaqua sur son cou. Mais presque aussitôt, il inspira bruyamment et roula de côté pour la regarder.

— Barto…

— Quoi ?

— Je n'ai pas besoin de te faire un dessin, si ? Toi aussi, tu en as envie.

— Bien sûr.

— Et donc… qu'est-ce qu'on attend au juste ?

— Eh bien…

— Eh bien, quoi ? s'impatienta-t-elle.

— Je sais que ça peut paraître vieux jeu, mais je veux que ce soit un moment spécial, pas un coup tiré à la va-vite et…

— Mais enfin, Barto. On n'est pas des puceaux.

Il y eut un silence embarrassé, puis Barto se leva. Il enfila son pantalon et alluma une cigarette.

Carmen se redressa d'un bond.

— Barto, tu es puceau ? demanda-t-elle, soudain inquiète.

— Bien sûr que non. J'ai trente ans, voyons !

— Et donc ?

— Je… (Il tira une longue bouffée de cigarette en rougissant et avoua :) Je n'ai connu qu'une seule femme.

— Et alors ?

— J'ai été avec la même fille de dix-huit ans à vingt-cinq ans. Je n'ai jamais eu d'autre expérience, et il y a quatre ans que…

— C'est vrai que quatre ans d'abstinence, ce n'est pas rien. Mais qu'est-ce que ça peut faire ?

— Je n'ai pas envie de me comporter comme un mufle. Je n'ai pas envie de tirer un coup et basta. Je veux…

— Écoute, dit Carmen en riant. Je ne suis pas l'équivalent féminin de Julio Iglesias, Barto. Je n'ai pas couché avec deux mille mecs. Quant à tirer un coup…, ça finit par arriver tôt ou tard. Les gens qui se désirent se caressent et se… donnent du plaisir.

— Je sais… mais, moi, je ne suis pas comme ça.

Ils se turent et Barto lui lança un regard interrogateur.

— Combien d'hommes tu as connus ?

— Je suis sortie avec un garçon pendant trois ans, et un an et demi avec un autre.

— C'est tout ?

— Hum…, hésita-t-elle, n'ayant pas envie de passer pour une fille facile. Pas tout à fait.

— Je suis intimidé, dit Barto avec un sourire franc. Je ne veux pas faire l'amour avec toi tant que je ne serai pas sûr de moi, parce que tu es quelqu'un de spécial. Mais il est peut-être un peu tôt pour dire ce genre de choses, tu ne crois pas ?

Carmen resta songeuse. Parti comme c'était parti, cette situation risquait de durer très, très longtemps. Le moment est-il venu d'écouter les conseils de Lola et de s'acheter un vibromasseur ?

22

Gueule de bois et conséquences d'une nuit de beuverie…

Adrian partit de bonne heure le lundi matin. Il était en pleine préparation d'une expo et ne savait plus où donner de la tête. Le vernissage était prévu dans les prochaines semaines, et, comme par hasard, je n'étais au courant de rien. Il faut dire que lui et moi ne parlions plus guère ces temps-ci, et encore moins de boulot.

Après une nuit entière à faire la bringue, je passai la matinée à essayer de récupérer. Était-ce parce que je commençais à vieillir… ou juste que je manquais de pratique ?

Et Almería ? Je n'y pensais même plus. Je n'avais qu'une chose en tête : le parfum de Victor, la façon dont il se mordillait la lèvre et… hum, ça me faisait fantasmer grave.

À midi, Lola me téléphona pour que nous échangions nos impressions sur la soirée de samedi.

— Je voulais t'appeler hier, me dit-elle, mais quand Carlos est parti, je suis tombée dans le coma.

— Tu as passé une nuit de dingue, on dirait.

Pas comme moi, songeai-je dépitée.

— Une nuit et un jour, précisa-t-elle. Ce type est un marteau piqueur. À un moment, j'ai cru que les yeux allaient me sortir de la tête. Il m'a laissée sur les rotules…

— Donc, tu dois te sentir très détendue, dis-je, passant outre les détails scabreux.

— Je suis gonflée à bloc. Car, en plus, Sergio m'a envoyé un texto hier pour me demander s'il pouvait passer. Je lui ai répondu que j'étais en compagnie, et lui, ce demeuré, m'a répondu : « Allez, Lola, arrête ton cinéma. Je sais très bien que tu es seule. » Et tu sais quoi ?

— Tu lui as passé Carlos au téléphone ?

— Comment as-tu deviné ?

— Parce que je te connais.

— Qu'il aille se faire voir. Aujourd'hui, il m'a envoyé un mail pour me dire qu'il était content que les choses soient claires entre nous et qu'il était ravi que je ne sois pas accro à lui.

— Le salopard. Ça t'a fait de la peine ?

— Pas du tout, mentit-elle, une fureur contenue dans la voix. Mais de toute façon, lui et moi on allait droit dans le mur… Et Victor m'a appelée tout à l'heure…

— Ah, oui ? fis-je distraitement, tout en feuilletant une revue.

— Oui, il m'a demandé ton numéro de téléphone.

Le magazine me tomba des mains, tandis que ma mâchoire s'affaissait.

— Tu ne lui as pas donné, j'espère ?

— J'ai voulu lui expliquer que tu étais une femme mariée et heureuse en ménage, et qu'il ne fallait pas qu'il se fasse la moindre illusion, mais il m'a répondu qu'il t'avait trouvée très sympa et qu'il voulait que vous restiez amis, en tout bien tout honneur… Dans ces conditions, je ne vois pas pourquoi je ne lui aurais pas donné.

— Mais tu as perdu la tête ou quoi ?

Victor voulait mon numéro !

— Allons, avoue, tu es ravie que je le lui aie donné.

— Pas du tout, rétorquai-je, l'air pincé.

— Valeria, tu es une femme intelligente, et quitte à charger un peu plus la barrique, je te signale que Victor est une vraie locomotive. Quand il s'est mis en tête d'obtenir quelque chose, rien ni personne ne peut le faire changer d'avis. Pour lui, tous les moyens sont bons pour arriver à ses fins.

— Grands dieux, ne me dis pas que c'est toi en homme !

— À ta place, je le prendrais au sérieux.

— Lola…, il ne va rien se passer. Moi aussi, je le trouve sympathique, et il n'y a rien de mal à boire un verre ensemble. Une femme a le droit d'avoir des amis de sexe masculin, que je sache.

— Oui, mais pas comme Victor.

— C'est pourtant un ami à toi.

— C'est pour ça que je te mets en garde. Il ne faut le rencontrer que dans des lieux publics, parce que cet homme peut être très…

— Inutile d'en dire plus. Si j'ai bien compris, tu as couché avec lui ?

Je fermai les yeux.

— Oui, une fois, mais j'étais tellement bourrée que je ne me suis rendu compte de rien.

— Je ne te crois pas.

— Non, j'exagère. Ce type baise comme un dieu et il a une de ces… On a remis ça trois fois.

Je battis des cils pour essayer de ne pas y penser.

— Lola, s'il te plaît, ne me donne pas plus de détails.

— Dans ce cas, je ne te dirai pas qu'il est du genre à te regarder dans les yeux quand il te fait jouir.

— Oh, mon Dieu.

Je me sentis devenir écarlate.

— Bon, on se voit un de ces quatre ? Je passerai chez toi. Je veux voir Adrian et qu'il m'en dise un peu plus sur cette fameuse expo.

— OK.

Je n'avais rien à ajouter, et elle raccrocha net, comme d'hab.

Lola ouvrit ensuite son agenda rouge pour y consigner soigneusement la date du vernissage avec la mention : « Sauver Valeria ou lui trouver un avocat spécialiste du divorce. » Elle fit la moue. Elle se demandait si elle n'avait pas fait une boulette en provoquant cette situation.

Il était six heures du soir quand mon téléphone sonna. Je sortis de la cuisine, où j'étais en train de manger un bol de céréales, assise sur le plan de travail.

Voyant qu'il s'agissait d'un numéro inconnu, je songeai d'emblée que c'était Victor. Mon estomac se serra. Je m'éclaircis la voix et demandai :

— Oui ?

— Je parie un dîner que Lola t'a prévenue que j'allais t'appeler, susurra-t-il d'une voix sensuelle.

— En effet, dis-je en avalant ma salive.

— Tu me dois un dîner.

— Je n'ai rien parié. Je t'ai répondu, c'est tout.

— Toujours aussi maligne, hein ? Tu es occupée ?

— C'est-à-dire…

Je jetai un coup d'œil autour de moi en cherchant une excuse.

— Non ? Dans ce cas, je passe te prendre pour aller boire un verre.

— Je ne sais pas..., il est un peu tard, dis-je en faisant les cent pas dans le salon. Et puis je ne voudrais pas qu'Adrian...

— Tu es seule ?

— Oui.

— Alors, descends..., ordonna-t-il. Ça fait un quart d'heure que je suis en bas de chez toi et que j'hésite à t'appeler.

— Victor..., je...

— À la bonne heure ! Tu te souviens même de mon nom ! Juste un petit café.

— Tu veux savoir la vérité ? Je ne suis pas très présentable.

Je me regardai dans la glace, horrifiée.

— Surprends-moi !

— Je ne suis pas habillée.

— Tu sors du lit ?

— Non, non..., m'empressai-je de préciser.

— C'était une blague. Enfile ce qui te tombe sous la main. Je t'attends.

Il raccrocha.

Je m'approchai de la fenêtre et jetai un coup d'œil discret à l'extérieur. Debout à côté de sa voiture, il portait un jean, un T-shirt gris avec un cardigan un peu plus sombre, et une paire de Ray Ban. Le mec à croquer !

Pas franchement fière de moi, je fouillai dans la penderie et balançai par-dessus mon épaule ce qui avait été un jour mon jean préféré et un haut tout simple, mais très échancré, dont Lola disait qu'il était « sexy décontracté ».

Ce n'était pas le genre de fringues que j'avais l'habitude de porter ces temps-ci, mais lorsque je me regardai dans la glace, je fus bien obligée de reconnaître qu'elles m'avantageaient.

Je nouai mes cheveux en un chignon souple, et dans l'ascenseur je me passai du brillant à lèvres, ainsi qu'une touche de rimmel et de blush. Je traversai la rue en courant et l'embrassai sur les deux joues.

— Salut ! Qu'est-ce que tu fais dans le coin ?

Victor sourit, sûr de lui, puis répondit :

— Disons que je te harcèle. Mais si tu veux, on peut aller au commissariat, pour que je me constitue prisonnier.

Je fis claquer ma langue et levai les yeux au ciel, puis je montai dans la voiture. Après quoi, j'abaissai la vitre et lui demandai où il comptait m'emmener.

— Où je compte t'emmener ? C'est une question dangereuse, rit-il.

Il s'installa derrière le volant et nous nous regardâmes un moment l'un l'autre en silence.

— Vous savez que vous êtes en train de flirter avec une femme mariée, cher monsieur ?

— Et vous de flirter avec un homme qui n'est pas votre mari ?

— Tu m'as promis de bien te tenir.

— C'est toi qui te conduis mal.

Il sourit et mit le contact.

— Pourquoi cela ?

— Ne me dis pas que tu as mis ce jean et ce haut par hasard.

— J'aime bien être présentable quand je sors dans la rue.

Tout au moins depuis que j'ai fait ta connaissance, ajoutai-je par-devers moi.

— Tu veux rendre dingo le mec célibataire, c'est ça ?

Nous rîmes.

— Tout à fait.

— Ça tombe bien, parce que j'ai justement envie de faire tourner la tête de la femme mariée.

— Désolée, Victor. Mais tu ferais mieux de jeter l'éponge, parce qu'avec moi tu n'arriveras à rien, répondis-je en souriant.

— Ne dis pas ça, sinon tu vas rendre le jeu encore plus excitant.

— Ta proposition se limitait à aller boire un café.

— Je sais. Je vais bien me tenir. Je n'ai pas envie de devoir me battre en duel au lever du jour.

— Tu apprends vite, observai-je. Et à part ça, comment ça va ?

— Hum… Ça fait tellement longtemps qu'on ne m'a pas posé cette question que je ne sais pas quoi répondre.

— J'essayais d'être polie.

— Tu aimes les politesses ?

— J'aime la simplicité.

— Dans ce cas, je ne vais pas te demander comment s'est passée ta journée. À la place, je préfère te dire que j'ai passé une bonne partie de la mienne à penser à toi.

Nous rîmes en chœur.

— Et où est-ce que tu m'emmènes ?

— Chez moi. Je vais t'attacher au lit et te faire des choses jusqu'à ce que tu demandes grâce.

Je restai bouche bée, sans savoir quoi répondre. Il rit et mit le clignotant.

Bon sang ! C'était quoi ce drôle de fourmillement entre mes cuisses ? J'étais excitée rien que de le regarder conduire. Tandis qu'il s'engageait sur un rond-point très fréquenté, j'en profitai pour l'observer à la dérobée : les pectoraux bien dessinés sous son T-shirt, le ventre plat et… cette bosse ? Je songeai à Lola.

— Allons bon…, murmurai-je.

— Que se passe-t-il ?

— Euh…, toute cette circulation.

Il sourit malicieusement, puis avec un regard en biais :

— Quand tu en auras assez de regarder, tu pourras toucher, lança-t-il.

Je me sentis rougir jusqu'aux yeux.

— Mais qu'est-ce que tu racontes ? Je ne te regardais pas !

— Soulève un peu ton haut pour voir. Allez, juste un coup d'œil à ton soutien-gorge pour que je pète complètement les plombs.

Nous étions arrivés devant un parc immense. Il se rangea en douceur le long du trottoir.

— Comme tu le vois, ce n'est pas chez moi et je ne vais pas t'attacher au lit avec ma ceinture. Pas encore tout au moins.

— On va se promener ? demandai-je, vaillamment.

— Et prendre un café. Laisse-moi juste une seconde.

Il descendit de l'Audi, la contourna pour ouvrir ma portière, et me tendit la main pour m'aider à descendre. Ce faisant, il m'attira contre lui, et approchant son nez de mon cou, murmura :

— Tu sens délicieusement bon.

J'eus envie de lui répondre que lui aussi et que j'avais une furieuse envie de déboutonner la braguette de son jean. Mais je me contentai de lui lancer un sourire énigmatique, et commençai à me diriger vers le café qui se trouvait de l'autre côté de la rue.

— Qu'est-ce qui te ferait envie ? me demanda-t-il lorsque nous fûmes devant la porte.

— Un café allongé.
— Pas de lait ?
— Ni lait ni sucre.
— Attends-moi ici, dit-il, et il disparut dans le café.

J'inspirai profondément pour essayer de me calmer. La rue grouillait de gens qui sortaient du travail. Soudain, je me rappelai l'époque où je montais dans l'ascenseur quand je quittais le bureau. J'étais impatiente de rentrer à la maison pour pouvoir écrire. Mon roman était une véritable obsession. J'imaginais des intrigues différentes, des dialogues plus percutants, des personnages plus véridiques…

Brusquement, je sentis une main sur mon épaule. Victor me tendit un café dans un gobelet en carton.

— À quoi pensais-tu ?

Je levai les yeux au ciel et soupirai :

— À rien. J'avais l'esprit vide.

— Bien…, étant donné que tu ne vas pas pouvoir fermer l'œil de la nuit, murmura-t-il, je propose que nous allions faire un tour. Avec un peu de chance, tu vas te fatiguer et tu dormiras comme un bébé.

— Ça m'étonnerait. Je ne dors jamais comme un bébé. Plutôt comme une chauve-souris. La nuit je n'ai jamais sommeil, mais il ne faut pas espérer me tirer du lit avant dix heures du matin.

Nous traversâmes la rue et il me passa un bras autour de la taille.

— Je n'ai pas l'intention de te tirer du lit, mais plutôt de te mettre dans le mien.

Je ris en m'écartant un peu, puis nous commençâmes à marcher.

— Tu dois avoir des horaires complètement décalés avec ton métier d'écrivain.

— Dis plutôt à cause des programmes TV tardifs.

Je lui décochai un clin d'œil, et il ajouta à voix basse :

— Accro aux films cochons ? J'aimerais mieux ne pas entamer une discussion de cet ordre avec toi, des fois que la bête se réveille.

— La bête, c'est moi ? demandai-je.

— Non. Mais s'il ne tenait qu'à moi, je te prendrais, là, tout de suite, sur ce capot… et celui-là, et celui-là…, dit-il en désignant chaque voiture devant laquelle nous passions. Quel est le titre de ton premier roman ? J'ai envie de l'acheter.

— *Ode*. Mais ne l'achète pas. J'ai des exemplaires à la maison.

Il inclina la tête en haussant les sourcils.

— Tu ne sais pas te vendre, ma fille.

— Je sais. Le marketing n'est pas mon fort. Si j'avais pu, j'aurais fait cadeau de mon livre à toutes les personnes de mon entourage.

— Ton mari ne t'a pas laissée faire au moins ?

— Non, mais pas pour des raisons pécuniaires. Pour lui l'art passe avant tout le reste. Adrian est quelqu'un de très… disons « philosophe », à cet égard. Depuis qu'il a vendu sa première photo, il estime que la relation entre un artiste et un acheteur relève davantage du mécénat que de l'échange économique. Ce qui, de surcroît, contribue à augmenter la valeur intrinsèque de l'objet vendu en lui conférant le statut véritable d'œuvre d'art.

Victor écarquilla les yeux.

— Mince alors !

— Oui. Il a une vie intérieure très riche, dis-je en songeant : *trop intérieure, pour mon plus grand malheur*.

— Mais… je ne suis pas tout à fait d'accord.

Je m'arrêtai de marcher, curieuse de voir ce qu'il allait dire.

— Il croit que toute œuvre assujettie à la loi de l'offre et de la demande est une œuvre d'art ?

Là, il me coupait la chique. J'étais en train d'avoir une vraie conversation avec l'homme aux longues jambes et à la bouche la plus sexy qu'il m'ait été donné de voir !

— Non, pas exactement. Mais il a une opinion bien arrêtée sur les tendances et les *bestsellers*, dis-je en reprenant la marche.

— C'est un homme intelligent.

— Et beau. J'ai du goût, tu sais.

Nous rîmes.

Puis je réfléchis une seconde et demandai franco :

— Dis-moi, Victor, pourquoi est-ce que tu m'as appelée ?

Il hocha la tête comme s'il s'était attendu à cette question de ma part.

— Tu es quelqu'un d'intéressant. Ce n'est pas parce que je ne peux pas te mettre dans mon lit que je n'ai pas envie de te revoir.

Je lui souris tout en prenant ses lunettes de soleil pour les mettre sur mon nez.

— D'après Lola, ton type de femme est tout autre.

Il rit, gêné.

— Oui, enfin… Tout dépend de ce que tu entends par type de femme. Je peux être franc avec toi sans que tu ailles t'imaginer que je suis un cochon ?

— Bien sûr.

Je replaçai ses lunettes dans le col de son T-shirt. Ce faisant, mes doigts effleurèrent la toison de son torse et je fus assaillie malgré moi par des pensées torrides.

Concrètement ? Je me vis passant ma langue sur ses pectoraux, et même plus bas.

— Chercher une femme avec qui passer du bon temps pendant deux mois, c'est une chose. Ce ne sont pas, disons, des relations sérieuses.

— Oh, le polisson ! m'esclaffai-je.

— Un peu, c'est vrai.

— Mais dans ce cas, quel intérêt trouves-tu à prendre un café avec une femme comme moi ?

— Les amis, on n'en a jamais trop, tu ne crois pas ?

— Des amies comme moi, tu en as beaucoup ?

— Non.

Il rit.

— Qu'est-ce qu'il y a de drôle ?

— Disons que, par le passé, j'ai eu quelques déboires par manque de discernement…

— Ah, je comprends.

— Ça t'est arrivé à toi aussi ?

— Oui, et j'ai fini par l'épouser.

— Mais, dis-moi, pourquoi est-ce que tu t'es mariée à vingt-deux ans ? Tu es une femme indépendante, intelligente, qui a son propre cercle d'amis, pas d'enfants… (Il hésita, puis demanda :) Tu n'as pas d'enfants, n'est-ce pas ?

— Non.

— Ça ne me choquerait pas si tu en avais, note bien, précisa-t-il.

— Non, bien sûr. Mais ça n'a rien à voir avec le fait d'être indépendante, d'avoir des amis, des enfants, ou d'être intelligente. Quoique, si j'avais été plus futée, j'aurais attendu. Mais j'ai toujours eu une vision romantique du mariage.

Je me hissai sur un muret, et une fois assise, je pris une gorgée de café. Campé devant moi, Victor m'observait.

Je soutins son regard pendant au moins deux minutes, durant lesquelles nous nous scrutâmes l'un l'autre en réprimant une folle envie de rire. Le flirt visuel est une chose étrange, mais confortable.

— Dans quoi est-ce que tu travaillais avant d'être écrivain ? demanda-t-il de but en blanc.

— J'étais gestionnaire de contenu web. Et toi ?

— Moi, j'ai toujours travaillé dans l'entreprise de mon père.

Je remarquai soudain qu'il s'était rapproché.

— Et donc… ? (Je levai les yeux au ciel pour essayer de rompre ce troublant instant de complicité puis demandai :) Tu faisais quoi dans une vie antérieure ?

— Et toi ?

— J'ai été la muse d'un peintre. Tu sais, un de ces modèles aux formes sexy.

— J'aurais bien aimé être peintre…

Je ris. La magie semblait s'être dissipée avec ces blagues de potaches. Mon téléphone sonna juste à temps. C'était Lola qui m'avait laissé un message :

> Valeria, tu es une femme de mauvaise vie qui va m'entraîner en enfer avec elle. Éloigne-toi vite de cet homme et ne le regarde pas dans les yeux, sinon il va te prendre sous le premier porche venu. Après quoi, tu vas perdre la vue et tes bras vont tomber. C'est ce que disaient les bonnes sœurs chez qui je suis allée à l'école, tout au moins.

Je ris malgré moi.

— C'est Lola, dis-je en laissant retomber mon portable au fond de mon sac.

— Sacrée Lola, rit-il en se hissant sur le muret à côté de moi.

— Sous un porche ? Tout de même pas.

— Je n'aurais jamais dû te parler de ça.

Il rit, mais l'air plus fier que gêné.

— Ah, non ? Et pourquoi cela ?

— Parce que vous êtes des pipelettes.

Il se leva et me prit la main pour m'aider à descendre.

— Valeria…

— Oui.

— Est-ce que tu trouverais ça inconvenant si je t'invitais à prendre un verre demain soir ?

— Oui.

— Je comprends…

Il baissa la tête et mit ses mains dans ses poches.

— Je préférerais jeudi soir.

Il sourit et je commençai à marcher. Je me sentais horriblement coupable. Mais Victor avait quelque chose… d'irrésistible.

23

Coupable sur tous les chefs d'accusation…

Lola observait Sergio à la dérobée derrière ses sublimes lunettes teintées. Sublimes, oui, car si elle manquait de goût pour choisir ses mecs, il en allait tout autrement de ses accessoires de mode. La plupart de ses collègues étaient sur le point de quitter le bureau, mais elle feignait d'être occupée. En fait, elle guettait le moment où elle allait pouvoir savourer sa victoire.

Lorsque tous les autres furent partis, Sergio erra pendant quelques minutes dans les locaux à présent déserts puis, s'approchant de son bureau, déboutonna son veston en susurrant :

— Lolita…

Toutes ces simagrées étaient peine perdue, car elle venait de texter Carlos. Dans quelques secondes, il allait la rappeler, et Sergio allait être témoin de leur conversation. Le tout était de faire durer la conversation jusqu'à ce que son téléphone sonne.

— Oui ? dit Lola.

— Ça te dirait de venir prendre un verre à la maison ?

Lola fit mine d'hésiter, puis secoua la tête.

— Je ne pense pas que ce soit une bonne idée. J'attends un coup de fil.

— Et s'il n'arrive pas ?

— Il arrivera, dit-elle en contemplant ses ongles laqués de vernis chocolat.

— Je te trouve bien sûre de toi.

Elle soutint son regard.

— Ah, oui ?

Au même instant son portable sonna, et Sergio attendit, persuadé qu'elle allait passer la nuit dans son lit…

— Allô ? répondit Lola.

— Tu me manques. Tu m'avais dit que tu me rappellerais lundi, se lamenta Carlos à l'autre bout de la ligne.

— Tu sais bien que je suis une vilaine fille, et c'est ce qui te plaît chez moi.

— Je passe te prendre ?

— Tu connais l'adresse ?

— Dans dix minutes je suis là.

Lola raccrocha, le sourire aux lèvres. Elle regarda Sergio et, l'air faussement contrit, lui annonça qu'elle était prise. Saisissant son sac à main, elle sortit son miroir de poche, retoucha son rouge à lèvres et se poudra le museau. Quand elle se leva pour partir, Sergio l'attrapa par le bras pour la retenir.

— Lola…

— Oui ?

— Tu fais ça par dépit ?

— Sergio…, tu te méprends complètement, dit-elle en saisissant un à un les doigts de Sergio pour les ôter de sa manche.

— Je ne vois pas d'autre explication. Tu cherches à me punir ? C'est ça ?

— Tu souffres ? demanda-t-elle, un sourire cruel aux lèvres.

— Je suis contrarié, c'est tout. Je ne sais jamais à quoi m'attendre avec toi.

— Disons que tu as eu tort de prendre ce que je fais pour argent comptant.

Elle sortit lentement du bureau. Elle savait qu'il allait la suivre pour s'assurer qu'elle n'était pas en train de le mener en bateau, mais Carlos l'attendait déjà devant la porte de l'immeuble. Sergio resta pétrifié en voyant Lola saluer son nouvel amant d'un baiser, puis enfiler un casque et prendre place à l'arrière de sa moto.

Tout avait marché comme sur des roulettes. Et pourtant elle éprouvait comme un grand vide intérieur ; une immense tristesse.

Carmen avait allumé des bougies parfumées, mis une bouteille au frais dans le seau à glace, disposé un bol de fraises et deux flûtes à champagne sur la table du salon. Soigneusement coiffée, épilée et parfumée, il ne lui restait plus qu'à attendre Barto.

Quand elle lui ouvrit la porte, il eut un petit sursaut. Carmen était vêtue d'un simple peignoir de satin et d'une minuscule nuisette, qui ne cachaient pas grand-chose de ses intentions.

— Bonsoir, trésor, balbutia-t-il, les yeux scotchés sur ses seins.

— Bonsoir…

Barto effleura ses lèvres d'un baiser puis se dirigea vers la cuisine, où il déposa des sacs de provisions.

— Je suis passé chez le japonais et j'ai acheté le dîner. Enfin, pour toi, parce que moi je ne mange pas ces trucs-là. J'espère que tu as de quoi grignoter au frigo.

Carmen le saisit par le col de sa chemise et, l'attirant contre elle, lui dit qu'elle voulait passer directement au dessert.

— Tu es sûre que tout va bien ? bredouilla-t-il, désarçonné.

— Parfaitement bien. Je suis… (Elle réfléchit un instant avant d'avouer :) en mode sexe.

Il écarquilla des yeux comme des soucoupes et se laissa tomber sur le canapé. Carmen s'assit aussitôt à califourchon sur lui.

— Carmen, je crois que tu devrais te calmer un peu.

— Mais je n'ai pas envie.

Elle l'embrassa dans le cou et commença à déboutonner sa chemise. À l'évidence, il était terrorisé. Et lorsque Carmen glissa sa main dans son pantalon et découvrit qu'il n'avait pas le moindre début d'érection, sa déception fut immense.

Elle le regarda droit dans les yeux en faisant claquer sa langue, puis alla dans la chambre à coucher et referma violemment la porte derrière elle. Confus, il s'approcha à pas de loup, mais avant qu'il ait pu toquer, il la vit ressortir vêtue d'un pantacourt et d'un T-shirt à col rond.

— Carmen… qu'est-ce qui se passe ?

Il la saisit par la taille.

— Tu sais très bien ce qui se passe, rétorqua-t-elle en le repoussant.

— Mais non, je ne sais rien du tout, et pour être franc, toutes ces coquetteries me mettent mal à l'aise.

Tout à coup, Carmen réalisa qu'elle n'était pas en présence de son petit ami de toujours, mais de Barto, un garçon qu'elle ne connaissait que depuis quelques semaines. Et elle se sentit honteuse.

— Je suis désolée, Barto. Je ne sais pas ce qui m'a pris. Je ne sais pas comment me comporter dans ce genre de situation, dit-elle en secouant la tête.

— Quelle situation ? Quel est le problème ?

— Eh bien… – elle désigna le canapé sur lequel elle venait de lui avouer qu'elle était en « mode sexe ».

— Carmen, s'esclaffa Barto en se laissant tomber sur le canapé, tu regardes trop de films porno.

Horrifiée, elle ne trouva même pas le courage de nier.

— Et puis cette remarque…, dit-il en allumant une cigarette.

— Quelle remarque ? demanda-t-elle.

— Quand je t'ai dit que j'étais intimidé, je ne m'attendais pas à cela… bien au contraire. Je ne te demande pas l'impossible, juste que tu me laisses du temps. J'ai très envie de te faire l'amour, Carmen, mais à ma façon, et là, j'ai le sentiment que tu me mets la pression.

— C'est que… je n'aurais jamais imaginé qu'un homme puisse résister à…

Carmen commençait à se demander si Lola n'avait pas raison quand elle affirmait que Barto avait un petit côté faux jeton. Mais lorsqu'il éteignit sa cigarette et obligea Carmen à s'asseoir sur ses genoux, elle changea d'avis. Surtout quand il lui murmura :

— Laisse-moi te surprendre. Je n'ai pas besoin de nuisettes ou de bougies parfumées. Je te veux nue entre des draps pour pouvoir te faire tout ce qui me passe par la tête. Et quand nous jouirons, je te promets que ça aura un sens.

— Tu n'aurais pas dû dire ça, gémit Carmen hésitant entre rire ou pleurer de désespoir.

— Pourquoi ?

— Parce que je vais me mettre toute nue tout de suite.

Barto éclata de rire, puis alla à la cuisine. Restée seule sur le canapé, Carmen se demanda s'il voulait réellement la surprendre… ou s'il s'agissait de sa première relation sexuelle.

Je me regardai à nouveau dans la glace, retouchai mon rouge à lèvres et mon blush, tout en jetant des coups d'œil nerveux à la pendule. Je n'aimais pas faire attendre les gens.

Assis par terre, Adrian était en train de trier ses photos. Quand je lui avais demandé s'il voyait un inconvénient à ce que je sorte prendre un verre, il m'avait répondu que non, qu'il allait passer sa soirée à travailler de toute façon.

Je me retins de lui dire qu'il passait toujours ses soirées à travailler de toute façon, du moins quand j'étais à la maison et, bonne épouse, lui demandai s'il préférait que je reste pour lui donner un coup de main.

— Non, non. Je veux choisir moi-même les clichés que je vais exposer.

Comme toujours…

Quand je ressortis de la salle de bains en talons hauts, jean droit et corsage blanc décolleté, il eut l'air surpris.

— Tu vas à une soirée avec les filles ?

— Non, je sors prendre un verre avec un ami.

Il eut l'air interloqué.

— Qui ça ?

— Victor.

— Le copain de Lola ?

— Oui, répondis-je distraitement, en me regardant dans la glace.

S'il était contrarié, il ne le montra pas. Juste à ce moment le téléphone fixe se mit à sonner et il me lança :

— C'est pour toi.

Je décrochai.

— Salut !

— Salut, Nerea ! Comment ça va ?

— Eh bien… je suis restée déconnectée pendant deux semaines, et quand je reviens du monde des morts, j'apprends que Carmen s'est trouvé un amant, que Lola a plaqué Sergio et que tu fricotes avec un copain de Lola. Je ne sais que penser.

— Et toi, ça se passe comment avec Dani ?

— Très bien, mais ne change pas de sujet. Comment se fait-il que tu sortes avec ce garçon ?

— Je le trouve sympa et drôle.

— Et beau, j'imagine. Ne me dis pas que tu es en train de songer à te prendre un amant.

— Mais non, voyons, quelle idée !

— S'il te plaît, dis-moi tout, Val…

— Je ne peux pas. J'attends qu'on passe me prendre.

— Qui ça ? Les filles ? Vous sortez et vous ne m'avez pas invitée ?

— Non, Victor.

— Victor, c'est l'autre ?

— Tu dis ça comme s'il s'agissait d'un personnage de télénovela, répondis-je en épiant Adrian du coin de l'œil.

— Mon Dieu, Valeria, tu es la seule fille raisonnable du groupe…

— Arrête de te ronger les sangs, Nerea. Tu vas te faire des cheveux blancs.

— On dîne ensemble demain ?

— Si tu veux. Au fait, tu es au courant pour l'expo d'Adrian ?

— Non.

— Le vernissage est prévu dans une galerie d'ici quelques semaines. Tu viendras, j'espère ?

— Bien sûr ! Je peux amener Daniel ?

— Naturellement, répondis-je, sans comprendre pourquoi je devais lui donner ma bénédiction.

Un coup de klaxon résonna dans la rue.

— Je crois que ton ami est là, me lança Adrian, sur un ton narquois.

— Nerea, je te laisse. On se parle demain.

— Je t'embrasse, et ne fais pas n'importe quoi, hein ?

— Tu peux dormir tranquille.

Je raccrochai, fis la bise à Adrian et dégringolai les escaliers quatre à quatre.

Adossé à sa voiture, Victor m'attendait, en jean et chemise noirs qui semblaient cousus sur son corps. Quel homme ! Il me salua d'une bise, c'est-à-dire en posant une main sur ma taille tout en me prenant par la nuque de l'autre.

Nous nous dévisageâmes un moment en silence. Puis, peu à peu, sans même que nous nous en rendions compte, les commissures de nos lèvres s'étirèrent en un sourire perfide, et même coquin.

Songeant qu'Adrian était certainement en train de nous observer par la fenêtre, je m'empressai de monter dans la voiture. Victor s'installa derrière le volant et démarra aussitôt en souriant.

— Tu ne me demandes pas comment s'est passée ma journée ? me demanda-t-il.

— Comment s'est passée ta journée ?

— Elle m'a paru interminable. Je n'ai pas arrêté de penser à toi et à ton haut échancré de l'autre jour.

— Oh, le cochon !

— Pas cochon, mais j'ai des yeux pour voir. Et aujourd'hui tu n'es pas mal non plus.

— Et vice versa.

— Quel est ton secret, Valeria ?

— Je n'en ai pas. C'est juste que tu es obsédé.

— C'est vrai, à chaque fois que je te vois.

J'éclatai de rire et lui donnai une tape sur le bras.

— Le type à la fenêtre du quatrième étage, c'était ton mari ? demanda-t-il en jetant un coup d'œil dans le rétroviseur.

— C'est probable, répondis-je.

Il se cala sur son siège, passa les vitesses et s'élança sur la voie rapide. Regarder Victor conduire, c'était comme de voir une scène de cul au cinéma. Mais pourquoi m'excitait-il autant, bon sang ?

— Il n'était pas d'accord pour que tu ailles prendre un verre ?

— Si. Il sait très bien qu'il n'a pas de raison de s'en faire.

— Vraiment ? murmura-t-il, en tournant à droite, dans une rue perpendiculaire.

— Vraiment.

— Quel dommage…

— Tu espérais quoi ? demandai-je en riant.

— Rien d'extravagant… Espérer, désirer…

— Victor, arrête. Je sais pertinemment que ce n'est pas juste un jeu de mots innocent.

— C'est vrai. Jamais, au grand jamais, il ne me viendrait à l'idée de te mettre tout habillée sous la douche pour pouvoir t'arracher ensuite tes vêtements mouillés.

— Si tu le voulais, tu ne le dirais pas de toute façon.

Il s'arrêta pour se garer, un bras posé sur le dossier de mon siège, et quand la voiture fut parfaitement rangée le long du trottoir, il se tourna vers moi.

— Tu crois vraiment que je ne le dirais pas? demanda-t-il.

— Oui.

— Et pourquoi cela?

— Par pudeur, répondis-je, comme si cela allait de soi.

— Ah! Ce n'est pas parce que je ne peux pas le faire que je n'en ai pas envie. Car s'il y a une chose dont je suis sûr, c'est que j'aimerais follement te mettre dans mon lit. À cet instant précis, je serais capable d'arracher tous les boutons de ton corsage. Mais comme je sais qu'il y a des limites, je me contente de fantasmer. Et je suppose que toi aussi. Tant que nous nous en tenons là, il nc devrait pas y avoir de problème pour toi, pour moi, ou pour ton mari. Je me trompe?

J'avalai ma salive.

— Je n'ai jamais fantasmé sur toi.

— Mais moi, si. Et tu n'as pas idée des bons moments que j'ai passés. Et j'espère que tôt ou tard, tu vas en passer de bons toi aussi.

Il ouvrit sa portière et sortit de la voiture. Je l'imitai. Cette fois, je ne souriais plus quand il m'entoura de son bras et me glissa tout bas:

— Détends-toi, Valeria. On va juste bavarder un moment autour d'un verre en écoutant du jazz. On ne va rien faire que tu sois obligée de cacher à ton mari, d'accord? Tu ne fais rien de mal.

Je hochai la tête, soudain soulagée. J'avais présumé de mes charmes. Cet homme qui collectionnait les conquêtes n'allait pas chercher à me séduire.

La soirée passa si vite que je ne me rendis compte de rien…

Quand il me déposa à la maison, il était minuit et demi. Les trois verres que j'avais bus le ventre vide m'étaient un peu montés à la tête. J'étais d'humeur joyeuse et j'espérais trouver Adrian éveillé. Après tous ces mois d'abstinence, le vin, les lumières tamisées de la boîte de jazz et la compagnie de l'irrésistible Victor m'avaient émoustillée. Il avait une façon subtile de mettre vos sens en éveil. Il se penchait vers vous, repoussait une mèche de cheveux de devant vos yeux, vous chuchotait dans le creux de l'oreille. Il n'en fallait pas plus pour me donner la chair de poule et sentir mes bouts de sein se tendre sous mon corsage.

À ma grande déception, je trouvai l'appartement plongé dans le noir, Adrian ronflant doucement sous la couette. Je filai grignoter un petit quelque chose à la cuisine, puis me brossai les dents et me démaquillai. Au moment d'enfiler ma chemise de nuit, je me ravisai et allai repêcher une nuisette de satin noir au fond de la commode.

Je mourais d'envie de réveiller Adrian pour lui faire l'amour, mais je m'écroulai sur le lit, terrassée par les vapeurs de l'alcool…

Je sentis la respiration de Victor s'accélérer tandis que ses lèvres erraient sur mon cou et que ses mains m'attiraient à lui. Tous les boutons de mon corsage roulèrent à terre et il dénuda ma poitrine d'un geste fébrile, sa bouche happant la mienne en un langoureux baiser. Je gémis de plaisir tandis que ses doigts titillaient les bouts de mes seins.

À mon tour, je lui ôtai ses vêtements un par un, et l'enfourchai. Victor était étendu sur le lit d'une suite d'hôtel qui ressemblait à celle qu'Adrian et moi avions louée une fois, lorsque nous étions encore fiancés. Sauf que ce n'était pas Adrian, mais Victor. Nu, il me murmurait à l'oreille qu'il voulait me pénétrer et me donner du plaisir. Je m'empalai sur sa verge en poussant un profond gémissement.

Ses mains vagabondaient sur tout mon corps, comme si elles avaient su où elles devaient me toucher. Nous changeâmes de position. Il se plaça sur moi et l'instant d'après, je me retrouvai ligotée à la tête de lit. Je l'enserrai étroitement de mes cuisses, et à chaque coup de boutoir, la friction de nos deux corps devenait plus vigoureuse. Je poussai un cri quand quelque chose se mit à vibrer en moi. Bon sang, que c'était bon !

Et voilà que nous nous retrouvâmes agenouillés sur le lit, mes reins collés contre le ventre de Victor, ses mains agrippées à mes seins, qui frémissaient à chaque pénétration.

Je gémissais si fort que je sentais vibrer le son dans ma gorge. Réalisant que j'étais sur le point de me réveiller, et craignant de passer à côté d'un orgasme phénoménal, je suppliai Victor d'aller plus vite. Je l'entendis feuler dans le creux de mon oreille, ses grognements devenant de plus en plus rauques, à mesure que je sentais monter le plaisir, tandis que Victor, en appui sur ses avant-bras, jetait un cri d'extase… Et je me réveillai.

Je me redressai d'un bond, haletante et trempée de sueur. À mes côtés, Adrian s'était réveillé lui aussi.

— Qu'est-ce qui se passe ? balbutia-t-il, à demi endormi.

— J'ai fait un cauchemar, dis-je en m'efforçant de reprendre mon souffle.

— Bah, ce n'est rien. Rendors-toi.

Je me laissai retomber sur l'oreiller. Prendre un tel pied avec un autre alors que mon mari à la libido éteinte ronflait à mes côtés, c'était en effet un cauchemar.

24

Avoue, pécheresse…

J'avais été secouée par mon rêve érotique, et la perspective de devoir dîner le soir même avec les filles n'arrangeait rien. Car il était évident que je n'allais pas pouvoir passer sous silence le fait que j'avais eu un rêve torride avec un mec qui n'était en principe qu'un « ami ».

A priori, je n'avais rien fait de mal, mais la conversation que lui et moi avions eue la veille et les verres qui avaient suivi dans la boîte de jazz constituaient des circonstances aggravantes. En même temps, l'idée de pouvoir partager mon terrible secret avec quelqu'un m'apaisait. N'étant pas douée pour l'introspection, j'éprouvais le besoin de me confesser fréquemment. Le plus souvent, c'étaient de petites choses sans importance que je racontais à ma sœur ou ma mère. Le reste, je le réservais aux filles qui me livraient généralement trois points de vue différents, voire discordants. Mais lorsque toutes tombaient d'accord, je savais qu'elles avaient raison. C'était une thérapie de groupe efficace et un rituel si ancien, entre nous, qu'il était impossible d’y déroger. C’est pourquoi j’avais décidé de passer aux aveux.

Vous aurez sans doute remarqué que je n’ai pas cité Adrian parmi mes confidents. Une fois, j’avais essayé de vider ce que j’avais sur le cœur, mais la conversation s’était aussitôt recentrée sur ses problèmes à lui.

Quand je me réveillai, il était déjà parti. Nous avions cessé d’être un vrai couple pour devenir des colocataires. Je songeai à passer le voir à son studio, puis changeai d’avis. Essayer de renouer une relation intime avec lui me semblait trop fastidieux et embarrassant. Et puis, comme dirait l’autre, ce que tu ignores ne peut pas te faire de mal…

Alors que je m’apprêtais à attaquer une énorme assiette de pâtes au fromage et à la sauce tomate, mon téléphone sonna. Je décrochai sans même regarder l’écran, après l’avoir débusqué parmi les coussins de l’unique fauteuil de la maison.

— Allô !

— Tu ne t’y attendais pas…, me murmura Victor d’une voix caressante.

— Non, en effet, dis-je en rougissant à la pensée qu’il m’avait fait jouir en rêve. Mais je croyais que tes copains et toi alliez à la chasse le week-end ?

Il rit. Je brûlais d’envie de lui demander pourquoi il m’appelait ou plutôt de raccrocher le putain de téléphone ct de courir me réfugier sous la couette.

— À la chasse ? Tu y vas un peu fort…

— Oui, non, pardon, bredouillai-je.

— Excuses acceptées. Tu as quelque chose de prévu aujourd’hui ?

Prise de court, je restai un instant sans voix, puis finis par répondre :

— Oui. Je sors dîner avec les filles.

— Seulement des filles ?

— Oui.

— Hum. J'adorerais voir ça.

— Tu aimes bien fantasmer, n'est-ce pas ?

— Bien sûr, mais je préférerais nous imaginer rien que tous les deux, en train de… – je me raclai la gorge. Mais, dis-moi, vos soirées entre nanas, elles durent toute la nuit ?

— Ça arrive.

— Tu me passes un coup de fil si vous finissez plus tôt ?

— Hum…

J'hésitais. Je ne m'attendais pas à une telle insistance.

— Je ne t'ai pas fait peur au moins ?

— Non, ris-je. Mais…

Il se tut, puis laissa échapper un petit rire gêné.

— Quand je te disais qu'on aurait dû aller au commissariat l'autre jour. Maintenant, c'est trop tard.

— Ne t'inquiète pas, je vais engager des gardes du corps.

— Je ne veux pas t'importuner. Je serai à la maison. Tu peux m'appeler si tu veux.

— Victor ? dis-je avant qu'il ne raccroche.

— Oui.

— Pourquoi est-ce que tu m'appelles ?

Je fermai les yeux et me mordis la lèvre.

— Parce que j'aime… faire des choses avec toi. Tu es tellement… – il soupira. Je t'ai promis de bien me tenir, mais va savoir pourquoi, je n'arrête pas de penser à toi…

Je ravalai un soupir. Dans quel guêpier m'étais-je fourrée ?

— Tu vois ? Maintenant, je sais que tu ne vas pas me rappeler, dit-il.

— Je ne sais pas si je vais te rappeler, mais si je ne le fais pas, sache que ça n'a rien à voir avec ce que tu viens de me dire.

— Tu n'as rien contre, alors ?

— Il faudrait que j'y croie pour que cela me pose problème. Allez, bisous.

Je raccrochai, prise d'une folle envie d'aller me cacher sous le lit.

À l'heure convenue, je fis mon apparition dans notre restaurant favori. Nerea était déjà là, toujours aussi superbe, dans une robe courte à franges, style années 1920, dans laquelle j'aurais eu l'air d'un tonneau mais qui, sur elle, était à tomber. Nous nous étions à peine saluées que Carmen et Lola débarquèrent à leur tour, chacune par une porte différente.

Carmen portait un jean pattes d'eph à taille haute avec un haut imprimé beige légèrement transparent, très seventies. Lola arborait un pantalon noir taille basse avec un corsage noir bien échancré et des chaussures rouges. On aurait dit Olivia Newton-John quand elle se rebelle à la fin de *Grease*, mais en plus sexy. Pour une fois, même si toutes étaient sublimes, je ne me sentais pas à mon désavantage dans mon corsage de soie corail et pantalon corsaire noir, que complétait une sublime paire de talons XXL.

Et le fait est que mes trois amies furent bluffées. Elles saluèrent d'un grand sourire la nouvelle Valeria quand nous nous installâmes à notre table préférée et commandâmes quatre verres de vin. Si toutes me regardaient bouche bée, je savais que ce n'était pas à cause de mon apparence soignée ou de mon mascara, mais parce que

Lola avait fait courir la rumeur comme quoi j'entretenais une « relation » avec Victor. C'est pourquoi je lançai avec humeur :

— Lola…, pourquoi est-ce que tu n'appelles pas la mère d'Adrian pendant que tu y es ?

— Valeria ! Vas-y ! Raconte ! m'encouragea Carmen.

— Il n'y a rien à raconter, répondis-je sèchement.

— Tu n'es pas ressortie avec lui hier ? s'étonna Lola.

— Si, mais dit comme ça, on pourrait se faire des idées…

— Ah, ouais ? dit Lola en écarquillant les yeux. Eh bien, figure-toi que je viens de parler avec Carlos, qui m'a dit que ce soir Victor n'allait pas sortir… parce qu'il allait rester chez lui à attendre ton coup de fil !

— Il m'a dit cet après-midi qu'il n'arrêtait pas de penser à moi, dis-je en riant nerveusement.

— Ça n'est pas cool de lui donner de faux espoirs alors que tu sais qu'il ne va rien se passer au final, me reprocha Nerea.

— Allons, Nerea, ça n'a jamais fait de mal à personne de flirter un peu, intervint Lola.

— Je crois que Nerea a raison…, cette nuit j'ai fantasmé un peu trop, dis-je en clignant de l'œil.

— C'est-à-dire ? voulut savoir Carmen, tout émoustillée.

— J'ai fait un rêve torride avec lui…

Nerea et Carmen exprimèrent leur stupeur, tandis que Lola déclarait :

— On voit bien que vous ne le connaissez pas. Il est le sex-appeal incarné.

— Et c'était quoi, ce rêve ?

— On faisait du tricot, répondis-je avec dédain.

— Ce qu'on veut c'est les détails. Pour ce qui est du contexte, on avait compris, protesta Carmen.

— Eh bien, disons que c'était… le Kamasutra.

— Il est monté comme un taureau et il baise comme un dieu, lança Lola en allumant une cigarette.

— Tu as baisé avec lui ? lui demanda Nerea sans détour.

— Il y a deux ans.

— Sous un porche, ajoutai-je.

— Je te rappelle que c'est une information classée, protesta Lola, qui savait très bien que si je ne l'avais pas dit, elle l'aurait fait elle-même.

— Et quel porche exactement ? s'enquit Nerea, scandalisée.

— Qu'est-ce que j'en sais ! Un porche. On a été pris d'une envie subite en plein quartier historique. C'était peut-être celui de ta mère, va savoir !

Nerea leva les yeux au ciel, puis posa de nouveau son regard sur moi pour m'inviter à poursuivre.

— Bon, la seule chose vraiment digne d'intérêt dans cette histoire, c'est qu'il m'est très sympathique et que j'aime bien passer du temps avec lui.

— Du moment que vous en restez là…, murmura Nerea en dépliant sa serviette et en la posant sur ses genoux.

— Mais, enfin, les filles… je suis mariée avec Adrian. Que pourrais-je demander de plus ? déclarai-je effrontément, sans doute sous l'effet de l'alcool.

— Passons sur ce commentaire ambigu, qui me donne la nausée. Si je peux te donner un conseil, prends garde à tes miches, et n'accepte jamais de monter chez lui. C'est un antre de luxure. Tu n'y mets ne serait-ce qu'un pied et tu es fichue.

— Mais combien de fois avez-vous couché ensemble ? demandai-je en fronçant les sourcils.

— Deux, me semble-t-il. Ou trois. Ou peut-être quatre. Je ne sais plus. Une fois sous le porche, une fois sur son canapé, ça c'est sûr. Je ne saurais dire ce qui m'a le plus excitée.

Je les imaginai tous les deux, serrés nus l'un contre l'autre et grognant de plaisir, et sentis naître en moi un sentiment de jalousie qui ne me plaisait pas du tout. C'est pourquoi je sautai légèrement sur ma chaise et lançai :

— Chapitre clos ! De quoi parle-t-on à présent ?

Carmen nous mit au courant des derniers développements de sa « non-relation sexuelle » avec Barto et en profita pour interroger Nerea sur la sienne. Nous parlâmes également du nouveau petit ami de Lola, qui faisait enrager Sergio, et même si j'étais en train de passer un bon moment, je fus prise d'une subite envie d'appeler Victor pour prendre un verre avec lui… Il était drôle, beau, aimable, sentait délicieusement bon et, en plus, il me traitait comme une reine.

Il était deux heures quand j'arrivai à la maison, et après dix minutes passées à hésiter dans le hall de l'immeuble, je me décidai à monter. Il était trop tard pour appeler Victor de toute façon. Une fois dans l'appartement, je me déshabillai, puis me glissai entre les draps et enlaçai le corps somnolent d'Adrian. Moyennant quelques contorsions, je parvins à me faufiler telle une couleuvre entre ses bras et à poser ma tête sur sa poitrine. Au fond, il me manquait. Et peut-être que s'il avait fait le premier pas…

— Ta soirée s'est bien passée ? murmura-t-il d'une voix ensommeillée.

— Comme d'hab. Beaucoup de potins.

— Je t'ai manqué ? demanda-t-il en laissant errer ses doigts sur mon ventre.

— Beaucoup.

Adrian se tourna vers moi et, me prenant par surprise, m'embrassa. Tout d'abord innocemment, puis le baiser se prolongea, devint plus profond. Mon corps réagit dès la première seconde et je l'agrippai. Nous nous retournâmes et je me mis à califourchon sur lui. Je fis bouger doucement mes hanches pour le provoquer et fus parcourue d'un frisson quand je sentis naître un semblant d'érection sous mon pubis. Adrian continuait de m'embrasser, mais je remarquai un manque d'enthousiasme de sa part. Quand je lui pris la main et la posai sur mon sein droit, il me stoppa.

— Valeria…, il est deux heures du matin.

— Et ?

— Je suis claqué. Je… je n'ai pas envie.

« Je n'ai pas envie ? » « Il est deux heures du matin ? » Mais, nom d'un chien, c'était quoi son problème ? Au cours des derniers mois, nous n'avions pas une seule fois fait vraiment l'amour.

Je me laissai retomber sur le lit et inspirai profondément en m'efforçant de ravaler cette cuisante humiliation. Sans rien ajouter, Adrian se tourna de côté et se rendormit aussitôt. Mais pas moi. J'étais beaucoup trop contrariée pour cela.

Un rayon de lumière, qui s'immisçait entre les persiennes et me tombait directement sur la figure, me tira du sommeil. J'appelai Adrian à voix haute, puis me rappelai qu'il travaillait le samedi matin ces temps-ci. Maudite expo !

Il était onze heures, et je savais que si je me mettais devant mon ordi, je n'arriverais pas à aligner plus de trois phrases, et encore, à condition d'avoir l'inspiration. Le lamentable épisode pseudo érotique de la veille au soir me revint à l'esprit et je me demandai comment notre relation avait pu se détériorer à ce point en l'espace d'une année. Je me scrutai sans pitié dans le miroir de la salle de bains, terrorisée à l'idée qu'Adrian puisse ne plus éprouver de désir pour moi. Je ne notai pas de changements flagrants sur mon corps, mais peut-être qu'il était passé à autre chose et qu'il préférait désormais les filles comme Alex. Je me mordis la lèvre. Pas question de rester les bras croisés en faisant comme s'il ne s'était rien passé la nuit dernière. Je n'avais que vingt-huit ans, bon sang ! J'étais en plein dans la fleur de l'âge.

C'est pourquoi je décidai d'aller retrouver Adrian dans le studio où il bossait.

Je me douchai en vitesse, puis enfilai un jean skinny et mon T-shirt Rolling Stones noir qu'il aimait tant.

Trois stations de métro, un changement et une marche de quinze minutes plus tard, je sonnai à la porte de son studio. Situé au rez-de-chaussée, la porte en était toujours verrouillée à double tour. Le local était composé d'une entrée dans laquelle il y avait un bureau avec un téléphone et des tas de classeurs, et un canapé noir Ikea garni de coussins ronds qui rappelaient des bobines de cinéma.

Il y avait deux portes, dont une menait à un petit cabinet de toilette, et l'autre au coin nuit qui servait de chambre obscure. Adrian aimait développer lui-même ses clichés.

Le temps qu'il se décide à m'ouvrir, j'avais pris un coup de soleil. Remarquez que je n'étais pas la seule à souffrir de la chaleur : lui était carrément torse nu et en nage.

— Je ne t'attendais pas. Entre, dit-il en se reculant pour me laisser passer.

— La clim est en panne ?

— Non, mais je ne l'allume pas quand je suis dans le labo.

Debout dans le bureau, je jetai des coups d'œil suspicieux autour de moi. Mais à part qu'il avait l'air mal à l'aise, je ne remarquai rien d'anormal.

— Il y a un problème ? demandai-je.

— Non, mais je ne m'attendais pas à te voir, dit-il en mettant ses mains dans les poches de son jean.

Je me mordis la lèvre. Dire que ce mec super canon – et super distant – était mon mari.

— Désolée, mais j'avais envie de passer un petit moment avec toi. Comme on le faisait avant. Tu te souviens ? Tu es sûr que je ne peux pas te donner un coup de main ? demandai-je en souriant.

— Oui, oui. Les clichés sont en train de sécher et…

— Tu développes tes pellicules ? Je croyais que tu étais passé au digital…

— Bah, de temps en temps ça m'arrive, histoire de ne pas perdre la main.

Je l'enlaçai et l'attirai contre moi. Je n'avais pas encore digéré l'humiliation de la veille, mais j'étais sa femme, et je me devais de faire contre mauvaise fortune bon cœur. Je m'assis sur le bord du bureau et l'embrassai sur les lèvres, sans même fermer les yeux. Comme je m'y attendais, il me stoppa.

— Valeria…

— Quoi encore ?

— Nous ne sommes pas seuls.

— Comment ça, nous ne sommes pas seuls?

Je portai mon regard vers la porte de la chambre obscure et vis qu'elle était entrebâillée.

Soudain, la porte s'ouvrit en grand, et Alex passa la tête par l'embrasure. Elle eut l'air gênée d'interrompre ce «moment d'intimité», et moi de constater qu'elle était très légèrement vêtue. Avec sa minijupe en jean taille basse et son haut noir court, elle donnait l'impression d'être en sous-vêtements.

— Salut, Valeria! dit-elle.

— Salut, Alex.

Nous nous jaugeâmes l'une l'autre du regard.

L'envie me prit d'avoir une explication seulement avec Adrian, puis avec elle, mais pour finir je me débinai, craignant de fondre en larmes.

— Bon, je vous laisse dans votre bain turc, vous avez l'air très occupés.

Je descendis de la table et ramassai mon sac.

— Valeria, attends! (Adrian m'attrapa par le bras et se retourna:) Alex, tu peux nous laisser une minute?

— C'est inutile. Nous parlerons de tout ça quand tu rentreras à la maison, dis-je, et je sortis.

Une fois dehors, je fus assaillie par une vision d'Adrian et de son assistante enlacés dans la chaleur moite de la chambre obscure.

Je n'avais pas encore atteint la bouche de métro que je fouillai dans mon sac et attrapai mon portable. Mes mains tremblaient tandis que je faisais défiler mes contacts. J'inspirai profondément pour ne pas avoir l'air énervée quand il décrocha, à la troisième sonnerie.

— Allô!

Au son de sa voix, je sentis mon estomac se nouer.

— Salut Victor.

— Tu ne m'as pas appelé hier soir, vilaine.

— Désolée, mais je le fais maintenant. Tu es occupé ?

— Pour toi, jamais. Où est-ce que je passe te prendre ?

— Donne-moi ton adresse. J'y serai dans une heure.

Victor devait se frotter les mains à l'annonce de cette bonne nouvelle, mais moi, j'avais l'impression de perdre pied.

25

Victor et Valeria

Je passai me changer d'abord – il n'était pas question que Victor me voie dans cet état ! Je détachai mes cheveux et enfilai une robe verte vaporeuse et une paire de talons, puis je ressortis et hélai un taxi.

Victor m'ouvrit la porte avec un de ces sourires suggestifs dont il a le secret. Me retrouver chez lui me provoquait des frissons.

Il me saisit par la taille et me fit entrer en m'embrassant sur la joue, sans oublier de me caresser les cheveux par la même occasion.

— Que me vaut cet honneur ? Ne le prends pas mal, je suis ravi de te voir, mais j'avais cru comprendre que…

— J'avais juste envie.

— Je n'ai pas besoin d'autre explication.

Si on se fiait aux explications de Lola, on se représentait la maison de Victor comme un antre de débauche peint en rouge, plein de sangles de cuir et de joujoux pour adultes à l'odeur de latex. Mais la réalité était tout autre.

C'était un deux-pièces avec chambre séparée, entièrement refait à neuf et super cool. D'une propreté irréprochable, il était lumineux et sentait la lavande et le citron. Victor avait sûrement une femme de ménage, car comment un mec aussi parfait pouvait-il être, en plus, un maître de maison accompli ?

Il portait un polo noir avec un jean, et sentait si bon que j'en tremblais de désir.

Je pris place sur l'un des tabourets de la cuisine, tandis qu'il me préparait un Martini dry à l'aide d'un shaker. Avec lui, je me sentais sûre de moi – ce qui était nettement plus agréable que d'avoir les nerfs en pelote comme lorsque j'étais avec Adrian.

— Tu as mangé ? me demanda-t-il en me tendant mon cocktail dans un verre impeccable.

Ma confiance en moi s'évapora d'un coup. Si ça se trouve, je le dérangeais.

— Je suis désolée, je n'ai pas vu l'heure…

Il sourit.

— Tu aimes les sushis ?

— J'adore, dis-je en me détendant un peu.

— J'ai la chance d'habiter au-dessus du meilleur restaurant japonais de la ville, et en plus, ils font la livraison à domicile.

— Parfait, mais c'est moi qui invite.

Il secoua la tête.

— Pas question.

Le repas se déroula dans la bonne humeur. Même si l'eau me montait à la bouche chaque fois que Victor me frôlait, j'étais à l'aise. Nous bûmes de la bière japonaise en mangeant des sushis, puis nous prîmes un café installés au bar de sa cuisine américaine. Après quoi, il me prit par la main et m'entraîna vers le salon, où nous

nous installâmes sur de superbes coussins de sol pour bavarder comme deux vieux amis. Pour autant, et même si tout semblait marcher comme sur des roulettes, nous savions l'un et l'autre que je n'étais pas le genre de fille à m'envoyer en l'air avec un presque inconnu pour oublier que je m'étais brouillée avec mon mari. Haussant un sourcil, Victor me demanda, au bout d'un moment :

— Au fait… et ton mari ? Tu crois qu'il serait fâché d'apprendre que tu as passé l'après-midi chez moi ?

— Il n'y a pas de raison.

— Tu es sûre ?

Me rappelant tout à coup mon rêve érotique, je me sentis rougir jusqu'aux yeux.

— Tu es toute rouge. Dois-je m'inquiéter ?

— Pas du tout.

— Et lui ?

— Non plus. Il a d'autres soucis en tête.

— Laisse-moi deviner…

Il se leva et mit un CD dans la chaîne stéréo. Une musique jaillit de nulle part, se répandant dans toute la pièce grâce à des enceintes habilement disposées aux quatre coins du salon.

— Deviner quoi ? demandai-je.

— Brouille domestique ?

— Plus ou moins.

J'aurais voulu disparaître quand il se tourna vers moi et me décocha un sourire ravageur.

— Allons bon, me voilà transformé malgré moi en arme de guerre conjugale. Et pourquoi vous êtes-vous brouillés, si ce n'est pas indiscret ?

— Je suis passée le voir à son labo et je l'ai trouvé torse nu dans sa chambre obscure en compagnie de son assistante en tenue légère.

Bien que je n'aie eu aucune envie d'en parler, c'était sorti tout seul.

— Tu les as pincés en train de faire des choses ?

— Non, mais je n'apprécie guère que mon mari se mette à demi nu devant une gamine de vingt ans en minijupe et brassière. De toute façon, je n'ai pas envie d'en parler.

Il se caressa le menton et, serrant les lèvres, murmura :

— Mais tu peux peut-être me dire pourquoi tu ne me regardes plus comme avant ?

Je souris.

— Comment ça ? Je te regarde toujours de la même façon.

— Je ne sais pas pourquoi, mais je te trouve tendue tout d'un coup…

— C'est à cause de mon dos. À force de passer des heures assise derrière mon ordi, dis-je en regardant mes pieds.

Il rit. Puis, sans prévenir, il prit place sur le canapé, juste derrière moi, et posa une main sur ma nuque.

Je faillis pousser un gémissement de plaisir.

— Tu n'as pas l'air spécialement tendue.

— En tout cas, ça fait mal, dis-je en riant.

— Taratata.

Il me massa le cou pendant quelques minutes, laissant courir ses doigts dans mes cheveux. Je me mis à l'aise, ôtant mes chaussures et les jetant de côté.

— Ce serait plus facile si tu retirais ta robe, me dit-il.

— Non, mais ! dis-je en riant.

— Ce n'était qu'une suggestion.

— Si tu étais un vrai kiné, ça te serait égal que je garde ma robe ou pas.

— C'est bien pour ça que je ne le suis pas. Nous avons tous nos limites.

Nous nous tûmes à nouveau et je sentis sa respiration sur mon cou. Ce que je désirais par-dessus tout, c'est qu'il m'embrasse, me touche, me prenne sur le tapis, ici même, sans me laisser le temps d'y réfléchir à deux fois.

— Tu sais quoi ? J'aurais juré que tu fuyais le contact physique avec moi, murmura-t-il tandis que ses mains vagabondaient sur ma peau.

— Disons que je l'évitais. Je ne te connais pour ainsi dire pas.

Je fermai les yeux.

— Et là, je ne vais pas trop loin au moins ?

Je me retournai en riant.

— C'est une question de point de vue.

— Tu me rends la vie impossible.

Il se mordit la lèvre. Je me retournai complètement, cette fois, et posai mes coudes sur ses genoux.

— Ça n'est pas mon intention en tout cas.

Mes mains, comme animées d'une volonté propre, se mirent à errer sur son pantalon jusqu'à ses cuisses.

— Tu sais que tu es follement désirable ?

— Ne dis pas de bêtises.

Je baissai la tête, les mains toujours posées sur ses cuisses.

— Mais, c'est la vérité. Avec toi, j'ai l'impression de retomber en adolescence.

Il m'attrapa la main droite et se mit à jouer avec mon alliance. Nous nous regardâmes et il exprima tout haut ce que j'étais en train de penser tout bas :

— Je crois que tu devrais rentrer chez toi et avoir une explication avec ton mari.

Je me levai. Lui aussi. Dieu qu'il était grand et comme j'avais envie qu'il me prenne dans ses bras !

— Tu ne me demandes pas pourquoi ?

Il m'attrapa par la taille pour me retenir.

— Non, tu as raison. Ce que je devrais faire c'est…

— Je n'ai pas envie que tu t'en ailles, tu le sais n'est-ce pas ?

— Mais dans ce cas… pourquoi ?

— Parce que j'ai des principes, Valeria. Parce que je n'aime pas que ce type t'humilie comme il le fait.

— Il ne m'humilie pas.

— Je parie qu'il ne te touche même pas…

La conversation prenait un tour embarrassant. Il étira la main et me caressa le bras.

— Est-ce qu'il te fait l'amour ?

— Non, confessai-je, incapable de détacher mon regard du sien.

Victor fit un pas dans ma direction, se pencha vers moi et, repoussant une mèche de mon front, déclara :

— Dis-lui quelque chose de ma part. Dis-lui qu'il a de la chance que je me comporte en gentleman, parce qu'il ne le mérite vraiment pas. Et dis-lui que s'il n'était pas là, toi et moi, on ferait l'amour jusqu'à faire tomber les murs. Qu'il ouvre les yeux, nom d'un chien ! Sans quoi, un beau jour, je me ficherai qu'il existe ou pas.

Je m'écartai et le scrutai, les yeux écarquillés. Il fallait vraiment que je m'en aille, sans quoi nous allions faire une grosse connerie, lui et moi.

— Bon sang, murmurai-je, haletante.

— N'est-ce pas ?

Rompant soudain cet instant de complicité coupable, je désignai le canapé et demandai en souriant :

— C'est sur ce sofa que Lola et toi… ?

Un sourire sensuel joua sur ses lèvres.

— Je n'arrive pas à savoir laquelle des deux est la pire : Lola pour te l'avoir raconté ou toi pour être aussi désirable.

Brusquement, je me rappelai que Victor n'était pas un de ces braves gars qui cherchent l'amour à tout prix, mais plutôt un Don Juan qui, chaque week-end, se retrouve au plumard avec une nouvelle nana.

— Eh bien ? Tu ne réponds pas ?

— Oui, c'est sur ce sofa.

Je me mordillai la lèvre, sans pouvoir m'empêcher de l'imaginer.

— Tu es en train de fantasmer ? dit-il en glissant ses mains dans les poches de son jean.

— Et toi de prendre tes désirs pour des réalités.

— Tu pourrais au moins me dire si Lola parle de moi en bien…

— Je vais finir par croire que tu l'as soudoyée.

Il leva un sourcil surpris.

— Ah bon ?

Il me saisit par la taille et m'attira à lui.

— Elle dit que…

— Que ?

— Rien.

— Avoue ! insista-t-il.

— Je ne devrais pas te le dire, murmurai-je en le caressant doucement à travers son polo.

— Mais tu en as envie.

— Oui. Ne serait-ce que pour voir ta réaction.

Nous éclatâmes de rire et Victor me prit par les hanches.

— Elle dit que tu baises comme un dieu, murmurai-je.

— Comme un dieu ?

— Oui. Et qu'elle a joui trois fois alors que vous aviez à peine commencé à faire l'amour.

— Et tu en penses quoi ?

Une de ses mains descendit jusqu'au creux de mes reins, s'y attarda un instant.

— Que tu devrais arrêter de me toucher comme ça.

— Est-ce que tu te rends compte de toutes les pensées qui sont en train de me passer par la tête, là, tout de suite ?

— Non. Donne-moi un exemple.

Victor et moi nous fondîmes dans une sorte d'étreinte. Il repoussa une mèche de cheveux de mon front et dit :

— Arrête-moi pendant qu'il en est encore temps. Je ne suis pas sûr de pouvoir me contrôler…

— C'est bien ce qu'il me semblait, rétorquai-je en allusion à son érection naissante.

— À Lola, je ne lui ai pas fait la moitié de ce que je te ferai à toi, murmura-t-il, d'une voix légèrement haletante.

— L'atmosphère est en train de se réchauffer, tu n'as pas l'impression ? déclarai-je en essayant de m'écarter.

— Un peu, si.

— Il vaut mieux que je m'en aille.

— Va-t'en avant que je t'arrache ton slip et te prenne ici même, dans l'entrée.

Bouf. C'était une impression ou mes sous-vêtements étaient en train de se consumer par combustion spontanée ?

— Cette fois, il fait vraiment trop chaud.

Je me reculai d'un pas et me dirigeai vers la porte en feignant l'indifférence.

Victor s'approcha et se planta devant moi.

— Désolé, je n'aurais pas dû dire ça.

— Non, en effet. Je suis une personne sensible et ça me donne des cauchemars.

Je battis des cils en minaudant.

Nous restâmes un moment sans rien dire, puis un sourire se dessina lentement sur ses lèvres.

— Tu as rêvé de moi ?

— Ça ne te regarde pas.

— J'étais à la hauteur, au moins ?

— Je ne te le dirai pas.

— Combien coûte une telle information ?

— Très cher. Tu n'as pas de quoi te l'offrir.

— Si tu me le dis, je te laisse partir sans chercher à t'embrasser.

Il me saisit par la taille et se pencha vers moi.

— Joue au poker menteur avec d'autres, dis-je avec un sourire en coin.

D'un geste, je l'écartai de mon chemin.

— Ne t'en va pas, s'il te plaît. Reste…

— Adieu, lui lançai-je en riant.

— Je t'appelle ce soir.

— Je ne suis pas sûre de répondre…

Oh, oh…

Ce petit jeu entre nous devenait passionnant.

Je ne pensais absolument à rien sur le chemin du retour. Je flottais sur un petit nuage, mes traits illuminés par un sourire coquin, très coquin. Je me sentais désirable et fière de l'être… Il y avait une telle quantité d'hormones qui circulaient dans mon corps que je ne remarquai même pas que la moto d'Adrian était garée devant la maison. C'est pourquoi je fus surprise de le trouver là quand j'entrai dans l'appartement.

Il m'attendait, tourné vers la fenêtre, le dos à la porte. Je posai mes clés dans l'entrée et ôtai mes chaussures.

— Je t'ai appelée au moins vingt fois, dit-il sans se retourner.

— J'avais éteint mon téléphone.

— Et où étais-tu ? demanda-t-il sur le même ton froid et tendu.

— En vadrouille.

— J'ai appelé les filles. Aucune n'a su me dire où tu étais.

Il se retourna et, surpris par ma robe, demanda :

— Tu étais avec ton ami ?

— Oui, on a déjeuné ensemble.

Je posai mon sac et me passai une main dans les cheveux.

— Tu le fais exprès ? Pour me faire chier, c'est ça ?

— Tu es jaloux ? dis-je d'une voix posée, en m'adossant au mur.

— Je ne le connais pas et je ne sais pas à quoi tu joues. Mais j'ai des doutes.

— Et moi, tu crois que je n'en ai pas ?

Je haussai les sourcils.

— Valeria, ne fais pas l'idiote.

— Moi, au moins, je ne me mets pas à poil quand je suis avec mes amis.

— Tu sais très bien qu'il fait une chaleur à crever dans le labo quand je n'allume pas la clim.

— Tu n'as pas encore compris pourquoi je suis en colère ? m'écriai-je.

— Si, je le sais. Après dix ans de vie commune.

Pour la première fois depuis que nous étions mariés, Adrian élevait la voix. Il y eut un silence pesant. Je songeai que si je ne répondais pas, il se fermerait à nouveau comme une huître et trouverait une excuse pour sortir faire un tour, mais il n'en fut rien. Il ouvrit la bouche, et après un ou deux claquements de langue, déclara :

— Valeria, je ne suis pas Superman. Parfois, tu exiges trop de moi. Je ne peux pas satisfaire mes clients, préparer le reportage d'Almería et te faire l'amour tous les soirs par-dessus le marché.

— Tous les soirs ! raillai-je.

— Parfaitement, tous les soirs.

— Cela supposerait qu'on le fasse au moins une fois, non ?

— Qu'est-ce que tu cherches à insinuer ? dit-il en posant ses mains sur ses hanches.

— Que tu me fuis.

— Ce n'est pas vrai.

— Ah, non ? Dans ce cas, comment se fait-il que tu ne m'as pas touchée depuis des mois ?

— On a fait l'amour il n'y a pas si longtemps.

Adrian avait horreur de parler de ces choses-là et se sentait blessé.

— Parce que tu appelles ça faire l'amour ? lançai-je, sarcastique.

— Je n'ai pas autant d'énergie que toi.

— Ah non, et pourquoi cela ?

— Parce que je ne passe pas ma vie à buller, figure-toi !

Je restai sans voix. Il en rajouta une couche :

— Tu ne te lèves jamais aux aurores et tu n'écris même pas. Tu te contentes de faire vaguement le ménage, de garnir le frigo quand tu en as envie et de sortir jusqu'à pas d'heure avec je ne sais qui. C'est à peine si on se voit, et tu voudrais en plus que je me jette sur toi quand tu rentres à la maison à moitié bourrée ? On marche sur la tête, là !

Il me fallut un peu de temps pour riposter, car force m'était de reconnaître qu'il n'avait pas tout à fait tort.

— Tu es injuste, Adrian.

— Peut-être.

— C'est ma vie, et si ça ne te plaît pas, tu sais quoi faire, rétorquai-je en mode passif-agressif.

— Ah, ouais ? Tu ne peux pas vivre éternellement sur ce que t'a rapporté ton premier roman, quant à l'argent qu'ils t'ont promis pour le second, il ne risque pas d'arriver si tu ne l'écris pas. Mais qu'est-ce que ça peut faire puisque Adrian est là pour régler les factures ?

— Ce n'est pas vrai. Je te rappelle que cette maison est à moi !

— Et voilà ! Encore et toujours la maison. Combien de fois t'ai-je proposé d'en acheter une autre ?

— Mais, je ne veux pas en changer, nom d'un chien !

Nous nous étions brusquement mis à hausser le ton. Ce n'était pas une chose que nous faisions habituellement, mais le silence dans lequel nous nous étions installés ces derniers temps était-il préférable ? J'inspirai profondément, m'assis sur le lit et tentai de reprendre la conversation.

— Je suis fatiguée, Adrian. Me chamailler chaque jour avec toi m'épuise. Comment puis-je trouver l'énergie d'écrire si je passe mon temps à me demander ce qui ne tourne pas rond chez toi ou quand est-ce que tu vas m'annoncer que tu ne veux plus de moi ?

Adrian se passa une main sur la figure, mais ne répondit pas.

— Dis-le ! Dis-moi que tu ne supportes plus de me voir à la maison, que tu en as par-dessus la tête de moi ! Avoue que je ne te plais plus et que tu as envie de me toucher comme de te pendre ! Parle, nom d'un chien !

— Il ne s'agit pas de ça. Calme-toi et arrête de parler de sexe, parce que ce n'est pas le problème.

Quoi ! Comment pouvait-il affirmer que le sexe n'avait rien à voir alors que je venais de rentrer de chez Victor tout émoustillée ? Était-ce une bonne chose pour notre relation ? Sûrement pas !

— Tu as été le premier à m'encourager quand j'ai décidé de laisser tomber mon boulot…, lui fis-je remarquer.

— Tu manques de constance, Valeria, et tu n'es tout de même plus une gamine à qui il faut rappeler qu'elle doit faire ses devoirs. Tu ne peux pas continuer à mener cette vie d'adolescente attardée.

— Il n'y a que quelques mois que *Ode* est paru.

— Et alors ? Quel rapport avec la constance ?

— Quel rapport ? J'en ai marre d'être seule et fatiguée, Adrian ! Laisse-moi respirer un peu !

Adrian soupira, sans même chercher à répondre, et partit se réfugier à la cuisine. Il n'aimait pas les cris. Et moi je n'aimais pas crier et ravaler ensuite le nœud qui s'était formé dans ma gorge pour qu'il ne me voie pas pleurer.

Avec Adrian, les discussions finissaient toujours en eau de boudin. Rien n'était jamais réglé, les problèmes s'éternisaient et finissaient par empoisonner notre relation.

Cette fois encore, j'allais avoir le dernier mot, mais contrairement à ce qu'on pourrait penser, je n'en tirais aucune satisfaction. Car cela ne servait à rien, sinon à me rendre encore plus fragile et vulnérable.

Ce soir-là, chacun dormit de son côté du lit, se tenant à l'écart de l'autre, comme chaque fois après une tentative d'explication.

26

Le vernissage…

— Alors ? demanda Nerea dans le combiné. Vous avez enterré la hache de guerre ?

— Disons qu'on a signé une trêve, mais qu'on marche toujours sur le fil de rasoir, dis-je en écrasant ma clope.

— Bah, après-demain, quand le vernissage de l'expo aura eu lieu, tu verras que tout va rentrer dans l'ordre.

— Oui, n'empêche que je n'ai pas apprécié qu'il me reproche de passer mes journées à me tourner les pouces et à boire. À boire, nom d'un chien ! Comme si j'avais une bouteille de vodka planquée dans l'armoire à pharmacie.

— Il ne le pense pas vraiment. Mais il n'apprécie pas tes sorties avec Victor.

— Ah, oui…, Victor.

— Il y a un problème avec Victor ?

— Il m'a appelée quatre fois cette semaine pour qu'on se voie, et je l'ai envoyé promener.

— Tu ne veux plus le voir ?

— Si, mais je n'ai pas envie qu'Adrian se ronge les sangs.

Et surtout, je n'avais pas envie que Victor me redise qu'il voulait m'arracher ma culotte, de crainte de le prendre au mot.

— Victor n'est qu'un passe-temps, non ?

— Je l'aime vraiment bien. Mais je préfère tout de même mettre le holà.

— Bon, repose-toi bien, ma poulette.

Je jetai un coup d'œil à la pendule. Il était minuit et Adrian n'était toujours pas rentré.

Jour de semaine. Onze heures du matin. Carmen fit irruption dans le bureau de Daniel sans même frapper. Elle avait passé la semaine à l'asticoter, grâce à l'information qu'elle avait recueillie le vendredi soir, pendant notre dîner entre filles, et était clairement en train de prendre le dessus, car il sursauta quand il la vit entrer.

— Je t'ai fait peur ?

— Tu pourrais t'annoncer, dit-il en posant une main sur sa poitrine.

— Bah !

— Tu as ce que je t'ai demandé ?

— Oui, voilà. J'ai rajouté deux points qui me semblaient importants, *chouchou.*

Chouchou était le surnom affectueux que lui donnaient sa mère et ses deux sœurs aînées, et dont il avait horreur. Chaque fois qu'elle en avait l'occasion, Carmen l'appelait ainsi, à la stupéfaction de Daniel qui bouillait intérieurement, sans rien comprendre à son petit jeu.

Mais cette fois, la coupe était pleine. Il allait exiger des explications.

— Carmen.

— Oui.

— Tu as graissé la patte à une de mes ex ou quoi ?

Il avait posé ses coudes sur la table, comme s'il était à bout.

— Je ne comprends pas ta question.

— Bien sûr que si…

— Non, je t'assure.

— D'où sors-tu ce *chouchou* ?

— Je ne sais pas vraiment. J'ai dû l'entendre dire à l'occasion d'un arbre de Noël. En tout cas, je trouve ça charmant.

— Si tu continues de m'appeler comme ça, je vais finir par péter un plomb.

— Oui, oui, Daniel, je comprends. Tu aurais dû me le dire. Tu sais que tu peux me faire confiance, n'est-ce pas ? dit Carmen en exhibant un sourire à la blancheur éclatante.

— Bien. Je vais relire ton rapport, soupira-t-il. Convoque une réunion demain matin avec toute l'équipe pour que nous discutions du projet.

— OK. Ah, au fait, Daniel… Je peux te poser une question ? demanda-t-elle en se dirigeant vers la porte.

— Euh… oui ?

— Tu n'as pas l'air dans ton assiette ces derniers temps. Tu as un problème ?

Daniel rit entre ses dents, pour se retenir de pleurer. Il avait passé une semaine exécrable et elle le savait. Elle était au courant de tous ses déboires : il faisait l'objet d'un redressement fiscal, le patron l'avait rappelé à l'ordre pour négligence, et il avait passé une nuit atroce à essayer sans succès de faire l'amour à Nerea.

— Non, non, tout va bien. Mais merci de t'inquiéter pour moi.

Soudain, Carmen éprouva le besoin d'inspirer profondément. Elle n'était pas en train de passer les bornes, au moins ?

Elle sortit du bureau et passa devant son poste de travail sans même jeter un regard à Barto. Une fois dans le couloir, elle alla se cacher sous l'escalier et se mit à prendre de longues inspirations jusqu'à ce que la porte s'ouvre et que Barto paraisse.

— Qu'est-ce qui ne va pas, ma poulette ?

— Barto, je crois que je suis une garce, dit-elle, les yeux baissés.

— Mais non, voyons.

— Je suis en train de faire tourner Daniel en bourrique. Il va finir par nous faire une dépression. Et Nerea va se retrouver avec un petit copain handicapé.

— Déprimé, peut-être, mais pas handicapé.

— Si, au lit.

Elle lui lança un regard affolé. Barto lui sourit et vint s'asseoir à ses côtés.

— Tu sais que tu commences à m'inquiéter ? Tes copines et toi, vous êtes obsédées, ma parole !

— Barto…

— Écoute, Carmen. Le coup du tatouage, passe encore ; lui laisser entendre que les verrues sur certaines parties du corps pouvaient s'ôter moyennant un traitement douloureux, pourquoi pas ; lui payer un gâteau à la crème qui lui a filé une chiasse monstrueuse au petit-déjeuner, je veux bien. Mais là, je trouve que tu pousses le bouchon un peu loin…

— N'est-ce pas ? (Barto acquiesça et elle se blottit contre son épaule, avant d'ajouter :) Il me semble que ça suffit. Je vais lui fiche la paix. J'ai eu ma revanche.

Ils échangèrent un baiser.

— Au fait, c'est bien demain le vernissage d'Adrian, n'est-ce pas ? demanda Barto soudain tout excité.

— Oui. J'avais presque oublié.

— On va bien s'amuser…

Lola et Sergio se regardaient l'un l'autre, une lueur de dépit dans les yeux. Lola savait que Sergio était à deux doigts de rendre les armes. Mais elle en avait par-dessus la tête de Carlos. Elle ne le supportait plus. Il passait son temps à se lisser les cheveux et à s'admirer dans la glace en faisant la moue. Il la dégoûtait presque et elle savait qu'il finirait par se rendre compte qu'elle mentait quand elle lui disait qu'elle avait ses règles. Mais elle était tellement sûre de son coup…

Tous leurs collègues avaient quitté le bureau, et comme toujours, Sergio et Lola se retrouvaient face à face. Sergio s'assit sur le coin de son bureau, déboutonna son veston et la regarda dans le blanc de l'œil.

— On peut savoir ce qui se passe, Lola ?

— Je ne vois pas de quoi tu veux parler.

— Je croyais qu'on s'entendait bien toi et moi ?

— Tu ne supportes pas d'avoir été largué, c'est ça ?

— Largué méchamment.

— Pas méchamment, Sergio.

Lola sourit, mais au prix d'un effort colossal, car elle avait plutôt envie de pleurer.

— Est-ce qu'on ne pourrait pas rester au moins amis ?

— Non.

Il lui toucha la main et elle sentit sa gorge se nouer.

— C'est fini, Sergio. Tu as une fiancée. C'est dans ses bras qu'il faut aller pleurnicher.

Elle se leva et sortit dans le couloir, soulagée d'entendre les pas de Sergio derrière elle. Mais arrivée devant la porte principale, le bruit de pas cessa, et la tristesse l'étreignit de nouveau.

Au bout de la quatrième sonnerie, je me décidai à décrocher.

— Oui ?

— Salut…, c'est moi. Je voulais juste m'assurer que ce n'est pas juste une impression : tu m'évites, n'est-ce pas ?

— Je ne t'évite pas, Victor, dis-je en m'allongeant sur le lit.

— C'est à cause de ce qui s'est passé chez moi la semaine dernière ?

— Pas du tout.

— Ça te dirait de prendre un café ?

— Je n'ai pas le temps. J'étais sur le point de sortir.

— Très bien. Dans ce cas, appelle-moi quand tu en auras envie.

Il semblait sincèrement déconcerté.

— Attends, ne raccroche pas !

Nous restâmes un moment sans rien dire, puis nous soupirâmes en chœur.

— En fait…, j'aimerais bien…, tu me manques, bredouilla-t-il.

Je lui manquais ? Mon estomac se mit à faire des vagues. Moi aussi, j'avais envie de le voir. Depuis trois jours, je ne pensais qu'à ça.

— Je t'assure que j'allais sortir quand tu m'as appelée. Je dois aller m'acheter une robe. Mais si ça te dit, tu peux venir avec moi.

Il y eut un silence. Puis il soupira :

— D'accord.

— On se retrouve dans une demi-heure ?

Quand j'arrivai au rendez-vous, il était en train de m'attendre, une moue dépitée, presque enfantine, sur le visage. Il se sentait rejeté, un sentiment auquel il ne devait pas être habitué, car en temps normal, c'était lui qui évitait les femmes et non l'inverse.

— Vilaine fille, me dit-il quand je fus suffisamment près.

— Arrête de ronchonner, tu veux ?

Nous nous rapprochâmes pour nous saluer, mais au lieu de m'embrasser sur la joue, il me prit dans ses bras et me serra contre lui. Nous échangeâmes une longue étreinte durant laquelle il me caressa les cheveux. Deux filles qui passaient par là le dévisagèrent.

— Toutes les nanas te regardent, dis-je en souriant.

— Je n'ai rien remarqué. Je ne vois que toi.

Nous nous écartâmes, gênés, et commençâmes à marcher.

— La robe, c'est pour une occasion spéciale ? demanda-t-il en m'effleurant la main.

— Le vernissage d'Adrian demain soir.

— Tu vas jouer les premières dames ?

— Je voudrais quelque chose de bluffant, expliquai-je en me tournant légèrement vers lui.

— Je peux venir ?

— Où ça ?

— À l'expo.

Je me figeai sur place, déconcertée.

— Euh… je ne crois pas que ce soit une bonne idée.

— Non, bien sûr. Je comprends, dit-il en mettant ses mains dans ses poches.

— Tu es de bon conseil en matière de mode ? demandai-je pour passer à autre chose.

— Oui, plutôt. Comme dans tout le reste, dit-il en pinçant les lèvres, comme pour se donner de l'importance.

Nous entrâmes dans une de mes boutiques préférées et déambulâmes parmi les portants en nous regardant l'un l'autre à la dérobée. Il siffla doucement entre ses dents et, se tournant vers moi, me montra deux modèles vraiment spectaculaires. Il avait un goût exquis.

— Tu m'en choisis encore deux autres à essayer, et je te donne une commission.

— Il faut que je les voie sur toi. C'est ça ma commission.

Ce type était le charme incarné.

Après avoir choisi quatre robes, je parvins, non sans mal, à le convaincre de s'asseoir sur une banquette pendant que j'entrais seule dans la cabine d'essayage.

Je me déshabillai en songeant que je n'avais jamais été aussi peu vêtue alors qu'il se trouvait tout près. J'attrapai la première robe et l'enfilai par le haut. Je remontai le zip sous le bras gauche et me regardai dans la glace. Trop transparente. C'est tout juste si elle ne laissait pas voir mon code génétique. Je la remis sur son cintre et essayai la seconde.

Je fus prise d'une envie d'éclater de rire. Il fallait que je sois complètement folle pour m'imaginer que j'allais me sentir à l'aise dans une robe comme celle-là ! Elle était ravissante, mais tellement moulante qu'on devinait les coutures de mes sous-vêtements. Et il fallut presque que j'appelle à l'aide pour la retirer.

La troisième me plaisait vraiment. Noire, dans le style *new look* avec un décolleté bateau. Je pivotai sur moi-même pour pouvoir m'inspecter sous tous les angles, puis je l'ôtai pour essayer la quatrième. Asymétrique, avec une seule bretelle, l'étoffe vert bouteille ondoyait subtilement. Je la trouvais très élégante. Je la passai et la lissai sur mon corps, mais impossible de remonter la fermeture éclair, qui se trouvait dans le dos. J'hésitai. Je passai la tête au-dehors, à la recherche d'une vendeuse, mais ne vis que Victor, qui jouait avec son smartphone en se mordillant les lèvres.

— Victor !

Il leva les yeux vers moi, et il n'en fallut pas plus pour me décontenancer.

— Tu veux bien appeler une vendeuse ?

— Pour quoi faire ?

Il se leva, ajusta son pull et s'approcha, les mains dans les poches.

— Eh bien… Désolée de te demander ça, mais… est-ce que tu pourrais remonter la fermeture éclair ?

Il leva les yeux au ciel et rit. Il devait se demander ce qu'il avait bien pu faire pour mériter pareil supplice. Il entra dans la cabine et tira le rideau derrière lui.

— Tu n'es pas obligé d'entrer, dis-je en rougissant. Il suffit que tu remontes le zip.

La cabine étant minuscule, je voulais aller très vite. Je me tournai de dos. L'échancrure laissait voir une partie de mon soutien-gorge et je l'entendis soupirer bruyamment.

— Tu es une vilaine, vilaine fille, Valeria, murmura-t-il tout en remontant la glissière.

— Mais toi, tu sais résister, m'esclaffai-je.

— Pas si sûr.

Son doigt effleura la partie de mon dos laissée nue et je me retournai à nouveau vers lui.

— Sors et dis-moi si elle te plaît.

Je me reculai pour le laisser passer.

Mais Victor ne répondit pas, se contentant de regarder mes lèvres comme s'il voulait les dévorer. Et moi, je ne fis rien pour le repousser, car mon corps me réclamait de me jeter dans ses bras et de l'embrasser à perdre haleine.

Sa main gauche effleura la mienne, tandis que la droite se posait sur mes reins et m'attirait doucement à lui. Je sentis son souffle sur ma peau quand il se rapprocha encore plus. J'aurais dû insister pour qu'il sorte, mais… Non.

Victor respirait de façon saccadée, comme s'il était à bout de souffle. J'étais confuse, nerveuse, excitée, et je ne pouvais pas le cacher. Il passa ses deux bras autour de ma taille et je m'agrippai à ses épaules. Il était si sûr de lui que j'avais du mal à lui résister, ce qui rendait les choses encore plus compliquées.

Je me plaquai contre la surface froide et lisse de la paroi. Victor se pencha vers moi et nous nous enlaçâmes étroitement. Sa respiration s'accéléra et je fermai les yeux pour ne pas voir ses lèvres s'approcher des miennes. La tête commençait à me tourner, comme si je manquais d'oxygène. Et tandis que je vacillais sur mes jambes tremblantes, je me mis à invoquer toute sorte d'excuses pour me persuader moi-même qu'embrasser Victor dans une cabine d'essayage n'était pas un péché mortel… Mais lorsque je sentis son souffle sur mes lèvres humides, il tourna subitement la tête.

— Bon sang, murmura-t-il, yeux fermés, en appuyant son front sur le mien.

— Hum… balbutiai-je.

Il se pencha de nouveau vers moi, et lorsque ses lèvres s'approchèrent à nouveau des miennes, je sursautai malgré moi et me cognai à la vitre – ça devait être ma mauvaise conscience qui se manifestait.

— Tu devrais essayer l'autre, dit-il en se redressant brusquement.

— Oui, bien sûr. Tu peux me dégrafer… ?

Il tourna la tête de côté comme s'il émergeait d'un rêve. Puis le silence se fit et on n'entendit rien d'autre que le bruissement de la fermeture éclair qui descendait.

— Nom d'un chien, Valeria.

— Quoi donc ?

— Tu ne crois pas que j'ai gagné ma place au paradis ? dit-il, sans rire cette fois.

L'unique bretelle s'affaissa quand je me retournai, et la robe dégrafée tomba à mes pieds avant que j'aie pu faire un geste pour la rattraper.

Victor poussa un petit grognement. Je restai pétrifiée.

— Tu devrais sortir, murmurai-je.

Il ne répondit pas. Je serrai fort mes paupières et nous restâmes quelques instants sans rien dire, avec seulement le rideau tiré entre nous.

Sans doute hésitait-il à entrer de nouveau dans la cabine pour faire ce dont nous avions tous les deux envie, car il fit claquer sa langue et demanda :

— Montre-moi au moins comment elle te va…, s'il te plaît.

Il rit.

— Oui, oui. Une minute. Je suis tellement maladroite. J'ai deux pieds gauches à la place des mains comme dirait Lola.

J'enfilai la robe tout en papotant à tort et à travers. J'en profitai pour attraper mon téléphone et envoyer un texto à Lola :

> Lola, ampute-moi des deux mains, STP. Je suis d'une maladresse incorrigible. Je viens de me retrouver en slip devant Victor dans une cabine d'essayage minuscule.

Je soupirai et écartai le rideau. Victor me scruta de la tête aux pieds.

— L'autre couleur te va mieux.

— Tu trouves ?

— Oui.

Je rentrai à nouveau dans la cabine et l'entendis qui retournait dans la boutique.

Une fois passés à la caisse, nous décidâmes tacitement que l'incident était clos. Nous ne fîmes aucune allusion à ma chair de poule ou à mon soutien-gorge de dentelle noire, ou les bouts de mes seins qui pointaient sous l'étoffe de la robe. De même, nous n'évoquâmes pas la bosse qui s'était formée à l'intérieur de son pantalon, ou le baiser que nous avions été à deux doigts d'échanger. Car ainsi, tout au moins, nous n'étions pas obligés de prétendre qu'il ne s'était rien passé.

Nous retournâmes directement à la voiture. Pas question d'aller prendre un pot. Il était temps de s'arrêter là.

— Je peux prendre le bus, dis-je sans le regarder.

— Ne sois pas bête.

Une fois dans la voiture, il ne démarra pas tout de suite, et je me demandais si j'étais la seule à avoir perdu les pédales ou si Victor s'était lui aussi laissé prendre à son jeu. Il soupira et me jeta un coup d'œil en biais.

— Je suis désolée, murmurai-je, sans vraiment comprendre pourquoi je me sentais obligée de m'excuser.

— Il n'y a pas de raison. Tout est de ma faute.

Sur ce, il fit tourner la clé dans le contact et le moteur vrombit, me procurant une fois encore une étrange excitation.

Nous n'échangeâmes plus un mot. Pas même pour parler du temps. Quand il me laissa devant chez moi, nous nous saluâmes d'un « au revoir » distrait, sans même nous faire la bise. Et je disparus. Pour la première fois depuis que j'avais fait sa connaissance, je me sentis soulagée de le voir partir et de ne pas sentir son parfum. Savoir qu'il me suffisait de passer ma main sur sa cuisse pour mettre le feu aux poudres me rassurait et me préoccupait à la fois.

Une fois sur le palier, j'inspirai profondément avant d'entrer. Mais Adrian n'était pas là, comme d'habitude. Et quand bien même, qu'est-ce que ça aurait changé ? Personne ne m'attendait. Je m'assis sur le lit et consultai mon smartphone. Il y avait un texto de Lola :

> Je ne te demanderai pas comment ni pourquoi tu t'es retrouvée dans une cabine d'essayage avec Victor. Mais je constate que tu as surmonté l'épreuve de la maison et du canapé, et maintenant celle du salon d'essayage. Tu as une volonté de fer, Valeria, mais je me fais tout de même du souci pour toi. Sans blague.

Je ne répondis pas. Pour ne pas accorder d'importance à l'incident. À la place, je me concentrai sur mes remords. Je ne pouvais pas me plaindre que mon mari ne me touchait pas et en même temps me sentir attirée par Victor. Je saisis mon portable et, feignant d'être une bonne épouse, j'envoyai un message à Adrian pour lui annoncer que j'avais déniché une robe absolument à tomber pour le vernissage, et qu'il allait être fier de moi.

Je me déshabillai devant le miroir et m'inspectai longuement. Victor était-il sincère quand il disait qu'il me désirait comme un fou ? Je passai une main sur mon ventre, puis ôtai mon soutien-gorge. En voyant mon reflet dans la glace, je me mordis la lèvre en me rappelant ce qui s'était passé dans la boutique. Il lui suffisait de m'enlacer pour que je me sente partir. Allais-je pouvoir surmonter toutes ces sensations, ou devais-je arrêter de voir Victor ? En avais-je envie ? Ses mains étaient si fermes, chaudes et habiles…

Le jet d'eau était à la puissance maximum quand j'entrai dans la douche. Je fermai les yeux, incapable de penser à autre chose qu'à Victor. Je l'imaginai collé à moi sous la douche et me murmurant à l'oreille que j'étais une vilaine fille… C'est alors que ma main droite s'immisça entre mes cuisses. Mon pouls s'accéléra tandis qu'adossée à la paroi, je me mis à décrire des cercles avec mon doigt. Je me mordis la lèvre en gémissant. C'était trop. Pourquoi aurais-je dû souffrir parce que mon corps me réclamait une chose parfaitement naturelle ?

Je respirai de plus en plus vite, quand un *ping* m'indiqua que j'avais reçu un message. Songeant que c'était Adrian, j'ôtai ma main. Il ne fallait pas que je me caresse en pensant à Victor… C'était trop dangereux.

Je venais de m'envelopper dans un drap de bain quand Adrian rentra. Il regarda la robe accrochée à un cintre, sourit poliment, me fit la bise et me dit qu'elle était superbe. Je gardai les yeux baissés. J'étais une femme abjecte, qui voulait coucher avec un autre homme.

— Et toi, tu vas mettre quoi ? lui demandai-je tout en m'essorant les cheveux avec une serviette.

— Je n'en ai pas la moindre idée. Je pourrais y aller à poil, jouer les artistes excentriques.

— Tu ferais tourner plus d'une tête.

Nous nous regardâmes, puis nous sourîmes. Je me détendis. Il ne s'était rien passé. Jamais. Et il était encore temps de faire marche arrière.

— Tu t'occupes de me trouver une tenue pour demain ? m'implora-t-il.

— Si tu veux. Tu as remarqué comme j'ai bon goût ? Je vais mettre mes chaussures rouges à talons. Et toi, tu seras beau comme un dieu, dis-je en riant.

Adrian s'assit au bord du lit et se prit la tête dans les mains. Je m'approchai.

— Il y a quelque chose qui ne va pas ?

— Non, non. Je suis juste un peu nerveux. Demain, la journée va être rude. J'ai encore un tas de trucs à finir.

— T'inquiète, tout va bien se passer. Et puis je serai avec toi.

— À ce propos, justement… je voulais te dire que…

— Je ne peux pas venir ? demandai-je, en le regardant droit dans les yeux.

— Non, non. Simplement… demain tu vas peut-être devoir trouver quelqu'un pour t'accompagner. Une de tes copines, ou ta sœur, peut-être ? Parce que je vais être très occupé. Je vais devoir passer plus de temps avec Alex qu'avec toi. Je préfère que tu le saches. Je n'ai pas envie que tu sois déçue et qu'on recommence à se prendre la tête.

J'acquiesçai en silence. Je me levai et me dirigeai vers le fauteuil, où je me laissai tomber quasi nue, mes cheveux humides retombant devant mes seins. Je saisis le téléphone pour me donner une contenance. Je ne savais que penser. Je me sentais humiliée, vulnérable et ridicule. Je me mis à tapoter sur le clavier de mon smartphone, et réalisai que le message que j'avais reçu tout à l'heure était de Victor…

> Je ne crois pas que je vais pouvoir dormir, sérieux. Je ne vais pas pouvoir fermer les yeux sans penser à toi quasi nue. Je sais que ce n'est pas bien, mais je ne peux pas arrêter de te voir. Jamais. Je vais passer la nuit à m'imaginer que je n'ai pas pu résister. Désolé. Ne m'en veux pas.

Je soupirai. Puis avec des fourmis dans l'estomac, je répondis :

> C'est moi qui dois m'excuser d'avoir été aussi maladroite. Ça te dirait de m'accompagner à l'expo demain soir ? Il y aura beaucoup de monde et cette fois je serai habillée.

Quand sa réponse tomba, je n'eus pas besoin de la lire pour savoir ce qu'il me disait.

> Oui, j'en ai très envie.

Il allait peut-être falloir songer à installer des barricades dans la galerie, au cas où le vernissage tournerait au pugilat.

J'effaçai les messages et me mis au lit. Adrian ne vint pas se coucher. Il tapait frénétiquement sur son clavier d'ordinateur, comme s'il était en train de chatter.

27

Tous aux abris !

Avais-je bien fait d'inviter Victor au vernissage ? J'aurais pu demander à ma sœur de m'accompagner, quoiqu'il n'était pas très conseillé de la faire piétiner pendant des heures alors qu'elle était sur le point d'accoucher. Enfin…, peut-être que tout se passerait à merveille et qu'Adrian comprendrait que Victor n'était qu'un ami. Un ami… Vraiment ?

J'allumai une cigarette et appelai la personne la plus sensée que je connaisse, celle que la passion ne risquait pas d'aveugler quand le moment viendrait de me donner son avis.

— Bonjour ! dit Nerea.

— Bonjour, ma belle.

— Je suis en train de me préparer pour le vernissage. Je ne veux surtout pas arriver en retard. Je me suis acheté une robe tout spécialement pour l'occasion qui va vous laisser baba, m'annonça-t-elle tout émue.

— Ah, super, répondis-je, distraitement.

— Qu'est-ce qui t'arrive ? demanda-t-elle, sentant que j'avais la tête ailleurs.

— Eh bien, disons que j'ai pris une décision un peu délirante…

— De quoi s'agit-il ?

— Hier, Adrian m'a annoncé sur un ton pour le moins cassant que j'allais devoir trouver quelqu'un pour m'accompagner à l'expo, parce qu'il allait passer plus de temps avec Alex qu'avec moi.

— Et tu as invité Victor !

— Oui.

Je fermais les yeux, m'attendant à ce qu'elle me passe un savon, mais à ma surprise, elle déclara :

— Je ne vois pas ce que ça a de délirant.

— Ah, non ?

— C'est un ami. Ce n'est pas comme si tu t'affichais au bras de ton amant.

— Vu comme ça…

— Mais oui, voyons ! C'est un jour important pour Adrian. Il ne faut pas qu'il ait l'impression qu'on lui vole la vedette. Souviens-toi dans quel état tu étais quand tu as donné une conférence de presse pour la parution de ton roman.

— Nerea…, le lancement de mon roman c'était une partie de rigolade.

— N'empêche que tu étais dans tes petits souliers.

— Mouais…

— Nous réagissons tous différemment face au stress. Mais, au fait, il n'est pas en train de se préparer ?

— Non, il a emporté des vêtements au studio et il va se changer là-bas. Je crois qu'il préfère être seul… ou avec Alex.

— Ne sois pas bête.

La sonnette tinta.

— En tout cas, merci pour tes conseils. On se voit là-bas.

— Surtout arrête de te monter le bourrichon, dit-elle avant de raccrocher.

Bah, de toute façon, les dés étaient jetés. J'allai à la porte et regardai dans l'œilleton. Un Victor en beauté, quoique passablement nerveux, se tenait sur le palier.

— Je suis en peignoir, dis-je.

— J'aimerais te dire que je voulais te surprendre en tenue d'Ève, mais la vérité est plus prosaïque. Je suis monté parce que j'ai une envie pressante…

Je lui ouvris et lui indiquai les W.C.

— C'est la porte au fond, tu ne peux pas te perdre.

Je me regardai dans la glace. J'avais passé une demi-heure à me friser les cheveux et à me maquiller avec une application qui me surprenait moi-même. Il ne me restait plus qu'à enfiler ma robe et chausser mes escarpins rouges à talons.

J'entendis le déclic d'un smartphone et me retournai. Victor se tenait derrière moi, un sourire espiègle aux lèvres.

— Tu fais des selfies quand tu vas aux toilettes ? demandai-je amusée. Oh, non !

— Si, si.

Il rangea son téléphone dans sa poche de blazer et me détailla de la tête aux pieds, admiratif.

— Ces photos accrochées dans les W.C. datent de Mathusalem, expliquai-je. Le corps de la femme qui se tient devant toi n'est plus le même.

— Eh bien, moi, je trouve qu'il est… encore plus beau. Tu vas laisser tomber ton peignoir ?

— Je ne crois pas.

M'approchant de lui, je palpai instinctivement sa veste avec l'intention de prendre son téléphone et d'effacer la photo.

— Il te suffirait de défaire ce cordon, dit-il en tendant la main vers ma ceinture de peignoir.

— Arrête, ce n'est pas drôle. Donne-moi ton téléphone, je veux effacer cette photo.

— Tu n'as pas idée de tous les bons moments que je vais passer. Sois gentille, aie pitié.

Il me saisit le bras et m'attira contre lui. Il me baisa le front, la joue, le cou tout en laissant vagabonder ses mains sur mes épaules et ma taille. Quand elles atteignirent mes reins, en suivant les contours de mes sous-vêtements, je regimbai.

— Pitié, non…, soupirai-je, malgré une furieuse envie de me débarrasser de mon peignoir.

— Je ne peux même pas te serrer un peu dans mes bras ? me souffla-t-il dans le cou.

— Pas comme ça. S'il te plaît.

— Un jour, toi et moi, on va atteindre l'orgasme rien qu'en se regardant.

Il fit un pas en arrière et nous échangeâmes un sourire gêné.

— Tu as besoin d'aide pour remonter ta fermeture éclair ?

— Non, dis-je en attrapant un cordon posé sur la commode. Je me suis fabriqué un Victor bis.

Il rit.

— Je vais dans la salle de bains pour enfiler ma robe.

— Pas besoin de te cacher. J'ai déjà vu tout ce qu'il y avait à voir là-dessous.

— Tu n'as rien vu du tout.

— Ah, non ? Dis-moi que tu es nue sous cette robe de chambre.

Je ne répondis pas, car la seule chose qui me vint à l'esprit était : « Viens donc me l'arracher avec les dents. » J'allai m'enfermer dans la salle de bains et enfilai la robe. Mais mon invention n'était pas aussi géniale que je le croyais. Zut ! J'allais devoir appeler Victor à l'aide.

— Euh… mon système D ne fonctionne pas. Tu pourrais… ?

— Mais bien sûr, dit-il en passant la tête dans l'embrasure. C'est mon heure préférée de la journée.

Nous descendîmes les escaliers, moi dans les bras de Victor, à cause de mes talons… La petite vieille du premier nous applaudit lorsque nous passâmes devant sa porte. Sans doute avait-elle confondu Victor avec Adrian, car elle n'eut pas l'air de trouver étrange de me voir dans les bras d'un homme. J'eus une soudaine envie de la détromper en criant haut et fort que celui-là, au moins, il avait une libido et du sang dans les veines.

Victor m'aida à monter en voiture, puis il s'installa rapidement derrière le volant et, saisissant une fleur rouge superbe qui se trouvait sur la banquette arrière, me la tendit.

— Oh, qu'elle est belle ! C'est trop gentil ! Merci !

— Bah, ce n'est pas grand-chose.

— Elle est assortie à mes chaussures !

Il y eut un long silence durant lequel Victor me regarda avec insistance, depuis la racine des cheveux jusqu'aux yeux, puis aux lèvres, puis à la poitrine. Il haussa les sourcils et murmura, en riant doucement :

— Tu vas me rendre fou. Sérieux…

Nous nous garâmes à un pâté de maisons de la galerie. Victor proposa de me porter encore une fois dans ses bras, mais avant que j'aie pu dire oui, nous nous retrouvâmes nez à nez avec Carmen et Barto, qui se joignirent à nous. Quand nous fîmes les présentations, Carmen resta bouche bée, visiblement sensible au charme de Victor. Il est vrai qu'il était particulièrement en beauté ce soir, dans sa chemise blanche, aux manches retroussées, qui faisait ressortir ses yeux verts.

Nous retrouvâmes Lola et Carlos devant la galerie, comme convenu, et après avoir échangé salutations, poignées de main et bises d'usage, nous entrâmes tous ensemble. La galerie commençait déjà à se remplir, et Adrian était tout sourire. Tout semblait marcher à merveille.

Je me frayai un passage dans la foule pour l'approcher.

— Ah ! me lança-t-il, l'air surpris – il m'embrassa. Tu es venue accompagnée ?

— J'ai pensé que ce serait bien que tu fasses sa connaissance… Comme ça tu seras tranquille.

Je me tournai vers l'endroit où les filles s'étaient regroupées et fis signe à Victor, qui me regarda sans comprendre, puis s'approcha de nous en soupirant.

— Adrian, je te présente Victor.

Ils échangèrent une poignée de main.

— Enchanté, dit Victor.

— Également, répondit Adrian. Et merci d'avoir accepté d'escorter Valeria ce soir. Je ne vais pas pouvoir lui consacrer beaucoup de temps.

— Oui, c'est compréhensible, un soir de vernissage.

Silence.

— Alex !

Victor et moi échangeâmes un regard incrédule.

— Alex, je te présente Victor, un ami de Valeria. Victor, voici Alex, mon bras droit. Vous deux vous vous connaissez déjà, dit-il en s'adressant à moi.

— Ravie. Ça va? demanda-t-elle en souriant.

Je la regardai comme une vache qui regarde passer un train. La vérité, c'est que je ne sais pas comment me comporter dans ce genre de situation. Sans compter que la petite garce aux gros nichons était particulièrement à son avantage. Les cheveux lissés avec la raie au milieu, elle portait une robe noire très échancrée. J'observai Victor du coin de l'œil pour voir comment il réagissait. À ma place, Lola se serait agrippée à lui, Nerea aurait balancé une remarque polie, mais cinglante, Carmen se serait contentée de faire un bras d'honneur, mais moi, je ne savais rien faire de tel.

Victor rompit le silence et, s'adressant directement à Adrian, le complimenta sur la qualité de ses photos.

— Je suis très impressionné. Et d'ailleurs, j'aimerais bien parler affaires avec vous..., dit-il avec un sourire exquis.

Adrian resta une seconde scotché, puis:

— Vous dirigez un magazine?

— Non, je suis architecte d'intérieur, et je ne suis pas toujours en mesure de satisfaire mes clients friands de photographie d'art, car je ne connais pas grand monde dans ce domaine.

— Bah..., la photo d'art... (Adrian baissa les yeux, puis il sortit une carte de visite et dit:) Appelez-moi si vous avez une commande, mais vous pouvez aussi m'adresser directement vos clients. Comme ça vous arrange.

Jamais je ne l'avais vu aussi coincé, ce qui n'est pas peu dire, car même dans une situation normale il avait l'air de tirer une tête de six pieds de long.

— Super ! Je vais faire le tour de l'expo… dit Victor avec un sourire forcé.

Il rangea la carte dans sa poche et s'éloigna.

Adrian me lança un regard appuyé. Alex était toujours plantée derrière lui, mais lorsque je m'approchai et l'enlaçai de mes bras, elle s'éclipsa sans demander son reste.

— Chéri…, j'espère que tu n'es pas contrarié que je sois venue avec Victor.

— Non, mais ça ne me met pas particulièrement à l'aise.

— Comme vous n'aviez jamais fait connaissance, j'ai pensé que…

— Ce n'est pas le problème, dit-il avec humeur. Il y a un agent qui doit passer…

— Je comprends – je posai mes mains sur sa poitrine pour l'apaiser. Je vais faire le tour de l'expo avec les filles. Si tu as besoin de moi, tu sais où me trouver. Sans vouloir en rajouter… tu me manques un peu, tu sais ?

Alex était revenue. On aurait dit John Lennon et Yoko Ono – avec moi dans le rôle de la groupie qui quémande des autographes.

Victor s'approcha et me glissa à l'oreille :

— Dis donc, il est bizarre, ton mari.

— C'est parce qu'il a le trac.

— C'est vrai, chacun réagit comme il peut face au stress.

Je souris avec indulgence.

— Tu as été expéditif, dis donc.

— Je n'aime pas ce genre de situation. Je ne sais jamais sur quel pied danser.

En fait, il bouillait intérieurement.

— Toute intervention de ta part pouvant nous aider à devenir riches est la bienvenue, lui lançai-je avec un clin d'œil complice.

Lola accourut dans notre direction. Elle semblait hors d'elle.

— Valeria…, tu as invité Nerea ?

— Oui, pourquoi ?

— À ton avis ? dit-elle sur un ton de reproche.

— Je n'étais pas censée l'inviter ?

— Tu as pensé à lui dire de venir avec Jordi ?

Je cherchai Carmen des yeux.

— Que se passe-t-il ? voulut savoir Victor.

— Nous cherchons Carmen.

— Le boss de Carmen est le nouveau jules de Nerea, mais Nerea ne le sait pas et… Peu importe, c'est trop compliqué à expliquer. Trouve-la, s'il te plaît, et vire-la à coups de pied au cul s'il le faut.

— Son éducation de gentleman lui interdit de faire une chose pareille, intervint Lola.

Ils échangèrent un sourire.

— Je voulais justement te parler, lui glissa-t-il.

Lola haussa un sourcil.

— À quel sujet ?

— Ta jolie petite langue que tu ne sais pas tenir.

— Ce n'est pas le moment ! m'écriai-je.

Carmen était justement en train de passer, des biscuits apéritifs plein la bouche et un verre de vin à la main. M'armant de courage, je la hélai :

— Carmen !

Elle manqua s'étrangler de peur et se mit à tousser comme si elle allait cracher ses poumons.

— Allons bon… Habituellement, c'est plutôt Valeria qui s'étrangle, commenta Lola en décochant un coup d'œil à Victor.

Barto s'était approché et donnait des tapes dans le dos à Carmen, qui faisait des efforts surhumains pour reprendre son souffle. Juste à ce moment-là, Nerea entra dans la galerie au bras de Dani.

Ils nous aperçurent au premier coup d'œil, car non seulement la foule des convives était assez clairsemée, mais, tout le monde nous regardait.

— Oh, mon Dieu, qu'est-ce qui t'arrive, Carmenchou ? s'exclama Nerea en accourant vers nous.

Resté quelques pas en arrière, Daniel foudroya Carmen et Barto du regard. Aïe ! Il ne lui fallut pas plus d'une seconde pour additionner deux et deux. Quand leurs regards se croisèrent, Barto se liquéfia littéralement, et Carmen se remit à tousser.

— Bonjour, Nerea... Valeria m'a fait sursauter et j'ai avalé de travers, dit-elle quand elle parvint enfin à parler.

Elle prit le verre d'eau qu'une jeune fille lui tendait.

Nerea me regarda.

— Je ne l'ai pas fait exprès, m'excusai-je.

— Je m'en doute... Au fait, je ne crois pas que tu connaisses Dani, dit-elle en se tournant vers Daniel. Daniel, je te présente Carmen, une de mes meilleures amies. Et voici Barto, son compagnon.

— Tiens donc ! fit Daniel, qui semblait jubiler. Enchanté, Carmen. Et ce garçon est ton petit copain ?

Nerea, qui n'était pas née de la dernière pluie, ne tarda pas à comprendre qu'il y avait un lézard.

— Vous... ? Vous vous connaissez ?

— Non, répondirent-ils tous les trois à l'unisson.

Nerea se tint coite. Elle attendait des explications. Carmen prit la parole, tandis que Lola, Carlos, Victor et moi observions la scène, fascinés.

— Nerea..., Dani est mon chef.

— Et le mien aussi, précisa Barto.

— Oh. Et depuis combien de temps es-tu au courant ?

— Quelques semaines. Un mois tout au plus.

Nerea nous regarda.

— Tu le savais ? demanda-t-elle à Daniel.

— Non, je le découvre à l'instant, dit-il.

Nerea était coincée, car elle ne pouvait pas décemment lui avouer qu'elle avait fait à ses amies des confidences très intimes à son sujet. Et ce d'autant moins qu'elle lui avait fait à lui aussi des révélations sur nous.

— Bah, dit-elle en se composant un masque de normalité, ce n'est pas grave, ma chérie. Mais franchement, quelle coïncidence !

Elle se retourna et chercha un serveur des yeux. Elle avait besoin d'un verre de vin. Entre-temps, Daniel s'était approché de Carmen.

— Je ne vais pas raconter à Nerea tout ce que tu m'as fait endurer ces dernières semaines, lui glissa-t-il. Tu as de la chance que je ne déverse pas tout le mal que je pense de toi.

Carmen souffla bruyamment. Daniel suivit Nerea, l'embrassa, puis la saisit par la taille.

— Ça devait forcément arriver un jour, déclara Carmen, résignée. Je sens que je vais être punie pour ce que j'ai fait.

— Je n'y ai pas pensé une seconde, m'excusai-je.

— Ce n'est pas grave – elle regarda Barto, qui lui caressa la joue. Ça vous ennuie si on s'en va ?

— Non, non, bien sûr.

— Je vais tout de même saluer Adrian.

Voyant que Lola se bouchait le nez pour ne pas éclater de rire, je lui donnai un petit coup de coude afin de ne pas céder à la contagion.

Nerea attendit un peu, puis s'excusa et prit congé. N'étant pas au courant des tourments infligés par Carmen à son amoureux, elle n'était pas trop contrariée. Et puis le verre de vin qu'elle avait bu l'avait aidée à se convaincre que tout cela n'avait pas d'importance et qu'elle finirait par convaincre Carmen de cesser de faire la guerre à son jules. Sauf que Daniel n'était nullement décidé à en rester là. C'est ce qu'on appelle le Karma.

Lola insista pour rester encore un peu. Rien ne la pressait de s'en aller, au contraire. Car elle savait que Carlos allait insister pour monter chez elle. Si elle s'attardait, elle aurait au moins l'excuse qu'il se faisait tard et qu'elle avait sommeil. Sinon, sa seule option serait de lui balancer un grand coup de pied là où je pense, et une fois à terre de l'achever à coups de talon.

Victor n'avait pas l'air de follement s'amuser, quant à moi, j'avais les pieds en compote à cause de mes talons.

J'étais en train de me dire que je ferais mieux de rentrer, quand le galeriste décida de faire un petit discours. J'aurais aimé être aux côtés d'Adrian, mais ça n'avait pas l'air d'être réciproque. Alex le suivait comme son ombre, un regard admiratif dans les yeux, et je la haïssais d'être aussi belle et plus proche que moi de mon mari. Carlos murmura soudain derrière moi :

— Qui est la brune ?

— L'assistante du mari de Valeria, répondit Victor.

— Elle est drôlement bien roulée en tout cas. Une nana comme ça, on a tout de suite envie de l'engrosser.

Lola leva les yeux au ciel, et je l'entendis qui murmurait : « Dégénéré. » Victor ne répondit rien, se contentant de poser discrètement sa main sur ma taille ; un geste qui me réconforta.

Le galeriste se répandit en éloges sur le travail d'Adrian, qu'il considérait comme l'un des plus grands photographes de sa génération, et à qui il prédisait une brillante carrière internationale. Quand Adrian, qui avait horreur de s'exprimer en public, fut invité à prendre la parole, il regarda Alex, qui le gratifia d'une petite tape d'encouragement.

Apparemment, ce petit speech était prévu, mais je n'étais au courant de rien. Il inspira profondément, me regarda, puis regarda Alex. J'étais mortifiée. J'aurais dû insister pour rester à ses côtés ce soir. Ou aller prendre un verre chez Victor.

Adrian s'éclaircit la voix.

— Ceux d'entre vous qui me connaissent savent que je ne suis pas un orateur. (Il rit.) Mais je tenais à remercier publiquement mon collègue et ami de m'avoir aidé à organiser ma première véritable exposition. Ce fut une expérience enrichissante, tant au plan personnel que professionnel, et je lui en suis infiniment reconnaissant. Maintenant, tout ce que j'espère, c'est que les éloges ne viendront pas en déduction du pourcentage que nous avons négocié sur les ventes. (Il y eut quelques éclats de rire, puis il reprit:) Je tenais aussi à remercier tous ceux qui sont ici ce soir, et qui m'ont soutenu dans mon travail, et en particulier celle qui se démène vaillamment chaque jour à mes côtés. Merci infiniment, Alex. Et merci à vous tous.

J'avais le souffle coupé. J'encaissai tant bien que mal le camouflet qu'Adrian venait de m'infliger. Je devais faire peine à voir, car Lola me coula un regard en douce, et Victor, qui m'observait lui aussi à la dérobée, me caressa discrètement la main.

— Tu te sens bien? me demanda Lola.

— Si vous voulez bien m'excuser, dis-je en m'approchant d'Adrian.

Je savais que j'aurais dû attendre d'être à la maison pour avoir une explication, mais j'étais trop remontée. Après tout, il ne s'était pas gêné pour m'humilier en public !

Alex me fixait de ses immenses yeux bruns.

— Est-ce que tu peux nous laisser cinq minutes en tête à tête mon mari et moi ? lui lançai-je, excédée.

Elle regarda Adrian, comme pour recueillir son approbation avant de nous laisser, et ce fut la goutte d'eau qui fit déborder le vase. Ma parole, la pétasse était bouchée à l'émeri !

— Je peux savoir ce qui t'arrive ? éructai-je en me tournant vers Adrian.

— Comment ça ?

— Je me trompe ou tu as tout fait pour me tenir à l'écart ce soir ?

— Ah, pardon, j'ignorais que c'était ton jour de gloire, riposta-t-il, hargneux.

— Je pensais que tu aurais envie que je sois à tes côtés un jour comme aujourd'hui. Mais tu t'es comporté comme un goujat.

— Désolé, il m'avait semblé que tu étais bien accompagnée. Tu ne me donnes pas l'impression de manquer de quoi que ce soit.

— C'est quoi ton problème au juste : Victor, Alex ou moi ?

Il soupira.

— Ce n'est pas le moment, Valeria.

— Tu préfères que je m'en aille ?

— Oui. Parce que je suis en colère.

— Ah, oui, et pourquoi ça ?

— Je ne suis pas certain de le savoir moi-même.

— Et tu trouves ça normal ?

— Non, mais c'est comme ça. Alors tire-toi.

Je pivotai sur mes talons et commençai à me diriger vers la sortie, mais Adrian m'interpella.

— Tu rentres avec Victor ? Je ne comprends pas à quoi tu joues. Tu veux te venger, c'est ça ?

— Je l'ai amené pour que tu fasses sa connaissance, pour que tu voies que c'est quelqu'un de bien, mentis-je.

— Tu te comportes comme une gamine, Valeria. Va-t'en.

— C'est toi qui as insisté pour que je vienne accompagnée et tu le sais très bien !

— Accompagnée d'une copine, oui.

— De toute façon, qu'est-ce que ça peut te faire au fond ?

— Ce type n'est pas qu'un ami, Valeria, et tu le sais très bien. Mais tire-toi. Je ne veux pas discuter. Et ne m'attends pas. On a prévu de faire la fête entre nous après l'expo.

— Si tu as l'intention de finir au lit avec Alex, préviens-moi ! lançai-je, folle de rage.

— On s'en va, dis-je à Lola.

— Où ça ?

— N'importe où, mais on s'en va.

Je vidai d'un trait un verre qui se trouvait là.

Carlos et Victor nous rejoignirent dans la rue. Ils ne posèrent pas de questions.

— Où est-ce qu'on va ? me demanda à nouveau Lola.

— Boire un verre.

— Pourquoi est-ce que tu ne viens pas à la maison ? me dit-elle. Tu peux rester dormir. On va siffler la bouteille que je garde au frigo, ça te va ?

Elle me toucha gentiment l'épaule.

— Non, non, on sort. J'ai besoin de me vider la tête.

— Val, je ne crois pas que ce soit une bonne idée, insista Lola.

— Elle a besoin de prendre l'air. Je vais l'emmener faire un tour, proposa soudain Victor.

Il mit ses mains dans ses poches, et dit à Lola de ne pas s'en faire.

— Tu es sûre que c'est ce que tu veux ? me demanda Lola.

Victor me tendit la main, paume ouverte.

— Oui, répondis-je quand je sentis ses doigts se refermer doucement autour de mon poignet.

— Je t'appelle demain, me souffla Lola en me serrant dans ses bras. Ne fais pas de conneries. Ces trucs-là, c'est bon pour les sans cervelle comme moi. Je laisse mon téléphone allumé. Appelle-moi si tu changes d'avis.

Je hochai la tête, puis me mis à marcher en direction de la voiture de Victor, qui avait passé un bras autour de mes épaules.

28

Je prends l'air…

Dans la voiture, Victor et moi restâmes silencieux. Je regardai par la fenêtre tout en repassant les événements de la soirée en boucle dans ma tête. Il était minuit, mais je n'avais pas envie de rentrer. J'avais faim, je voulais griller une cigarette et retirer mes talons. J'avais besoin de comprendre si oui ou non j'étais responsable du fiasco.

Victor s'éclaircit la voix et dit :

— Qu'est-ce que je peux faire pour te remonter le moral ?

— Rien, répondis-je, mélancolique.

— Tu préfères retourner à la galerie ? Je peux te déposer devant.

— Non, tel que je connais Adrian, nous n'aurons pas d'explication ce soir.

— Ça va si mal que ça entre vous ?

Pouvais-je me permettre de lui dire la vérité ? Je soupirai et lui donnai une réponse politiquement correcte :

— Depuis quelques mois, il y a de l'eau dans le gaz. Je suppose que tous les couples ont leurs hauts et leurs bas. Il croule sous le travail, et il me reproche mon mode de vie…

— Et…

— Quoi ?

— Rien d'autre ?

— Que veux-tu dire ?

— Toi et moi.

Il avait mis en plein dans le mille.

— Valeria, je me suis conduit en parfait gentleman, mais Adrian n'est pas dupe, murmura-t-il sans quitter la route des yeux.

— À quel sujet ?

— À mon sujet. Si tu étais consentante, je me ficherais de lui comme d'une guigne. C'est toi qui m'importes. Je ne chercherais pas à savoir si c'est bien ou mal.

— L'autre jour…, dans le salon d'essayage…

Il fit non de la tête, un sourire résigné aux lèvres.

— Valeria, ce que je veux, ce n'est pas juste m'envoyer en l'air avec toi, dans une cabine d'essayage de surcroît !

Je me cachai la figure, confuse, puis hochai la tête.

— Toi, au moins, tu parles cash, dis-je en lui donnant une tape sur le genou. Et ça me plaît.

— Et toi, tu es une femme incroyable. (Posant sa main sur la mienne, il ajouta :) Je n'arrête pas de penser à toi.

Le silence se fit à nouveau. Ses doigts enlacèrent les miens.

— Où aimerais-tu aller ?

— Pas chez moi. Je pourrais appeler Lola, mais j'en ai assez de l'entendre seriner que je dois être raisonnable.

— On va chez moi alors ? On va manger un bout, prendre un verre, et ensuite on verra. Là-bas, personne ne va te dire que tu dois être raisonnable.

Il sourit. Je n'arrivais pas à savoir si sa proposition était sincère ou intéressée. Mais peut-être était-ce moi qui étais en train de forcer la main du destin…

Quand nous eûmes regagné son appartement, je me laissai tomber sur la banquette de la cuisine et remuai mes orteils endoloris. Un sourire dépité joua sur ses lèvres quand il ouvrit le frigo.

— Bière, citron moisi et… c'est tout !

— Pour moi ce sera une bière, dis-je en riant.

Il sortit deux canettes bien fraîches, les décapsula, puis m'en tendit une et prit place en face de moi.

— Citron ? demanda-t-il.

Nous éclatâmes de rire comme deux gamins.

— Il doit bien y avoir quelque chose à se mettre sous la dent quelque part. Laisse-moi jeter un coup d'œil dans tes placards.

Posant sa bière, Victor m'aida à grimper sur un tabouret.

— Fais attention… murmura-t-il. Tu me donnes le vertige.

— T'inquiète, dis-je en me retournant.

Je perdis l'équilibre et atterris entre ses bras.

— Ça t'apprendra à vouloir jouer les acrobates ! rit-il.

À cet instant, je ne pensais à rien d'autre qu'à m'accrocher à lui et à respirer l'odeur de sa peau. J'étais assaillie par une foule de sensations inavouables.

Il me reposa à terre et proposa :

— Je vais te porter ce coup-ci.

Il m'attrapa par la taille et me hissait vers les placards, ses bras passés autour de mes hanches.

— Oh, mon Dieu…, dit-il.

— Je suis trop lourde ?

— Non, mais dépêche-toi. La vue est trop bonne, et je suis humain après tout…

Je pris le temps d'inspecter chaque placard à fond, sans me soucier du fait que mes seins se trouvaient plus ou moins à la hauteur de sa tête.

— J'ai trouvé ! m'exclamai-je, l'air triomphant.

Victor me reposa à terre et je lui tendis un paquet de chips.

Nous allâmes nous installer sur le tapis du salon, une deuxième canette de bière à la main, et commençâmes à grignoter distraitement. C'est fou ce que je me sentais bien avec lui…

— Il va falloir que tu fasses des provisions, déclarai-je. Ce n'est pas sérieux.

— Bah, je ne mange jamais à la maison. Quand je veux me nourrir correctement, je vais chez ma mère.

— Sans blague ? Chez ta mère, à trente ans ?

— Trente et un, rectifia-t-il.

— Je peux fumer ?

— Bien sûr.

Il se leva, alla ouvrir les fenêtres en grand et rapporta un cendrier.

— Ex-fumeur ?

— À quoi tu vois ça ? demanda-t-il en riant.

— À ta façon de regarder le paquet.

— Donne-m'en une, dit-il en se laissant tomber à côté de moi.

— Non. Si tu as arrêté, ce n'est pas pour des prunes.

J'allumai une cigarette et pris une taffe vigoureuse. Victor s'approcha et, m'arrachant ma clope du bec, prit une bouffée qu'il recracha en faisant des ronds.

— Tu ne devrais pas recommencer à fumer, le sermonnai-je.

— Non, je sais. Ce n'est qu'une excuse pour savoir quel goût tu as.

Je partis d'un grand éclat de rire et il m'imita.

— Un goût de Lucky Strike ?

— Light.

Je pris une gorgée de bière, puis éclatai à nouveau de rire et avalai de travers.

— Allons bon. Lola m'a dit que tu n'arrêtais pas de t'étrangler, mais sans me dire quoi faire dans ces cas-là.

J'inspirai profondément.

— Tout va bien, c'est passé.

— Dommage, j'ai raté une belle occasion de te faire du bouche-à-bouche.

— En parlant de Lola… elle est vraiment aussi… passionnée qu'elle en a l'air ?

— En voilà une question ! (Il haussa les sourcils et répondit, gêné :) Elle est comme toutes les femmes au lit, je suppose.

— Comment ça comme toutes les femmes ? Elles sont toutes pareilles ?

— Disons que Lola est particulièrement désinhibée. Il y a des filles plus discrètes, qui expriment plus ou moins leur plaisir… Mais pas Lola. Elle se fiche royalement de ce qu'on peut penser d'elle quand elle fait l'amour. Tout ce qui lui importe c'est de prendre son pied. Et de ce point de vue, je l'admire…

— Mais alors, pourquoi est-ce que tu ne l'as jamais rappelée ?

— Hum…, fit-il en se passant une main dans les cheveux. Je l'ai rappelée, mais pas pour qu'on couche ensemble. Et on a fait en sorte de rompre le plus naturellement possible. Je m'étonne même qu'elle t'en ait parlé. Notre relation était agréable, mais… pas faite pour durer.

J'aimais bien faire l'amour avec elle, mais ce n'est pas vraiment mon type.

Quand il disait « notre relation », il laissait entendre qu'ils avaient couché ensemble plus d'une fois ou deux. Mais je ne cherchai pas à insister. Les circonstances ne s'y prêtaient pas. Je dis :

— J'ai toujours pensé qu'aucun homme ne pouvait lui résister. (Puis je tapotai le canapé et demandai :) Vous avez fait ça ici ?

— Oh, la coquine…

Sa bouche s'étira en un grand sourire sensuel.

— Vu que je suis à moitié pompette, c'est un peu normal, tu ne crois pas ?

— Tu t'enivres facilement, on dirait.

— Ce n'est pas de ma faute si tu n'as rien d'autre à me proposer que de l'alcool et des chips passées de date.

— Ah, parce que c'est de ma faute en plus ? Moi, je crois que tu fais une fixation sur ce canapé.

— C'est vrai. Je vous imagine tous les deux ici, en train de… tu sais quoi.

— Je me trompe ou tu as l'intention de rester dormir ici ? Si c'est le cas, je propose qu'on aille s'installer confortablement sur le lit et que tu m'expliques ce que tu entends par « tu sais quoi ».

— Toi et moi ? Dans ton lit ?

Je lui lançai un regard incrédule, mais il confirma, l'air tout à fait sérieux :

— Absolument. Toi et moi, et la demi-douzaine de Japonais qui vivent à l'étage en dessous.

J'éclatai de rire malgré moi.

— On va bavarder un peu jusqu'à ce que tu piques du nez, et ensuite je viendrai m'installer sur le canapé. Qu'est-ce que tu en dis ?

Il me caressa les cheveux.

— Pas question. Si tu dors sur le canapé, moi aussi.

Il eut l'air surpris.

— Bon, on verra en temps utile.

Quand nous entrâmes dans la chambre à coucher, j'étais un peu nerveuse. J'étais en colère contre Adrian, et horriblement déçue par la façon dont le vernissage s'était passé… Et puis Victor était tellement…

Après avoir introduit un CD dans la platine, Victor alluma une lumière d'ambiance. J'avais l'impression d'être dans un de ces films où les protagonistes arrachent leurs vêtements et se jettent l'un sur l'autre comme des bêtes.

Il ouvrit la penderie et me tendit un T-shirt, puis commença à se dévêtir. Je demandai, surprise :

— Tu vas te déshabiller ici ?

— Oui. Et tu as le droit de me regarder si tu veux.

— Je vais y réfléchir.

Il déboutonna sa chemise lentement, puis il la posa sur un fauteuil de cuir noir installé à côté de la fenêtre. Je sentis ma mâchoire s'affaisser. Comment pouvait-on avoir un corps comme celui-là sans passer ses journées à la salle de sport ?

— Tu vas te déshabiller ou je dois le faire moi-même ? murmura-t-il d'une voix provocante.

J'inspirai profondément en m'efforçant de détourner les yeux de ses pectoraux et de son ventre. Était-ce ce qu'on appelait les tablettes de chocolat ? J'avais toujours cru qu'il s'agissait d'une légende urbaine…

Le propriétaire de ces abdominaux parfaitement dessinés voulait me déshabiller lui-même ? Lui-même !

— Je vais y réfléchir, répondis-je.

— Approche.

— Comment ?

— La fermeture éclair.

— Ah, oui.

Je m'approchai et me tournai de dos. Il fit descendre la glissière de quelques centimètres. Quand ses doigts effleurèrent mon dos et que sa bouche se posa sur mon épaule, mon corps réagit immédiatement. Je laissai échapper un soupir et fermai les yeux. Ce que nous dicte la raison est une chose, ce que veulent nos hormones en est une autre. Et ma foi, une femme de vingt-huit ans normalement constituée, et qui n'avait pas fait l'amour depuis des mois, ne pouvait que répondre à une stimulation physique.

La main de Victor abaissa complètement le zip de ma robe. J'ignore s'il avait déjà tout calculé ou si je lui facilitai la tâche malgré moi, mais en un clin d'œil, ma robe gisait à mes pieds. Je restai figée, sans me retourner. La fille sérieuse en moi m'exhortait à bien me tenir sous peine de perdre le respect de Victor et de culpabiliser ensuite. Je m'efforçai de ne penser à rien et de me détendre. Et si, par bonheur, une pensée sensée me traversait l'esprit, je pourrais m'y raccrocher. Sauf que la seule chose à laquelle j'avais vraiment envie de me raccrocher c'était Victor. Mon dos frôla sa poitrine et je sentis sa main chaude qui se posait sur mon ventre.

— Victor…

— Désolé, dit-il, quoique sans chercher à se reculer.

Ses lèvres se posèrent à nouveau sur ma nuque, et je sentis le désir monter en moi. Il dégrafa mon soutien-gorge d'un seul geste.

— Victor, implorai-je quand ses mains abaissèrent mes bretelles.

— Dis-moi que tu ne veux pas, et je te promets que j'arrête.

— Tu sais très bien que je mentirais, tout comme tu mens quand tu affirmes que tu n'insisteras pas.

Il prit le temps de réfléchir. Deux secondes. Mais je savais qu'il était sincère quand il me demandait s'il devait arrêter. N'étant pas marié, il n'avait de comptes à rendre à personne. Le problème était clairement de mon côté. Et je ne pouvais pas faire comme si mon problème était aussi le sien.

Mais sans doute avait-il envie de bien se tenir, car il soupira et me mit le T-shirt entre les mains. Je frissonnai. Je me sentais ridicule et vulnérable. J'enfilai le T-shirt et pivotai sur moi-même. Mais quand je vis qu'il était en train de déboutonner son jean, je détournai vite la tête.

— Tu n'as jamais vu un mec en caleçon ? me demanda-t-il.

— Pas toi, répondis-je en rougissant.

— Eh bien, voilà qui est fait.

Je me retournai tout doucement. Il avait passé un pantalon de toile bleu marine, mais sous l'étoffe, les choses semblaient s'être normalisées. Dommage, car j'aurais bien aimé connaître la taille de son slip. Je laissai à nouveau errer mes yeux sur sa poitrine, son ventre, puis, lorsqu'il se tourna, son dos. Bon sang, toute cette peau nue, lisse, ferme et sans défaut. J'avalai ma salive.

Victor se mit au lit en m'invitant à le rejoindre. Je m'approchai timidement et me laissai tomber sur le dos en tirant sur mon T-shirt pour qu'on ne voie pas ma petite culotte.

— Quand je t'ai dit que je me comporterai en gentleman, je ne pensais pas que tu allais me mettre à ce point à l'épreuve.

— Je ne te mets pas à l'épreuve, Victor.

J'étais mal à l'aise. J'eus soudain envie de partir.

Pourquoi étais-je venue ? Qu'est-ce que je m'étais imaginé ? Que dormir chez Victor, mon nouvel ami, serait comme de dormir chez moi ? Qu'on allait rire et nous enlacer comme deux potes, et qu'ensuite je rentrerais à la maison avec les idées claires ?

— Ce n'est pas juste, dit-il, interrompant mes cogitations.

— Qu'est-ce qui n'est pas juste ?

— Que ce soit toujours moi qui doive contrôler la situation, soupira-t-il en repliant un bras devant ses yeux.

— Je n'ai pas cherché à provoquer cette situation.

— Je sais, mais ne me dis pas que tu n'en as pas envie.

Il écarta son bras et se mit sur le flanc pour me regarder.

J'adoptai la même position, et il se mit à me caresser. Sa main chaude se faufila rapidement sous mon T-shirt, caressant d'abord mes hanches, puis mes fesses, avant de remonter dans mon dos. Mes seins se durcirent, tendant l'étoffe de mon T-shirt. Feignant de n'avoir rien remarqué, je demandai innocemment :

— Qu'est-ce qu'il y a ?

— Je ne suis pas sûr de pouvoir me contrôler si tu continues à m'affrioler, Valeria.

Il posa sa main, doigts écartés, sur mon dos.

— Je suis désolée, murmurai-je en souriant timidement.

Victor sourit en retour.

— Moi aussi. Tu n'as pas idée de tout ce qui me passe par la tête en ce moment même.

— Dis-le-moi.

— Impossible.

— Pourquoi ?

— Parce que tu partirais en courant.

Il écarquilla des yeux faussement épouvantés.

— Je ne crois pas…

— Tu paries ?

— Non. Je tiens à garder ma chemise.

Nous échangeâmes un regard complice et…

Je déconseille vivement l'absorption de boissons alcoolisées sur un estomac vide…

29

Je te parie que…

— J'hésite entre me tenir bien, me tenir mal, ou faire comme si de rien n'était, dit-il, ses yeux fixés sur ma bouche.

— Explique-toi, s'il te plaît.

— Bien me tenir voudrait dire faire un brin de causette, attendre que tu t'endormes et aller m'allonger sur le canapé.

— Et mal ?

— Me jeter sur toi et te faire des choses qu'on ne fait pas à une femme mariée.

Nous sourîmes, et Victor approcha ses lèvres du bout de mon nez pour y déposer un baiser distrait.

— Et faire comme si de rien n'était ? demandai-je en étirant ma jambe gauche pour l'enrouler autour des siennes.

— Ce serait rester ici avec toi, et te raconter tout ce que je te ferais si tu me laissais faire et ensuite dormir en ta compagnie.

— La première option est la moins compromettante.

— Je sais.

— Mais la dernière…

— C'est à toi de choisir.

— Je vais y réfléchir, dis-je en riant.

— Tu as choisi la troisième option ?

— Je ne sais pas.

— Tu préfères que je me lâche ou que je me comporte en parfait gentleman ?

— Un mélange des deux.

— Dans ce cas, je veux t'ôter ton T-shirt, murmura-t-il. Pour pouvoir t'embrasser sur le ventre.

Je me plaçai sur le dos et levai les yeux au plafond, tandis que Victor remontait mon T-shirt jusqu'au milieu de mon estomac, exposant à la vue ma petite culotte noire. Se redressant un peu, il se mit à me souffler sur le nombril, me provoquant des frissons dans tout le corps. J'inspirai et le suppliai d'arrêter quand ses lèvres déposèrent un baiser humide sur mon ventre, à quelques centimètres de mon string.

— J'ai envie de m'allonger sur toi, de te mordiller les seins. Je veux passer ma langue sur la peau si douce de tes cuisses… Je veux respirer le parfum de ta nuque. Te dévorer.

Je ne dis rien. Victor se tenait à présent au-dessus de moi, en appui sur ses avant-bras, et me caressait le cou avec le bout de son nez. Nos regards se portèrent sur mes bouts de sein qui pointaient furieusement sous l'étoffe de mon T-shirt.

— J'ai envie de… (Il approcha ses lèvres de mon oreille et murmura :) J'ai envie de te goûter pour de bon, te retirer ton slip et te toucher pour apprendre à te connaître et savoir ce que tu aimes. J'ai envie de te faire l'amour avec mes doigts pour te préparer à ce qui viendra ensuite.

— Victor…, s'il te plaît.

Sa main remonta depuis mon genou jusqu'à l'intérieur de mes cuisses.

— Et je veux que tu me touches, toi aussi, dit-il en avalant sa salive. J'ai la verge dure comme un mât. Je veux que tu la touches, que tu saches combien j'ai envie de toi. J'ai envie de t'entendre gémir de plaisir, comme tu le fais quand je rêve de toi. Je rêve que je t'embrasse et que je te touche, et que je jouis en toi comme un fou…

— Victor…, balbutiai-je.

Un baiser humide sur mon cou me donna à nouveau la chair de poule et le poids de son corps entre mes jambes me fit lâcher un soupir auquel il répondit par un petit grognement.

— Je rêve que je te pénètre et que tu es mouillée. Tu enserres mes hanches avec tes cuisses.

Il m'embrassa à nouveau dans le cou tandis que sa main se faufilait sous ma culotte et pétrissait mes fesses.

— Bon sang, Valeria.

— Oui, tu l'as dit… Je crois que…

— Parfois, je rêve qu'on fait l'amour dans la douche et que tu me lèches partout, à petits coups de langue… Tu me poursuis jusque dans mes rêves.

Il me mordilla l'épaule et nous nous frottâmes quelques instants l'un contre l'autre. Puis il se laissa tomber à côté de moi, si près que nos têtes se touchaient presque et que nos jambes se nouèrent encore plus étroitement. Je sentis une érection tentatrice contre ma cuisse.

— Raconte-moi ce que tu fais quand tu dors à côté de ton mari…

— Je ne peux pas te le dire, avouai-je en me mordillant nerveusement la lèvre.

— Tu rêves que je te fais jouir ?

— Oui, et je me réveille au beau milieu d'un orgasme.

— Et je fais quoi?

— Bon Dieu..., un tas de choses.

J'inspirai profondément lorsque sa main, toujours sous ma culotte, se mit à descendre dangereusement.

— Tu me fais des choses qui me plaisent, mais qui sont interdites.

— Et que je ne pourrai jamais te faire vraiment.

— Jamais.

Je n'arrivais pas à croire que je lui avais dit «jamais». Pourquoi «jamais»?

— C'est dommage, tu ne trouves pas?

— Oui, mais si je cède, demain, je m'en voudrai à mort.

— Demain, personne à part toi et moi ne saura ce qui s'est passé. On a atteint la limite, et tu le sais.

— Mais moi, je le saurai, et je ne me pardonnerai pas.

— Je veux t'embrasser sur la bouche. Laisse-moi, dit-il en se rapprochant. Une seule fois. Promis.

— Non, l'implorai-je en fermant les yeux.

Victor me saisit par la nuque et m'attira contre lui. J'aurais dû m'écarter, résister, j'aurais dû me rhabiller et rentrer chez moi, mais je ne le fis pas.

Ses lèvres douces et chaudes se posèrent sur les miennes et son souffle s'accéléra. Excitée, je répondis à son baiser. J'ouvris la bouche et il happa ma lèvre inférieure entre les siennes. Je savourai le goût de sa salive, tandis que nos langues se rapprochaient timidement l'une de l'autre. Je le repoussai un peu et après un rapide baiser, Victor se laissa retomber sur le lit. Puis il reposa sa tête sur l'oreiller et me regarda dans les yeux.

— Quand est-ce tu vas arrêter de me provoquer ? demandai-je.

— Quand tu n'en pourras plus.

— Et si je te dis que je n'en peux plus ?

Il posa sa main sur ma hanche, puis la laissa glisser vers mes fesses. Nos jambes s'enlacèrent à nouveau.

— Tu as sommeil ?

— Non. Et toi ?

— Non, mais là, il faut que j'arrête... Je vais aller m'installer sur le canapé, déclara-t-il en se levant du lit.

— Non, attends. C'est moi qui vais dormir dans le salon, répondis-je, gênée.

— Pas question, tu es mon invitée.

— Dans ce cas, reste, dis-je en l'attrapant par le bras.

Il soupira et leva les yeux au ciel.

— C'est la première fois que j'ai une femme dans mon lit qui n'ôte pas tous ses vêtements.

Il haussa les sourcils et caressa d'une main sa verge en érection, sans doute pour tenter de la calmer.

— Que tu ailles dormir sur le canapé ou pas n'y changera rien.

— Mais au moins, je ne t'aurai pas à côté de moi.

Je tirai plus fort sur son bras et il se laissa de nouveau tomber tout doucement sur moi.

— C'est bon, je reste. Mais est-ce que je peux au moins te serrer dans mes bras ?

— Je ne sais pas.

Victor s'allongea à côté de moi, qui étais de dos, et me passa un bras autour de la taille.

— Tu vas me rendre complètement dingo, soupira-t-il, son nez enfoui dans mes cheveux.

— Et toi aussi.

— Je n'ai jamais ressenti ça.

Il glissa une main sous mon T-shirt et m'enlaça. *Tais-toi, Valeria*, songeai-je, *sinon tu vas dire quelque chose que tu risques de regretter ensuite.*

Après quelques minutes de silence, je crus qu'il s'était endormi, mais je l'entendis murmurer :

— Valeria ?

— Quoi ?

— Tu me plais vraiment beaucoup. Je commence à éprouver… des sentiments. Je voulais que tu le saches.

Que pouvais-je lui répondre ? Lâchement, je me tus et attendis qu'il s'endorme. Au bout d'un quart d'heure, sa respiration se fit plus régulière. Je songeai à regagner le sofa à pas de loup, mais j'avais les paupières lourdes. Et puis c'était tellement agréable de sentir son bras autour de moi…

30

Retour à la réalité...

Il était neuf heures du matin quand je montai dans le bus. Je portais toujours ma robe de soirée et deux commères me reluquaient en échangeant des messes basses. J'essayai d'appeler Lola, mais elle ne répondit pas. Elle devait dormir à poings fermés.

Je n'étais pas fière de ce qui s'était passé la veille au soir, même si, grâce à une volonté de fer, je m'étais abstenue d'enfourcher Victor et de lui faire toutes les choses que mon corps me réclamait. Hum, ce baiser... Il ne me semblait pas le moins du monde inconvenant. Je rougis à la pensée que je l'avais laissé seul dans le lit, en train de dormir, agrippé à l'oreiller qui m'avait servi.

Parfois, notre corps nous envoie des signaux contradictoires. La libido qui se réveille, c'est comme la gourmandise, on n'en a jamais assez. Au mieux on fait une indigestion, au pire on fiche sa vie en l'air. Était-ce cela qui me poussait vers Victor ? Je n'étais pas certaine que ça en vaille la peine.

Arrivée devant chez moi, j'inspirai un grand coup, puis j'ouvris la porte. De toute façon, il était trop tard pour faire machine arrière.

Je trouvai Adrian assis sur le lit, en train de se ronger les ongles. Je m'approchai en silence. Je m'attendais qu'il me dise un truc du style: «Où étais-tu?», mais il ne décrocha pas un mot et se recroquevilla encore un peu plus sur lui-même. Il portait les mêmes fringues que la veille au soir et avait la tête de quelqu'un qui n'a pas fermé l'œil de la nuit.

Je m'assis face à lui, à même le tapis. J'étais prête à encaisser tout ce qu'il allait me reprocher, mais contre toute attente, il déclara, penaud:

— J'avais peur que tu ne reviennes pas. Je me suis comporté comme un mufle, hier.

J'étais tellement estomaquée que je ne sus que répondre.

— J'aurais dû rentrer à la maison, dis-je au bout d'un moment.

— Je ne veux pas savoir où tu étais, murmura-t-il en se regardant les mains.

— Il ne s'est rien passé, mentis-je effrontément.

— N'en parlons plus, dit-il en hochant la tête.

— Je suis désolée pour Victor. Je ne voulais pas te provoquer.

— Tu ne m'as pas provoqué. Je me suis monté le bourrichon tout seul. J'étais jaloux. C'est un super beau mec, soit dit en passant.

Il sourit, tripota nerveusement sa montre.

— Je n'aurais pas dû l'amener. J'aurais dû venir seule avec les filles.

— Non, non, c'est moi qui t'ai dit de te trouver une escorte. Au lieu de te proposer de passer la soirée avec moi, je t'ai évincée. Je n'ai pas le droit de choisir tes amis. Si ce type t'est sympathique…, mais il me donne l'impression de vouloir…

— Je prends moi-même mes décisions, et si je fais des conneries, je dois les assumer. Je n'en rejetterai la faute sur personne. Mais je veux être avec toi.

Il fronça les sourcils, pas à cause de ce que je venais de dire, mais parce que c'était une manie chez lui.

— Alex aussi est super canon, murmurai-je.

— C'est possible, mais je ne l'ai jamais regardée de cette façon.

Adrian ne savait pas mentir.

J'étais au quatrième dessous. J'aurais voulu être n'importe où ailleurs qu'ici. Dans un lit avec Victor, par exemple, et ne plus me prendre la tête avec cette histoire.

— Moi aussi, j'ai l'impression qu'elle cherche autre chose, dis-je au bout d'un moment.

— C'est son problème, pas le mien. (Il me fixa du regard et me demanda avec ce petit sourire que j'aimais tant :) Victor te fait du gringue ?

— À sa façon, oui, mais c'est quelqu'un de très bien.

— Tu étais avec lui ?

— Tu as dit que tu ne voulais pas savoir.

— J'ai changé d'avis.

— Oui, confessai-je.

— Et il s'est bien tenu ?

Je songeai : il s'est bien tenu. Et soudain, j'eus envie d'être avec Victor.

— Il t'a embrassée ?

— Non, non, dis-je en avalant la boule qui s'était formée dans ma gorge. Il n'a pas… Il m'a juste invitée à boire une bière et à dormir chez lui.

— Il n'a pas essayé… ?

— Non, dis-je en secouant la tête. Victor est quelqu'un qui parle beaucoup, mais ça ne va pas plus loin.

— Tant mieux. Comme ça je n'aurai pas besoin de le provoquer en duel.

Je ris entre mes dents.

— Comme je te connais bien.

Adrian se pencha vers moi et, me saisissant par la nuque, m'embrassa. Je songeai à Victor. C'était fou ce que les sensations provoquées par un même geste pouvaient être différentes. Victor avait l'odeur de sa maison, de ses draps. Il sentait le parfum, le savon et l'adoucissant. Alors qu'Adrian avait presque la même odeur que moi.

Adrian posa son front sur le mien et me murmura en riant que s'il n'avait pas été aussi fatigué… Je fermai les yeux. J'avais envie qu'il ne soit pas fatigué. Cela faisait des mois qu'il était trop claqué pour me faire l'amour…

J'allai prendre une douche pour me calmer et laisser dormir Adrian, puis je m'habillai et sortis raconter ma nuit de la veille à l'unique personne qui pouvait me comprendre. J'avais besoin de me confier et de faire le point sur ce qui avait failli se passer.

Lola avait un chignon en vrac et des coulures de rimmel sous les yeux quand elle vint m'ouvrir. Elle grogna et, laissant la porte ouverte, retourna s'affaler sur son lit. Elle n'avait pas l'air contente que je la réveille, mais les meilleures amies ont l'obligation morale de répondre aux appels à l'aide.

— Lola, tu veux bien m'écouter, ou faut-il que j'appelle les services d'urgence ?

— Appelle les urgences.

— Toi, tu n'as pas besoin d'avoir un homme dans ta vie. Tu en as plus qu'il ne t'en faut.

— Tais-toi. Je crois bien que je vais rejoindre le camp des brouteuses. Hier, j'ai dû mettre les points sur les *i* avec Carlos. Il a insisté pour monter et il ne voulait pas en démordre. Ce crétin s'était fourré dans la tête que je lui résistais exprès pour le provoquer.

— Et alors, comment as-tu réagi ?

— Tu veux bien me faire un café s'il te plaît ?

Je fis claquer ma langue, puis j'allai à la cuisine et commençai à préparer du café. Lola me suivit, s'assit sur la banquette et commença à manger un énorme cornichon à même le pot.

— Des cornichons avec le café ? Beurk… Tu as vraiment des drôles de goûts.

— Je t'interdis de critiquer la base de mon alimentation.

— Et donc, tu lui as dit quoi à Carlos ?

Lola saisit le bocal de cornichons et but une gorgée de saumure. C'est tout juste si je ne fus pas prise d'un haut-le-cœur. Après quoi elle rota, s'essuya la bouche du dos de la main et commença à raconter :

— D'abord, je lui ai flanqué une tarte. Il avait la marque de ma main sur la joue, mais il persistait à croire que c'était un jeu, et il est devenu tout excité. Un vrai clébard. Il voulait que je baisse ma culotte pour qu'on fasse ça sur le palier. Victor a dû lui raconter des choses… Mais bref, je lui ai dit : « Carlos, tu es vraiment trop con, je ne coucherai plus jamais avec toi. Tu es monté comme un canari. Fiche-moi la paix une bonne fois pour toutes et décampe. »

— Incroyable ! m'esclaffai-je.

— Demande à Victor. Je te parie tout ce que tu veux qu'il l'a appelé pour lui dire que j'étais une pute et lui un mec, un vrai, avec un braquemart gros comme l'avant-bras. Pose la question à Victor, il te dira, lui, qu'il a une quéquette comme un de ces snacks apéritifs tirebouchonnés au goût de fromage.

J'écarquillai les yeux. Sacrée Lola, elle n'y allait pas de main morte.

— Je préférerais ne rien demander à Victor.

— Et pourquoi cela ?

Tout à coup, elle comprit pourquoi et se mit à faire des bonds sur la banquette.

— Crénom de nom, Valeria. Je t'avais pourtant dit de ne pas faire les mêmes conneries que moi.

— Je n'ai pas fait de conneries.

— Nom d'un chien, pourquoi est-ce que cette putain de cafetière ne se met pas en route ? s'écria-t-elle soudain en balançant un coup de pied dans le placard de la cuisine.

Je haussai les sourcils et demandai :

— Lola, tu es droguée ?

— C'est le jus des cornichons qui me speede, répondit-elle en serrant et en ouvrant les poings par intermittence.

— Je crois que j'ai réussi à faire la paix avec Adrian, confessai-je, tout en sortant les tasses.

— Tant mieux. Je suis contente pour toi, même si je t'avoue que là, tout de suite, je n'en ai rien à secouer.

— J'ai passé la nuit avec Victor, mais on n'a rien fait, soupirai-je.

Je fermai les yeux et pensai à nous dans le lit…

— Je savais qu'il te plairait.

— Bien sûr qu'il me plaît. Mais je ne veux pas tout fiche en l'air en jouant les allumeuses.

Ce que je n'osais pas lui avouer, c'est que je commençais à ressentir des choses qui sortaient des limites que je m'étais fixées. Je ne voulais pas jouer les allumeuses parce que j'étais mariée et que je me serais sentie coupable. Notre relation à Victor et moi était illicite du début à la fin et je ne comprenais rien à ce qui m'arrivait. Car je n'étais pas de ces femmes qui… Du moins, je ne pensais pas l'être.

— Et donc, tu es restée chaste cette nuit ? dit-elle en haussant un sourcil.

— Oui…, plus ou moins. En tout cas je n'ai pas franchi la ligne rouge, répondis-je en ôtant la cafetière du feu et en commençant à servir le café.

— Qu'est-ce que tu entends par « ligne rouge » ?

— On s'est mis au lit et on s'est raconté toutes les choses qu'on aurait faites si on avait pu. Enfin, c'est surtout lui qui a parlé.

— Et rien d'autre ?

— Non, pourquoi ? Ça n'est pas suffisant ?

Je ne mentionnai pas le baiser.

Elle sourit.

— Est-ce que tu peux m'expliquer pourquoi tu es venue me tirer du lit pour me raconter des crasses ?

— Ce ne sont pas des crasses, protestai-je en souriant moi aussi.

— Ce sont des demi-vérités. Ce qui est encore pire. Allons, avoue ! Que s'est-il passé ?

— Rien… de sérieux… Il m'a dit que je lui plaisais beaucoup et qu'il commençait à ressentir des choses, mais je suppose qu'il dit ça à toutes les filles.

— Valeria, ma chérie, je connais ton goût pour l'autopersuasion, mais sache qu'à moi il ne m'a jamais rien dit d'autre que « Tu me fais bander comme un dingue » ou bien « Tu as des capotes ? ».

— Voyons, Lola, c'est parce que tu es une femme facile, m'esclaffai-je.

— Et toi, une sainte nitouche vertueuse et frigide – elle éclata de rire. Le premier qui me dit ça encore une fois, je le démolis à coups de poêle à frire.

Mon portable sonna au fond de mon sac pour m'avertir que je venais de recevoir un message.

— Je parie que c'est Victor, dit Lola en fermant à demi les paupières.

— Mais non ! Ce doit être Carmen ou Nerea.

— Moi, je te dis que c'est Victor.

J'allai chercher mon téléphone. Lola me regarda, l'air de dire : « Alors ? ».

— Tu avais raison… C'est Victor.

— Et qu'est-ce qu'il te dit ?

Je lus le message en silence :

> Je me suis réveillé quand je t'ai entendue refermer la porte et je n'ai pas pu me rendormir. J'ai hésité un moment à t'appeler ou à t'envoyer un message. Mais comme je suis un lâche, et que j'ai honte de ce qui s'est passé hier. Tu te souviens de la bière et des chips éventées. J'ai peur d'avoir franchi les limites de la bienséance et que tu ne veuilles plus me revoir. Si je le pouvais, je ferais tout ce que je t'ai dit et même plus que ça pendant des heures. Je suis sûr que toi aussi tu avais envie de plus…, beaucoup plus. Mais je me contenterai de ce que tu veux bien me donner. Ça te va ? Je ne peux pas te dire mieux. Je meurs d'envie de te revoir. Appelle-moi.

— Eh bien ? voulut savoir Lola, inquiète.

— Rien de spécial, dis-je en pinçant les lèvres.
— Rien de spécial ?
— Non.
— Donne-moi ce téléphone !
— Non !
— Donne-le-moi !

Je sortis en courant, mais elle réussit à me rattraper dans le salon, et, me poussant sur le canapé, m'enfourcha et me mordit la main jusqu'à ce que je lâche le portable. Je poussai un cri et restai étendue en gémissant tandis qu'elle lisait le SMS à mi-voix.

— Je le savais ! Il ne pense qu'à te fourrer, le cochon !
— Lola !

Elle se mit à rire et à danser en chantonnant. Puis elle vint s'asseoir à côté de moi, m'embrassa la main là où elle m'avait mordue, et m'asséna une petite tape sur la cuisse.

— Et maintenant, Valeria, sois honnête… Quelle part de toi avait envie qu'il te fasse tout ce qu'il te disait ?

— Quatre-vingt-quinze pour cent… de la vilaine fille qui sommeille en moi.

— Mais dis-moi, tu n'as jamais eu envie de t'envoyer en l'air avec quelqu'un d'autre que ton mari ?

— Ta question me surprend d'autant plus que je sais combien tu apprécies Adrian.

— Oui, mais, disons que… J'essaie de me mettre à ta place.

— Je ne peux pas me le permettre. Avec Victor je risquerais de perdre la tête. Et Dieu sait ce qui se passerait ensuite.

— Tu aimerais pouvoir le faire sans avoir de remords ?
— Je mentirais si je disais le contraire.
— Bon sang, Val, tu as une volonté de fer !

— Je sais. Tu as vu comme il est beau ? Je n'arrive toujours pas à comprendre ce qu'il me trouve.

— Moi, je ne comprends pas pourquoi il ne devrait pas se sentir attiré par toi, dit-elle avec un regard sévère.

Il y avait des années que nous nous étions juré de nous accepter telles que nous étions, de sorte que ce genre de remarque n'avait pas lieu d'être.

— Avec lui je me sens bien dans ma peau.

Je songeai à nouveau à notre baiser et réalisai combien j'avais envie de recommencer. Lola se leva et me serra dans ses bras.

— Surtout, ne te laisse pas berner, me dit-elle. Je ne doute pas qu'il soit sincère, mais je sais de quoi il est capable pour parvenir à ses fins. Et il semblerait qu'il ait très, très envie de toi.

Pourquoi trouvai-je cette mise en garde terriblement excitante ?

31

Le pire lundi de l'histoire de sa vie...

Carmen était en train de songer sérieusement à s'inventer une maladie pour ne pas aller travailler. Mais c'eût été reculer pour mieux sauter et donner à Daniel encore plus de temps pour préparer sa riposte.

Il savait probablement qu'elle avait confectionné une poupée vaudou à son image, qu'une fois elle avait desserré les roulettes de son fauteuil de bureau dans l'espoir qu'il se casserait la figure, qu'elle bourrait de coups de poing les coussins de son canapé en s'imaginant que c'était sa tête, et qu'elle avait criblé de trous une photo de lui qu'elle avait ensuite brûlée...

Elle entra tête baissée dans le bureau, comme si elle s'était attendue à recevoir une bouse de vache en pleine figure. Mais rien de tel ne se passa. Ce qui était bon signe. La campagne anti-Carmen n'avait pas encore commencé, ce qui lui laissait le temps de fourbir ses armes.

Elle s'assit, alluma son ordinateur et alla chercher un café. Barto passa devant son bureau et lui sourit timidement. Tous deux marchaient sur des œufs. Personne ne devait savoir qu'ils étaient amants. Et leur secret amenuisait leurs chances de pouvoir faire front ensemble en cas de représailles.

Daniel passa sans les regarder, ses dossiers sous le bras, puis juste avant d'entrer dans son bureau demanda à Carmen de le suivre. Bah…, peut-être allait-il se montrer compréhensif. Car, tout bien considéré, ce qui s'était passé n'était pas un drame.

— Bonjour Daniel.

— Bonjour Carmen. Assieds-toi, s'il te plaît. Et ferme la porte.

— Que de manières ! lança-t-elle en riant nerveusement.

— C'est parce que j'ai à te dire quelque chose d'important.

Carmen le regarda sans rien dire, tandis qu'il s'installait confortablement et allumait son ordinateur. Il s'éclaircit la gorge et, la regardant droit dans les yeux, déclara sans ambages :

— Je veux que tu présentes ta démission.

Elle resta pétrifiée. Elle s'était attendue à un coup bas, mais pas à ça.

— C'est une blague ? murmura-t-elle.

— Pas du tout.

— Il y a des années que je travaille ici, Daniel. Je suis entrée dans cette agence comme stagiaire après la fac.

— Je suis désolé.

— Non, tu n'es pas désolé, contra-t-elle, soudain paniquée. Tu ne peux pas me virer comme ça ! Ce n'est pas légal. C'est ton antipathie pour moi qui t'aveugle. Je vais aller aux Prud'hommes.

— Carmen, tu vas présenter ta démission sans faire d'histoires, insista-t-il.

S'il n'y avait pas eu la table entre eux, elle l'aurait giflé.

— J'attends que tu m'expliques pourquoi je devrais faire une chose pareille.

— Parce que si tu refuses, je vais devoir faire de même avec Barto, et quelque chose me dit qu'il ne va pas chercher à faire d'histoires.

— Ah, oui, et pourquoi cela ?

— Parce que le règlement de la maison est strict : pas de relations intimes entre les employés.

— Mais…

— Certes, je pourrais fermer les yeux. Sauf que je n'en ai pas envie.

— Je t'ai supporté pendant des années et je n'ai jamais fait de faute professionnelle.

— Non, mais tu as enfreint le règlement, Carmen. Ou tu quittes Barto, ou tu t'en vas.

— Mais au fait, comment sais-tu avec qui je couche en dehors des heures de bureau ?

Elle commençait à perdre son sang-froid.

— Primo, mon petit doigt m'a dit que vous ne couchiez guère. Si vous le faisiez vraiment, vous passeriez moins de temps à comploter contre moi. Et deuxio, tu sais très bien d'où je tiens mes sources et comment je saurai si vous continuez à vous voir.

— Jamais Nerea n'acceptera de t'aider sur ce coup-là, pauvre tache !

— Là, tu passes les bornes.

Carmen avait la voix qui tremblait. Elle se retenait pour ne pas éclater en sanglots.

— Tu sais très bien que je vais partir, que je ne tolérerai jamais que ce soit lui qui donne sa démission.

— C'est bien pour ça que je te le demande à toi. Ce serait cruel de ma part de faire l'inverse. Et puis je préfère ne plus te voir et le garder lui, parce qu'au moins il sert à quelque chose. Rassure-toi, je vais annoncer que tu as décidé de partir de ton propre chef. Ainsi, l'honneur sera sauf. Je ne crois pas que tu aies le choix de toute façon.

— Pourquoi est-ce que tu me fais ça ? s'écria-t-elle en fondant en larmes.

— Parce que je suis un gros connard, un psychopathe, un tas de merde, un incapable, un attardé mental et j'en passe.

— Ce que je dis à propos de toi quand je ne suis pas au bureau ne te regarde pas, hurla-t-elle.

— Baisse le ton, je te prie. Si ta décision est déjà prise, tu n'as aucune raison de te mettre dans cet état.

— Écoute-moi bien, Daniel. (Elle se leva de sa chaise et contourna le bureau avant de poursuivre :) Je vais donner ma démission, mais quand Nerea l'apprendra elle va te botter le cul jusqu'à le casser en deux.

Carmen se dirigea vers la porte en larmes. Jusqu'ici, elle avait toujours trouvé la force de contenir sa rage quand elle bouillait intérieurement, mais cette fois, c'était trop.

Juste au moment où elle allait sortir du bureau, Daniel la rappela.

— Carmen…

— Quoi ?

— Si tu veux t'épargner les mauvaises blagues, commence par ne pas en faire toi-même.

— Comment ?

— Maintenant, retourne à ton poste de travail. Je ne veux plus jamais t'entendre élever la voix. C'est la première et la dernière fois que tu me manques de respect. Va travailler. Et que je ne te voie pas lever le nez de ton ordi de toute la journée.

Carmen se retint de lui balancer le porte manteau à la figure, mais elle se consola en imaginant comment Lola aurait réagi si elle avait été à sa place. Sûr que Lola serait ressortie menottée entre deux policiers.

— Tu es en train de me dire que c'était une blague ?

— Oui, du même tonneau que les tiennes. Retourne travailler, dit-il en haussant un peu le ton.

— Non.

— Comment ça, non ? Tu ne vas tout de même pas rester plantée là.

— Je m'en vais. Trouve-toi une autre tête de Turc.

Elle ferma les yeux et inspira pour s'assurer qu'elle n'était pas en train de faire une chose qu'elle allait regretter. Puis elle ajouta :

— Il y a tellement longtemps que tu me gonfles que j'en ai jusque-là. Je savais que cela arriverait un jour. Personne ne peut te voir en peinture dans ce service, car en plus d'être un incompétent notoire, tu es un lèche-cul de première. Et je rajouterai que tu es un attardé mental. Je m'en vais par la grande porte, et j'espère que la prochaine fois que tu remonteras ta braguette tu te la pinceras, gros balourd. Ah, et puis, ne compte pas sur Nerea pour te faire des pipes, sale pervers, parce qu'elle a horreur de ça.

Carmen sortit du bureau sous le regard stupéfait de tous ses collègues. Naturellement, ils n'avaient pas entendu leur conversation, mais certaines paroles prononcées haut et fort étaient parvenues comme des explosions jusqu'à leurs oreilles.

Elle passa devant le bureau de Barto, l'embrassa sur la bouche, puis gagna son propre poste de travail, où elle ramassa ses affaires : un mug, deux ou trois photos, un stylo et un classeur. Daniel sortit en courant derrière elle.

— Carmen.

— Quoi ?

— Tu as pris une décision qui risque de te coûter cher.

Carmen baissa la voix. Il n'y avait pas de raison que les autres connaissent la raison de leur dispute.

— Partir pour ne plus voir ta gueule chaque jour est la meilleure décision que j'aie jamais prise, Daniel. Et cette fois la coupe est pleine. Je ne te supporte plus. Tu trouves que j'ai passé les bornes ? Songe à toutes les fois où tu m'as dit devant tous les collègues de ne pas manger tout le gâteau, où tu t'es moqué de ma façon de m'habiller, où tu as tourné mes présentations en dérision pour ensuite prétendre qu'elles étaient de toi.

Daniel l'écoutait sans rien dire.

— Carmen, je suis sérieux. Viens, il faut qu'on parle.

— Non.

Ses larmes coulaient à flots sans qu'elle puisse les retenir.

— Si tu donnes ta démission, tu ne pourras pas prétendre au chômage.

— Tu n'as donc pas compris qu'il n'y avait plus de retour possible ?

Ils jetèrent un coup d'œil autour d'eux. Tout le monde les observait.

— Il y a toujours une solution, Carmen, ne t'en va pas. Je te le demande en tant que chef, pas en tant que personne. Je vais me retrouver avec une équipe incomplète.

— Bah, tu trouveras sûrement à me remplacer.

— Mais pas quelqu'un comme toi.

— Ah, non, s'il te plaît ! dit-elle en haussant légèrement le ton.

— Carmen…

Elle s'essuya les yeux avec le dos de la main et s'en alla sans jeter un regard en arrière. Barto se leva, mais Daniel lui hurla que s'il sortait ce n'était plus la peine de revenir ensuite… Ne sachant que faire, Barto se rassit, songeant que ça n'arrangerait pas leurs affaires s'ils se retrouvaient tous les deux au chômage.

Carmen erra un moment avec toutes ses affaires dans les bras, puis elle se laissa tomber sur un banc dans un jardin public et pleura toutes les larmes de son corps. Ce travail était la seule chose qu'elle avait dans la vie, à part nous. Elle n'avait ni famille ni passe-temps, et pour ainsi dire pas de vie privée. En échange d'un salaire modique, elle s'était donnée corps et âme à cette entreprise pendant six ans. Et maintenant, elle était désemparée…

Manager d'une société depuis un peu moins d'un an, Nerea travaillait dans un bureau situé au trente-sixième étage et doté d'une grande baie vitrée qui offrait une vue panoramique sur la ville.

Comme chaque matin, elle était en train de dépouiller son courrier en sirotant un café, quand son portable sonna. En principe, elle ne prenait jamais d'appels privés quand elle était au travail. C'est pourquoi elle le laissa sonner et poursuivit ses tâches, jusqu'à ce que son téléphone fixe se mette à sonner à son tour.

— Oui ?

— On vous demande à la réception, lui dit sa secrétaire.

— Je n'attends personne. Tâchez de vous en débarrasser.

— Il s'agit d'une visite à caractère personnel. Une certaine Carmen Carrasco.

— Carmen ?

— Oui.

— Dans ce cas, faites-la monter.

Nerea se leva et sortit dans le couloir. Comme presque tous ses collègues étaient en rendez-vous à l'extérieur, l'étage était quasi désert, et personne ne remarqua la venue de Carmen. Elle tenait un mug et des photos encadrées dans ses bras, et avait les yeux gonflés d'avoir pleuré. Son rimmel avait coulé, formant des coulures noires sur ses joues rouges.

— Carmen ! Mais que se passe-t-il ?

Carmen fondit en larmes et Nerea la fit entrer dans son bureau. Durant les vingt minutes suivantes, Carmen lui expliqua qu'ayant découvert que Daniel était son jules, elle s'était servie des confidences de Nerea pour les retourner contre lui.

Nerea n'en croyait pas ses oreilles. Elle était furieuse : contre Carmen, qui n'avait pas été honnête ; contre moi, pour avoir fermé les yeux ; contre Lola, pour avoir encouragé Carmen à se servir de ses confidences pour tourmenter Daniel ; et surtout contre lui. Elle n'arrivait pas à croire qu'il ait pu faire une chose pareille. C'était ni plus ni moins de l'abus de pouvoir, alors qu'en tant que chef il aurait dû donner l'exemple !

— Tu vas rentrer chez toi et faire un somme. Moi, je vais…

— Non, Nerea, je ne veux pas que tu fasses quoi que ce soit. Je voulais simplement que tu saches la vérité.

— Je comprends, mais maintenant, rentre chez toi.

Le portable de Carmen se mit à sonner et elle redoubla de larmes.

— C'est Barto. Il y a une heure qu'il cherche à me joindre, mais je ne réponds pas, dit-elle d'une voix entrecoupée de sanglots.

Nerea s'empara du téléphone.

— Barto, c'est Nerea. Carmen est un peu secouée, mais elle va bien. Tu me peux me rendre un service? Daniel est dans son bureau?

Quand j'ouvris la porte, j'eus un choc, en trouvant Carmen dans tous ses états. Je compris ce qui s'était passé en voyant tout le bric-à-brac qu'elle portait dans ses bras. Je lui préparai une infusion et lui administrai un Lexatin.

Nerea entra d'un pas résolu dans le service où travaillait Daniel. La réceptionniste lui emboîta le pas en lui demandant si elle pouvait l'aider; une façon polie de lui faire comprendre qu'on n'entrait pas ici comme dans un moulin. Mais Nerea releva le menton et lui décocha un regard de glace.

Barto lui indiqua où se trouvait le bureau de Daniel, et après s'être assuré qu'il était seul, Nerea entra sans frapper. En la voyant, il se mordit la lèvre, puis se prit la tête dans les mains.

— Nerea…

— Non, mais, tu te rends compte de ce que tu as fait?

— C'est elle qui a décidé de partir! J'ai juste voulu lui fiche la trouille. Elle est complètement à côté de ses pompes.

— Daniel! Tu n'aurais pas dû. Ce n'est ni humain ni professionnel.

— Mais elle a…, j'ai voulu lui donner une leçon.

— Ah, oui? Tu aurais dû au contraire lui montrer quc tu étais au-dessus de ces enfantillages. Tu es son chef, nom d'un chien! Mais tu t'es comporté comme un caïd de cour d'école. Et tu sais quoi? Elle ne reviendra jamais. On voit bien que tu ne la connais pas.

— Et je suis censé faire quoi, moi ?

— T'arranger pour qu'elle puisse toucher le chômage. Première chose. Et ensuite, lui rédiger une lettre de recommandation.

— Quoi ?

Elle le foudroya du regard.

— Vous êtes allés trop loin l'un et l'autre... Vous vous comportez comme des gamins. Depuis des années ! Tu t'imagines que tous les gens de mon service me sont sympathiques ? Pas du tout, mais je les juge sur d'autres critères, et jamais il ne me viendrait à l'idée de les prendre comme têtes de Turc. D'ailleurs, je ne comprends pas où vous voulez en venir !

Honteux, Daniel ne répondit pas.

— Est-ce que tu te souviens de la fois où je t'ai dit que mon amie Carmen avait horreur du village dans lequel elle a grandi ? demanda-t-elle. Je crois que tu n'as jamais compris que là-bas elle n'avait pas d'avenir. Carmen est l'une des femmes les plus intelligentes que je connaisse, et tu le sais. Elle a dû batailler pour arriver là où elle est aujourd'hui. Et tu n'as pas idée de l'admiration que ses parents lui vouent.

— J'ai voulu mettre fin une fois pour toutes à ce bras de fer, et je n'avais pas envie qu'elle s'en aille la tête haute.

— Trésor..., dit-elle en fermant les yeux. C'est une de mes meilleures amies. Envoie-lui la lettre de recommandation en personne, mais laisse d'abord passer quelques jours. Le temps qu'elle se calme et qu'elle ne la déchire pas. Je n'ai rien d'autre à ajouter.

Sur ce, Nerea se leva et sortit. Daniel alla trouver Barto et lui demanda d'aller voir Carmen.

— Elle est chez Valeria.

Barto remercia le ciel pour l'intervention de Nerea. Nerea remercia le ciel de l'avoir aidée à garder son sang-froid. Carmen remercia l'industrie pharmaceutique d'avoir inventé le Lexatin.

32

De l'importance des jolies choses…

Je passai deux jours au lit, à contempler le plafond, en pensant à ce qui était arrivé à Carmen. Après la sieste induite par quelque mystérieux comprimé, elle avait réussi à renaître de ses cendres, tel le phénix, et farouchement déterminée à chercher un travail qui soit plus créatif et mieux payé. Elle venait de recevoir la lettre de recommandation et avait fait toutes les démarches nécessaires pour pouvoir toucher le chômage en attendant de trouver un emploi.

Chacune de nous fit jouer ses relations pour l'aider à trouver un poste dans une autre agence de pub. Carmen avait un bon CV, mais encore fallait-il que les entreprises recrutent.

Après trois jours passés à méditer sur les déboires de Carmen, j'eus une prise de conscience. Je me vis, affalée sur le lit, avec mon ordinateur en *standby*, incapable de savoir ce que je voulais raconter. Car comment parler efficacement du réel ?

Le poste que j'occupais avant n'était pas si mal, et il aurait même pu déboucher sur des possibilités de carrière intéressantes. Mais c'était un travail sans surprise, routinier, sous les ordres d'un lèche-bottes qui manquait d'empathie, comme il en existe dans toutes les entreprises. Les conditions de travail étaient excellentes, mais malgré cela, je n'arrivais pas à m'épanouir. Je ressentais comme un vide intérieur. Énorme et permanent. Autrement dit, j'en avais jusque-là. Mais alors pourquoi est-ce que je passais mes journées à gober alors que j'avais réussi à obtenir ce dont je rêvais depuis toujours ?

Je m'assis devant mon ordi et créai un nouveau document. Je contemplai un instant le clavier en soupirant, puis j'ouvris les guillemets et tapai un s, un e, suivi d'une espace, puis un m… Mes doigts se mirent à courir sur les touches tandis que je me calai confortablement sur ma chaise. Sans presque m'en rendre compte, je traçai les contours de l'intrigue que j'essayais de cerner depuis que j'avais commencé à écrire. Je l'avais traquée en vain pendant un temps infini. Et voilà qu'elle surgissait d'elle-même. Pourquoi ?

Adieu l'irréalité. J'allais pouvoir parler enfin de la vraie vie, celle que je voyais s'animer autour de moi chaque matin quand je sortais du lit. J'ignorais ce qui allait en sortir, mais mes doigts couraient sur le clavier. Soudain, j'avais une raison d'écrire, quelque chose à raconter.

33

Sexe…

Quand je me levai de ma chaise, j'avais les reins en compote, mais j'avais tout de même réussi à pondre quarante pages d'un seul jet. En théorie, un bon écrivain est censé mettre plusieurs jours à écrire une page, parce que la qualité doit primer sur la quantité. Mais j'étais satisfaite, malgré tout, même si je n'en étais encore qu'aux prémices de ce que j'avais baptisé mon « nouveau projet », car je sentais que la machine était lancée…

Je savais qu'Adrian allait passer la semaine à boucler les commandes qu'il avait en cours, pour pouvoir avoir la tête libre lorsqu'il partirait à Almería. Il bossait douze heures par jour, mais comme je n'étais pas une épouse exigeante, je me contentais des miettes qu'il voulait bien m'accorder… autrement dit une vingtaine de minutes par-ci par-là.

Je décidai de l'appeler, car si nous voulions vraiment recoller les morceaux, un simple baiser ne suffirait pas. Quand il décrocha, il avait clairement la tête ailleurs.

— Bon, ben, on se voit ce soir à la maison, alors ? dis-je, déçue.

— Je ne serai pas de retour avant neuf heures. Je dois passer à la galerie et tu sais comment est Antonio quand il se met à te tenir le crachoir…

— Pas de problème.

— Tu as écrit pendant toute la matinée?

— Oui, sans m'arrêter depuis que tu es parti, répondis-je toute fière de moi.

— Tu devrais sortir faire un tour pour… ? (Il se tut puis me dis :) Attends, une seconde. (Il mit sa main devant le micro, puis je l'entendis qui disait :) Alex, s'il te plaît…, reste tranquille.

Non, sérieux, il avait vraiment dit ça?

Je demandai :

— Qu'est-ce qui se passe?

— Euh, quoi ?

Adrian ne savait pas mentir. Mais était-ce le bon moment pour lui faire une scène et lui demander des explications ?

— Je crois que je vais suivre tes conseils et sortir faire un tour.

— C'est ça, appelle les filles.

Justement, non.

Je sonnai chez Victor, sûre de moi. S'il n'était pas là, tant pis, j'irais écrémer les boutiques de créateurs… avec la carte bancaire d'Adrian. J'étais en train d'essayer mentalement un chemisier Carolina Herrera quand Victor ouvrit la porte. Visiblement surpris, il sortit sur le palier.

— Salut ! dis-je, un sourire timide aux lèvres.

— Salut ! Que… qu'est-ce que tu fais ici ?

— Je passais dans le coin, et je me suis dit que tu aurais peut-être envie de sortir faire un tour…

— Euh, le problème c'est que… (Il avait l'air dans ses petits souliers et, rabattant légèrement la porte derrière lui, il avoua :) Je ne suis pas seul.

Une voix féminine, et très jeune, claironna dans le salon :

— Victor, ne me dis pas que c'est l'employé du gaz !

Je restai bouche bée, ne sachant que penser. Est-ce que Victor me faisait les yeux doux les jours pairs et sautait d'autres nanas les jours impairs ? Nous ne nous étions pas juré fidélité éternelle, et pour autant que je sache, il n'avait pas prononcé le vœu de chasteté. Il était donc tout à fait libre de coucher avec qui il voulait.

La fille surgit tout à coup du salon et ouvrit la porte en grand. Est-ce qu'une crise de jalousie par jour ne suffit pas ?

Vingt ans à peine, elle était ravissante, comme toutes les conquêtes de Victor, je suppose. Une chevelure noire bouclée magnifique qui lui arrivait sous la poitrine, et des yeux vert émeraude… Elle portait un jean slim et un haut ample à bretelles rose fluo. Nous nous dévisageâmes, tout aussi stupéfaites l'une que l'autre.

— Désolée, dis-je confuse. La prochaine fois je t'appellerai.

— Attends, Valeria…, me dit Victor en m'attrapant par le bras.

— Non, non, je vois bien que je te dérange. Encore désolée.

Un sourire énigmatique aux lèvres, il proposa :

— Entre.

Pour quoi faire, une partouze dans son salon ? Non, mais ! Pas question que je me laisse manipuler. Cependant, je ne protestai pas lorsqu'il m'entraîna à l'intérieur du petit vestibule et referma la porte.

— Nous parlions justement de toi, rit-il en passant nerveusement une main dans sa crinière brune. Je te présente ma sœur, Alina.

— Oh… fis-je, sentant mes joues s'empourprer.

— C'est vous la femme mariée ? s'exclama Alina, confuse. C'est drôle, je vous imaginais plus vieille.

J'écarquillai les yeux.

— Alina, s'il te plaît…, s'agaça Victor.

— Mais entrez donc, me dit-elle en souriant.

Maintenant que je la voyais de plus près, je réalisai combien elle lui ressemblait.

— Je croyais que…

— J'imagine sans peine ce que tu croyais, dit-il. Je te sers une bière ?

— Volontiers.

— Moi aussi, dit sa sœur.

— Toi, tu te tais, lui répondit-il sèchement.

Victor disparut quelques instants et Alina m'invita à m'asseoir. Il s'en revint avec deux bières bien fraîches et un Coca.

— Victor ! protesta-t-elle en prenant le Coca. Tu ne sais pas que je suis majeure ?

— C'est ça ou de l'eau.

— Ou un jus de citron moisi, ajoutai-je, un peu tendue.

Victor éclata de rire.

— Tu ne me le pardonneras jamais ?

— Laisser quelqu'un mourir de faim est un délit, mon cher monsieur.

— C'est un concours de blagues à deux balles ou quoi ? soupira sa sœur.

Nous la regardâmes tous les deux avec la même idée en tête : qu'elle se dépêche de finir son soda et d'aller vaquer à ses occupations. Victor fit claquer sa langue, puis se tournant vers moi, m'expliqua :

— Elle a une soirée de prévue et elle va dormir ici. Elle s'imagine qu'ainsi mes parents ne vont pas se douter qu'elle a fait une bringue d'enfer toute la nuit.

— Tu étais jalouse quand tu m'as vue, pas vraie ? me lança-t-elle en riant.

— Alina ! Je croyais que tu devais te préparer ?

— Bon, bon, je vous laisse, ronchonna-t-elle.

Victor leva les yeux au ciel, et elle disparut dans le couloir. J'allais ouvrir la bouche pour parler, mais il me stoppa. Puis se tournant vers la porte, il cria :

— Je sais que tu es là et que tu écoutes aux portes. File dans la salle de bains, sinon ça va barder !

Je l'entendis qui riait, puis tirait le loquet de la salle de bains.

— J'ignorais que tu avais une petite sœur.

— Hélas, pour mon plus grand malheur, soupira-t-il. (Puis après un silence, il me demanda :) Tu étais vraiment jalouse ?

— On aime bien poser des questions dans ta famille, à ce que je vois.

— Parfois.

Je fis la moue.

— Si tu es occupé, je peux…

— T'inquiète. Une fois qu'elle se sera copieusement tartinée de fond de teint, elle va mettre les voiles. Mais parle-moi de toi. Comment vas-tu ?

Nous nous regardâmes un moment sans rien dire, et je me remémorai la première fois où nous avions passé l'après-midi ensemble, à rire comme des idiots. Je battis des paupières pour me tirer de ma rêverie.

— Vous étiez vraiment en train de parler de moi ? demandai-je en haussant un sourcil surpris.

— Oui.

— Et ?

— Je lui disais que j'avais fait la connaissance de quelqu'un de spécial, mais qu'il y avait un souci… car ce quelqu'un était marié avec quelqu'un d'autre que moi.

— Je ne te crois pas.

— Moi, je crois que tu aimes m'entendre dire que tu me plais.

Il fit courir ses doigts sur ma peau.

— Victor, je…

J'éprouvai soudain le besoin de lui dire qu'il me plaisait lui aussi.

— Je sais. Je suis un gentleman. Je n'insisterai pas.

— Oui, enfin… Lola m'a dit combien tu savais être romantique parfois.

— Je n'ose pas imaginer ce qu'elle t'a raconté.

— Il ne vaut mieux pas.

— En effet, car elle t'a certainement menti.

— Je ne crois pas.

Alina ressortit de la salle de bains plus vite que je ne l'aurais imaginé, en robe courte verte, sans bretelles. Victor la détailla et soupira.

— Attends une seconde, me dit-il avant de se tourner vers sa sœur. Alina, tu ne penses tout de même pas y aller en petite culotte ?

— Si, bien sûr, et même en string.

— Tu vas me faire le plaisir de tirer sur cette jupe ! On voit tout !

— Si je tire sur ma jupe, on va voir mes seins. Qu'est-ce que tu préfères ?

— Alina ! Tu es pratiquement nue ! Mets un pantalon, je ne sais pas !

— Ben voyons ! Toi tu ne te gênes pas pour draguer des nanas qui sont encore plus dévêtues que moi ! (Elle me lança un regard appuyé :) Euh, pardon. Je voulais dire avant… parce que ce n'est pas ton cas, bien sûr…

— S'il te plaît, tais-toi ! implora Victor, gêné.

Juste au moment où il faisait un geste de la main, comme pour dire « c'est un cas désespéré », elle s'écria :

— Au fait, Victor, si je reviens accompagnée ce soir, tu pourras dormir sur le canapé ?

— Si tu reviens accompagnée, je te flanque une raclée, répondit-il calmement.

— Tu préfères que je fasse ça sous un porche ?

Je m'étranglai avec ma bière.

— Je préfère que tu te taises, Alina, rétorqua-t-il.

— Au fait, juste au cas où, je te signale que je t'ai pris quelques capotes dans ta table de nuit. Il y en a une telle quantité de toute façon, que tu ne vas sûrement pas pouvoir…

— Je vais la tuer…

Il se leva, mais Alina fila sans demander son reste.

— Laisse-la.

Je l'attrapai par le poignet et l'attirai à moi.

— Mais bon sang, elle n'a que vingt et un ans !

— Elle est majeure, dis-je en le prenant dans mes bras sans même réfléchir.

Il fit la moue.

— Sauf que c'est une vraie gamine.

Il me serra contre lui et m'embrassa dans le cou.

Ça commençait très mal.

— C'est vrai que tu as une montagne de capotes dans ta table de nuit ? demandai-je en le fixant du regard.

— Ben…

Il s'assit sur le canapé et m'installa à califourchon sur ses genoux.

Nous nous regardâmes et éclatâmes de rire.

Il me caressa un instant les épaules, puis je me laissai tomber à côté de lui et posai mes pieds sur ses genoux. Il commença à défaire les brides de mes sandales à talons. J'agitai voluptueusement mes orteils endoloris.

— Pourquoi est-ce qu'on ne s'installerait pas dans la chambre, plutôt ? Comme ça, je pourrais m'allonger moi aussi.

— Tu fais la même chose avec les autres ?

— Oui, et ensuite, je les attache aux barreaux du lit avec des capotes.

Victor se leva et je le suivis, pieds nus, jusqu'à la chambre à coucher.

Quand j'entrai, il était en train d'ôter son pull, qu'il jeta sur le fauteuil de cuir noir, sur lequel était posé un soutien-gorge. Il ôta sa chemise et s'empara du soutien-gorge.

— Ne me dis pas que cette gamine sort dans la rue sans ce truc !

— Elle va se faire arrêter ! m'écriai-je me jetant sur la couette.

— Bien. (Il ferma les yeux et demanda :) Mais au fait, que me vaut cette visite surprise ?

— En fait, je suis repartie de zéro et j'ai commencé un nouveau roman.

— Ah, oui ? Et sur quel sujet ?

— Je ne peux pas encore en parler. Mais je dirai simplement que ça n'a rien à voir avec mon précédent livre. J'ai besoin d'en apprendre un peu plus sur le sexe masculin.

— Tu es mariée depuis six ans…, et tu as besoin de moi pour en savoir plus sur les hommes ?

— J'ai besoin de comprendre pourquoi les hommes célibataires se comportent comme ils le font. Je suis Carrie Bradshaw.

— Qui ça ?

Je ris.

— Vous autres, de quoi parlez-vous quand vous êtes entre hommes ?

— De sexe.

Il vint s'étendre sur le lit à côté de moi.

— Allons bon. Je m'attendais à une réponse du style : les femmes, les bagnoles, la musique.

— Non, non, que de sexe, dit-il en riant.

— Et vous vous racontez quoi ? Vos prouesses, vos bons coups, vos positions préférées ?

— Positions ? Non, ce sont plutôt les femmes qui parlent de ce genre de choses. J'ignore quelle est la position préférée de mes collègues et, franchement, je m'en contrefiche.

— Ce n'est tout de même pas si grave…

— Non, juste trop visuel. Mais, dis-moi, tu connais celles de tes amies ?

— Oui. Lola, elle aime être dessus, Carmen aime faire ça assise, et pour Nerea c'est la position du missionnaire avec la lumière éteinte.

Il sourit de toutes ses dents.

— Et toi ?

Il me prit par la taille et me regarda dans les yeux.

— Et toi ? répliquai-je.

— Les hommes ne parlent pas de ces choses.

— Pas quand ils sont entre eux. Mais moi, je n'ai pas de quéquette.

— J'avais remarqué…

Il pencha la tête de côté.

— Arrête ! dis-je en le repoussant pour rire.

— Si je te le dis, tu me le dis, toi aussi ?

Je hochai la tête.

— Moi, c'est debout.

— Impossible, m'esclaffai-je.

— Bien sûr que si.

— Pur fantasme !

J'éclatai de rire.

— Viens.

Il se leva.

— Où ça ? demandai-je sans le prendre au sérieux.

— Mets-toi debout.

— Arrête de déconner.

— Je ne déconne pas. Viens.

Il me poussa vers le lit et je me mis debout face à lui, raide comme un piquet. Il fit un pas dans ma direction et me prit avec force dans ses bras. Mes jambes se nouèrent instinctivement autour de sa taille, et, nous faisant pivoter sur nous-mêmes, il me plaqua violemment le dos au mur, tout en soutenant mes cuisses avec ses mains.

— Je peux ou pas ? demanda-t-il en approchant ses lèvres des miennes.

— Non, tu seras KO en moins de deux. Sauf si tu bats ton propre record, bien sûr…

— Pas du tout, et je peux t'en faire la démonstration quand tu veux.

— Oui, bon. Mais je n'arrive pas à croire que tu peux tenir, mettons, une demi-heure ?

— Ce genre de posture, c'est pour tirer un coup vite fait, ma jolie.

— Repose-moi à terre. Tu me touches les fesses.

— Oui, mais sans y prendre aucun plaisir, dit-il en fronçant le nez.

Il me laissa tomber assise sur le lit et resta debout.

— Et maintenant, ta posture préférée, c'est quoi? (Comme j'avais l'air d'hésiter, il insista:) Allons... j'attends!

— À genoux, confessai-je.

— Comment ça, à genoux?

Il s'approcha du lit, et d'une prise rapide me retourna pour que je me retrouve dos à lui et à quatre pattes sur le matelas. Il me prit par la taille et demanda:

— Comme ça?

Je fermai les yeux tout en m'exhortant à garder le contrôle. Son pubis collé contre mes reins, il imitait le va-et-vient d'un couple qui fait l'amour. Un peu plus et je tombais en syncope.

— Non, pas comme ça, dis-je avec un rire nerveux.

Il me releva, une main posée sur mon ventre, et se mit à genoux sur le lit.

— Tu veux dire comme ça?

— Oui, à peu près.

— Désolé, mais là, pour le coup, c'est impossible.

Je me rapprochai et me serrai un peu plus contre lui; je plaçai ses mains juste sous mes seins, et me retournai légèrement pour le regarder. Puis je fis aller et venir mon bassin en me frottant subtilement à lui.

— Tu vois que ce n'est pas impossible, murmurai-je.

— Pourquoi est-ce que tu ne te mets pas à l'aise? suggéra-t-il en enfouissant son nez dans mon cou.

— Victor!

— Valeria, tu joues avec moi, ce n'est pas juste, geignit-il en se laissant retomber sur le lit.

— C'est toi qui cherches à me débaucher !

Je m'allongeai à côté de lui, et profitai de ce qu'il contemplait le plafond pour ouvrir le tiroir de sa table de nuit.

— Valeria !

J'éclatai de rire. Sa sœur avait raison. Maudite Alina…

— C'est pourtant vrai que tu as de quoi tenir un siège là-dedans !

— Je suis prévoyant.

— Victor, s'il y avait un cataclysme et que tu te retrouvais enfermé dans un harem, tu pourrais tenir des années avec toutes ces provisions.

— Moi, je pense au contraire que je n'en aurais pas assez.

— Pas assez ?

— Avec toi, je veux dire. Je tiendrais tout au plus un week-end.

— Fantasme pur, dis-je en riant.

— Ne m'oblige pas à te faire une démonstration.

Il haussa un sourcil.

— Mais, c'est du viol.

— Du viol, non. Pour cela il faut que l'un des deux ne soit pas consentant.

— Je te trouve très sûr de toi.

Je nouai une jambe autour des siennes.

— En effet. Je suis sûr que tu serais d'accord pour prendre une douche avec moi.

— Il n'y aurait pas assez de place.

— Je suis architecte, je te signale que c'est moi qui ai conçu cet appartement.

Il se plaça au-dessus de moi, en appui sur ses avant-bras. Je le caressai et écartai les jambes genoux repliés.

— Je te conseille de ne pas trop me toucher, Valeria, sinon je vais faire un malheur.

— Comme quoi ?

— Tu aimes bien que je te dise des trucs cochons.

Il rit et se laissa tomber sur moi.

— Oui. (Mon cœur s'emballa d'un coup lorsque je demandai :) Encore…

— Alors, c'est vrai ?

Il fit un mouvement brusque de la hanche qui m'arracha un gémissement de plaisir.

Honteuse, j'enfouis ma figure dans son cou.

— Oui, c'est vrai.

— Je recommence à bander. Tu as remarqué ?

J'écartai un peu plus les jambes et Victor m'embrassa dans le cou tout en se frottant contre moi. Je me tortillai sous lui, et tandis que ses lèvres effleuraient presque les miennes, je frottai mon pubis contre le sien. Un frisson me parcourut de la tête aux pieds quand je sentis son membre durcir à travers son jean.

Il poussa un grognement de plaisir.

Nous nous enlaçâmes à nouveau et je passai mes cuisses autour de ses hanches, tandis qu'une petite voix en moi suppliait : « Juste encore un peu… »

— On devrait arrêter, murmurai-je.

— On devrait ? répéta-t-il. Mais qui l'a dit ?

— Moi.

Je ris et le serrai contre moi.

Il se mordit la lèvre et s'installa à nouveau entre mes jambes. Je me cramponnai à lui de toutes mes forces en regrettant d'avoir une telle quantité de vêtements sur moi.

— Je pourrais te faire l'amour comme un dingue, grogna-t-il doucement.

— Chaque jour, tu m'obliges à aller un peu plus loin. Et moi, je te cède du terrain sans même m'en rendre compte, murmurai-je.

— Tu t'en rends parfaitement compte, menteuse.

Nous nous regardâmes un long moment sans rien dire, puis Victor demanda :

— Tu es fâchée avec Adrian ?

Je restai bouche bée. Je ne m'attendais pas à ça. Je me sentis soudain sale, et comme étrangère à moi-même. Jamais, je ne me serais cru capable de faire les choses que je faisais désormais en toute simplicité.

Je m'assis au bord du lit. Où étaient donc passées mes maudites sandales ?

— Et maintenant, on fait quoi ? demanda-t-il, contrarié.

— Tu as raison. Ce n'est pas bien. Je rentre chez moi.

— S'il te plaît, Valeria.

— Tu l'as dit toi-même. Ce n'est pas juste. Je suis fâchée avec Adrian. Il vaut mieux que je m'en aille…

— Hep !

— Quoi ?

Je me retournai et nous nous retrouvâmes face à face. Les sourcils froncés, Victor avait l'air plus sérieux que jamais.

— Écoute, Valeria, tu sais bien que, chaque fois que tu viens ici, c'est parce que tu as un problème avec Adrian.

— Dans ce cas, je m'en vais et on n'en parle plus.

— Je ne cesse de te le répéter, mais c'est toi qui reviens ! Que suis-je censé penser ?

— Que je reviens parce que j'aime être avec toi.

— Et aussi parce que tu meures d'envie de coucher avec moi.

Je ne répondis pas. Mais qui ne dit mot consent.

— Tu penses qu'Adrian couche avec l'autre, c'est ça ?

— Je n'en sais rien. Je n'en suis pas certaine.

— Et s'il faisait la même chose que toi de son côté ? Techniquement parlant, tu ne lui es pas infidèle... Mais, enfin, Valeria, est-ce que tu te rends compte de ce que nous étions en train de faire à l'instant ?

— Qu'est-ce que tu veux que je te dise ?

— Je veux que tu sois honnête avec toi-même.

Il se leva et vint se poster devant moi.

— Je n'ai pas envie de te mener en bateau. Ce n'est pas mon genre. Mais tu dois bien comprendre que ce que nous faisons, c'est aussi grave que si nous avions des rapports. Et, de fait, nous avons des rapports. Sauf que ce n'est pas tout à fait comme si nous faisions l'amour !

— Non, c'est vrai.

— Si nous étions en couple, toi et moi, je deviendrais fou s'il te faisait ce que je te fais.

— Mais ce n'est pas vraiment du sexe, Victor.

— Pourquoi ? Parce que nous ne sommes pas à poil et que nous ne concluons jamais ? Parce que nous nous en tenons éternellement aux préliminaires !

Il baissa les bras, l'air dépité, et fit claquer sa langue :

— Et moi, j'attends, comme un con ! Je te jure que c'est un supplice pour moi, Valeria. Je souffre dans ma chair et je vais finir par craquer. Maintenant, si tu ne sais pas ce que tu veux... Que tu le fasses par dépit pour Adrian, soit, mais en attendant tu me tiens sur des charbons ardents, et nous savons très bien que ça va mal finir.

— Et qu'est-ce que tu veux qu'on fasse ? Qu'on tire un coup vite fait ? Pourquoi... ? Au final, ça reviendrait au même, non ?

— Tu veux quoi ? Que j'attende bras croisés que tu te décides ? Tu n'as pas idée du vide que tu laisses derrière toi quand tu t'en vas.

— Tu as des tas de copines pour te consoler, non?

Victor leva un sourcil outré.

— C'est à ce jeu-là que tu veux jouer?

Je baissai les yeux, furieuse contre moi-même. Comment osais-je balancer une remarque comme celle-là à un mec qui n'était ni mon petit ami ni mon amant, et encore moins mon mari?

— Désolée, je ne le pensais pas, m'excusai-je.

— Je n'ai pas envie d'autres filles, dit-il sur un ton cassant. Pour moi, les femmes ne sont pas juste des bouches ou des vagins, tu comprends?

— Mais je ne peux pas, Victor, dis-je d'une toute petite voix.

— Si, tu le peux, mais tu ne veux pas, voilà tout!

Il se passa une main dans les cheveux en soupirant.

— Victor – je lui touchai le bras, mais il se recula –, je ne peux pas. Je suis mariée.

— Mais à quoi est-ce que ça t'avance puisque, en réalité, c'est avec moi que tu as envie d'être?

Je retins mon souffle. Que cherchait-il à me dire? Qu'il ressentait pour moi plus que de l'attirance physique et qu'il voulait que je quitte Adrian?

Victor reprit son calme et déclara:

— De toute façon… Il y a peut-être moyen de surmonter cette situation ou simplement de s'y adapter, sexuellement, s'entend. Mais toujours est-il que tu ne me facilites pas les choses…

— Je suis une…

— Non, non. Arrête. Tu es… complètement chavirée. Et je le comprends. Je suis certain que tu tiens beaucoup à Adrian – il ferma les yeux et se laissa retomber au bord du lit. C'est juste que tu ne sais pas comment faire face, et qu'il te fournit l'excuse parfaite pour…

— Ce n'est pas de sa faute, répliquai-je.

— Non, c'est de notre faute à tous les trois. Lui, toi, moi.

Il esquissa un sourire timide qui me réconforta.

— Surtout de la tienne, murmurai-je en lui rendant son sourire.

— Mais bien sûr. Parce que je suis un porc et que la nuit derrière j'ai rêvé que je te prenais sur la table de la cuisine. Allons, va-t'en, va-t'en vite avant que je…

— Avant que tu…

— J'aimerais bien dire le fond de ma pensée, mais j'ai peur que tu me fiches une raclée.

J'éclatai de rire et Victor me regarda d'un drôle d'air.

— Non, sérieusement, dit-il. Si je le pouvais, je te haïrais. Ce serait plus facile.

Il m'attira contre lui. Je tombai à califourchon sur ses genoux et il m'enserra aussitôt les hanches avec ses bras.

— Pourquoi est-ce qu'on ne s'est pas connus sept ans plus tôt, bon sang, Valeria ? Tu l'aimes vraiment ? Dis-le-moi… Tu l'aimes ? murmura-t-il tout en m'embrassant sur le menton.

— Je… Je ne sais pas.

— Pourquoi est-ce que tu ne divorces pas ? Je t'épouse demain.

Il me baisa les lèvres.

— Je sais ce que tu veux, petit malin. Ce n'est pas m'épouser.

Je m'écartai en riant, puis lançai :

— Viens ! Allons prendre un verre, tu commences à dérailler grave.

Mais il fit non de la tête.

— Non.

— Non, quoi ? dis-je en m'agrippant à ses épaules.

— Je ne déraille pas. Je n'arrête pas de penser à toi.

Si c'était un truc pour m'inciter à baisser la garde, il était bien rodé. Je me penchai vers lui et plaquai mes lèvres sur les siennes. Ses cils frôlèrent doucement mes joues lorsque nous échangeâmes un baiser innocent. J'avais tellement envie de lui que je n'arrivais plus à me contrôler. Nous nous regardâmes, puis nous rapprochâmes à nouveau l'un de l'autre et nous embrassâmes encore deux fois.

— Valeria, s'il te plaît.

Nous nous serrâmes l'un contre l'autre, et lorsque ses lèvres s'entrouvrirent doucement, nos langues s'enlacèrent comme deux cobras. Je m'écartai un peu et Victor fit un geste pour déboutonner mon jean.

— Attends, le suppliai-je.

— On va en rester là ?

Il haletait, yeux fermés.

— Oui. Désolée.

— Alors, va-t'en, s'il te plaît.

Je me sentais honteuse, rejetée.

— Pourquoi ?

— Parce que trop c'est trop. (Il me prit sur ses genoux et grimaça :) Non, sérieux, elle va finir par se gangrener.

— Et donc, tu ne viens pas, dis-je en me relevant.

— Non. (Il secoua la tête.) J'ai besoin d'être seul.

Je remis mes cheveux en place et soupirai.

Victor regardait le plancher en se mordillant les lèvres, tandis que, d'un pas décidé, je me dirigeai vers le salon et renfilai mes sandales. J'avais envie de disparaître le plus vite possible. Nous nous étions embrassés. Nous voulions tous les deux plus. Mais j'avais mis le holà. Et il me mettait à la porte. C'était on ne peut plus clair : dès lors qu'il ne pouvait pas me baiser, je cessais de l'intéresser.

Victor s'encadra dans la porte du salon juste au moment où je me levai et me sourit, légèrement gêné.

— Je m'en vais, lui dis-je en passant mon sac sur mon épaule.

— Tu n'as pas idée comme il m'en coûte de te dire de t'en aller alors que je crève d'envie de passer la soirée avec toi. Mais il faut que j'apprenne à être plus fort, tout au moins au plan émotionnel. (Je regardai le tapis en soupirant lorsqu'il ajouta :) Putain, quelle vacherie !

— Ça ne serait pas plutôt moi, la putain ? balbutiai-je.

— Si je ne suis pour toi rien de plus qu'un bouche-trou qui te sert à compenser le fait que ton mari ne veut plus te toucher, ne reviens pas. Cette situation commence à devenir intenable. J'en ai assez d'avaler des couleuvres et de vous servir de tampon. Je ne veux pas qu'on se serve de moi.

— Tu n'es pas qu'une tocade. J'aime vraiment être avec toi…

Je baissai la tête, honteuse.

Il s'approcha et m'enveloppa de ses bras, un sourire triste aux lèvres. Mon sac tomba de mon épaule et nous nous serrâmes l'un contre l'autre. Bon sang, qu'il sentait bon ! Je posai ma joue sur sa poitrine.

— Je suis fatigué, Val.

Et moi donc ! pensai-je. Quand je le regardai dans les yeux, il implora doucement :

— Donne-moi un baiser avant de partir.

Je me mis sur la pointe des pieds pour l'embrasser sur la joue, mais nous tournâmes en même temps la tête, et nos deux bouches se plaquèrent l'une contre l'autre. Ce fut comme une décharge électrique. Sa langue caressa la mienne et je me sentis comme aspirée. Je posai mes mains sur ses épaules et m'agrippai à lui. Il passa une main dans mes cheveux défaits, puis me saisissant par la nuque, me tira légèrement en arrière pour m'embrasser, sans retenue cette fois.

— Va-t'en et pense à moi surtout.

— Et toi à moi.

Je ramassai mon sac et me dirigeai vers la porte. Juste au moment où j'allais sortir, il me supplia :

— Appelle-moi, s'il te plaît.

34

Aïe, Carmela…

Carmen voulait être forte, mais ne réussissait qu'à faire semblant. Barto lui avait proposé de passer, mais elle n'avait pas envie qu'il la voie dans cet état.

Elle venait de prendre une douche et pensait à présent à l'homme qu'elle haïssait le plus au monde et qui était tombé amoureux de Nerea. Mais le pire, c'est que Nerea aussi était amoureuse.

Mais avait-elle droit de s'immiscer dans leur vie et de punir Nerea sous prétexte qu'elle aimait un homme qu'elle-même ne pouvait pas souffrir ? Non. Elle savait pertinemment qu'à cet instant même Nerea le Glaçon était tiraillée entre son amitié pour elle et son amour pour Daniel. Nerea n'avait aucune raison de le quitter, mais son esprit cartésien de femme germanique lui disait qu'elle ne pouvait pas continuer avec lui.

Elles s'étaient parlé brièvement au téléphone, et Carmen lui avait assuré qu'elle serait son amie jusqu'à la fin de ses jours.

— Tu es mon amie, et je suis prête à accepter votre relation, mais ne comptez pas sur moi pour participer à des dîners de couples, parce que ça risquerait de tourner à l'affrontement.

Mieux valait s'efforcer de le prendre à la légère.

Soudain elle réalisa que, même si elle ne l'avait pas remarqué, cet homme devait avoir de bons côtés pour que Nerea soit à ce point attachée à lui. Et maintenant qu'ils ne seraient plus jamais amenés à travailler ensemble, ils arriveraient peut-être à enterrer la hache de guerre. Non. C'était une idée saugrenue, pour la bonne et simple raison qu'elle continuait d'espérer qu'il allait perdre tous ses cheveux, faire des crises d'hémorroïdes aiguës et que sa chance allait tourner. Tout ça à la fois, et sans qu'il ait le temps de réaliser ce qui lui arrivait.

La sonnette retentit. Elle se leva et alla répondre à l'interphone.

— C'est Barto.

Elle lui ouvrit, en songeant : *quelle tête de mule !* Elle était encore en chemise de nuit et pas coiffée.

Elle laissa la porte entrouverte et courut enfiler un peignoir. Elle l'entendit refermer la porte derrière lui.

— Je suis dans la chambre ! lui cria-t-elle à contrecœur.

C'est alors que Barto entra, précédé d'un bouquet d'arums.

— Oh…, il ne fallait pas, dit-elle, tout émue, dans son peignoir de satin rose pâle.

Barto ne répondit pas, se contentant de sourire gentiment. Carmen prit le bouquet et alla à la cuisine pour le mettre dans un vase. Avant qu'elle ait pu se retourner, elle sentit les mains de Barto qui remontaient sa chemise de nuit sur ses cuisses. Puis il l'embrassa dans le cou. Elle soupira et sentit ses seins se tendre sous son peignoir. Barto la retourna face à lui, l'attrapa par les cuisses et l'assit sur le plan de travail. Il tira sur le nœud de sa ceinture et la défit. La robe de chambre s'affaissa, laissant ses épaules dénudées, puis elle sentit les mains de Barto se poser sur ses seins. Carmen gémit au contact de ses doigts sur sa peau. *Cette fois, il va passer à l'acte*, songea-t-elle. Et pour la première fois depuis très longtemps, elle se sentit tout excitée.

Ils se penchèrent l'un vers l'autre et s'embrassèrent. Et le baiser qu'ils échangèrent lui révéla beaucoup de choses – entre autres que Lola avait tort d'affirmer que Barto était une fleur bleue. Quand ils se séparèrent, Carmen mit une main sur sa bouche, et murmura en écarquillant les yeux :

— Oh…

Sans répondre, il la prit par la taille et la souleva. Carmen passa ses jambes autour de ses hanches, et avant qu'elle ait pu dire ouf, il la déposa doucement sur le lit.

Ils la débarrassèrent ensemble de sa chemise de nuit, qu'ils balancèrent dans un coin du studio. Puis Barto ôta son polo et s'allongea sur elle en l'embrassant dans le cou. Carmen lâcha un gémissement quand la main de Barto s'immisça entre ses seins, effleura son estomac, puis alla se perdre entre ses jambes. Il y avait si longtemps qu'elle attendait ce moment…

Elle lui défit sa braguette, et ne le regretta pas. Barto se leva du lit, et ensemble, ils abaissèrent son pantalon. Lorsqu'ils furent tous deux en sous-vêtements, Barto saisit la taille élastiquée de la petite culotte de Carmen et la lui ôta. Elle nota au passage que ses doigts tremblaient légèrement.

— Tout va bien, lui chuchota-t-elle pour le tranquilliser.

Ils s'embrassèrent, se caressèrent, s'installèrent sur le lit et, pour la première fois de sa vie, Carmen découvrit que faire l'amour avait un sens quand on le faisait avec autant de tendresse.

— Ma chérie, lui dit-il, à présent nu et prêt à la pénétrer. Tu prends la pilule ?

Elle sourit, se retenant de rire, lorsqu'il rougit jusqu'aux yeux, alors qu'il s'agissait d'une question parfaitement naturelle.

— Non, répondit-elle. Mais dans la table de nuit, il y a des…

Il ne la laissa pas terminer. Il se redressa, ouvrit le tiroir de la table de chevet et en sortit un préservatif.

— Je n'aime pas ces trucs-là, dit-il en soupirant.

Et tous deux éclatèrent de rire.

Barto s'allongea sur elle et ils se mirent en position ; elle, jambes écartées et les yeux au plafond, tout en se demandant si c'était comme dans les films. Son petit ami était-il un de ces mecs qui font ça doucement ? Une charge vigoureuse la tira de sa rêverie et elle se tortilla de plaisir. Non. Absolument pas. Barto n'était pas l'homme qu'elle s'imaginait quand elle le regardait de loin, au bureau, sans oser lui avouer ses sentiments. Il n'était ni timide ni maladroit. Au deuxième coup de boutoir, elle sentit le matelas s'affaisser sous elle et songea qu'elle allait avoir un orgasme en moins de deux s'il continuait comme ça. Qui aurait cru que Barto était capable de la faire jouir plus qu'aucun des hommes avec qui elle avait couché jusque-là ?

Il lui saisit les poignets, les ramenant au-dessus de sa tête, puis se mit à aller et venir en elle à un rythme de plus en plus soutenu.

— Je vais te faire ça chaque soir jusqu'à ce que mort s'ensuive.

Et un sourire lascif se dessina sur ses lèvres entre deux grognements.

Leur respiration à tous les deux s'accéléra, et pour la première fois depuis longtemps, Carmen se sentit suffisamment en confiance pour exprimer son plaisir.

— Je vais jouir, dit-elle en rejetant la tête en arrière.

— Je te tiens.

Carmen le regarda, et il sourit.

— Je vais te faire tout ce que tu me demanderas jusqu'à la fin de ma vie, murmura-t-il. Jouis…, vas-y, jouis.

Elle s'agrippa à lui, reniflant sa peau, et arqua ses reins juste avant qu'ils n'atteignent ensemble un orgasme brutal qui les laissa à demi pantois.

Ça n'avait pas duré longtemps, ils n'avaient pas allumé de bougies ni fait de préliminaires, mais c'était parfait.

Carmen avait peut-être perdu son boulot et attendu longtemps ce moment, mais, au moins, elle avait trouvé l'amour de sa vie…

Quand Barto releva la tête et l'embrassa en lui murmurant « Je t'aime », elle comprit pourquoi il avait voulu attendre…

35

Prête pour le voyage ?

Même si j'aurais préféré oublier la petite phrase destinée à Alex qu'Adrian avait laissée échapper quand nous étions au téléphone, je n'y arrivais pas. Le pire, c'est que ça ne me rendait pas triste, mais attisait ma colère au contraire.

La veille de son départ pour Almería, j'avais réuni les filles chez moi et leur avais raconté les confidences que mon mari faisait à son assistante. Mais, paradoxe de la vie, j'avais omis de leur raconter mes propres galipettes dans le lit de Victor (et qui m'avaient procuré un plaisir certain, même si j'étais tout habillée), ainsi que la discussion que nous avions eue ensuite et qui m'avait blessée. Car je ne suis pas de pierre, merde.

Nerea me dit que je devais faire confiance à Adrian.

— Vous êtes arrivés à un point où vous n'attendez qu'un prétexte pour vous sauter à la gorge.

— Parce qu'il faudrait en plus que je batte ma coulpe ? dis-je en me frappant la poitrine.

Il est vrai qu'il était plus confortable de penser qu'Adrian était responsable de l'effondrement de notre couple, alors que pas plus que lui je ne faisais d'efforts pour essayer de recoller les morceaux. Tout le contraire, même.

— Non, mais tu te lies d'amitié avec de ces mecs… c'est un peu de la provocation, tu ne penses pas ? argua Nerea.

— C'est vrai, mais celui-là est particulièrement beau gosse, intervint Lola. Et puis ce n'est pas juste un mec.

— Je ne suis pas en train de dire qu'elle ne peut pas avoir d'amis, répliqua Nerea en levant les yeux au ciel.

— Oh, mais, je ne le vois pas tant que ça ! protestai-je tout en songeant que s'il ne tenait qu'à moi, je serais avec lui en ce moment même.

— Combien de fois l'as-tu vu cette semaine ? me demanda Carmen avec un petit sourire narquois.

— Deux fois, je crois.

— Oui, mais, quelles deux ! s'esclaffa Lola.

— Ce que tu peux être mauvaise langue, Lola, dis-je en me renfrognant.

— Si tu veux que nous nous fassions une opinion, la moindre des choses est de tout nous dire, objecta-t-elle, tout sourire.

— Tu n'aurais pas omis quelque chose ? s'enquit Carmen en fronçant les sourcils.

— Rien de crucial. Sinon que le jour où j'ai entendu Adrian murmurer le nom d'Alex au téléphone, j'ai vu rouge, et j'ai filé aussi sec chez Victor.

— Et ?

— Et… (Je foudroyai Lola du regard, puis concédai :) On a un peu chahuté.

— Chahuté, voyez-vous ça ! dit Lola.

— Oui, enfin…

— Mais encore ? implora Nerea.

— Vous vous êtes fait du pied sous la table ou vous êtes allés plus loin ? Ce n'est pas du tout pareil, déclara Carmen.

Je gratifiai mes trois amies d'un coup d'œil éloquent, laissant entendre que nous n'avions pas consommé. Tout bien considéré, nous nous étions fait bien plus que du pied sous la table, mais je n'avais pas envie de leur dire. Pour la bonne raison que j'essayais de ne pas y penser. J'inspirai un bon coup et confessai :

— Si vous voulez tout savoir, il m'a fait la morale. Lui !

— Du style « ou tu quittes ton mari ou on ne se revoit plus » ? demanda Nerea.

— Hum..., il a été moins direct. Vous savez comment sont les hommes – je me passai nerveusement une main dans les cheveux. Mais je pense que c'était plutôt dans le sens : « Tu sais ce que tu es en train de faire, mais ça va mal finir. »

— Tu peux être un peu plus précise ? voulut savoir Lola.

— Je ne me souviens plus exactement des mots qu'il a employés ! Et puis j'ai l'impression qu'il en a jusque-là de ne pas pouvoir consommer.

En réalité, je n'avais pas envie de me souvenir de nos pubis se frottant délicieusement l'un contre l'autre, et ensuite de l'horrible sensation qu'il me mettait à la porte. Est-ce qu'il m'avait renvoyée chez moi pour pouvoir se défouler avec une autre de ses petites amies ? Il affirmait que non, mais allez savoir. Il ne me devait rien. Et d'ailleurs, étant mariée, qu'est-ce que ça pouvait me faire qu'il saute d'autres filles ?

Lola se déclara surprise.

— Je ne m'attendais pas à une telle réaction de la part de Victor. Je pensais qu'il allait y aller à fond, jouer les gentlemen, te dire que tu lui plaisais follement, mais qu'ensuite il allait se montrer sans pitié. Désolée, Valeria, mais il est plein de compassion au contraire. Ce garçon, tu n'en aurais fait qu'une bouchée si tu avais voulu.

— Tu as une confiance aveugle en moi, murmurai-je entre mes dents, tout en sachant pertinemment qu'elle avait raison.

— Si ça se trouve, il est amoureux de toi, commenta Nerea.

— Nerea, ce n'est pas de l'amour. Je l'apprécie énormément, mais je sais bien qu'il n'y a rien d'autre que de l'attirance physique entre nous.

— Pourtant, il ne t'a rien dit de tel. Il t'a dit au contraire que tu lui plaisais beaucoup, et j'ai toutes les raisons de penser qu'il dit la vérité, ajouta Lola. Parce que le Victor que je connais n'a rien à voir avec celui que tu décris. Moi aussi, j'ai eu une aventure avec lui.

— Oui, bon... Mais je ne suis pas sûre d'avoir envie d'entendre que vous vous êtes promis l'amour éternel.

— L'amour éternel avec ce bourrin ?

— Qu'est-ce qui te dit qu'il ne m'a pas raconté des crasses pour pouvoir me mettre dans son lit et me larguer ensuite.

— Je vais peut-être te paraître cruelle, Valeria, mais... Victor n'a pas besoin de sortir le grand jeu pour pouvoir se taper des nanas. Il lui suffit de s'accouder au bar et de claquer des doigts pour qu'elles rappliquent au pas de course.

Je me mordis la lèvre. Elle avait raison. Et donc... soit il en pinçait vraiment pour moi et ça ne lui plaisait guère, soit c'était du chiqué.

— Je crois que vous compliquez inutilement les choses. Le problème ce n'est pas Victor et moi, mais Adrian et moi.

— Écoute, dit Lola, je connais Victor depuis pas mal d'années, et je ne l'ai jamais vu se comporter comme ça avec une fille. Il n'est plus comme avant. Je suis souvent sortie avec lui et la bande, et jamais je ne l'ai vu rentrer seul à la maison. Alors que maintenant, il ne sort même plus le week-end, et quand tu lui demandes si ça va, il n'a qu'un mot à la bouche: Valeria.

— Le problème c'est Adrian, répondis-je.

— Le problème c'est toi, affirma Lola. En dehors du fait qu'Adrian a peut-être eu ou pas une aventure avec la bimbo, tu fais plus que flirter gentiment avec Victor. Parfois, on a l'impression que tu ne cherches qu'une excuse pour pouvoir coucher avec lui.

— Si elle voulait le faire, elle l'aurait fait depuis longtemps. Mais elle a une volonté de fer dont, personnellement, je ne me sens pas capable, affirma Lola pour prendre ma défense.

— Merci, dis-je en inclinant la tête.

— Mais tu n'en as pas assez d'être aussi forte? demanda Nerea qui n'avait pas pris la parole depuis un bout de temps.

— Vous voulez que je vous dise? Il est évident que Victor est mordu et que Valeria, mariée ou pas, est lucide. Si sa relation avec Adrian est au point mort depuis un certain temps, et je ne vais pas m'attarder sur le pourquoi du comment. Il est normal qu'elle soit attirée par un homme qui, à l'inverse, est tout disposé à s'envoyer en l'air.

Cette opinion venant d'un esprit aussi carré que celui de Nerea ne manqua pas de me surprendre.

— Moi, si, j'aimerais comprendre pourquoi ça ne marche plus entre Adrian et toi, intervint Lola. Au début, j'ai pensé que tu étais parano, mais depuis le vernissage, je me pose des questions. Tout cela me semble suspect. Je suis certaine qu'il ne couche pas avec la minette aux gros nibards, mais…

Je soupirai, à bout de nerfs.

— Pauvre Valeria. On est toutes là à discuter de ta vie privée, intervint Carmen, alors que cela ne nous regarde pas.

— Vous ne faites que me donner votre avis, vous ne me jugez pas. Et d'ailleurs, c'est moi qui vous l'ai demandé. Je suis comme Lola, concernant Adrian. Je ne suis pas certaine qu'il couche avec Alex, mais ça ne veut pas dire qu'il n'est pas tenté.

— Et toi, tu n'es pas tentée de le faire avec Victor ? voulut savoir Carmen.

— Si, mais…

— Mais quoi ? insista-t-elle gentiment.

— Je ne sais pas. Mais moi, en tout cas, je ne me comporte pas bizarrement avec mon mari. C'est lui qui ne tourne pas rond. Et ce voyage à Almería ne me dit rien qui vaille.

— Pourquoi est-ce que tu n'irais pas toi aussi ?

— Moi ? Tu rigoles ! Il va refuser tout net. Il y va pour bosser. Ça, j'en suis sûre, parce qu'il a déjà vendu le reportage. Mais quant à savoir ce qu'il va faire de ses soirées… Je ne sais plus quoi penser. J'ai l'impression que je ne lui plais plus.

— Mais non, voyons, s'indigna Nerea.

— Je ne veux pas être l'amie de mon mari. Je veux être sa femme. S'il m'avait fait l'amour comme avant, je n'aurais peut-être pas fantasmé sur Victor.

— Oui, bon, Victor c'est Victor, commenta Lola.

— J'en viens à me dire que vous êtes faits l'un pour l'autre, lui murmurai-je.

— Et comment !

Carmen s'esclaffa :

— Tu ne pouvais pas te trouver un mec un peu moins sexy ?

— Et encore, vous ne l'avez pas vu torse nu.

Nerea haussa les sourcils.

— Parce que toi si ?

— On a dormi ensemble le soir du vernissage.

— Et ?

— On a dormi ensemble, c'est tout, m'esclaffai-je.

— Nerea, il est évident que toi et moi sommes toujours les dernières informées, releva Carmen.

— Les dernières et les plus mal. Je ne sais toujours pas ce qui s'est passé le soir du vernissage.

Je me levai et me dirigeai vers la cuisine.

— Adrian ne devrait pas tarder à arriver, m'excusai-je auprès des filles. Il faut que je me bouge le cul.

Elles ramassèrent leurs canettes de bière vides et les jetèrent à la poubelle.

— Je pense à la soirée de demain, quand je serai ici toute seule…

À me demander si oui ou non j'appelle Victor, et advienne que pourra, mais cela je ne le dis pas.

— Demain, tu vas t'éclater, parce que figure-toi que je vais organiser une fête chez moi, annonça Lola.

— Moi, je ne pourrai pas venir ! se désola Nerea. J'ai promis à… (Elle regarda Carmen, puis se ravisa :) OK, je viendrai. C'est une occasion spéciale après tout.

— Parfait. Demain chez moi à neuf heures ! Et pensez à apporter de la bibine.

— Je crains de ne pas être d'humeur très festive, dis-je.

Toutes me regardèrent.

— Taratata, répliqua Lola.

Dix minutes plus tard, Adrian était rentré. Il m'embrassa distraitement et me demanda de l'aider à faire sa valise. Après quoi, il mangea un sandwich devant la télé et à onze heures et demie il alla se coucher. Oui, officiellement, nous partagions le même lit, et moi, je pensais à Victor. Quoi de neuf ?

36

Le trip à Almería…

Adrian ne me réveilla pas avant de partir. Dommage. J'aurais bien aimé jouer les épouses attentionnées et lui donner quelques baisers torrides dont il se serait souvenu quand la bombasse aux gros nénés passerait devant lui avec une jupe qui lui arrivait au ras du bonbon. À présent, je n'avais plus de doute quant à ses intentions vis-à-vis de mon mari…

Ce dont j'étais moins sûre, c'est qu'Adrian ait suffisamment de volonté pour lui résister. Mais avais-je le droit d'attendre de lui qu'il se comporte en mari fidèle après ce qui s'était passé ces dernières semaines ?

Victor m'appela à midi, en sortant du travail, et me demanda si j'avais quelque chose de prévu. Je lui dis que j'allais passer la soirée chez Lola avec les filles et il me proposa de déjeuner avec lui. Cependant, craignant de ne pas avoir la force de lui résister, je déclarai, honteuse de mentir de façon aussi éhontée :

— Ça tombe mal, j'allais justement passer à table.

J'avais envie d'être avec lui, mais savais que c'était impossible, sous peine de flancher.

— Dans ce cas, viens faire la sieste avec moi. Ça, on ne l'a encore jamais fait.

— C'est en effet une des rares choses que nous n'avons pas faites ensemble.

Après quelques secondes de réflexion, Victor déclara :

— Je me suis senti mal quand tu es partie l'autre jour. Et tu ne m'as pas rappelé, alors que je mourais d'envie d'être avec toi.

— Je sais, dis-je en me couvrant la face.

— Et toi ?

— Victor, s'il te plaît…

— Cet après-midi, je vais aller passer une heure ou deux à la salle de sport. Et ensuite, si ça te dit, on pourrait aller faire un tour.

Il était infatigable. Et moi je mourais d'envie qu'il me fasse l'amour jusqu'à tourner de l'œil.

Comme si cela ne suffisait pas, Adrian m'appela quelques secondes après Victor pour m'annoncer qu'il était bien arrivé.

— Je ne pourrai pas t'appeler ce soir. Je ne sais pas encore à quelle heure je vais rentrer à l'hôtel, et je ne veux pas te réveiller.

— Comme tu voudras. Mais pense à moi tout de même.

— Promis, juré.

Bah, tout compte fait, il n'était peut-être pas aussi retors que je me l'étais imaginé. Alors que moi, j'étais une vilaine fille qui justifiait ses actions moralement répréhensibles en invoquant une possible infidélité de la part de son mari.

Mais je connaissais Adrian aussi bien qu'il me connaissait. Et nous savions l'un et l'autre que tout cela puait la mascarade à plein nez.

Lola paressait au lit. Il était midi, mais elle n'avait pas envie de se lever. La maison était quasi impeccable, hormis ses fringues de la veille qui gisaient à terre. Mais dix minutes suffiraient pour tout ranger... Et puis elle se sentait bizarre... Elle avait comme un pressentiment, qui ne tarda pas à se matérialiser. Le téléphone sonna. C'était Sergio.

— Je te réveille ?

— Non. Je traîne au lit, mais je suis réveillée depuis un bout de temps.

— Je peux passer ? Il faut qu'on parle.

— Je ne sais pas, Sergio. Je suis en pyjama.

— Ça m'est égal. Il faut qu'on parle sérieusement.

— Donne-moi dix minutes au moins.

Elle raccrocha, puis elle enfila un jean, se fit un chignon, se lava les dents et se débarbouilla. Le moment était venu de récolter les fruits de son plan machiavélique.

Sergio monta les escaliers quatre à quatre. Lola le fit entrer et lui proposa un café.

— Inutile de te mettre en quatre.

— Je ne me mets pas en quatre. J'avais mis la cafetière en route de toute façon.

Il secoua la tête. Lola s'adossa au plan de travail et attendit qu'il se décide à parler. Comme il ne disait rien, elle lui donna un petit coup de sonde :

— Je t'écoute...

— Hier, j'ai rompu avec Ruth. Je n'ai envie d'être avec personne d'autre que toi.

Lola hocha la tête.

Le café était prêt. Elle se servit une tasse tout en essayant de mettre de l'ordre dans ses pensées et dans son cœur. Elle mourait d'envie de croquer dans un cornichon.

— Sergio, je…

— Tu as raison. La situation était intenable entre nous et… je ne supporte pas que ce type puisse te toucher. Je ne supporte pas la distance entre nous…

Lola songea qu'elle venait d'obtenir absolument tout ce dont elle rêvait depuis toujours. Elle aurait pu se monter toute seule le bourrichon, se raconter qu'elle faisait partie de ces filles qui fuyaient les relations stables… sauf qu'elle aimait Sergio pour de bon. Elle était raide dingue de lui.

Soudain, elle se sentit déboussolée. Et ne savait que répondre. Pour la première fois depuis des lustres, Lola était littéralement réduite à quia.

— Écoute, je sais que… c'est peut-être trop tard. Je me suis comporté comme un con. J'ai mis trop longtemps à réaliser.

— Qu'est-ce qui te dit que tu n'es pas en train de faire fausse route ?

— Non, non. Je ne fais pas fausse route.

Elle se frotta les yeux, puis demanda :

— Et maintenant, quoi ?

— Je veux qu'on reparte de zéro.

Il s'approcha et la prit par la taille.

Lola eut envie de pleurer. Elle ! Pleurer !

— Sergio, j'espère que tu comprends qu'on ne peut pas repartir de zéro ?

— Dans ce cas, on peut repartir de là où tu veux.

Lola lâcha un rire sans joie.

— Qu'est-ce qu'il y a ? voulut savoir Sergio.

— C'est que… Je serais malhonnête si je te disais que je n'avais pas espéré cet instant. J'ai toujours su que tu te mentais à toi-même, mais maintenant, plus rien n'est comme avant…

— Lola, ne me fais pas ça, supplia Sergio en l'obligeant à le regarder dans les yeux.

— Désolée, mais je n'ai pas envie de te raconter des salades. Avec Carlos… Il ne me plaisait même pas, je voulais juste te rendre jaloux et que tu saches que je ne dépendais pas de toi. Mais tout a changé entre-temps…

— Non, rien n'a changé. Tu es Lola et je suis Sergio.

— Rien que ça, c'est un problème en soi, dit-elle en lui caressant le cou. Et je crois que je n'attends plus rien de toi. Je ne veux pas qu'on se remette ensemble, Sergio. Je préfère être seule.

— J'attendrai le temps qu'il faudra.

— Non…, ce n'est pas une question de temps et tu sais très bien que tu n'aurais pas la patience d'attendre de toute façon.

Sergio rit entre ses dents. Lola était en train de le plaquer et il savait au fond qu'il ne l'avait pas volé.

— Lola, je comprends que tu cherches à me punir, mais ne te punis pas toi-même.

Elle secoua la tête, puis s'approchant de lui, l'embrassa avec une douceur qui les surprit tous les deux.

— Non, Sergio. Je ne suis pas la femme qu'il te faut et tu ne peux pas me donner ce que je veux.

Tout à coup, Lola réalisa qu'elle venait de se débarrasser d'un poids énorme. Quand Sergio referma la porte derrière lui, elle comprit qu'après tout ce temps, elle se retrouvait seule avec elle-même, sans fantasmes, sans projets et sans attentes qui la frustraient plus qu'autre chose.

Elle ouvrit son agenda et y inscrivit sa note du samedi : « Aujourd'hui, je repars de zéro. » Puis elle s'assit et feuilleta son carnet rouge en souriant, comme une personne qui lit un roman dont elle connaît déjà la fin.

Quand elle nous le raconta, nous restâmes bouche bée. Jamais nous ne nous serions attendues à une telle réaction de sa part. Nous l'imaginions plutôt faisant un bras d'honneur en déclarant : « Va te faire foutre ! » Mais nous étions contentes et fières d'elle. Elle nous servit une nouvelle tournée et nous trinquâmes en levant bien haut nos verres. À la courageuse Lola. À mon nouveau roman. À Nerea qui avait rendu possible une trêve entre Carmen et Daniel. À Carmen et Barto. Mais nous trinquâmes bouche fermée.

— Il y a un téléphone qui sonne, dit Lola en titubant légèrement sous l'effet de l'alcool.

— C'est le mien ! dis-je attrapant mon sac. Allô ?

— Allô ! C'est Adrian. Je t'appelle pour te rassurer, je rentre à l'hôtel. J'ai fini pour aujourd'hui.

— Ça va bien ?

— Ou… ui, dit-il d'une drôle de voix traînante.

— Tu es saoul ?

— Nnnon. Juste fa… fatigué.

— Ah. Eh bien, bonne nuit alors.

— Et toi aussi.

— Je t'aime, dis-je, mais dans le vide.

Il avait déjà raccroché. Je regardai les filles, les sourcils froncés.

— C'était quoi ?

Lola haussa les épaules, Nerea pinça les lèvres et Carmen détourna les yeux.

Après avoir raccroché, Adrian rangea son smartphone, mais au lieu de tomber dans sa poche de jean, le portable chuta à terre. Quand il se baissa pour le ramasser, ses oreilles se mirent à bourdonner. Il regarda Alex, regarda le verre qu'elle tenait à la main, et demanda, dubitatif :

— Alex ?

La fille s'approcha de lui et le serra affectueusement dans ses bras.

— Tu te sens bien ?

— Tu as mis quelque chose dans mon verre ?

— Moi ? Jamais de la vie, répondit-elle, catégorique. Mais reprends donc un autre verre.

— Non, non, je vais rentrer à l'hôtel. Demain, il faut que je sois debout aux aurores pour faire des photos des *afters* et tout.

— Oh, s'il te plaît, reste encore un peu et je te raccompagne.

Elle le prit par la taille pour le retenir. Adrian haussa les épaules et vida le fond de son verre.

— Mais seulement un peu alors.

— Je te promets que je te raccompagne ensuite en voiture. Je n'ai bu qu'un verre. Je peux conduire.

Il hocha la tête, surpris de ressentir comme des fourmillements dans sa bouche. Il battit des paupières, vit des taches de couleur. Il se sentait bizarre et vieux à côté des amis d'Alex, âgés d'à peine vingt ans, alors qu'il en avait dix de plus. Il avait envie de partir. Il tapota l'épaule d'Alex et lui murmura qu'il avait changé d'avis et qu'il préférait rentrer tout de suite. Il allait prendre un taxi.

— Un taxi ? Mais où veux-tu trouver un taxi à cette heure-ci ? Je t'emmène, dit-elle.

— Je ne veux pas te déranger.

— Mais pas du tout. Par contre, je vais te demander un service.

— Dis-moi.

— Je pourrais prendre une douche dans ta chambre à l'hôtel ? Les douches ici, au camping…

— Bien sûr, pas de problème.

— Attends-moi, je vais chercher mes affaires.

Adrian rassembla son matériel et passa sa sacoche sur son épaule. Quand Alex se baissa pour entrer dans la tente, la taille de son jean s'abaissa, laissant voir sa petite culotte. Adrian se sentit soudain bouillir intérieurement. Il y avait longtemps qu'il ne s'était pas senti aussi excité. Il ferma les yeux en songeant que le mieux qu'il avait à faire était de rentrer à l'hôtel et dormir.

Comme toujours, Alex conduisait comme une dingue, mais cette fois Adrian ne lui demanda pas d'aller moins vite, car le vent qui entrait par la fenêtre le faisait halluciner. Il était certain d'avoir ingéré une substance psychotrope… sans le vouloir.

— Alex…, dit-il, tandis qu'ils montaient dans sa chambre.

— Quoi ?

— Tu es sûre que tu n'as rien mis dans mon verre ?

— Moi ? Mais non, voyons.

— Et toi, tu as pris quelque chose ?

— Pourquoi tu me demandes ça ? Tu vas le dire à mes parents ?

— Je ne crois pas.

— J'ai pris de l'ecsta.

Ils entrèrent dans la chambre. Il s'appuya contre la vieille commode qui faisait face au lit.

— Et c'est quoi, les effets de ce truc ?

— C'est difficile à dire. Chacun le ressent à sa manière.

— Mais toi, tu ressens quoi ?

— Moi… ? (Elle se racla la gorge et ôta son T-shirt :) J'ai le feu à la peau.

Adrian n'arrivait pas à détacher les yeux de son soutien-gorge vert qui enserrait une paire de seins turgescents.

— Je me sens, comment dire, désinhibée et la tête légère…

— Et quoi d'autre ?

— Un peu excitée aussi.

Adrian acquiesça sans savoir que répondre.

— Eh bien, moi, je crois qu'on m'a refilé de ce truc aussi…

— Tu as chaud ?

— Oui, carrément.

Alex l'aida à ôter son T-shirt. Il vida le contenu de ses poches de jean et le jeta sur le lit.

— Toi aussi, tu es excité ?

Adrian se mordit la lèvre en haletant.

— Tu n'oses pas me le dire ?

— Alex, ce n'est pas…

Il ferma les yeux. Jamais il n'avait eu autant envie d'une femme.

— Ce n'est pas bien. Je sais. Mais ce n'est pas bien que tu me fasses du gringue. Depuis des mois…

— Non, non. Pas du tout…

— Arrête de me dévorer des yeux et faisons l'amour. Arrête de fantasmer et fais-le une bonne fois pour toutes.

Alex ôta ses chaussures et ses chaussettes, puis son pantalon. Adrian s'appuya au mur en gémissant. Il ne savait pas quoi faire. Il se sentait dans un état second, il avait la bouche sèche… et il était excité comme un taureau.

Il s'humecta les lèvres. Alex colla son dos contre la poitrine d'Adrian. Elle lui saisit la main et l'introduisit dans sa culotte. Adrian gémit à nouveau. Non, il ne pouvait pas, mais il était incapable de résister.

— Alex, je suis marié… et…

— Adrian, je m'en fiche et toi aussi. Touche-moi s'il te plaît.

Il était incapable de retirer sa main, et Alex se mit à palper doucement son entrejambe à travers son jean. Il essaya de la repousser, mais elle se laissa tomber sur le lit, parmi tous les trucs qu'Adrian venait de sortir de ses poches. Y compris son smartphone, dont la touche de rappel du dernier numéro qu'il avait composé s'était activée toute seule.

Adrian regardait Alex ôter son soutien-gorge. Étendue sur le lit dans ce slip minuscule, avec sa peau couleur cannelle, si lisse et douce… Cette fois, plus rien ne l'arrêta. Il n'avait aucune raison de se priver. Aucune raison de dire non. Il n'avait que faire des clés de la chambre, de son accréditation, de son portefeuille ou de son téléphone qu'elle avait écartés d'un revers de main et qui gisaient à présent sur le sol. Il s'approcha et ils échangèrent un baiser lascif. Elle déboutonna son jean et lui murmura à l'oreille qu'elle prenait la pilule. Puis, sans transition, elle ôta sa petite culotte, et il la pénétra sauvagement.

Mon téléphone se mit à vibrer sur la table autour de laquelle nous étions en train de bavarder, les filles et moi. J'éteignis ma cigarette, surprise de constater que c'était à nouveau Adrian qui m'appelait. Deux fois de suite ? Que se passait-il ?

— Oui, mon chou ?

Pas de réponse. Je répétai :

— Allô ?

Un bruit de fond me parvint. Je tendis l'oreille en demandant aux filles de se taire. Un nœud se forma dans ma gorge et je me sentis devenir rouge comme une tomate. Je fus tentée de raccrocher et de faire l'idiote, mais il était plus qu'évident que ce que j'entendais était des gémissements et des grognements de plaisir de gens en train de baiser.

— Oh, oui, continue, encore… dit une voix haletante.

Le portable me tomba des mains. Toutes me regardèrent. D'un geste brusque, je passai le téléphone à Lola, qui changea d'expression lorsqu'elle le colla à son oreille. Après quoi, Carmen puis Nerea l'imitèrent, et pour finir cette dernière coupa la communication. Elles se tournèrent vers moi, guettant ma réaction. Elles s'attendaient sans doute à me voir fondre en larmes, mais je regardais dans le vide tout en cogitant comme une malade.

— Donne-moi ce téléphone, dis-je à Nerea.

— Non, Nerea ! implora Lola, qui avait deviné mes intentions.

— J'ai dit donne-moi ce putain de téléphone ! criai-je, hors de moi.

Nerea fit ce que je lui demandais, déclarant que j'étais assez grande pour savoir ce que je faisais.

Je fis défiler mes contacts et appelai Victor.

37

Le coup de fil

— Valeria ?

— Victor, où es-tu ?

— Je suis sorti boire un verre avec des amis. Je passe te prendre ?

J'entendis le brouhaha et la musique refluer à l'autre bout de la ligne.

— Je veux en finir une bonne fois pour toutes. Je veux… je veux faire l'amour avec toi.

Victor resta un moment sans voix. Carmen, Lola et Nerea retinrent leur souffle.

— Quoi ?

— Tu m'as parfaitement entendue.

— Valeria…, arrête de jouer avec moi. Je n'en peux plus. Non, sérieux. Je tc l'ai déjà dit la dernière fois.

Les filles me regardèrent sans savoir que penser. Puis Nerea glissa à Lola :

— C'est de ta faute.

— Ah, mais oui, j'oubliais que je suis un agent hautement pathogène. Arrête, tu veux ! C'est toi qui lui as donné le téléphone !

Nerea lui lança un regard ulcéré.

— Je ne pouvais pas savoir.

— Parce que tu croyais qu'elle allait appeler Télépizza ?

Carmen éclata de rire malgré elle. Je les ignorai et poursuivis ma conversation avec Victor :

— Je ne plaisante pas. Tu préfères attendre pour me donner le temps de réfléchir ?

— Où es-tu ?

— Chez Lola, tu connais l'adresse ?

— Attends..., il faut qu'on parle d'abord.

— Je suis près de...

Nerea regarda à nouveau Lola et dit :

— Il ne sait pas où tu habites alors que tu as couché deux fois avec lui ?

— Et quand bien même ! Je suis censée connaître tous les emblèmes héraldiques de sa famille pour écarter les cuisses ?

Je fis mine de ne pas les écouter.

— C'est sans importance, je vais venir chez toi.

— Dans un quart d'heure.

— On se voit là-bas.

Je raccrochai et regardai mes amies. Il devait y avoir un alignement des planètes de l'adultère, parce qu'ayant prévu de passer la nuit chez Lola, j'avais emporté mon kit de survie féminin. J'étais parée à toutes les éventualités. Je sortis mon bâton de rouge et mon miroir, et retouchai mon maquillage.

Lola parla la première.

— Valeria..., ce n'est pas une bonne idée. La colère est mauvaise conseillère. On a peut-être mal interprété ce qu'on a entendu.

Je levai les yeux au ciel.

— C'est ça, dis-moi qu'ils étaient en train de faire du vélo en salle.

— Elle a raison, Valeria, la vengeance n'arrangera rien. Regarde ce qui s'est passé avec Carmen, intervint Nerea.

— Ou avec ton connard de copain, rétorqua l'intéressée.

— Bon, salut, les filles. Ne m'appelez pas. Je vais éteindre mon portable.

Elles tentèrent de me convaincre, mais trop tard. J'étais déjà en train de héler un taxi.

— Lola, sans vouloir retourner le couteau dans la plaie, dit Nerea, je te signale que ce genre de choses arrivent quand on emmène une femme mariée dans une soirée de célibataires.

— Parce que tu ne savais pas que les femmes mariées aussi ont le droit d'aller en boîte ?

— Bon, ça suffit ! s'exclama Carmen. Et toi, Lola…, fais quelque chose.

Celle-ci soupira et sortit son téléphone. Elle n'était pas chaude pour intervenir, mais les circonstances étant ce qu'elles étaient…

38

L’irrévocable décision

Cette fois, quand je me présentai chez Victor, il était au téléphone.

— Ça va, j’ai compris ! dit-il, passablement excédé, à son interlocuteur.

Puis il raccrocha et balança son smartphone sur la console de l’entrée.

— C’était Lola, m’informa-t-il.

— Et ?

— Je ne veux pas… Enfin, si, bien sûr, mais…

— Maintenant que tu peux, tu ne veux pas, c’est ça ?

— Valeria, ne rends pas les choses plus compliquées qu’elles ne le sont déjà.

Il ferma les yeux et me repoussa doucement.

— Tu ne veux pas coucher avec moi ?

— Bien sûr que si, mais… Valeria, je n’ai pas envie que tu couches avec moi par dépit, pour te venger d’Adrian.

Je le poussai contre le mur. Quand je cherchai à l’embrasser, il se dégagea sans conviction.

— Tu vas devoir me donner de bonnes raisons, murmura-t-il.

— Adrian vient de m'offrir l'excuse parfaite sur un plateau.

Il soupira.

— Tu cherches à me rendre fou, Valeria ?

— Non, je veux juste qu'on fasse l'amour.

— Moi aussi... Mais pas comme ça. Je n'ai pas envie de me fourrer dans le pétrin.

Il me saisit par la taille, me caressa les hanches, laissa errer ses mains sur mes reins. Je me serrai contre lui, et sentant son érection naissante, lui murmurai de m'emmener dans la chambre.

— Je n'ai pas envie de te faire l'amour alors que tu penses à un autre. Même si ton corps semble dire le contraire...

— Quand je suis avec toi, je ne pense à personne d'autre.

— Valeria..., supplia-t-il.

Je l'embrassai dans le cou, lui mordillai le lobe de l'oreille. Il avait raison : pour l'instant, j'étais plus en colère qu'excitée, mais je savais que ce n'était qu'une question de secondes avant que le couvercle soigneusement verrouillé de la boîte de Pandore ne saute. Victor semblait hésitant. Il n'était pas certain que le jeu en vaille la chandelle et craignait que j'aie des remords une fois l'acte consommé.

Mais toujours est-il qu'il m'entraîna vers le salon. Sans doute avait-il l'intention de me raisonner, mais petit à petit, je sentis qu'il commençait à flancher. Me plaquant d'une main contre lui, il me saisit par la nuque de l'autre. Ses lèvres effleurèrent les miennes, puis sa langue se fraya un passage dans ma bouche et enlaça la mienne. Ce baiser chassa au loin toute autre pensée.

Je m'assis à califourchon sur ses genoux et déboutonnai les deux premiers boutons de sa chemise. Je n'arrivais pas à croire que j'étais là, assise sur lui jambes écartées, en train de le toucher et de respirer son odeur. Me repoussant légèrement, il me demanda encore une fois si j'étais certaine de vouloir faire l'amour.

— Absolument certaine.

— Je sais que tu le fais par dépit, mais dis-moi au moins que…

— Tu me plais trop.

Le poids énorme que je portais sur mes épaules s'évapora d'un coup. Pour la première fois, j'étais sincère avec lui et avec moi-même. Je le désirais depuis des semaines. J'aimais le son de sa voix, la chaleur de ses mains, la couleur de ses yeux, son sourire, sa façon de tenir son verre, sa fougue. Avec lui je me sentais forte. Il y avait entre nous une complicité qui se passait de mots. Mais étais-je à la hauteur du désir qu'il m'inspirait ?

Il me souleva et m'emporta dans la chambre. Quand il me reposa à terre, au pied du lit, nous nous regardâmes l'un l'autre, haletants. Étais-je absolument certaine de vouloir faire l'amour ? Une vision d'Adrian et Alex enlacés me traversa l'esprit et je me rapprochai de Victor. Il plaqua ses lèvres sur les miennes, puis fit courir ses mains sur mes bras, mes seins, mes hanches, mes reins. Nos pubis se rejoignirent et je sentis son impressionnante érection.

Je lui enlevai sa chemise, laissai errer ma langue sur son torse jusqu'à son nombril. D'un geste, il arracha tous les boutons de mon corsage sauf un, qui ne céda qu'à la deuxième tentative. Puis il me poussa sur le lit, m'ôta mon soutien-gorge et me baisa les seins, ses lèvres et ses dents agaçant doucement mes mamelons, m'arrachant des feulements qui devaient s'entendre à tous les étages.

J'essayai sans succès de défaire sa ceinture tandis qu'il déboutonnait mon pantalon, et pour finir nous dûmes nous débarrasser mutuellement de nos jeans, que nous jetâmes à terre avec le reste de nos affaires. Il se coucha sur moi, sa tête enfouie dans mon cou, et j'arquai mes reins pour me frotter contre lui. Son membre était chaud et ferme…

C'était la première fois que je le voyais nu, et je ne pus cacher mon admiration. Tout ce que j'avais imaginé, fantasmé… n'était rien comparé au corps parfait que j'avais sous les yeux. Victor me sourit et me murmura à l'oreille que j'étais sublime.

À combien de filles avait-il fait ce compliment ?

Sa main se posa sur mon genou, remonta jusqu'à mes cuisses, les écarta, puis s'immisça entre mes jambes. D'abord un doigt, puis deux. Il ne me quittait pas des yeux, épiant ma réaction. Je rejetai la tête en arrière en poussant des gémissements de plaisir, mes mains cherchant son corps pour le caresser.

Quand il me demanda si je voulais continuer, je fis oui de la tête et l'invitai à s'allonger sur moi. Il émit un son guttural quand je caressai sa verge. Elle était si dure que je lâchai un soupir de satisfaction en songeant que c'était à cause de moi.

Sa bouche glissa depuis mon épaule jusqu'à mes seins, puis mon nombril. Songeant qu'il allait me donner du plaisir avec sa langue, je rougis. Avec Adrian, ce genre de choses me mettait mal à l'aise. Il me caressa les jambes, fit courir doucement sa langue sur la face interne de mes cuisses, puis ses doigts me pénétrèrent à nouveau, m'arrachant un grognement lascif.

Quand il approcha les lèvres de mon pubis, je me reculai.

— Non, s'il te plaît…, pas encore.

Victor eut l'air surpris.

— Je ne veux que te donner du plaisir. Je ne ferai rien sans ton consentement, me rassura-t-il.

Suffoquant d'extase, je laissai Victor explorer chaque partie de mon corps, en criant son nom.

— Je veux continuer, dit-il. Mais je crois que c'est trop.

— Non, l'implorai-je. Continue.

— Je veux te faire l'amour, mais…

Il ouvrit le tiroir de la table de nuit si brusquement que celui-ci tomba à terre, répandant son contenu sur le sol. Assise à califourchon sur Victor, je glissai une main entre nous et me caressai avec sa verge en érection. Je fus tentée de lui dire que je prenais la pilule, puis je me ravisai.

Une telle intimité entre nous eût été prématurée, tout comme le sexe oral.

— Fais-moi l'amour, suppliai-je.

— Il y a si longtemps que je ne l'ai pas fait, dit-il en souriant. Je ne suis pas sûr d'être à la hauteur.

À présent, nous nous frottions furieusement l'un contre l'autre. Si lui et moi étions bien sur la même longueur d'onde, cela signifiait que nous avions envie de plus que simplement baiser.

— Tu veux le faire ? demandai-je.

— Je n'ai envie de rien d'autre depuis que je te connais. Quel est ton secret, Valeria ? Qu'est-ce que tu as mis dans le café ?

Il étira le bras pour attraper un préservatif et le posa sur la table de chevet. Puis, me regardant dans les yeux, il me surprit en déclarant :

— Si tu préfères, on peut en rester là. Je ne veux pas te mettre la pression. (Il me caressa la joue et ajouta :) Pour toi, je veux bien attendre.

Il pouvait bien attendre… Mais quoi ? Nous étions en train de tout compliquer en nous impliquant exagérément, songeai-je. Allais-je devoir en rester là et rentrer chez moi ?

Désorientée, je m'allongeai sur le dos et fixai le plafond des yeux. Je me sentais soudain ridicule. Je repensai à la fois où, des années plus tôt, j'avais perdu ma virginité.

— Eh merde, pesta Victor qui s'était mis à genoux pour enfiler un préservatif.

Il posa la capote déchirée sur la table de nuit. Je remarquai qu'il était nerveux lui aussi, mais m'abstins de tout commentaire et avalai ma salive comme on avale des pierres, puis fixai de nouveau le plafond des yeux.

Victor s'allongea tout doucement sur moi, en prenant appui sur son bras gauche, sa main droite guidant son membre entre mes jambes. J'inspirai nerveusement, comme une gamine de seize ans qui ne sait pas à quoi s'attendre. D'une certaine façon, c'était vrai. Victor n'était pas Adrian, et je n'étais plus la même.

Son premier gémissement quand il me pénétra me fit sursauter. Il se retira immédiatement.

— Non, non, continue, l'encourageai-je.

Il fronça les sourcils. Il devait se demander depuis combien de temps je n'avais pas fait l'amour.

Je détournai la tête, honteuse. J'avais envie de pleurer. Je me sentais fragile. Mais les mains habiles de Victor eurent tôt fait de me calmer et de me faire sourire. Il approcha sa bouche de mon oreille :

— Laisse-moi te montrer ce que cela signifie pour moi.

À la troisième tentative de pénétration profonde, nous lançâmes tous deux un gémissement. Je jouissais.

— Tu me rends fou, murmura-t-il.

Mais où diable cette passion torride et débridée s'était-elle cachée pendant tout ce temps ?

Nous continuâmes, lui allant et venant en moi en un mouvement délicieusement lascif, mes hanches scellées aux siennes.

La cadence s'accéléra et il me prit sur ses genoux. Nous nous embrassâmes, la passion animale faisant place à un sentiment d'apaisement. Nous nous regardâmes au fond des yeux, lèvres entrouvertes, puis je rejetai la tête en arrière et poussai un cri de plaisir qui me surprit moi-même. Peut-être avions-nous réussi à faire vraiment l'amour.

Passant un bras sous mon aisselle, il me renversa lentement en arrière, puis se redressa et me baisa les seins, le cou, les épaules…

— Valeria…

J'aurais voulu que cela ne finisse jamais, mais je n'arrivais plus à contenir le désir qui m'enflammait depuis des semaines. C'était la première fois que je couchais avec un autre homme, et je n'étais pas certaine de pouvoir jouir. Avec Adrian, j'avais pris l'habitude que la fête s'achève sans moi. Mais cette fois, je ressentais sans équivoque possible un fourmillement annonciateur de l'orgasme. Je me cramponnai de toutes mes forces aux épaules de Victor, qui allait et venait en moi de plus en plus fort. Dès les premières convulsions de l'orgasme, j'arquai les reins, puis gémis, emportée par l'extase. Me saisissant les cuisses à pleines mains, il donna un dernier coup de boutoir, les dents serrées, et éjacula en poussant un grognement de plaisir.

Et voilà. Nous avions fait l'amour.

Nous restâmes un moment enlacés, sa poitrine se soulevant et s'abaissant rapidement tandis qu'il reprenait son souffle. Le silence qui s'installa me parut interminable, et pour la première fois de la soirée, je me mis à paniquer à l'idée que nous étions tous les deux nus dans son lit, nos corps collés l'un contre l'autre, et sa verge encore en moi.

Avec un profond soupir, Victor se laissa retomber de côté, un bras ramené devant ses yeux. D'un geste furtif, il retira le préservatif avec une moue dégoûtée. Puis il chercha son slip du regard, l'enfila et, me décochant un sourire, se dirigea vers la salle de bains. Jamais je ne m'étais sentie aussi intimidée. J'avais espéré qu'il allait me prendre dans ses bras, m'embrasser, me cajoler. Mais il avait aussitôt filé sous la douche. J'entendis l'eau se mettre à couler.

Je ne savais trop comment réagir. Je m'attendais à ce qu'il me dise : « C'était super. Je t'appelle un de ces quatre. » C'est pourquoi, prenant mon courage à deux mains, je me levai, m'enroulai dans le drap et me dirigeai à mon tour vers la salle de bains. Quand je passai la tête par l'embrasure, j'aperçus sa silhouette à travers la paroi de verre dépoli. Il était appuyé des deux mains contre le mur carrelé et respirait profondément.

Je me débarrassai du drap qui m'enveloppait et entrai à mon tour dans la douche. Il se retourna instinctivement et m'accueillit avec un grand sourire.

— Je vais te demander de m'aider un peu, parce que je suis un peu chamboulée, confessai-je.

— T'aider à quoi faire ? dit-il en me caressant la joue.

— Est-ce que je dois partir ?

Il rit et secoua la tête.

— Pourquoi cela ?

Sa réponse n'était guère réconfortante.

— Je ne sais pas. Tu veux peut-être que je te laisse seul… Je ne veux surtout pas m'imposer…, bredouillai-je.

— Viens là.

Je m'approchai et il m'enlaça sous le jet glacé. J'eus la respiration coupée. Je m'agrippai à lui et quand je posai ma tête sur son épaule, il chuchota, à mon grand soulagement :

— Je veux te garder avec moi.

À trois heures du matin, je fus réveillée par un baiser sur le ventre. Victor n'avait pas l'air disposé à dormir. Je m'animai d'un coup. On aurait dit deux ados qui viennent de faire l'amour pour la première fois et qui n'arrivent à penser à rien d'autre.

— Qu'est-ce que tu fabriques ? lui murmurai-je espiègle.

— Tu ne t'imaginais tout de même pas que j'allais te laisser dormir sur tes deux oreilles ?

Évidemment. S'il pouvait faire l'amour debout, ou sur la table de la cuisine, il était certainement capable de me faire jouir jusqu'à ce que mort s'ensuive.

Quand je m'allongeai sur le dos sur le bar de la cuisine, j'eus l'impression d'être une chienne en chaleur. Mais cela ne dura pas. M'empoignant par les genoux, Victor m'attira sur lui, à terre. Et là, à même le carrelage, nous échangeâmes un baiser fougueux et éclatâmes de rire. Je repêchai une cigarette dans mon sac à main, qui se trouvait à côté de la porte, et nous fumâmes en silence. Au bout d'un moment, il me regarda dans les yeux et dit :

— J'espère que tu ressens la même chose que moi, parce que sinon on va être mal.

Plus ambigu, tu meurs, non ?

39

Le réveil

J'ouvris un œil. Une lumière dorée à peine tamisée par les persiennes inondait la pièce. Je remuai entre les draps et analysai la situation. J'étais nue et, entre mes jambes, je sentais palpiter quelque chose qui s'apparentait à du désir. J'étais légèrement endolorie, ce qui n'avait rien de surprenant, car il y avait belle lurette que je ne m'étais pas livrée à un marathon amoureux. Et Victor était bien équipé. Ce salopard avait tout ce qu'il fallait où il fallait.

J'avais tout de même réussi à dormir deux heures, ce qui me surprenait moi-même. J'avais fait trois fois l'amour avec Victor, c'est-à-dire plus qu'avec mon mari depuis le début de l'année, et nous étions en juin. Et malgré cela, j'avais réussi à dormir. Et voilà que je me réveillais sans me sentir honteuse, ou triste, ou même coupable. Je sentais les bras de Victor autour de ma taille et sa respiration tranquille et régulière dans mes cheveux. Étais-je en train de rêver ? Avais-je ingéré une substance psychotrope, la veille, qui me faisait délirer ?

Je jetai un coup d'œil par-dessus mon épaule et me dégageai de son étreinte. Victor remua doucement dans le lit. Il dormait à poings fermés. Saisissant mon sac à main, j'allai dans la salle de bains. Je me brossai les dents, me débarbouillai et me donnai un coup de peigne. Songeant qu'il allait se retrouver seul et nu dans le lit quand il se réveillerait, je fus pris d'un doute. N'aurais-je pas dû d'abord m'assurer qu'il avait envie que je m'en aille… ou que je reste ?

Je retournai à pas de loup dans la chambre et cherchai ma petite culotte des yeux. L'ayant trouvée, je l'enfilai et me glissai à nouveau entre les draps.

Victor remua. Il prit une profonde inspiration et se tourna de dos. Je lui passai un bras autour de la taille, et sentis qu'il émergeait peu à peu du sommeil. Au bout de quelques minutes, il jeta un regard par-dessus son épaule, mais je fis mine de dormir. Il se leva et enfila son caleçon. Il fit deux pas en direction de la salle de bains, mais son pied heurta le tiroir de la table de nuit tombé la veille, et il dérapa sur la montagne de préservatifs qui jonchaient le sol. Pour ne pas tomber, il s'agrippa à la commode en jurant à voix basse. Il se frotta le genou, puis se dirigea vers la salle de bains et referma la porte derrière lui. J'entendis couler l'eau du robinet. Trois minutes plus tard, il s'en revint et se glissa tout doucement entre les draps, et je fis de mon mieux pour ne pas éclater de rire quand il passa un bras autour de moi et m'attira contre lui.

— Tu es réveillée, me chuchota-t-il.

— C'est une question ?

— Non, une affirmation.

Je me retournai.

— Bonjour, dis-je.

Nous échangeâmes un baiser au goût de dentifrice. Nous nous regardâmes comme deux gamins qui en pincent trop l'un pour l'autre sans oser se l'avouer.

— Quelle nuit !

— C'est un reproche ?

— Non… je ne crois pas.

Il ricana et se mit sur le dos.

— S'il y en a une qui devrait se plaindre, c'est moi, déclarai-je.

— Et pourquoi cela ?

— Le traitement que j'ai subi sur la table de la cuisine ne m'a pas paru très correct.

— Ah, non ? Pourtant, tu avais l'air d'aimer ça.

— Je suis une excellente simulatrice.

— C'est vrai. Deux mois à me faire croire que je ne te plaisais pas.

Je me rapprochai et nos lèvres se fondirent à nouveau en un baiser passionné. Il me prit par les hanches et me hissa sur lui, puis ôta une mèche de devant mes yeux. Il était onze heures et la lumière du matin entrait à flots par la baie vitrée, éclairant crûment ma poitrine. Je rabattis mes cheveux sur mes seins pour les cacher.

— Ne te couvre pas, implora-t-il. J'adore te regarder.

— Tu n'es pas mal, toi non plus. Surtout quand tu ris. Mais je suppose qu'on te l'a déjà dit.

Il sourit et me baisa la main. M'étant attendue à un réveil nettement plus froid, je ne savais que penser.

— Mais dis-moi, tu as beaucoup cogité cette nuit ?

— Non, pas trop.

— Tant mieux.

— Et toi ? demandai-je en me redressant et en posant mes mains sur sa poitrine.

Bon sang, j'avais de nouveau une folle envie de lui !

— Moi, oui.

— Et ? Tu es arrivé à une conclusion ?

— Pas vraiment. Je ne suis pas du genre à me poser beaucoup de questions le lendemain, mais…

Je soupirai. Ce n'était ni ce que j'espérais ni ce que j'avais envie d'entendre. Cherchait-il à me tirer les vers du nez ? Je rougis. Le moment était-il venu d'invoquer une excuse, du style « Je ne suis pas prête pour une relation sérieuse » ? J'aurais pu jouer les dures à cuire et lui dire que je n'attendais rien, mais il me semblait plus raisonnable de ne pas mentir.

— Je dois mettre un peu d'ordre dans mes pensées, soupirai-je. Je ferais bien de me rhabiller et de rentrer chez moi.

Il esquissa un sourire timide et fit non avec la tête en faisant courir ses mains sur mes cuisses.

— Je ne crois pas que je vais te laisser partir.

— Et pourquoi cela ?

— Parce que tu n'en as pas envie.

— Tu vas me séquestrer ?

— Seulement si tu es consentante.

— Je ne comprends pas ce que tu insinues par là.

— Reste. Passons le week-end ensemble.

Je réfléchis à sa proposition. J'avais apporté des vêtements de rechange, ainsi que mon kit de survie féminin. Remettre le couvert dans cette chambre, à la cuisine, dans la salle de bains… ce serait tellement plus agréable que de rentrer chez moi ! Je décidai de passer le dimanche ici.

— Tu crois vraiment que c'est mieux ? demandai-je en haussant un sourcil.

— Je ne sais pas si c'est mieux, mais c'est ce qui me fait envie.

Nous nous embrassâmes encore une fois avec passion, puis je me laissai retomber à ses côtés.

— Bon…, c'est quoi le plan ? demandai-je.

— Tu devrais allumer ton portable, Valeria.

Sa remarque me fit l'effet d'une douche froide.

— Hum, répondis-je en clignant des yeux comme si la lumière m'aveuglait. Je ne pense pas que ce soit une bonne idée. Plus tard, peut-être.

— Tu devrais, au cas où Adrian chercherait à te joindre.

Au cas où Adrian chercherait à me joindre ? Il était sous substance ou quoi ?

— Adrian ne va pas appeler, et s'il le fait, je ne veux pas lui parler, répondis-je sèchement.

— Et si ce que tu as entendu au téléphone n'était pas ce que tu crois ?

— La marge d'erreur est infime étant donné la nature des bruits que j'ai surpris.

— Tu n'as pas répondu à ma question.

— Dans ce cas, je partirai d'ici, et tu n'entendras plus jamais parler de moi.

— À supposer qu'il avoue qu'il t'a trompée et te demande pardon ?

— Eh bien, je lui dirai tout moi aussi, répondis-je sans y croire.

— Ce qui veut dire qu'hier tu m'as menti.

— Comment cela ?

— Quand tu as dit qu'Adrian t'avait offert une excuse en or sur un plateau.

Il me regardait au fond des yeux.

— Non, je ne t'ai pas menti. Et tu le sais très bien. Simplement, tu es en train de me tester.

— Et s'il t'a trompée et qu'il refuse de le reconnaître ?

— Dans ce cas, tu risques de me voir revenir souvent.
Cette idée m'enchantait.
— Bon, c'est déjà ça.
Je ris et il m'embrassa.
— Je sais, j'ai l'air d'une vieille fille désespérée, dis-je.
— Tu m'appelleras ? Promis ? fit-il en prenant une intonation féminine.
— Je t'avoue que je suis assez inquiète.
Victor haussa un sourcil surpris. Moi aussi je pouvais balancer des remarques qui vous faisaient l'effet d'une douche froide. Il se racla la gorge et s'assit dans le lit. J'avais réussi à lui foutre les jetons. Mais au lieu de se lever et de prendre ses jambes à son cou, il poursuivit les confessions :
— Moi non plus, je ne sais pas quoi faire. Tu m'as pris au dépourvu, et maintenant je ne sais plus où j'en suis. (Il leva les yeux au ciel, puis :) Ce que j'ai fait hier avec toi, je ne le fais pas avec toutes les filles.
Je me redressai à mon tour.
— Tu veux parler du coup du tiroir ?
— J'ai honte. Quel gros balourd ! dit-il en se cachant les yeux.
— Pas du tout, j'ai trouvé ça très sexy au contraire.
— Oui, comme les boutons de ton corsage, que je vais devoir ramasser un par un pour que tu puisses les recoudre.
— Tu plaisantes ? C'est toi qui vas les recoudre.
Nous éclatâmes de rire.
— Dans la douche, c'était pas mal non plus, dit-il en dessinant des cercles avec son doigt autour de mon nombril.
— Ah, ouais ?
— On pourrait recommencer si ça te dit.

Nous échangeâmes un autre baiser qui me provoqua des fourmillements dans l'estomac.

— Mais, tu avais peut-être quelque chose de prévu aujourd'hui ?

— Je pensais aller à la salle de sport. Mais avec tous les exercices que nous avons faits cette nuit… Je suis claqué.

Il me décocha un petit sourire.

— Tu vois bien. Je devrais te laisser te reposer, dis-je en faisant mine de me lever.

Mais il m'attrapa par la taille, et me hissa sur lui.

— Là, tout de suite, je n'ai aucune envie de me reposer.

— Oh…

Je l'enfourchai, et il étira le bras pour prendre un préservatif.

— Tu te sens prête ?

— Je suis toujours prête.

En deux temps, trois mouvements, Victor enfila la capote, et je le guidai en moi. Nous grognâmes de plaisir en chœur, et il esquissa un sourire qui me fit frissonner jusqu'au bout des seins.

40

Encore toute retournée…

Nous descendîmes déjeuner dans un minuscule restaurant italien. Avec son jean délavé, T-shirt noir et lunettes teintées, Victor était à tomber, comme toujours… et moi, j'avais l'estomac dans les talons. Il y avait si longtemps que je n'avais pas fait l'amour trois fois dans la nuit (sans compter les prolongations sous la douche) que j'avais oublié à quel point ça donne faim. Quand les plats arrivèrent, je me jetai littéralement sur le mien.

— On dirait que tu n'as rien mangé depuis dix jours, me lança Victor en riant.

— Désolée, dis-je, gênée, mais le sport, ça creuse.

— Sans compter qu'on a remis le couvert ce matin, précisa-t-il avec un regard complice.

Je repensai malgré moi à son corps nu sous le mien, ses mains imprimant à mes hanches un mouvement de va-et-vient. « Oh, oui, comme ça c'est bon… », disait-il quand il jouissait en se mordant la lèvre inférieure.

Je pris une gorgée de vin.

— Victor ?

— Oui ?

— Ce n'est pas la première fois, n'est-ce pas ?

Il posa sa fourchette, l'air surpris.

— Non, en effet, je n'étais pas puceau.

— Arrête de faire l'idiot. Je voulais dire la première fois que tu couches avec une femme mariée.

— Et comment le sais-tu ?

— Parce que tu semblais distrait par moments.

— Je ne le fais pas tous les quatre matins, si c'est ce que tu imagines. J'espère que ce sera mieux la prochaine fois.

— Mais pourquoi ? demandai-je, ma curiosité piquée.

— Tais-toi et mange.

— Réponds, s'il te plaît ! Ne te fais pas prier.

Sa main se posa sur la mienne.

— Si tu veux tout savoir, quand j'étais ado, je n'arrivais pas à me contrôler. J'étais sous l'emprise de mes hormones. Et je me suis tapé une prof de fac.

— Et ensuite elle s'est repentie et t'a planté là ?

— Non. C'est son mari qui m'a chopé, un samedi matin, au moment où je sortais de chez elle. J'ai pris une bonne leçon dans le hall de l'immeuble.

— Tu veux dire qu'il t'a flanqué une raclée ?

— On peut dire ça, oui. Mais le pire c'est quand je suis rentré chez moi et que j'ai dû expliquer pourquoi un mec de vingt ans mon aîné m'avait mis la tête au carré. Ma mère était dans tous ses états. Si j'avais été plus malin, je lui aurais raconté que j'avais été agressé par une bande de racailles.

— Déjà à la fac, tu étais un tombeur.

— Mais j'avais dix-neuf ans ! Et c'était la deuxième femme que je touchais… et elle était tellement savante… Elle parlait latin ! Elle me fascinait. Je me suis juré de ne plus jamais me fourrer dans ce genre de pétrin. Il y avait suffisamment de jolies filles sur terre sans que j'aille m'enticher d'une femme mariée, mais…

Il se tut et recommença à manger, puis :

— Tu as un plan ? me demanda-t-il au débotté.

Je lâchai mes couverts et le regardai sans comprendre.

— Je n'ai plus dix-neuf ans. Cette fois, je sais très bien dans quoi je me suis fourré…

— Si tu savais que c'était un guêpier, pourquoi est-ce que tu l'as fait ?

— Parce qu'il y a des choses qu'on ne contrôle pas.

— Comme les hormones, par exemple ?

— Non, cette fois-ci, il s'agit de quelque chose de moins tangible.

Nous nous tûmes, et je songeai que l'homme qui se trouvait face à moi en savait certainement plus que moi sur la vie et que je ne devais pas me laisser déborder par mes propres hormones.

— Qu'est-ce que tu vas faire quand tu vas revoir Adrian ?

— Je ne sais pas. N'attends pas trop de moi. Je n'ai envie de décevoir personne.

— Ça tombe bien, parce que, moi aussi, je tiens à ce que les choses soient claires.

— Tu m'inquiètes, dis-je en rigolant.

Victor posa ses mains sur la table et me fixa longuement avant de reprendre la parole.

— Je voyais des filles régulièrement avant de te rencontrer, tu t'en doutes. Mais j'ai arrêté de les voir depuis… disons… qu'on a fait connaissance, et… Bref, je n'ai plus envie de toucher d'autres femmes, même si ce ne sont pas les occasions qui manquent. Mais je voulais dire par là que si tu décidais de quitter Adrian, je… serais là pour toi.

Je restai sans voix. Je m'attendais à ce qu'il me dise exactement le contraire.

— Si tu quittais Adrian et que tu voulais être seule, poursuivit-il, j'attendrais le temps qu'il faudra.

— Et si ce n'est pas le cas ?

Il haussa les épaules.

— J'aimerais pouvoir te dire que je respecterai ta décision, mais je mentirais. Cette histoire, pour moi tout au moins, ne se résume pas à une partie de jambes en l'air.

— Ce qui veut dire en clair ?

— Qu'entre toi et moi il y a autre chose. Je ne doute pas que tu l'aimes et que tu l'as aimé, mais tu n'aurais pas couché avec moi si tu n'étais pas en train de remettre votre relation en question. Tu n'es pas ce genre de femme. Et je vois bien que je ne suis pas qu'une passade. Ce qui complique un peu les choses. En attendant, pour l'instant, je suis l'amant maudit.

Il rit.

— Ce n'est pas de ta faute. Tu n'as de comptes à rendre à personne, déclarai-je en lui tapotant la main.

— Je vais être honnête : je me suis souvent dit la même chose. J'ai été tenté de tout envoyer balader, de franchir la ligne rouge, de te sauter et d'en rester là. Mais en fin de compte, c'est le contraire qui est arrivé. Je crois que tu comptes plus que je ne veux bien l'admettre. Et… toi, tu en penses quoi ?

— Je suis tellement en colère que je n'arrive pas à penser, m'esclaffai-je. Et puis tu me rends idiote.

Il se leva de sa chaise et vint s'asseoir à côté de moi, puis il me prit dans ses bras et m'embrassa dans le cou.

— Si tu vois Adrian et que ta colère retombe, préviens-moi. Je n'ai pas mon mot à dire dans cette affaire.

Mais embrasse-moi encore une fois, au cas où tu changerais d'avis.

Je lui souris et le traitai d'idiot en me serrant contre lui. Nous échangeâmes un baiser. Peut-être était-ce la meilleure solution pour tous les deux. En rester là, un point c'est tout. Sauf que ça ne me ressemblait pas. Si ç'avait été le cas, je ne me serais jamais mariée.

— La soirée d'hier était spéciale, murmura-t-il.

— Je sais.

— Je n'ai jamais pris autant de plaisir avec une femme.

— S'il te plaît, tais-toi, dis-je en rougissant violemment.

— Combien d'autres facettes possède ma Valeria ?

Sa main se posa sur mon genou, remonta sur ma cuisse, me faisant sursauter.

— Deux ou trois, je suppose, répondis-je, en songeant que lorsque j'étais avec lui j'avais l'impression d'être quelqu'un d'autre.

— J'ai envie de te faire l'amour ici même, sur cette table. Mais il vaut mieux que j'aille régler l'addition et qu'on rentre chez moi…

41

Quand les idiots font des bêtises

Le dimanche matin, une bonne odeur de café me tira du sommeil. J'étais épuisée. À sept heures, Victor s'était réveillé d'humeur lascive, et avait suivi une joute amoureuse de quarante-cinq minutes qui m'avait laissée K.O., mais comblée.

À présent, la pendule marquait dix heures moins le quart. Je refusai de sortir du lit, jusqu'au moment où je réalisai que je n'étais pas chez moi et que j'allais passer pour une grosse flemmarde.

Assis sur la banquette de la cuisine, Victor était en train de lire le journal en sirotant un café. Vêtu d'un T-shirt gris et d'un jean, il avait remis ses lunettes teintées qui lui allaient si bien. Il sourit en me voyant entrer en me frottant les yeux.

— Bonjour, dis-je.

Je m'approchai et il m'attrapa par la taille. Il m'embrassa dans le cou et m'invita à m'asseoir, puis alla chercher une tasse dans le placard et me servit un café.

— Tu as faim ? me demanda-t-il en se rasseyant à côté de moi.

Je dis non et appuyai ma tête contre son épaule. Nous parcourûmes ensemble le journal. Écœurée par les attaques à la bombe, magouilles politiques, assassinats, disparitions et abominations en tout genre, je soupirai.

— Le monde entier est une vallée de larmes.

Il m'observa pendant un long moment en silence, puis secoua la tête et dit :

— Non, pas le monde entier. Viens.

Il m'entoura de ses bras, et je me sentis si bien que je pris peur et me reculai en déclarant que je devais partir. Puis je retournai dans la chambre et commençai à faire le lit. Je n'avais pas envie de partir, mais il le fallait, et pas uniquement parce que je voulais être là quand Adrian reviendrait. Non, la vérité, c'est que je devais prendre mes distances avec Victor. Je voulais le voir tel qu'il était vraiment et pas seulement à travers le prisme de la passion charnelle. Si tant est que ce soit possible.

Juste au moment où je pensais que Victor allait tenter de me retenir, il entra dans la chambre à coucher, puis passa dans la salle de bains et fit couler la douche. Après quoi, il m'appela et me demanda de me joindre à lui.

Dans la salle de bains ? Sous la douche ? Et surtout dans cet état ? Les cheveux ébouriffés, avec un T-shirt de Victor en guise de pyjama… Je sais bien que l'habit ne fait pas le moine, mais tout de même…

Quand j'entrai dans la salle de bains, je le trouvai adossé au lavabo, un petit sourire aux lèvres. Il me saisit la main et m'attira à lui.

— Comme tu voudras, bredouillai-je.

— Tu ne veux pas te doucher avec moi avant de partir ? demanda-t-il d'un air innocent.

J'éclatai de rire.

— Pourquoi pas ?

— Parfait… Je vais faire en sorte que tu t'en souviennes pendant toute la journée…

Attrapant mon T-shirt, il le remonta et le fit glisser par-dessus ma tête. Mes mamelons se durcirent d'un coup. Il ouvrit les mains et me caressa les seins. Puis il se pencha vers moi et introduisit doucement sa langue dans ma bouche. Je fermai les yeux, savourant son baiser. Je passai ma langue sur sa lèvre inférieure, puis sur sa lèvre supérieure et me laissai enlacer étroitement. Ses mains abaissèrent ma petite culotte, tandis que je l'aidai à se débarrasser de ses vêtements.

Il me hissa sur le rebord du lavabo et m'écarta les cuisses. Je gémis de plaisir quand je sentis sa verge en érection se frayer un chemin en moi.

— Attends, attends, suppliai-je.

Il ne dit rien. M'empoignant les cuisses, il me porta jusqu'à la douche. Je fis courir ma main sur sa poitrine jusqu'à son pubis. Mais il m'arrêta et, me faisant pivoter sur moi-même, me plaça face à la paroi carrelée. Il glissa une main entre mes jambes et se mit à agiter ses doigts comme s'il pinçait les cordes d'une guitare. Je lâchai un cri de plaisir.

— Tu aimes ça, Valeria ? me murmura-t-il, en pressant son membre contre mes reins.

Il étira le bras et attrapa une boîte de préservatifs dans l'armoire à pharmacie. Ma parole, il avait des capotes cachées partout dans la maison ! Je voulus me retourner, mais il me maintint plaquée contre le mur. Quand je sentis le contact du latex entre mes cuisses, j'écartai les jambes. Il me pénétra brutalement, m'arrachant un feulement.

— Tu aimes ça, Valeria ?

— Je ne sais pas, dis-je.

Mais je n'allais pas tarder à le savoir. De sa main droite, il me saisit par les cheveux et me tira légèrement en arrière, tout en me pénétrant à nouveau avec force. Quand il recommença, je gémis comme si j'allais rendre l'âme.

— Moi, je crois que ça te plaît, dit-il.

— C'est comme ça que tu les baises, les autres ? demandai-je, comme si une autre que moi avait parlé.

— Non. Les autres, je leur fais ça.

Il m'écarta du mur et m'obligeant à me mettre à quatre pattes, il me saisit par les hanches et me pénétra sauvagement trois, quatre, cinq fois de suite. Je poussai un cri de jouissance.

— Chut, me dit-il en ralentissant la cadence.

C'était comme si tous les pores de ma peau s'ouvraient à la recherche du plaisir. Je tournai la tête et nous nous embrassâmes sauvagement, en nous mordant presque, comme deux bêtes, en haletant et en poussant de petits gémissements…

— J'ai presque mal, dis-je en regardant ses lèvres rougies.

— Où ça ?

Il me prit dans ses bras et me retourna. Je l'entourai de mes jambes et il me pénétra.

— Ça me fait mal de te désirer à ce point, grognai-je en rejetant la tête en arrière.

— Dans ce cas, tu sais exactement ce que je ressens.

Ses doigts pétrissaient mes cuisses tandis qu'il recommençait à me pénétrer en cadence. Il grogna de plaisir et, penchant la tête en avant, mordilla un de mes mamelons.

— Dans le lit, le suppliai-je.

— Dans la douche, dans le lit, à la cuisine, dit-il en riant.

— Tu vas me réduire en miettes.

— Je vais t'achever.

Mon rire s'étouffa dans ma gorge quand je sentis monter l'orgasme. Je criai soudain :

— Oh, oui !

Il allait et venait en moi de plus en plus vite. Je me mordis la lèvre jusqu'au sang. Puis plongeant mes ongles dans sa chair, je m'abandonnai à l'orgasme en poussait un cri. Après quoi, je m'affaissai comme une poupée de chiffon.

— Je peux jouir ou tu en veux encore ? me demanda-t-il.

— Encore ! répondis-je à ma grande surprise.

Victor me laissa tomber sur le lit et, prenant appui des deux mains sur le matelas, me pénétra à coups de boutoir, les cuisses tendues par l'effort et haletant.

— Tu es un sauvage..., dis-je en sentant monter un nouvel orgasme.

— C'est toi qui me rends comme ça.

Puis, nos deux corps humides étroitement enlacés, nous jouîmes à l'unisson.

Victor se laissa retomber, sa tête posée entre mes seins.

— J'ai l'impression d'être... différent, me dit-il.

— Sexuellement ?

— Avec toi... ce n'est pas la même chose.

Quand nous nous dîmes au revoir, il s'était passé presque deux jours entiers et j'avais appris beaucoup le concernant. Victor portait des lunettes, et jamais il ne mettait de lentilles de contact quand il était à la maison. Il mettait du lait et deux sucres dans son café, mangeait lentement, avait l'habitude de sortir acheter le journal chaque dimanche matin et aimait écouter les Kings of

Leon. Je sentais que Victor allait m'apprendre un milliard de trucs que j'ignorais sur les mecs. Bons ou mauvais ? Seul l'avenir le dirait.

À dix-huit heures, de retour à la maison, je décidai de rallumer mon portable. Je constatai que Nerea m'avait appelée pas moins de trente fois, alors que Carmen et Lola avaient tenté de me joindre deux fois seulement, le samedi.

Il allait de soi que j'allais devoir leur expliquer pourquoi j'avais disparu des radars le vendredi soir et n'avais plus donné signe de vie ensuite – mais sans pour autant leur révéler ce qui s'était réellement passé, pour la bonne raison que je n'arrivais pas à y croire moi-même. Je décidai donc d'inventer une réponse de circonstance dont je savais qu'elle satisferait leur curiosité :

> Parfois, certaines choses ont besoin de décanter. Victor est du même avis. Il ne s'est rien passé qui vaille la peine d'être raconté. Je sais qu'un jour viendra où je rirai de toute cette histoire. Mais pour l'instant, j'ai besoin d'être seule. Je vous aime.

Et Adrian ? Eh bien, Adrian n'avait pas donné signe de vie. J'aurais voulu l'étrangler de mes mains. Quelle déception ! Pas même un coup de fil pour s'excuser comme l'aurait fait un bon époux ? Soudain, ma relation avec Victor me sembla moins illicite.

À vingt heures, la clé tourna dans la serrure et Adrian entra, chargé comme une mule de caméras et de sacoches. Curieusement, il n'était pas passé au studio pour déposer son matériel. Mais ce qui me surprit le plus, c'était l'expression sur son visage. Adrian ne savait pas mentir, même bouche fermée. Depuis combien de temps me trompait-il tandis que je faisais semblant de ne rien voir ?

Nos regards se croisèrent et il y eut un silence. Pas de larmes, pas de tentative de justification. Juste de la colère… et quelle colère ! Je le foudroyai du regard et il baissa la tête, mais sans le moindre signe de remords. Au fond, il regrettait ce qui s'était passé à Almería comme je regrettais mon week-end avec Victor.

— Ne fais pas la tête. J'étais très occupé. Je n'ai pas pu t'appeler.

Sans blague ? Pendant encore combien de temps s'imaginait-il que j'allais gober ses bobards ?

— Viens m'embrasser.

Je ne pus réprimer une moue de dégoût quand je l'imaginai en train de s'envoyer en l'air comme je m'étais envoyée en l'air avec Victor.

Il s'approcha et m'effleura le cou d'un baiser. J'aurais pu le repousser sèchement, mais je n'en avais pas envie. C'est pourquoi j'attendis, raide comme la justice, puis demandai :

— C'est bon ? Tu as fini ?

— Euh…

— Ne me touche plus, dis-je en me mordant les lèvres.

Adrian fronça les sourcils et se recula, paumes levées.

— Dis donc, tu n'es pas à prendre avec des pincettes.

— Tais-toi ! dis-je, hors de moi.

— Tout ça parce que je ne t'ai pas appelée hier ?

Je ne répondis pas. Je savais que si j'explosais cela n'allait rien arranger. Entre nous, c'était la guerre froide depuis six mois.

Tout à coup, je réalisai qu'une demi-heure s'était écoulée et qu'Adrian n'avait pas décroché un mot. Mais c'était aussi bien ainsi. Peut-être qu'Alex lui manquait. Je ravalai ma bile… jusqu'à ce que je me rappelle Victor et les deux nuits que j'avais passées dans son lit. Victor, qui m'avait fait jouir comme jamais.

Le lundi, Adrian partit travailler plus tôt qu'à l'ordinaire. Il m'envoya un SMS pour me dire qu'il avait deux reportages à livrer et qu'il allait devoir se lever toute la semaine à six heures du matin. Je laissai mon téléphone sur la table, le plus loin possible de moi, et allai déjeuner à la cuisine. La vérité c'est qu'il lui tardait de quitter le lit conjugal pour filer se fourrer dans celui d'Alex. Aussi incroyable que cela puisse paraître, j'étais en colère et déçue, mais nullement triste ou blessée. Je vaquai à mes occupations, comme si j'avais arraché la page « Adrian » et que je l'avais chiffonnée, comme toutes celles que je relisais en fin de journée et qui finissaient dans la corbeille à papier.

Je venais de prendre conscience que j'étais bloquée, non pas parce que mon roman n'avançait pas, mais parce que j'étais tellement en colère contre mon mari que je n'arrivais à penser à rien d'autre qu'à Alex, à qui j'aurais aimé mettre une bonne raclée… et à Victor, à ses mains et sa façon de me faire l'amour, et le sourire qui se dessinait ensuite sur ses lèvres, et le petit grognement qui s'échappait de sa gorge au moment de conclure… et la douzaine de fois (au bas mot) où nous avions fait l'amour pendant le week-end.

Je cherchai l'adresse du bureau de Victor sur internet. Il fallait absolument que je lui parle. J'avais pris la mauvaise habitude de me présenter à l'improviste chez les gens, mais s'il était sincère quand il m'avait dit que j'étais quelqu'un de spécial, il serait content de me voir, non ?

Je pris le temps de me faire belle, puis montai dans un taxi qui me déposa à deux cents mètres du bureau de Victor. Je me maudis d'avoir mis une paire de talons aussi aguichants qu'inconfortables. Ma confiance en moi se mit à battre de l'aile quand j'arrivai devant la porte. J'hésitai…

À travers la vitrine, on devinait le hall, qui avait l'air immense. À ma droite, devant une grande table, une secrétaire parlait au téléphone. Au centre de la pièce, on apercevait une maquette blanche représentant un immeuble à la toiture sinueuse et entouré de jardins. Tous les murs étaient tapissés de croquis exécutés au fusain. Je me demandai s'il y en avait de Victor.

La secrétaire raccrocha le téléphone tout en m'observant discrètement du coin de l'œil. Je me mis à faire les cent pas sur le trottoir, hésitant à entrer. Oh, et puis zut ! Je n'avais pas fait tout ce chemin pour rien. Je poussai la porte.

— Bonjour, me salua la secrétaire.

Je jetai un coup d'œil à la pendule. Deux heures. J'avais mal choisi mon heure pour une visite.

— Bonjour, dis-je, je cherche Victor.

— Vous avez rendez-vous ?

— Non. Je ne l'ai pas prévenu.

La fille hésita, consulta son Mac, puis une porte se referma et elle releva les yeux.

— Vous avez de la chance. Il arrive justement. Il a un déjeuner de prévu, mais je peux vous donner un autre rendez-vous si vous le souhaitez.

Je pivotai sur moi-même, un sourire vainqueur aux lèvres, et me retrouvai nez à nez avec un Victor que je ne connaissais pas. Ma tête, à cet instant, devait être celle d'un épouvantail, car ce Victor-là n'était pas le mien. Celui-ci avait la soixantaine et les cheveux blancs. Et même s'il avait de beaux yeux verts, ce n'était pas mon Victor.

— Bonjour ! me dit-il. Vous êtes la représentante de la mairie ?

Je ne sus que répondre. Non, je suis juste une nana qui est venue chercher un mec qui n'est pas son mari et qui n'est pas vous non plus. Je lui tendis la main.

— Vous tombez mal, j'ai un déjeuner avec un client. Ça vous ennuierait de repasser un peu plus tard ?

Le brave homme devait penser que la mairie lui avait envoyé une déléguée muette comme une carpe et un tantinet dérangée, car je ne savais toujours pas que répondre et cherchais désespérément un moyen de m'enfuir, quitte à défoncer la vitrine et à dévaler la rue comme une folle.

M'étais-je trompée de bureau ? Mais non, voyons, c'était impossible.

Soudain, une autre porte s'ouvrit et l'on entendit un bruit de pas. Dieu merci, avant que j'aie pu me convaincre que l'homme que je cherchais n'existait pas, Victor parut dans un costume impeccable, un dossier à la main. On l'aurait dit sorti d'un magazine de mode. Une pure merveille. Le temps s'arrêta lorsqu'il leva les yeux et me vit. Il vint aussitôt à ma rencontre tête baissée pour que les autres ne le voient pas sourire.

— Valeria ?

— Bonjour, Victor.

À ma surprise, et celle de l'autre Victor, il s'approcha de moi et déposa un petit baiser sur mes lèvres. Soudain, notre relation me semblait plus réelle que celle que j'entretenais avec mon mari. Il me caressa les cheveux, puis se tournant vers homme aux cheveux blancs, lui dit :

— Papa, je te présente Valeria.

— La représentante du conseil municipal est une amie à toi ? s'étonna son père.

— Non, elle n'est pas au conseil municipal, s'esclaffa Victor.

— Désolée, j'ignorais que…

— C'est sans importance. Et toi, arrête de me faire tourner en bourrique, dit-il à son fils.

— Mais, papa…

— Non, sérieusement ! Je vois une ravissante jeune femme et je me dis : « Oh, oh, c'est mon jour de chance ! »

Je ris, moi aussi, et me répandis en excuses :

— Je suis vraiment désolée. J'aurais dû appeler avant. Tu es en plein travail et…

— Penses-tu. J'allais juste sortir déjeuner avec mon père. Alicia a l'habitude de dire que nous avons un déjeuner d'affaires pour qu'on ne soit pas dérangés.

— Vous voulez vous joindre à nous ? demanda son père, apparemment ravi que son fils se soit enfin décidé à lui présenter sa compagne.

— Non, non, c'est très gentil, mais je repasserai plus tard.

Une fois de plus, je m'étais couverte de ridicule. Je tournai les talons.

— Attends, me rappela Victor.

Il dit à son père de partir devant.

— D'accord, mais ne me fais pas poireauter éternellement, répondit son père pince-sans-rire.

S'approchant de la réceptionniste, Victor lui dit qu'il n'était là pour personne, puis il m'entraîna vers son bureau. Et quel bureau !

— Ouah ! m'exclamai-je, en entrant dans la pièce baignée de lumière, dont les baies vitrées ouvraient sur un vaste et élégant patio.

— C'est tout l'avantage d'être le fils du patron...

— Ton père est sympa, fis-je remarquer en me raclant la gorge.

— Oui. C'est la crème des hommes, confirma Victor en ôtant sa veste.

Je restai bouche bée.

— Qu'est-ce que tu regardes ?

— Euh... tu es très beau. Je dirais même incroyablement sexy.

Il défit ses boutons de manchettes et arracha sa chemise Armani.

— Approche – je fis ce qu'il me disait. Tu es venue m'annoncer que tu as fait la paix avec Adrian et que tout est fini entre nous ?

— Non... Je...

Il ne me laissa pas finir. M'agrippant par les hanches, il me hissa sur l'immense table de travail, puis retroussa ma jupe jusqu'à la taille. Ses mains se faufilèrent entre mes cuisses, tandis que ses lèvres s'enfouissaient dans mon cou.

— Victor..., imagine que... quelqu'un entre..., ânonnai-je, le souffle court.

— Je n'ose pas imaginer la tête qu'il ferait, ricana-t-il.

— Non, sérieusement, Victor.

Il se mit à me chatouiller et je me tordis de rire en ruant comme un cabri quand je sentis ma petite culotte descendre le long de mes jambes.

— Victor !

Il me mit une main sur la bouche et de l'autre déboutonna sa braguette. Deux secondes plus tard, je perdais complètement la boule, ma langue cherchant à s'immiscer entre ses doigts plaqués sur ma bouche.

L'affaire faillit tourner au fiasco, tant il était tiraillé entre l'envie de me prendre sauvagement et la nécessité de mettre une capote. Mais le résultat final fut plus que jouissif. Nous commençâmes sur le bureau, continuâmes debout, appuyés au mur, et finîmes vautrés sur le plancher, où j'écartai largement les jambes pour qu'il puisse me pénétrer avec force.

— Je pourrais passer des heures en toi, me glissa-t-il à l'oreille.

La boucle de ma ceinture cognait en rythme sur le parquet. La cadence s'accéléra d'un coup et je jouis en réprimant un gémissement de plaisir, tandis que le dos de Victor s'arquait et qu'il poussait un grognement d'extase.

Victor se reboutonnait quand son smartphone sonna.

— Papa ? Oui, oui... Commence sans moi. J'ai encore deux ou trois trucs à régler. Tu vas avoir besoin de moi cet après-midi ?

Il fit une pause et me décocha un clin d'œil en rentrant les pans de sa chemise dans son pantalon.

— Bien, dit-il. S'ils t'appellent, fais-moi signe et je passerai chercher la commande. À plus tard.

Il raccrocha et se tourna vers moi.

Adossée à une armoire de classement, comme quelqu'un qui va s'effondrer, je murmurai :

— Dis donc... le coup du baiser.

— Quel baiser ?

Il me prit dans ses bras.

— Celui que tu m'as donné devant ton père.

— Parce que je n'ai pas le droit d'embrasser ma chérie ?

Un nœud se forma dans ma gorge que j'eus toutes les peines du monde à ravaler. Je ne trouvais pas ça drôle. J'avais l'impression de jouer un rôle. Je n'avais plus vingt ans, bon sang ! J'étais mariée.

— Je ne suis pas à proprement parler ta chérie, répondis-je, sans le regarder.

— Bah..., ce n'est pas l'impression que tu m'as donnée, là, tout de suite.

Je me renfrognai.

— Ce qui est arrivé dans ce bureau est entièrement de ta faute, dis-je en remettant un peu d'ordre dans ma coiffure. J'étais juste venue pour parler.

— Je n'ai pas arrêté de penser à toi depuis ce matin, m'avoua-t-il en m'embrassant derrière l'oreille. On va manger un bout ?

— Victor, cette histoire ne te donne pas mauvaise conscience ?

— Elle me donne surtout du plaisir.

Il me prit par la taille.

— S'il te plaît, sois sérieux. Tu sais très bien de quoi je veux parler.

— Si, cette histoire me met mal à l'aise. Et, au fait, il me semble que ton téléphone sonne.

Je repêchai mon portable au fond de mon sac et répondis.

— Allô ?

— Ah, enfin ! J'étais en train de me dire que ce maudit Victor t'avait sautée jusqu'à ce que mort s'ensuive puis qu'il avait planqué ton cadavre entre deux cloisons de placo.

— Lola..., s'il te plaît.

— Passons, je voulais juste savoir quand tu comptais passer à la maison pour me raconter tout ça ?

— Il n'y a rien à raconter, mentis-je.

— Balivernes !

— Non, non, je t'assure.

Je décochai un clin d'œil à Victor.

— Tu as passé le week-end avec lui, parce que tu étais en rogne contre ton mari, et… il ne s'est rien passé ?

— Non.

— Deux nuits entières, si je ne m'abuse ?

— Oui.

— Et rien ?

— Rien de rien.

Victor secoua la tête en plissant le front.

Je songeai : *Ce que tu fais avec ta main droite, la gauche ne doit pas le savoir.*

— Valeria…, tu sais que tu peux tout me dire. Je connais Victor…, je suppose que le samedi matin, il t'a mise à la porte. On a toutes connu ça, pas de quoi avoir honte. Je ne le dirai pas aux autres, promis.

Je bouchai le micro du téléphone avec ma main et demandai à Victor :

— C'est vrai que tu as mis Lola à la porte une fois ?

Il rit :

— Quelle langue de vipère, celle-là…

— Valeria ! s'impatienta Lola à l'autre bout de la ligne.

— Lola…, j'ai passé le week-end avec lui et c'était parfait. Je n'ai rien à ajouter.

Il rit.

— Ah, les femmes !

— Tu es avec lui ? s'écria Lola.

— Oui, on allait sortir déjeuner.

Victor s'approcha et m'embrassa, une main passée sous ma jupe.

— Je vous rejoins, décréta Lola.
— Non, pas question.
— Pourquoi ? On va bien rigoler.
Victor fit non de la tête, horrifié.
— Il refuse catégoriquement.
— Vous faites la paire tous les deux. Très bien, dans ce cas, tu passes à la maison cet après-midi et tu me racontes tout.
— Je vais voir. Je n'ai encore rien décidé.
— Chienne ! Tu préfères ce queutard à moi.
— Qu'est-ce qu'elle dit ? voulut savoir Victor.
— Elle m'a traitée de chienne.

Quand je ressortis de chez Victor, l'après-midi était déjà bien avancé. Après nous être bécotés pendant deux heures comme un couple d'ados, mon corps commençait à exiger davantage, mais je n'en pouvais plus et déclarai forfait. J'avais besoin de prendre l'air et de réfléchir. Mais Victor refusa de me laisser partir. Il me coucha sur le tapis du salon et me fit l'amour tout doucement, mais avec une telle intensité que je crus que je n'allais jamais pouvoir partir. S'il ne s'agissait que de sexe entre nous, pourquoi tant de soupirs et de caresses ?

Mon estomac se noua quand je réalisai qu'encore tout récemment, mon unique préoccupation était mon roman. Soudain, pour la première fois depuis que cette histoire avait commencé, j'eus envie de pleurer. Il fallait que je me vide le cœur avant de pouvoir prendre Adrian entre quat'z'yeux. J'embrassai une dernière fois Victor et sortis.

Lola était la seule qui pouvait me comprendre, parce qu'elle ne me jugeait pas. J'aurais pu aller chez elle et tout lui raconter, tout en sachant qu'elle me soutiendrait à cent pour cent, et ferait en sorte de retourner la situation à mon avantage pour me disculper et me donner l'absolution. Mais ce n'était pas ce dont j'avais besoin. Il fallait que je me confie à quelqu'un de sensible et de sensé. Quelqu'un qui croyait pour de bon aux relations de couple, et non pas aux liaisons sans lendemain, ou aux histoires d'amour hollywoodiennes qui se finissaient par une demande en mariage. Il fallait que je parle à Carmen, une fille à la fois fidèle à elle-même et responsable.

Quand elle m'ouvrit la porte, je ne pus m'empêcher de rire. Elle avait sa tête de chroniqueuse de la rubrique mondaine qui écume les réseaux sociaux en quête de ragots. J'ignore ce qu'elle était en train de faire quand je débarquai, mais elle ne se répandit pas en salamalecs.

— Ah, enfin, tu te décides à venir te confesser. Raconte-moi une bonne fois pour toutes ce qui s'est passé avec Victor, et qu'on n'en parle plus !

— Bonjour Carmen ! Comment vas-tu ? Moi, ça va, merci. Je peux entrer ?

— Tu ne mérites pas qu'on te déroule le tapis rouge après le mail mensonger que tu nous as envoyé, dit-elle avec un sourire en coin. La seule qui l'a gobé, c'est Nerea. Mais elle croit encore à la petite souris et au père Noël.

J'entrai dans son salon et lui demandai si elle avait un moment à m'accorder.

— Oui. Laisse-moi juste une minute.

Je me laissai tomber sur le canapé tandis qu'elle se dirigeait vers la cuisine. Elle sortit deux verres, ainsi qu'un cendrier pour moi, puis s'empara du téléphone sans fil et composa un numéro d'une main tout en ouvrant une bouteille de l'autre.

— Trésor… Et merde ! Comment est-ce qu'on débouche ces fichues bouteilles ? Non, attends, attends…

Elle tira un grand coup sur le tire-bouchon et reprit le téléphone tout en nous servant du vin.

— Ça t'ennuie de passer une heure plus tard que prévu ? Non, non, tout va bien. J'ai juste besoin de te sentir à mes côtés avant de dormir. (Elle me décocha un clin d'œil complice, puis ajouta :) Valeria est passée et on aimerait bien papoter un peu entre filles. Moi aussi, je t'aime.

— « Je t'aime » ? Déjà ? dis-je en levant les sourcils.

— On en parlera une autre fois si ça ne t'ennuie pas. Maintenant, raconte-moi.

— C'est… compliqué.

— Je m'en doute. Sinon tu ne serais pas là.

J'acquiesçai.

— Je suis ici parce que je sais que tu ne tournes jamais autour du pot, même si je n'ai pas forcément envie d'entendre ce que tu vas me dire.

— J'ai comme l'impression que tu vas nous faire de la rétention d'information, dit-elle en riant.

Je soupirai. À la une, à la deux…

— Victor et moi, on a couché ensemble. Beaucoup. Mais ce n'est pas tout. On a aussi parlé de nous. Et comme Adrian et moi on se fait la tête depuis des mois…

— Ne te voile pas la face, Val. Il arrive que le sexe nous embrume l'esprit.

— Il ne s'agit pas de sexe. Je crois qu'Adrian et moi, on…

— Tu sais bien qu'il y a toujours des hauts et des bas, dit-elle en posant sa petite main sur mon genou.

— Je ne me sens pas capable de tout reprendre avec Adrian. Tu sais comment je suis.

Carmen se contenta de me regarder sans faire de commentaires.

— J'arrive à l'instant de chez lui, continuai-je. Et je…, je crois que je suis en train de tomber amoureuse.

— Pfff. Dans ce cas, ça complique tout, soupira-t-elle en se passant une main sur la figure.

— Je sais.

— Et lui ?

— « Lui », lequel ?

— Les deux.

— Victor s'en est rendu compte, je pense. Quant à Adrian, je ne sais pas. Je n'ai même pas trouvé le courage de lui dire que je l'avais entendu niquer avec Alex. Et je ne vais pas chercher à me justifier en disant que c'est l'unique raison pour laquelle j'ai couché avec Victor. Mais c'est tout de même une bonne excuse.

— Mais qu'est-ce qui s'est passé durant ces deux mois ? demanda Carmen.

Je m'étendis sur le sofa, les yeux au plafond.

— Je ne sais pas. Mais entre Adrian et moi, ça fait beaucoup plus que deux mois que le torchon brûle.

— L'année dernière à la même époque, vous êtes partis en voyage et vous en êtes revenus enchantés.

— Ça n'a duré qu'une semaine.

— Et si ce n'était qu'une mauvaise passe et que dans deux mois tu réalises que ce n'était qu'une aventure sans lendemain ?

— Non. Le problème c'est que je ne peux plus continuer… avec Adrian.

— Tu veux que je te donne mon opinion ? dit-elle avec un soupir contrarié.

— Je la connais déjà… Mais j'ai besoin de me l'entendre dire.

— Cacher ce genre de choses c'est reculer pour mieux sauter. On ne contrôle pas ses sentiments, ce n'est pas une question de volonté. La vie est courte, Valeria, et tu dois songer à ton bonheur. Mais fais attention à ne pas prendre de décisions hâtives.

J'acquiesçai.

— Victor est quelqu'un de génial. Il est tout simplement parfait. Tu comprends ?

— Je crains que tes hormones n'aient pris le pas sur ta raison.

— OK, mes hormones y sont certainement pour quelque chose, souris-je. Je ne me suis jamais sentie physiquement aussi épanouie qu'avec Victor. En tout cas, notre histoire est spéciale depuis le début. D'une simple passade, c'est devenu…

— Une histoire bien tordue comme nous en raffolons toutes. Victor et toi, vous êtes deux amants maudits. C'est l'impossible qui vous attire.

— Il m'a obligée à repenser ma relation avec Adrian. Et j'ai pris conscience que ce n'était qu'un faux-semblant. Il était plus facile pour moi de m'en accommoder que d'envoyer tout balader. Mais je peux t'assurer que ma relation avec Adrian, notre couple, n'est qu'une mascarade. Je le connais, et je sais qu'il ne m'aime plus. Et c'est insupportable. Ça ne peut plus durer.

— Mais d'un autre côté, tu ne peux pas faire aveuglément confiance à un mec simplement parce qu'il te fait voir la vie en rose, Val.

— C'est vrai, mais il m'a tout de même dit qu'il respecterait ma décision si je choisissais d'être seule.

— Prends le temps de bien peser le pour et le contre avant de te décider. Et fais ce que tu as à faire avec Adrian, mais pas à cause de l'autre.

— Je sais. Ma mère dirait la même chose.

— Ta mère est quelqu'un de sage, confirma Carmen.

— Et elle fait un jambonneau à se damner par-dessus le marché.

Elle rit et me supplia de garder la tête froide.

— Si Adrian est fait pour toi, tu le sauras. Si c'est Victor, ainsi soit-il. Mais réfléchis bien, Valeria.

42

On touche presque à la fin

Je ne connais rien de tel qu'un bon bain de foule pour vous remettre les idées en place. Une fois dans le métro, je repris confiance en moi.

J'en étais arrivée à la conclusion que ce serait plus facile si je ne cherchais pas à tourner autour du pot. Une infidélité avouée n'est parfois rien d'autre qu'un acte d'égoïsme exacerbé, mais si nous avons l'intime conviction que c'était une erreur que nous ne referons jamais, à quoi bon accabler l'autre avec ce genre de confession ? Toujours est-il que je n'avais nullement l'intention de laver ma conscience, mais plutôt de donner une explication en échange d'une autre, et de mettre ainsi de l'ordre dans ma vie. Je voulais bien faire les choses. Et éviter à tout prix le désastre.

Je me présentai au studio et sonnai sans cérémonie. Je ne voulais pas parler de tout ça à la maison. Car si les choses se passaient comme je le pressentais, je préférais qu'il ne subsiste pas la moindre trace de cette conversation quand il aurait quitté le domicile conjugal.

Il ouvrit la porte, les cheveux en bataille et sa chemise trempée d'émulsion photographique. C'est à peine s'il me regarda. Il me fit entrer comme s'il s'attendait à ma visite.

— Tu peux attendre une minute que je termine ce que je suis en train de faire ?

— Tu es seul ?

Il entra dans la chambre obscure. Il me semblait me souvenir qu'il avait prévu de faire d'autres tirages des photos de l'expo.

— Oui, me lança-t-il depuis le labo.

— Alex n'est pas là ?

Il ressortit en s'essuyant les mains dans un torchon.

— Alex et moi..., on a décidé de ne plus travailler ensemble.

J'écarquillai les yeux. Je m'attendais à tout sauf à ça. Je pensais que tous les prétextes leur seraient bons pour remettre le couvert après ce qui s'était passé à Almería.

— Et pour quelle raison ? demandai-je.

— Assieds-toi.

Je déclinai son invitation à m'asseoir sur le canapé que nous avions acheté ensemble chez Ikea, préférant rester debout pour écouter ses explications.

— Prends-le comme tu voudras, dit-il, mais fais au moins l'effort de m'écouter, d'accord ?

J'acquiesçai.

— Le vendredi, après t'avoir appelée, je suis rentré à l'hôtel. Je ne me sentais pas dans mon assiette et Alex m'a proposé de me raccompagner. Je n'ai pas tardé à réaliser qu'elle avait mis quelque chose dans mon verre, parce que j'étais... comment dire ? Une fois à l'hôtel, elle m'a demandé si elle pouvait se doucher, parce qu'au camping les sanitaires, blablabla... Et moi, j'ai dit OK.

Elle est entrée dans la chambre avec moi et s'est déshabillée.

Je sentis mes tripes se nouer douloureusement. Comme il s'arrêtait de parler, je murmurai :

— Continue, s'il te plaît.

— Je ne sais pas comment te raconter la suite.

Il se laissa tomber sur le sofa.

— C'est inutile. La touche de ton téléphone qui correspond à mon numéro était actionnée et j'ai tout entendu.

Il resta sans voix.

— Qu'est-ce que tu as pu entendre alors qu'il ne s'est rien passé ?

— Je vous ai entendus gémir.

— Je ne l'ai pas baisée, si c'est ce que tu veux savoir.

Adrian était décidément un piètre menteur. Peut-être que quelqu'un de plus naïf que moi aurait pu avaler ses bobards, mais pour moi c'était au contraire la preuve que je n'avais pas rêvé. Je les avais bel et bien entendus s'envoyer en l'air. Une part de moi-même, égoïste et infantile, cherchait à me persuader que tout serait plus simple si lui, Victor, Alex et moi vivions dans le mensonge. Mais cette idée me révulsait. C'est pourquoi je pris mon courage à deux mains et déclarai :

— Je ne te crois pas.

— Je ne te demande pas de me croire ou pas. C'est comme ça, c'est tout.

— Adrian, n'en rajoute pas, s'il te plaît. Tu ne fais qu'aggraver ton cas.

— Valeria…, je t'aime. Comment est-ce que tu peux penser que… ?

« Valeria, je t'aime » ? Si seulement l'Adrian que j'avais épousé avait pu me revenir ! Je me tournai et me pris la tête dans les mains. J'avais envie de disparaître. Ou, plus exactement, de me retrouver sur le canapé de Victor et non pas dans cet entresol à la chaleur étouffante. Les paroles d'Adrian continuaient de se déverser comme une litanie. Il s'évertuait à me faire croire qu'il était un mari fidèle, mais que ma jalousie maladive était en train de briser le ciment de notre relation. Soudain, incapable de me retenir, je déversai un torrent de rage.

— Arrête de me mentir, bordel ! Tais-toi ! J'en ai assez de t'entendre me baratiner !

Il écarquilla les yeux. Celle-là, il ne s'y attendait pas.

— Mais..., Valeria, qu'est-ce qui te prend ?

— Je veux la vérité ! Tu m'entends ? Non seulement tu me trompes, mais tu as le culot de rejeter la faute sur moi ! Je ne suis pas une psychopathe, Adrian !

Il me regardait bouche bée.

— Si tu n'es pas folle, tu en as l'air en tout cas.

— Mais oui, c'est ça, joue au plus malin, éructai-je, et le ton entre nous monta d'un cran.

— Qu'est-ce que tu veux savoir ? me demanda Adrian.

— Je veux que tu me dises ce que tu as fait ce week-end. Je le sais déjà, mais je veux voir jusqu'où tu es capable de pousser le mensonge et le cynisme.

— Ce week-end, j'ai travaillé pour pouvoir ramener le pognon que tu jettes par les fenêtres. Ça te va ?

— Sans blague ? Mon pauvre chou, comme tu as dû souffrir. Dans ces conditions, il est parfaitement normal que tu sautes la première nana qui écarte les jambes. Quel bon mari tu fais, Adrian ! Je ne remercierai jamais assez le Ciel de t'avoir placé sur mon chemin.

— Pour la dernière fois, je te le dis et je te le répète, Valeria...

— Je t'ai entendu de mes oreilles baiser une fille ! Sois un homme, nom d'un chien, pour une fois aie le courage de tes actes !

Une fraction de seconde me suffit pour comprendre qu'il allait me falloir des mois avant de me remettre de ce qu'il s'apprêtait à me dire. Il avala sa salive, releva le menton d'un air digne.

— Alex est entrée dans ma chambre, elle s'est déshabillée et s'est couchée sur le lit. Oui, Alex, et pas toi. Parce qu'ainsi va la vie, et que lorsque je suis avec elle je me sens redevenir un homme, un vrai. Le reste, je préfère ne pas te le raconter, parce que tu n'es qu'une gamine qui ne peut pas comprendre ce genre de choses.

Parfois, l'esprit est un peu trop agile. Il ne se passa pas plus de deux ou trois secondes, mais cela me suffit pour visionner le film du début à la fin de toutes les promesses qu'Adrian et moi nous étions faites ces dix dernières années.

— Salut et à la prochaine, dis-je.

— À la prochaine, dit-il en souriant.

Celui qui avait tenu toutes ses promesses jusque-là me manquait à présent cruellement. Il y avait des mois qu'il avait cessé d'être mon mari. Il n'était qu'un réplicant, une coquille vide. Et sans doute pensait-il la même chose de moi.

Adrian avait un sourire adorable. C'était un garçon vif et intelligent, qui n'aimait pas les grands discours. Il n'avait jamais été très expansif, mais ce n'était pas bien grave. Un regard de lui me suffisait pour être heureuse.

Si j'avais pris le temps de réfléchir, sûr que je ne l'aurais pas fait. Mais tout alla très vite. Je lui assénai une gifle retentissante qui lui fit tourner la tête. Puis je regardai ma main, palpitante et douloureuse, osant à peine y croire.

Je pensais qu'il n'allait rien dire, qu'il allait prendre ses affaires et s'en aller sans desserrer les dents. Mais ça, c'était l'Adrian d'avant, pas l'inconnu que je venais de gifler et qui se mit à hurler.

— Mais qu'est-ce qui te prend, nom d'un chien?

Je lui balançai la remarque la plus cinglante qui me vint à l'esprit:

— Celle-là, c'était pour elle. La tienne, Victor et moi on te l'a donnée vendredi dernier. Et aussi samedi et dimanche, et lundi. Et tout ce que tu n'as pas été fichu de m'offrir pendant une année entière il me l'a donné en l'espace d'un week-end.

Il ferma les yeux comme s'il avait reçu un coup de poing dans l'estomac, et je le vis serrer les poings jusqu'à en avoir les phalanges livides.

— Qu'est-ce que tu as fait, Valeria? Tu as couché avec lui?

À l'évidence, il n'arrivait pas à y croire.

— Oui. Pour lui, je suis une femme. Je l'avais presque oublié.

Adrian se laissa retomber sur le canapé et se passa une main dans les cheveux.

Il était décomposé.

— Le pire dans tout ça, c'est que je n'ai rien vu venir... Pour toi, tout ce qui compte, c'est de baiser avec le premier venu...

— Adrian, toi et moi, on a cessé de s'aimer, dis-je en déglutissant avec force pour desserrer le nœud qui s'était formé dans ma gorge.

— Moi, si, je t'aime – il soupira. Je n'arrive pas à y croire, Valeria. Je... j'étais drogué, je ne comprenais pas ce qui m'arrivait, et toi... toi, tu...

— Tu n'aurais pas dû la renvoyer. Elle n'y est pour rien. La vérité c'est que tu l'as sautée parce que tu en avais envie.

— Comme toi, en somme.

— Toi et moi, on dort dans le même lit… Mais ça ne va pas plus loin. Il y a quelque chose chez moi que tu ne supportes pas. Je ne t'attire plus, je ne te rends pas heureux, je ne suis plus celle que tu aimais, je t'ai déçu et nous n'aurions jamais dû nous marier. Mais ce qui est sûr, c'est que ce n'est juste ni pour toi ni pour moi. Ça ne fonctionne plus. Je veux divorcer.

— Qu'est-ce que tu racontes ?

Sa réaction fut si violente que je fis un pas en arrière.

— Nom de Dieu, tu ne connais ce type que depuis deux jours, dit-il avec un rire amer. Tu vas t'en mordre les doigts quand il va te lâcher pour la première petite pute en chaleur.

Il releva la tête. Il avait les yeux injectés de sang ses traits défigurés par la colère.

— Tu l'aimes ? C'est ça ?

— Non. Mais je ne t'aime pas non plus.

— Valeria, c'est une passade !

— Je ne veux pas savoir depuis combien de temps tu couches avec elle. Il se peut que le coup que vous avez tiré à Almería ait été le dernier. Je n'en sais rien. Mais ce que je peux te dire c'est qu'entre nous il n'y a plus rien.

— Et c'est tout ?

— Non, ce n'est pas tout. Maintenant, il va falloir faire en sorte de ne pas saccager le peu qu'il nous reste. Je ne veux pas te faire la guerre, mais je veux que tu t'en ailles.

— Tu parles sérieusement ?

Il se leva du canapé. Je fis un pas en arrière.

— Oui. Tu peux passer prendre tes affaires quand tu voudras.

Je pris peur en le voyant souffler comme un taureau enragé. Je ne savais pas si l'Adrian que j'avais devant moi n'allait pas conclure la discussion à coups de poing. Mais non. Sans même me regarder, il me demanda de partir.

43

Le coup de sonnette de trop

Carmen attendait Barto tout en ruminant ce que je venais de lui raconter. Elle repensait au jour de mes noces, quand elle avait pris Lola à part pour lui dire que j'étais la preuve vivante que l'amour existait vraiment. Et pourtant… Étais-je la preuve que l'amour existait, si tant est qu'il existât?

La sonnette retentit. Elle alla ouvrir, persuadée que c'était Barto, et se retrouva nez à nez avec Daniel.

— Salut, Carmen, dit-il en faisant un pas en avant.

Elle recula instinctivement et claqua la porte de toutes ses forces. Il y eut un craquement à vous donner la chair de poule, puis Daniel se mit à jurer tout ce qu'il savait. Il criait si fort qu'on l'entendait dans tout l'immeuble. Carmen ouvrit de nouveau. Elle aurait voulu l'étrangler de ses mains.

— Tu peux arrêter de hurler comme un cochon qu'on égorge ?

En voyant que son nez pissait le sang, Carmen fut prise d'un fou rire intérieur. Après quoi, elle songea qu'il allait la traîner en justice et la mettre sur la paille.

— Tu m'as cassé le nez ! rugit-il.

— Personne ne t'a dit d'entrer !

— Mon nez !

— Entre. Je vais chercher de la glace. Et arrête de crier !

Il se laissa tomber sur le canapé, la tête rejetée en arrière pour essayer de stopper l'hémorragie. Carmen s'en revint tranquillement de la cuisine avec des glaçons et des serviettes en papier.

— Et fais attention à ne pas saloper mon fauteuil, sinon tu vas payer les frais de nettoyage.

— Comment peux-tu te comporter ainsi ? s'insurgea-t-il.

— Tiens. Mets ça sur ton pif. Je n'ai pas envie que tu me fasses un procès pour non-assistance à personne en danger.

— Il ne manquerait plus que ça, rit sèchement Daniel.

— C'est de ta faute. Tu n'as pas à entrer chez moi sans y être invité.

— Je suis venu pour te parler.

— Arrête ton cinéma. C'est Nerea qui t'envoie.

— Non.

— Si.

— Bien sûr que non ! réitéra Daniel.

— Si, si, et si !

— Bon, si tu veux. Elle a insisté.

— Je le savais.

— Elle peut être têtue parfois.

— Et un poil autoritaire.

Carmen jubilait à la pensée que Daniel allait ressortir dans la rue avec sa chemise tachée de sang. Et le pire c'est qu'elle n'avait même pas eu à lever la main sur lui, comme elle en avait eu si souvent envie. C'est fou ce qu'elle avait appris à s'endurcir avec le temps. Elle se fichait comme d'une guigne de lui avoir cassé le nez.

— Pourquoi es-tu venu ? lui demanda-t-elle, en posant ses mains sur ses hanches.

— Nerea estime que je te dois des excuses.

— Et pas toi ?

— Non. Et encore moins après ce coup-là – il désigna son nez tuméfié.

— Bouche-toi les narines et respire par la bouche, sinon tu vas tout saloper.

— Écoute, je suis venu pour te faire une proposition.

Carmen lui lança un regard horrifié, puis dégoûté. Elle s'imagina en train d'embrasser ce type et en eut la nausée.

— Mais non, voyons, pas ce genre de proposition ! s'emporta Daniel.

— Ah. Parce que je ne suis pas assez bien pour toi, c'est ça ?

— Bon sang – il leva les yeux au plafond. En fait, j'ai passé quelques coups de fil, expliqua-t-il... Un ancien camarade d'université travaille pour une agence qui aimerait te faire passer un entretien la semaine prochaine. Jeudi après-midi.

Comme elle le regardait avec défiance, il s'empressa d'ajouter :

— Il est au courant de la situation. Tu n'auras pas besoin d'inventer une excuse pour justifier le fait que tu as volontairement quitté un poste en or.

— Avec un chef comme toi, je ne voudrais même pas d'un job comme testeuse de matelas, répliqua-t-elle.

— Tu veux le passer cet entretien, oui ou non ?

— Mais pourquoi est-ce que tu fais ça ?

— Pour Nerea. Pas pour toi. Avec la lettre de recommandation, si tu veux mon avis, tu pourrais faire un carton.

Sa réponse aurait dû mettre Carmen en colère, mais elle eut l'effet inverse. Elle se sentit soudain pleinement satisfaite et prête à tolérer Daniel comme petit ami de Nerea.

— Bien, tout est dit. Maintenant, va faire soigner ton nez.

— Il est cassé, geignit Daniel en se dirigeant vers la porte.

— Vu sa taille, il est au moins en trois morceaux.

Ils échangèrent un regard torve. Il sortit sur le palier et elle lui balança en guise d'adieu :

— Merci, Daniel. Savoure bien cet instant, car je doute fort qu'il se reproduise.

— C'est Nerea qu'il faut remercier. S'il n'avait tenu qu'à moi, j'aurais répandu du fumier dans ton salon.

Tous deux sourirent. L'affaire était close.

44

La séparation

Quand Adrian rentra, il était deux heures du matin. J'étais au lit, mais réveillée.

Il vint s'asseoir à côté de moi et me dit que j'avais raison.

— Je sais, dis-je.

— Je ne comprends pas comment on en est arrivé là, murmura-t-il, la voix tremblante.

— Ce sont des choses qui arrivent.

Au bout de quelques minutes, il ajouta, à ma grande surprise :

— J'ai peur.

Adrian n'avait jamais peur de rien. Pour lui tout était simple, tellement simple que j'avais parfois envie de lui mettre des baffes et de lui demander s'il existait ne serait-ce qu'une chose dans ce monde qui n'allait pas de soi. Et voilà qu'il paniquait.

— Moi aussi, j'ai peur, répondis-je.

— Je crois que sans toi je serai un raté, dit-il en haussant les épaules.

— Et moi, j'ai peur de ce qui pourrait se passer si on ne s'arrête pas là.

Il acquiesça.

— Demain, je viendrai chercher mes affaires et je m'en irai.

— OK, dis-je en ramenant mes genoux contre ma poitrine.

— Je vais devoir prendre un… avocat ? demanda-t-il, l'air abattu.

Un avocat. Nom d'une pipe ! C'était la dernière chose dont j'avais envie de parler.

— On devrait peut-être attendre un peu pour la paperasse, répondis-je, la gorge nouée.

— Entendu.

— Tu sais où tu vas aller ?

— Chez mes parents dans un premier temps. Et ensuite je louerai un appart à côté du labo.

Il replia lui aussi ses genoux et les plaqua contre sa poitrine en les enserrant de ses bras. Je me remémorai brusquement le garçon qu'il était quand je l'avais connu, à vingt-trois ans, assis sur le trottoir avec ses potes, son appareil photo autour du cou. Comment était-il possible que tout amour entre nous ait totalement disparu ? Je le regardai et il me regarda, une mèche de cheveux retombant devant ses yeux.

— Adrian… Comment est-ce que tout cela est arrivé ? On n'était pas comme ça avant.

— Moi, ça fait déjà un bail que j'ai compris. Le lien s'est rompu à partir du moment où on a arrêté de parler de choses importantes.

— La vérité, c'est que je ne sais même pas si tu m'aimes.

— Bien sûr que je t'aime, dit-il en se passant une main dans les cheveux, et pour la première fois il me parut sincère.

— Mais alors, pourquoi Alex ?

— Pourquoi Victor ?

— Comment voulais-tu que je sache que tu m'aimais si tu ne me le disais jamais ?

— Je sais. Il va falloir que je fasse un travail sur moi-même.

J'acquiesçai, confuse. Je n'étais pas certaine qu'il puisse changer et n'étais pas disposée à attendre qu'il change.

— Combien de temps ? demanda-t-il sans me regarder.

— Je ne sais pas. On verra bien.

— J'ai le sentiment que tu es en train de me fermer ta porte tout en ouvrant une fenêtre pour Victor.

— Je n'ai pas envie de parler de Victor.

J'étais avec Adrian depuis l'âge de dix-huit ans. J'étais tombée amoureuse au premier regard. On s'était connus, amourachés, on était tous les deux puceaux quand on avait fait l'amour la première fois, on s'était chamaillés un milliard de fois, on avait passé nos diplômes, on s'était mariés… et maintenant on se séparait. C'était la dernière chose qu'on allait faire ensemble. On pouvait dire adieu aux enfants que nous n'aurions jamais et à cette maison sur la côte que nous n'achèterions pas. Adieu au voyage en Chine pour lequel nous mettions des sous de côté depuis deux ans.

Ce fut la dernière nuit que nous passâmes ensemble. Et nous avons beaucoup pleuré.

En dix ans, c'était la première fois que je le voyais verser des larmes.

Le lendemain, je pris mon courage à deux mains et laissai Adrian déménager seul ses affaires, pour aller retrouver Victor. J'avais l'estomac noué. Je ne savais pas ce que j'allais lui dire.

J'attendis dans le couloir, assise dans un fauteuil, que Victor sorte, vêtu d'un de ses costumes impeccables qui semblaient avoir été cousus directement sur lui. Il m'embrassa sur les lèvres et me murmura que je lui avais manqué. Il me fit enter dans son bureau, puis il me prit doucement par le poignet et m'attira à lui. Il me caressa la joue et m'embrassa. Je soupirai profondément et appuyai ma tête contre son épaule, respirant son odeur. Il fallait que je lui dise la vérité, que je le veuille ou non.

— Qu'est-ce qui se passe? me demanda-t-il.

— J'ai rompu avec Adrian.

Un silence tendu s'installa entre nous. Victor se racla la gorge et fit un pas en arrière. De mon côté, je m'exhortai à garder mon sang-froid.

— Pfffiou..., fut sa réponse.

Il s'adossa au bureau et repoussa une mèche de cheveux qui lui tombait devant les yeux.

«Pfffiou» n'était pas à proprement parler le genre de réponse que j'espérais.

— Ne te méprends pas, Victor. Je voulais juste que tu saches, dis-je d'une voix tremblante. Je n'attends rien...

— Valeria – il se mordilla les lèvres –, je ne suis pas en train de dirc..., c'est juste que...

Il soupira à nouveau et se passa une main sur la figure.

Je souris tristement. C'était une réaction à laquelle je m'étais préparée.

— Je m'en vais, dis-je.

— Non… (Il me saisit le poignet.) Essaie de me comprendre. C'est…

— … une tuile, dis-je en riant pour avoir l'air détendu.

— Non, pas une tuile. Mais je ne m'y attendais pas.

— Vraiment ? dis-je en haussant les sourcils. Ça n'est pourtant pas l'impression que j'ai eue samedi dernier.

Victor inclina la tête de côté et me regarda.

— C'était une possibilité, bien sûr. Mais avec les femmes mariées, on n'est jamais sûr…

— Sûr de quoi ? Tu penses que je suis un cas d'école ? demandai-je, alors que je trouvais ses paroles horriblement blessantes. Tu as appliqué le protocole en vigueur dans ce genre de situation ?

Il soupira à nouveau.

— Je sais que je t'ai dit que je respecterais ta décision si tu ne rompais pas avec lui, mais je crois que…, que tu as besoin d'être seule pour…

Je souris.

— Je te l'ai dit. Je n'attends rien. Je suis tout à fait consciente que cette histoire va s'achever comme toutes les autres, et que je ne serai bientôt plus qu'un nom sur la longue liste des nanas que tu as mises dans ton lit.

Victor eut l'air surpris.

— Attends, Valeria. Tu sais très bien que tu es beaucoup plus que ça. Simplement, tu dois me donner du temps.

Je me dirigeai vers la porte, laissant en suspens toutes les choses qu'on oublie de dire quand on se retrouve au plus fort de la bataille.

— À un de ces quatre, dis-je.

— Ne te fâche pas…, implora-t-il.

— Je ne suis pas fâchée, Victor. Mais j'ai besoin d'être seule et de faire le point sur moi-même et personne d'autre.

Il salua ma remarque d'un petit sourire attendri.

— J'attendrai que tu m'appelles, d'accord ? Mais ne m'appelle pas demain ni après-demain. Tu sais pourquoi, ajouta-t-il avec légèreté.

— Et toi, tu sais pourquoi ?

Il haussa les sourcils.

— Tu m'as dit de ne rien attendre de toi. Et je t'ai dit que si tu rompais avec Adrian, je voulais qu'on continue de se voir. Je ne suis pas en train de me défiler. Simplement..., regarde-moi, s'il te plaît. Je veux faire les choses dans l'ordre.

— Moi aussi, il faut que je réfléchisse sérieusement, expliquai-je.

— J''attendrai que tu m'appelles, Valeria. Mais pas éternellement.

Un sourire ravageur étira peu à peu ses lèvres.

— Je m'en vais.

— Je te raccompagne.

Nous longeâmes le couloir en silence jusqu'à la réception et quand nous fûmes devant la porte, bien en vue des visiteurs, de la secrétaire et de son père, il m'attira à lui et m'embrassa avec passion, en me serrant dans ses bras comme si le monde était en train de s'effondrer. Quand nos lèvres se séparèrent, tous les yeux étaient rivés sur nous. Il posa son front sur le mien.

— Donne-moi du temps, mais appelle-moi.

Dit comme ça, ça n'avait pas l'air bien sorcier. Moi aussi j'avais besoin de réfléchir, mais combien de temps ? Et si, lorsque je me déciderais enfin à l'appeler, il avait déjà une autre fille dans son lit ?

45

Pour Lola, Nerea et Carmen

J'errai sans but pendant une bonne partie de la journée. Je prévins les filles que j'avais quelque chose à leur annoncer et elles étaient tellement impatientes qu'elles me répondirent aussitôt qu'elles m'attendaient chez Lola à huit heures tapantes.

Mais, avant de m'épancher auprès des copines, j'allais devoir réunir tout mon courage pour… annoncer la nouvelle à mes parents. Ce fut le seul moment où je flanchai, allant jusqu'à me dire que la séparation était peut-être une mesure un peu radicale vu la réaction de Victor. Étais-je vraiment prête à tirer un trait sur mon mariage ? Pour lui ? Ou Victor n'était-il qu'une excuse pour envoyer balader Adrian et notre vie commune ? De toute façon, il valait mieux pour moi, et ma santé mentale, que je me sépare de mon mari.

Comme je m'y attendais, mes parents n'en crurent pas leurs oreilles. Mais il est vrai qu'ils n'étaient pas au courant de mes frasques sexuelles ni du fait qu'Adrian s'était envoyé une gamine de vingt ans dans un hôtel d'Almería. Sans parler de la réaction mi-figue mi-raisin de mon amant.

Je me rendis ensuite chez Lola pour achever de raconter les vicissitudes de ma vie sentimentale. Je pris place sur le canapé, toutes les autres assises en rond autour de moi, et me raclai la gorge.

— Bien, dis-je… Je voulais vous annoncer qu'Adrian et moi sommes arrivés à la conclusion que, vu les circonstances, le meilleur que nous avions à faire était de nous séparer. Temporairement tout au moins.

Nerea se prit la tête dans les mains. Carmen eut un haut-le-corps, et Lola baissa les yeux.

— Dis-moi, Val. Ce n'est pas aller un peu vite en besogne ? s'interrogea Lola.

— Non. Nous aurions dû le faire il y a longtemps. Quand je parle de séparation temporaire, c'est un euphémisme, parce que je doute fort que nous nous remettions un jour ensemble.

— Mais, enfin, ça fait dix ans que vous êtes en couple, soupira Carmen en posant une main sur mon genou. C'est trop tôt pour jeter l'éponge.

— Il est grand temps, au contraire. Nous nous sommes comportés tous les deux comme des gamins. Nous n'avons jamais su gérer notre relation en adultes, et maintenant il est trop tard pour recoller les morceaux.

Je déglutis.

Je ne voulais pas leur raconter ce qui s'était passé avec Victor, et encore moins sa réaction après coup, qui ne faisait que compliquer les choses.

— Mais, qu'est-ce qui s'est passé avec Victor ? me demanda Nerea d'une petite voix aiguë qui dénotait une certaine nervosité. Tu vas te séparer d'Adrian à cause de ce qui s'est passé ce week-end ?

— Non. Je vais me séparer d'Adrian parce que je ne suis pas heureuse, et lui non plus.

— Val, tu ne veux pas nous dire ce qui s'est passé ? Même à nous ?

Je haussai les épaules. J'aurais aimé me libérer de ce poids immense, mais je n'étais pas prête. Je ne voulais même pas me souvenir des choses que j'avais faites sur un coup de tête. Heureusement, Carmen ne dit rien.

L'image de Victor feuilletant le journal du dimanche sur la table de la cuisine s'imposa subitement à moi, me provoquant un étrange picotement derrière les yeux. Il m'avait dit qu'il voulait continuer avec moi, et je l'avais cru. Sentant monter un sanglot, je laissai échapper un soupir. Valeria « la fille sérieuse » avait perdu la boule en l'espace d'un week-end. Pour finir, je craquai et fondis en larmes.

Il n'y eut pas d'autres questions, seulement des étreintes et les choses qu'on dit dans ces cas-là :

— Ne t'en fais pas. On est là pour toi.

Heureusement, pour une fois, c'était vrai.

Je ne voulus pas m'attarder. Je n'avais pas envie de descendre une bière après l'autre et de déclarer ensuite que tous les mecs étaient des salauds. Je voulais juste être seule et mettre un peu d'ordre dans mes pensées, et dissiper l'angoisse qui me nouait l'estomac.

Je leur dis au revoir et fis à pied le trajet de quarante-cinq minutes jusque chez moi. Quand j'arrivai, au lieu de faire l'inventaire de toutes les choses qu'Adrian avait emportées, je m'installais directement devant mon ordi et passai la nuit à écrire. Quelque chose s'était produit, une sorte de permutation : l'inspiration avait remplacé Adrian. La muse s'était peut-être fait la belle avec mon mari, mais ce faisant, elle m'avait sauvée, une fois de plus, de la folie.

Deux jours plus tard, j'avais mis le point final à mon manuscrit et l'envoyai à l'éditeur sans même prendre le temps de me relire. Je n'étais pas encore prête à me confronter à la femme qui avait écrit ce roman. J'en avais bavé, et sacrément, pour me mettre enfin dans la peau de Valeria.

46

Mail reçu aujourd'hui à 12:36

Bonjour Valeria,

Je l'ai lu d'une traite. Je ne vais pas te mentir : ce n'est pas ce à quoi je m'attendais. Je m'attendais à une histoire alambiquée dont tu as le secret, avec des personnages tourmentés qui se retrouvent pris dans une situation qui les dépasse et se débattent entre le bien et le mal…

Et voilà que je me retrouve avec l'histoire de quatre nanas pas tout à fait trentenaires, qui ne mâchent pas leurs mots et qui font des choses délirantes.

Mais ne t'inquiète pas. J'ai aimé. Beaucoup même. Il sera publié cet été.

Passe le bonjour de ma part à chacun des personnages. J'imagine que tu en as bavé pour écrire ce roman, mais une fois encore tu as réussi à me surprendre.

J'espère que cette rupture n'a pas été trop dure. Moi aussi, j'ai vécu un divorce et je sais que ce n'est pas drôle.

Je t'appelle pour qu'on finalise le contrat. Tu peux attaquer la suite ?

Je t'embrasse,

José

Lola me jeta un regard en coin en pinçant ses lèvres parfaitement peintes de rouge. Elle décroisa les jambes et se leva, puis me posant une main sur l'épaule :

— Tu vas être pleine aux as, me dit-elle. Laisse-moi au moins le lire avant de te dire combien tu me dois.

— Pourquoi ?

— Pour avoir publié tous nos potins.

Je haussai un sourcil en souriant. Moi aussi, j'avais mis du rouge à lèvres. La vraie Valeria était de retour.

— Je vais y réfléchir.

— Bien, dans ce cas, donne-moi quelque chose à boire, parce que j'ai la pépie.

Je me levai de mon bureau pour aller à la cuisine. Au passage, je jetai un coup d'œil à mon téléphone.

« J'attendrai que tu m'appelles, Valeria. Mais pas éternellement. »

Tic, tac, tic, tac, tic, tac…

**Découvrez en exclusivité
les premiers chapitres
du tome 2 de la saga Valeria**

ELÍSABET BENAVENT

DANS LE MIROIR DE VALERIA

traduit de l'espagnol
par Catherine Delaruelle

l'Archipel

Ce livre a été publié sous le titre
Valeria en el espejo
par SUMA, département éditorial
de Penguin Random House, Barcelone.

Notre catalogue est consultable à l'adresse suivante :
www.editionsarchipel.com

Éditions de l'Archipel
34, rue des Bourdonnais
75001 Paris

ISBN 978-2-8098-2699-9

1

Vacances

Je sortis sur le balcon de l'hôtel et allumai une cigarette. Je venais de prendre une douche, je me sentais zen. Le regard perdu dans les volutes de fumée, je me dis qu'il était temps d'arrêter la clope et, en passant, faire quelques économies. Mais j'avalai une taffe qui me chatouilla jusqu'aux orteils. Encore une bonne résolution qui passait à la trappe ; ça devenait une habitude, chez moi.

Je m'appuyai à la balustrade sans aucun désir de revenir à la réalité. La lune projetait des éclats scintillants sur les vagues, tout était calme et beau. Zéro tracas, rien que du bonheur. Si seulement cette nuit avait pu durer une éternité ! Je ne me sentais pas du tout prête à affronter ce qui m'attendait.

Au début, tout le monde avait pensé que ces vacances étaient une mauvaise idée : me retrouver dix jours toute seule après ce qui s'était passé, c'était la déprime assurée ! Dans ce genre de situation, mieux vaut éviter de trop gamberger. J'étais tombée amoureuse d'un de ces mecs avec lesquels ça ne marche jamais et j'avais fichu mon mariage en l'air. J'avais demandé la séparation. Bref… j'aurais mieux fait de réfléchir avant de ruer dans les brancards.

Contre tout attente, j'avais adoré ma solitude dès que j'étais montée dans le train. Au fond, je ne regrettais pas mes décisions. J'avais manqué d'élégance, mais si ça avait été à refaire, je n'aurais rien changé, seulement fait preuve d'un peu plus de jugeote.

Dans mes valises, j'avais aussi emporté quelques questions qui méritaient réflexion. Victor. Ce mec avait une fâcheuse tendance à occuper toutes mes pensées.

« Valeria, j'attendrai que tu m'appelles… mais pas éternellement. »

Il m'accompagnait jusque dans mes rêves, et, dans mes rêves, j'appelais toujours au mauvais moment.

Je n'avais pas de nouvelles de lui depuis le baiser échangé à la porte de son agence et, même si j'étais plutôt contente d'avoir réussi à garder mes distances, je me demandais s'il allait se manifester ou si nous allions en rester là.

Victor ! J'étais toujours envahie d'un frisson quand je me rappelais son corps nu sur le mien, me faisant gémir de plaisir jusqu'à l'étourdissement. Il avait ce pouvoir, et pas seulement au lit. Mais n'empêche, je culpabilisais de le désirer autant. Je venais tout juste de quitter mon mari.

Adrian, lui, m'avait appelée plusieurs fois pour me demander comment j'allais, et quand mon livre allait paraître.

Ah oui… mon livre. Ce roman où je parlais de moi et de mes copines. Ce bouquin allait faire du bruit. Beaucoup s'y reconnaîtraient, ils ne s'attendaient pas à ça ! Pourvu qu'il se vende bien, parce que depuis qu'Adrian était parti je ne pouvais compter que sur moi-même.

Est-ce qu'il comprendrait le portrait que je dressais de lui ? Il m'avait demandé de changer son nom, mais personne ne serait dupe parmi ceux qui nous connaissaient.

José, mon agent, avait téléphoné le jour de mon départ en vacances pour m'annoncer qu'on avait décidé de le publier dès que possible. La maquette était prête, déjà en cours de correction. Tout cela s'était fait en quelques semaines. Incroyable !

J'avais laissé l'affaire entre les mains de mon éditeur et décidé de m'en désintéresser dans la mesure du possible. Raconter ma vie dans un livre… j'avais vraiment perdu la tête !

Je me remis à penser à Victor. Je n'étais pas sûre qu'il m'attendrait plus d'une demi-journée. Si ça se trouve, en ce moment même il était en train d'embrasser une fille ravissante. Embrasser ou pire encore. Peut-être qu'il était aller puiser dans son stock de « régulières », celles qu'il avait laissées tomber pour moi, et qu'il était en train de baiser allègrement, l'échine en sueur et la respiration haletante. Nom d'un chien, pas avec elles ! Avec moi !

Victor était le péché fait homme. Mais il fallait garder espoir, et surtout ne pas se précipiter.

Je fermai les yeux ; il me semblait sentir encore sa langue explorant tous les recoins de mon corps.

J'avais envisagé de lui écrire pendant mes vacances, un simple message de courtoisie. Mais il aurait vu clair dans mon jeu. Maintenant que j'étais libre, je craignais de ne plus l'intéresser. Toujours la même chanson : quand tout devient possible, le désir n'est plus au rendez-vous. Il n'avait pas sauté de joie quand je lui avais annoncé que je quittais Adrian. Rien à voir avec les films romantiques où le héros torse nu renonce à tout pour pouvoir serrer sa bien-aimée entre ses bras sur une plage de sable blanc. Dans la vraie vie, c'est nettement moins cool.

Si je voulais savoir ce qu'il en était sans faire le premier pas, le plus simple était de demander à Lola, qui le voyait régulièrement, mais je ne voulais pas qu'elle se rende compte que j'étais accro à Victor. Le moment fatidique des aveux approchait. Je n'étais pas prête. Autant attendre la parution du bouquin, Lola saurait tout. Pas très glorieux, mais voilà ce qui se passe quand on décide de déballer au grand jour ses aventures érotiques.

Rien qu'à imaginer la réaction des gens qui me connaissaient, je me couvris le visage des mains. Chez mes parents, le livre serait interdit de séjour. Et si je prenais un pseudonyme ? Trop tard. Ça m'apprendrait à vouloir jouer les filles libérées !

Le portable vibra sur la table de nuit. Un message. Je finis ma cigarette en me demandant de qui il pouvait bien venir. J'avais parlé avec Lola l'avant-veille. Ça faisait une semaine que j'avais téléphoné à Nerea et à Carmen. Le matin même, j'avais appelé ma mère, puis ma sœur pour savoir comment se passait sa grossesse. Dans l'après-midi, Adrian avait laissé un message me demandant de le rappeler. Je ne lui avais même pas dit que je partais.

Et si c'était Victor ? Il ne m'en fallait pas davantage pour m'assurer une nuit de rêve. Et un retour en top forme. Enfin… ça dépendait du message. J'écrasai le mégot et quittai le balcon en essayant de me calmer : c'était peut-être un texto de l'opérateur, pas la peine de s'emballer. Je pris le téléphone en respirant profondément comme une karateka qui s'apprête à casser une brique, et… Et je lus :

Je n'ai pas oublié que c'est toi qui dois appeler mais je m'attends à te voir débarquer un de ces jours sans prévenir... Quelque chose me dit que tu le feras. Mon lit est nostalgique de toi. Victor

Je le relus une bonne dizaine de fois au moins ! La passion torride, c'était nouveau pour moi. Il me fallait déchiffrer le sens de chaque mot, comprendre le message caché. Victor était un as de l'énigme. Bon, je lui manquais, mais quoi ? Il voulait seulement mon corps dans son lit ? C'était quand, le bon moment pour réapparaître ? Quel signal m'envoyait-il avec ce fichu message ?

Être une célibattante, ce n'est pas de tout repos !

Je me mis à penser au bouquin, Victor et mon bouquin... bonjour la galère ! Qu'est-ce qui m'avait pris de vendre mon journal intime à un éditeur ? Tout y était décrit par le menu, gestes, sentiments, états d'âme, bref, tout ! Vas-y Victor, lis-le et n'en perds pas une ligne !

De nouveau, je me couvris le visage des mains.

2

Retour à la réalité

J'entrai dans mon appartement comme à reculons. J'avais l'impression que j'allais trouver Adrian allongé sur le lit en train de classer des photos dans son ordi. Je laissai échapper un soupir. Il allait falloir que je m'habitue. Au fond, je l'avais cherché, non ? On a ce qu'on mérite.

Je devais rester positive. Comme disait Lola, au moins, maintenant, j'avais tous les placards à ma disposition. Pour fêter mon célibat retrouvé, elle m'avait offert un lapin vibromasseur, un babydoll super sexy et une bouteille de gin qui m'attendaient sur la table basse du séjour. C'était ça, ma vie, désormais ? Des orgasmes mécaniques dispensés par un morceau de caoutchouc qui ne te prenait pas dans ses bras après l'amour, et un verre en solo…

Non. Je préférais Victor.

À propos…

Je n'avais pas encore trouvé l'énergie pour répondre à son message. Je voulais le faire, mais bien. À la fois naturelle et drôle, un rien énigmatique, sexy, enfin genre… Et puis surtout, désinvolte. Totalement cool. Qu'il n'ait pas la moindre idée que tous les soirs en me couchant, je ne rêvais que d'une chose, qu'il m'attache à son lit et fasse de moi sa chose.

Pas si simple de passer pour la nana idéale. Je me sentais comme une funambule amateur qui essaie de rester en équilibre sur son fil. Qui me dit que Victor ne va pas s'enfuir à toutes jambes quand il comprendra que je ne veux pas seulement une aventure ? Il y a une différence entre les mots qu'on murmure dans le feu de l'action et ce qu'on dit à tête reposée, quand tout s'est calmé. Déjà qu'il n'avait pas trop bien réagi à l'annonce de ma séparation…

Je m'assis par terre, allumai la clim et pris mon portable. Je ne sais pas si c'est parce qu'il faisait chaud ou que penser à Victor m'enflammait, en tout cas j'étais en nage. Pas très sexy. Qu'est-ce qui avait bien pu lui plaire chez moi ?

Après trois vaines tentatives, je me jetai sur le lit et me mis à penser à toutes les femmes qui s'étaient trouvées dans la même situation que moi avec Victor. Il avait sûrement reçu des messages sur tous les tons : enflammé, humoristique, sophistiqué, cool… Mon style à moi, c'était quoi ?

Finalement, j'optai pour la sincérité ; je devais exprimer ce que je ressentais. De toute façon, il allait bientôt pouvoir tout lire dans le bouquin : comment je m'étais détournée peu à peu de mon mari ; comment il avait commencé à m'obséder, au point que je n'arrivais plus à me le sortir de la tête. On y va ! Droit au but :

Ton message m'a fait très plaisir. Je débarquerai au moment où tu t'y attendras le moins, mais dis à ton lit que... non, je préfère lui dire moi-même, si tu n'as rien contre.

Je relus mon texto, fermai les yeux et appuyai sur la touche « envoi » sans me donner le temps de réfléchir.

Je laissai le portable enfoui sous une montagne de coussins et pris le téléphone fixe. J'appelai ma sœur, histoire de m'occuper, puis me préparai un café. Quand je récupérai le portable, il affichait une réponse. Je souris instantanément comme la dernière des idiotes.

J'ai envie de te voir. Ta présence m'obsède, je la sens partout chez moi. J'ai envie de toi, seulement de toi. Il faut que je te voie, t'embrasse, te caresse, te déshabille. Ne me fais pas attendre. Je débloque ? Viens me remettre la cervelle en place.

Je détachai les yeux de l'écran, pensive.

On se calme. Qu'est-ce que tout ça veut dire exactement ? Il sonne le coup d'envoi ? C'est un signal pour que je l'appelle ? J'ai laissé passer assez de temps ? Il veut vraiment être avec moi ou il a seulement envie de s'envoyer en l'air ? Mais pour ça, il a toute une bande de meufs qui ne demanderaient pas mieux...

Je mourais d'envie le voir. Je m'étais pris la tête pendant des heures à essayer de comprendre si Victor n'était pour moi qu'un bon coup, un très bon coup, ou s'il y avait quelque chose de plus entre nous. En tout cas, j'étais complètement obsédée par lui ; ça au moins, c'était clair. Il était encore temps de dire stop, de l'éloigner définitivement et de l'oublier. Je savais à quel genre de mec j'avais affaire. Et j'avais compris depuis longtemps qu'on ne change pas un homme. Enfermer Victor dans la monogamie ? Ça sentait la mission impossible. Mieux valait répondre par le silence et réfléchir un peu.

La sonnerie du téléphone interrompit mes cogitations. C'était Lola qui appelait du bureau.

— T'es rentrée ?

Pas de « salut », pas de « ça va ? ». Du Lola tout craché. Je ne pus m'empêcher de sourire.

— Oui.

— Contente de retrouver ton nid douillet ?

— Bof, pas sûr. Je ne m'y reconnais plus.

— Normal. Un appart de célib, trop cool, ma belle, tu vas pouvoir en profiter. Si tu t'ennuies, on peut aller faire un peu de shopping.

C'était sa réponse à tout. Lola en mode pilote automatique.

— T'es au boulot, Lola, et tu prends tes vacances dans quelques jours ; mets tes plans en réserve et, quand tu seras libre, je suis tout à toi.

Lola répondit par un miaulement suggestif.

— On croirait que t'as viré de bord ma choute. Le bouquin sort quand ?

— Demain.

— Tu feras des interviews ?

— Non, il y a une campagne de pub dans la presse. Je te montrerai les articles.

— J'ai vu Victor hier soir. On s'est croisés dans un bar.

Vlan dans les dents ! Sans crier gare ! Elle est trop, Lola ! Elle ne pouvait pas trouver une entrée en matière, du genre : « Au fait, tu ne devineras jamais sur qui je suis tombée hier ?... »

— Oui... On s'est... il m'a envoyé un texto, répondis-je pour exciter sa curiosité.

— Je sais. Il m'a dit que ça faisait un moment qu'il voulait t'appeler mais qu'il préférait te laisser de l'air, bref, que vous étiez d'accord pour attendre que la situation se décante un peu. Et tout un blabla romantique. Tu sais, ça fait franchement bizarre d'entendre Victor parler comme ça. Pour moi c'est clair, il est raide dingue de toi. J'avais l'impression qu'il bandait rien qu'à entendre ton nom.

Victor qui bande… immédiatement une vision torride me revint à l'esprit. Sur la table de sa cuisine, si vous voulez tout savoir.

— Val ?

Lola se demandait si j'étais toujours là.

— Oui oui, je t'entends. Au fait, et tous tes conseils du style « te prends pas la tête, rien à attendre de ce mec » ?

— Tant va la cruche à l'eau qu'à la fin elle est pleine !

— Ce n'est pas tout à fait comme ça qu'on dit. J'éclatai de rire.

— Rien à foutre, on se comprend. T'as envie de le voir ?

— Oui, mais on se calme. Je ne veux pas qu'il ait l'impression qu'il n'a qu'à siffler pour que j'accoure à fond de train. Et puis il y a Adrian. C'est un peu tôt, non ?

Je n'en pensais pas un mot. Je n'avais qu'une envie, et c'était précisément d'accourir à fond de train, de me jeter sur son lit et qu'il me prenne dans ses bras.

— Il faut que tu parles avec Victor.

— Avec lui, impossible d'avoir une discussion…

Je regrettai aussitôt cette remarque et détournai la conversation…

— C'est quoi, cette campagne de pub pour Victor ?

— Je ne fais pas sa pub, c'est juste que l'histoire avec Adrian m'a flanqué un coup. Il m'a anéantie ; c'était le seul mec auquel je faisais confiance. À cause de lui, j'ai perdu ma foi dans le genre humain, enfin, le genre mâle.

Je me passai une main dans les cheveux. Merde, j'avais toujours autant de mal à aborder le sujet.

— Moi aussi, j'ai été assez nulle.

— Je pense que Victor a été plus courageux.

— Que moi ou qu'Adrian ?

— Que tous les deux. En tout cas jusqu'à maintenant.

— Il les avait complètement à zéro quand je lui ai annoncé que je me séparais. Pas très glorieux, non ?

— Donne-lui un peu d'air. Je ne connais même pas la moitié de l'histoire, enfin, la moitié la plus intéressante...

Je ne répondis pas. Mieux valait ne pas réagir à la provocation de Lola. Me lancer dans un récit circonstancié de mes parties de jambes en l'air avec Victor, avec tous les détails qu'elle allait quémander, s'annonçait épuisant... et il fallait que je pense à autre chose. Les pulsions qui m'envahissaient dès que j'avais Victor en tête étaient sûrement pathologiques.

Lola changea de sujet. Ouf !

— On sort ce week-end ? Carmen et Nerea sont partantes. Entre nanas. Pour fêter ton retour, la sortie du livre, et pour se marrer un peu... parce que nous le méritons bien.

— Cool, ça marche.

— On m'a parlé d'une boîte qu'a l'air super, grave branchée. On se fera offrir des verres par quelques beaux mecs. On pourrait aussi saouler Nerea et la mettre aux enchères, non ?

— T'es une vraie salope. Au fait, et le plan Sergio ?

— Il n'y a pas de plan Sergio.

— Arrête ton char.

— Je n'en ai rien à foutre de ce mec. Il paraît qu'il s'est remis avec sa meuf. C'est un enfoiré qui se la joue, point barre. Minable. Bon, je note vendredi dans mon agenda, comme ça tu ne pourras pas te défiler.

Hum, on dirait que pour Lola aussi il y a des sujets brûlants.

— Aaargh, le pouvoir impitoyable de ton agenda rouge, dis-je en prenant une voix de film d'horreur.

— C'est lui qui commande, ma biche. C'est la Bible.

Elle raccrocha sans même un « ciao », comme d'hab. J'allumai une clope et croisai les doigts en repensant à mon livre. Et merde ! Pourvu que mes lecteurs aient un peu d'humour !

3

Ce qu'il en coûte de parler de soi dans un livre

Le livre sortit un mercredi. Nerea fut la première à le terminer. Le jeudi soir à minuit, elle m'envoya un mail où elle me félicitait. Ella avait aimé, mais elle se posait des questions sur son personnage.

> Je suis vraiment aussi coincée ? Il faut que je me lâche. Val, tu dois franchement m'adorer parce que, dans ton bouquin, je suis mille fois plus belle qu'en vrai.

Le mail me fit sourire. Au moins, Nerea prenait la chose avec humour. Elle ne s'était pas offusquée de mes remarques pas toujours bienveillantes sur l'éducation qu'elle avait reçue. Je n'avais jamais caché l'antipathie que sa mère m'inspirait, elle le savait depuis longtemps et ne voulait pas se fâcher pour ça.

Elle concluait en me remerciant d'avoir fait d'elle un personnage de roman.

C’est génial, personne ne saura que c’est moi, comme si j’étais vraiment une héroïne.

Puis ce fut le tour de Lola. Elle avait lu le livre d’une traite, l’avait terminé à six heures du matin et n’était pas allée bosser en prétextant une insomnie. En fait, elle avait passé la nuit à se tordre de rire. Elle m’appela à l’aube pour me dire qu’elle devait faire gaffe : désormais, elle risquait de voir le moindre de ses propos reproduit par « cette salope de journaliste ». La salope de journaliste, en l’occurrence, c’était moi. Mais elle avait adoré que je la décrive comme une femme fatale et que je cite ses reparties géniales.

Carmen et Barto firent la course à qui terminerait le bouquin en premier. Ce fut Barto. Il était flatté que je le dépeigne comme une sorte de Humphrey Bogart, et peu lui importait que Nerea l’ait critiqué au début. Barto était assez adulte pour ne pas dépendre du jugement des autres.

Carmen, en revanche, était un peu mal à l’aise. Elle avait beaucoup apprécié son personnage mais aurait préféré que Barto ne sache pas certaines choses. Et elle ne parlait évidemment pas de sa passion « inavouable » pour Facebook, qui n’était un secret pour personne.

Carmen est une nana plutôt réservée, ce qui ne me gêne pas, bien au contraire. Du coup, je me sentis coupable. De quel droit étalais-je au grand jour ses liaisons amoureuses ? Elle me passa un savon, pas méchant. Puis elle me promit de se joindre à nous le soir même. Elle apporterait le bouquin pour que je le lui dédicace.

Bon, j’avais au moins vendu quatre exemplaires. Pourvu que ça ne s’arrête pas là. J’étais passée à la banque, l’état de mes comptes me donnait envie de me jeter sous un train. J'allais devoir me serrer la ceinture, et comment ! Ou trouver un boulot.

Adrian et Victor me préoccupaient plus que mes problèmes de fric. Adrian allait recevoir un coup de poing à l'estomac en lisant le compte-rendu détaillé de mes ébats avec Victor. Si ça se trouve, il ne voudrait plus jamais me revoir. Peut-être y avait-il chez moi comme un désir de vengeance, mais quelque part, je refusais de me sentir coupable. Il y avait une Valeria plus bravache qui m'encourageait et me convainquait que ces pages disaient la vérité et rien que la vérité. Si Adrian ne voulait pas savoir, il n'avait qu'à fixer un mur ou carrément se bander les yeux. Quand même, j'y étais allée un peu fort en décrivant le naufrage de notre mariage. Limite cruelle. Cela signifiait probablement que j'étais encore blessée.

Je ne savais toujours pas s'il m'avait menti au sujet de sa relation avec Alexandra. Ce que j'avais écrit dans le livre, c'était ce que j'avais imaginé. Leur escapade à Almería pouvait être le premier ou le dernier de leurs plans baise, ou un parmi tant d'autres dans une relation beaucoup plus stable que je ne croyais. Je n'en savais rien, et il fallait bien que je m'y résigne. Adrian n'allait sûrement pas tout raconter dans un bouquin pour que je l'apprenne ! Pour ça, j'étais carrément seule.

Mais ça allait. Carmen, Nerea et Lola étaient de mon côté, et je me préparai à sortir pour inaugurer la suite de mes aventures, que je ne manquerais pas d'écrire – et de publier, si tout allait comme je l'espérais…

4

Des sushis, du vin et un top trop sexy

À neuf heures, à peine sortie de la douche, je reçus la visite impromptue de Carmen, Nerea et Lola, sapées pour notre soirée. Trop belles, surexcitées, ravies. Ça faisait des siècles que nous n'étions pas sorties toutes les quatre ensemble.

Elles avaient voulu me faire la surprise pour fêter la parution de mon livre et elles débarquaient chargées de sushis et de bonnes bouteilles. En les voyant, je hurlai de joie comme une gamine. Après les embrassades de rigueur, nous nous mîmes à sauter ensemble comme des supporters de foot. Sans avoir encore ingurgité la moindre goutte d'alcool. Olé !

Je passai à la salle de bains pour me sécher les cheveux, et quand je ressortis, les filles avaient déjà tout disposé sur la table basse, y compris quatre verres de vin bien remplis. Elles jacassaient sur le dernier traitement pour les cheveux. Je ne pus m'empêcher de sourire. Parfois, les choses les plus simples et les plus frivoles peuvent nous apporter un bonheur parfait.

Nous nous installâmes par terre sur des coussins et fîmes passer les baguettes, la sauce de soja et le *wasabi*. Les filles parlaient du livre avec animation, rigolant sur telle ou telle anecdote. Moi, je me demandais combien de temps il allait leur falloir pour aborder le sujet qui les intéressait vraiment. On se connaît trop bien, et je sais que ce ne sont pas les détails scabreux qui leur font peur, bien au contraire… Quant à Carmen, qui en savait plus que les autres, elle mourait d'envie d'entendre les détails.

Lola en eut marre la première de tourner autour du pot. Interrompant Nerea qui était partie sur l'épisode de Maruja Limón, elle lança :

— Bon, Val, même si Nerea pense que ce n'est pas un sujet à aborder à table, je crois qu'il est temps que tu nous expliques ton chapitre très sexe.

— Hé, je suis en train de parler, s'offusqua Nerea.

— De quoi ? Des grosses bites qui font jouir ? répliqua Lola en fronçant les sourcils. Allez, réponds…

— Non…

— Alors laisse la parole aux grandes et ouvre bien les oreilles. Valeria… le chapitre hot, s'te plaît…

— Quel chapitre ? (Je fis l'idiote et avalai une gorgée.) Celui sur toi avec Sergio ?

— Allez, Val, tu te l'es tapé trois fois en une nuit, et t'as rien à nous raconter ? demanda Carmen, vexée.

— Trois fois ? Douze pendant un week-end, si j'ai bien compté. Tu devais avoir le feu à la…

J'interrompis Lola :

— Licence poétique !

— … poétique, mon cul ! répliqua Lola en gloussant.

— Qu'est-ce qui te fait croire que je n'ai pas tout inventé ?

— D'abord parce que t'as pas assez d'imagination. (Elle éclata de rire.) En tout cas, pas ce genre-là. Ensuite, parce que c'est lui tout craché, mon cœur.

— C'est ça. Victor, le Superman de la baise.

— Avec la bite qu'il a, pas besoin d'être Superman !

Nous éclatâmes de rire et moi, comme d'hab, je m'étranglai et me mis à tousser comme une malade. Carmen me tapota le dos. Quand j'eus repris mon souffle, elles revinrent à la charge.

— Valeria, allez vas-y, raconte, me supplia Nerea.

Si même Nerea insistait, ça devenait un cas de force majeure.

— Bon. (Je soupirai et posai mon verre sur la table.) Qu'est-ce que vous voulez que je vous dise ? (Je haussai les épaules.) Tout est vrai, évidemment !

— Tout ? Même la scène dans son bureau ?

— Oui, répondis-je, en me cachant le visage dans les mains.

— La suiiiite ! demandèrent-elles en chœur.

(à suivre...)

Cet ouvrage a été composé
Par Atlant'Communication au Bernard (Vendée)

Impression réalisée par
CPI France
en août 2019
pour le compte des Éditions de l'Archipel
département éditorial
de la S.A.S. Écriture-Communication.

Imprimé en France
N° d'impression : 3034893
Dépôt légal : septembre 2019